知音动漫图书·漫客小说绘
ZHI YIN COMIC BOOK 以梦想之名 点燃阅读

③ /night owl

子夜鸮

颜凉雨 ◎ 著

中国致公出版社　知音动漫

知音动漫图书 · 漫客小说绘出品

——信任很难，但信任总是比防备更让人向往。

- 141 第六章 恶魔
- 169 第七章 四合院
- 197 第八章 童谣
- 227 第九章 烈焰
- 257 番外 池映雪

CONTENTS

第一章 结局牌 **001**

第二章 解密 **029**

第三章 考核 **057**

第四章 噩梦 **085**

第五章 难逃 **113**

第一章 结局牌

JIE JU PAI

团队战三人出马,结局牌字字意深。

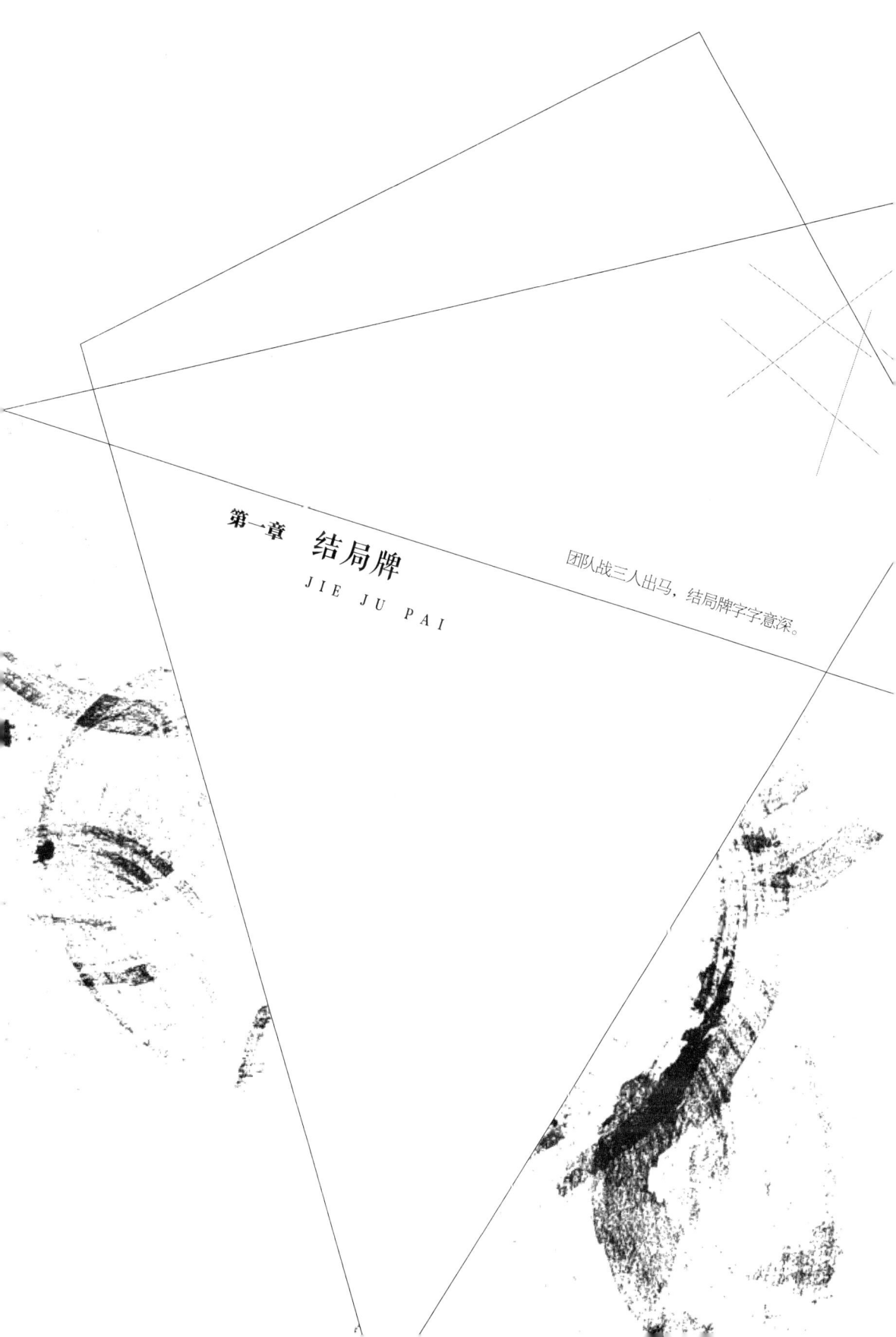

1

  吴笙只剩下一张打断牌,而在这次打断之后,赵昱侃同样也只剩下一张打断牌,但现在讲述权在赵昱侃手里,吴笙还是明显处于被动。

  徐望正盘算着游戏间的战局,替自家军师担心,头顶就传来了一句"想烧树,普通的火不行,必须用归西烛"……他后脖子一阵凉,有点儿无语地看乐醒:"你家一上线,画风立刻毛骨悚然。"

  "你家的故事线才可怕吧……"乐醒脑中不由自主地闪回那些"情意绵绵",心情难以形容,他真的宁愿走鬼故事。

  "归西烛,在学校后山的一口枯井里……"

  赵昱侃:故事牌9,枯井。

  话音刚落,徐望和乐醒所处的操场便成了荒山野岭。

  一口枯井就在他俩面前,井口还不时吹出阵阵阴风。

  徐望:"……"

  这,午夜凶铃了。

  "乐观的同学B走到枯井口,低头往井里看,忽然被忧郁少年A推了下去。原来A的鬼魂已被小王操控……"

  赵昱侃:故事牌10,操控。

徐望："……"

乐醒："对不住了。"

徐望："不用你推，我自己跳！"

乐醒："那样不符合剧情。"

徐望："那你象征性推一下，我配合总行吧……"

可能是感觉这剧情对于乐观的同学B来说过于悲惨，乐醒还真的就象征性地推了一下。

徐望立刻"啊"的一声，极其配合地……投井。

当然，还是脚冲下的，也得亏井不算太深，井底的泥土也够松软，徐望落到井底，除了腿脚震得麻一下，没大碍。

等等！

徐望在幽暗的井底，忽然发现不对。他们来枯井就是找归西烛的，如果小王不希望他找到，为什么还要把他推到井里？这不等于让他和归西烛离得更近了吗？

"被操控的少年A向枯井里投入了一块巨大的石头，企图将乐观的同学B砸死……"

赵昱侃：故事牌11，砸死。

徐望："……"

很好，他现在知道为什么推自己了。

头顶唯一的光源被巨石遮挡，徐望抬起头，巨石带来的尘土扑簌簌落到脸上。他"呸呸"吐了两下，等着剧情发展。最坏的结果就是被砸死，然后回小黑屋呗，这么一想，好像也不算太坏。

"石头落下来的一瞬间，乐观的同学B吹掉了第二根头发，石块忽然碎成粉末，粉末倒回井外，困住了A的鬼魂，B飞快从泥土中挖出归西烛，趁着A被困爬出枯井，逃回学校……"

赵昱侃：故事牌12，泥。

徐望灰头土脸地爬出枯井，周遭荒野和少年A一起消失，取而代之的是学校操场——他拿着归西烛，回来了。

其实不管剧情线怎么走，他这边都好说，最坏的结果也无非是倾尽全力打一场。吴笙那边，才是真正的不见硝烟的战争。

赵昱侃只剩三张故事牌了，还手握一张打断牌、一张交换牌、一张结局牌。

吴笙还剩四张故事牌、一张打断牌、一张交换牌、一张结局牌。

而现在讲述权还在赵昱侃手里。

徐望怎么想都觉得，这局面对自家军师非常非常的不利啊！

"打断。"吴笙平静出声，但平静之下掩着一丝凝重。

徐望心里"咯噔"一下。

吴笙是自负的、骄傲的，面对任何困境都游刃有余、成竹在胸。这样扛着压力的吴笙很少见，让人莫名心疼。

使用打断牌后的吴笙没有立刻续接，而是对赵昱侃说："你应该有无数种方法让石头砸不下去，未必非要用第二根头发。"

赵昱侃说："你那么深情，人都灰飞烟灭了还给留三个脱困之法、三条'可能延伸的支线'，当然是越早用掉越安心。"

吴笙说："那你干脆一口气把剩下两根头发都吹了，多好。"

赵昱侃老神在在："欲速则不达，总要顾虑一下故事逻辑。"

短暂安静后，赵昱侃的声音再度从操场上方传来："这是你最后一张打断牌了，"他轻轻叹息，像很遗憾似的，"从你用掉这张牌起，不，从你比我早用掉第二张打断牌起，你就已经输了。"

徐望不喜欢赵昱侃的装相，但得承认，他说的是实话。

吴笙用最后一张打断牌获得了讲述权，但这一轮讲述能出掉全部四张故事牌吗？

就算能，赵昱侃也不会让的。他必然会用自己的最后一张打断牌，重新夺回讲述权。到那时，再没有打断牌的吴笙不管愿不愿意，都只能静静听着赵昱侃把故事续完。

唯一可能翻盘的机会，只剩下"赵昱侃的结局牌和前文故事不搭，不合理"。

但徐望不相信赵昱侃能给他这个机会。

头顶上，赵昱侃还在"好心"地给吴笙建议："当然，你还有最后一张交换牌。欢迎使用，不过无论你换给我什么，我都接得住。"

吴笙笑一下，似乎有些强颜欢笑的味道，但说出来的话可一点儿不输阵："我爱情谈得好好的，一手花好月圆牌，给金山银山都不换，换你的鬼牌？"

"好吧，你继续，我洗耳恭听。"赵昱侃的声音带着一种必胜者的大度。

徐望握紧拳头，恨不能上去掀桌。

向来好胜的吴笙却好像全然不受挑衅，再开口，已是续接的故事线："乐观的同学 B 回到树下，刚要点燃归西烛，六少年鬼魂跑过来阻止。原来，他们才得知被日记诅咒的人，魂魄会和日记绑在一起，烧掉日记，他们六个也会灰飞烟灭……他们恳求同学 B 不要烧树，去感化劝说小王放下仇恨，就像许多电视剧的结尾，反派幡然悔悟，这样诅咒直接解除，被怨念禁锢的魂魄也得自由，大家都好……"

吴笙：故事牌 12，电视剧。

"B拒绝。他告诉六鬼魂,不是什么事都能用道歉获得原谅的。A害死D,A想一句道歉解决,D能接受? C伤害了B,C想一句道歉抚平,B就应该原谅?"

吴笙:故事牌13,道歉。

"是,你们没让小王死,只是打闹,A转信给D也只是求心安,C推开B更是本能。但越是'不觉得自己错'的人,做出的事才越残忍,因为没有'作恶'的自觉,所以恶起来更没轻重,更伤人。这就是天真的残忍。但天真不是残忍的保护伞。小王不必原谅你们,D不必原谅A,B也不必原谅C,做错事的人就应该被记恨……"

吴笙:故事牌14,天真的残忍。

操场大树下,乐醒皱眉看向徐望:"你们家讲述者……是不是干过什么昧良心的事?"不然没办法解释这语气里沉甸甸的忏悔啊!

徐望咽了下口水,心里翻江倒海,哪还有工夫理乐醒。

这是在用故事向他道歉?

从开始的后悔到现在的不必原谅,都是在给他递话?

如果是……能不能不要替当事人代言啊,被推一下谁还能一恨恨十年? 有这执着他早就走上人生巅峰了好吗!

第一章 结局牌

"打断。"赵昱侃的声音适时响起。

徐望料到了,打断牌是不能对已经出掉十五张故事牌的人用的,吴笙还剩一张故事牌、一张结局牌,赵昱侃再不打断,等到吴笙把最后一张故事牌翻了,就真的再没机会了。

"你们输了。"乐醒坐在树下,优哉游哉地拨弄地上的小草。

徐望抬头看天:"还没到最后呢。"

乐醒摇摇头:"没有打断牌,抢不回讲述权,怎么赢?"

"别忘了,"徐望说,"触碰到对方的故事牌也要交出讲述权的。"

"你太不了解侃侃了,被4号引出'父母'一词抢了讲述权是他这一局里唯一的失误,越这样,他记得越牢,同样的错误不可能犯第二次。"乐醒起身,拍拍屁股上的土,想到什么似的,莞尔,"你们讲述者一手感情牌,我估计侃侃会连友情都避开。"

头顶上,传来新讲述者淡淡调侃:"你的故事很感人,但是抱歉,结局归我,恐怕还是要走恐怖流。"

没有吴笙的声音。

徐望一颗心提起。

当着乐醒的面,他脸上必须保持冷静,但心里已经乱了。他多希望操场上空能来个直播墙,让他看看自家军师,哪怕一个表情、一个眼神也行,至少让他知道吴笙的状态,眼下这种没着没落的惦记，真能把人急疯。

"B 拒绝了六鬼魂的请求，点燃了归西烛，却在马上要烧树的那一刻，发现六鬼魂其实是七鬼魂，不知什么时候多了一个……"

赵昱侃：故事牌 13，多了一个。

"原来是被小王操控的 A，像画皮一样伪装成少年之一，混在其中……"

赵昱侃：故事牌 14，画皮。

他只剩最后一张故事牌了，吴笙……徐望用力盯着天空，仿佛这样意念就能传到游戏间。

然而继续讲故事的，还是赵昱侃。

"B 识破得太晚了，A 已经先一步出手杀掉了 B，B 含冤而死，化为鬼魂，但还是用鬼魂之力点燃归西烛，烧了树，所有鬼灰飞烟灭，日记也就此毁掉……"

赵昱侃：故事牌 15，含冤而死。

乐醒朝徐望摊摊手，一脸"我早说过"的坦然。

"终于到了见证结局的时刻，"头顶传来赵昱侃故作惋惜的一叹，"唉，就要翻结局了，好像没有想象中的激动。"

"那就别翻了。"安静多时的吴笙终于开口。

赵昱侃的声音顿住。即便看不见游戏间，徐望也能感觉到他的措手不及。

刚还一心等着自家结局的乐醒，脸上的轻松已经没了，和徐望一样抬头看天，双眼微微眯着，整个人已不自觉紧绷。

"你上一句说什么？"吴笙忽然问。

"……"

赵昱侃没答，虽然说出去的话泼出去的水，收是收不回的，但本能的，他不想配合对手。

吴笙也不指望他配合，直接重复："所有鬼灰飞烟灭，日记也就此毁掉，对吧？不好意思，你碰到了我的关键词。"

随着最后三个极轻的近乎呢喃的字，吴笙出掉自己的最后一张故事牌。

吴笙：故事牌 15，日记。

打断牌不能用在已经出掉十五张故事牌的人身上，可关键字的触发却没有任何限制，只要拥有关键字故事牌的人想翻开这张牌，那讲述权就毫无疑问必须转移。

游戏间和剧情线都陷入了突来的寂静。

哪怕徐望期盼着吴笙能绝地反击，哪怕乐醒、赵昱侃做了被人翻盘的最坏打算，都不会想到吴笙留的这张牌，是"日记"。

他用自己的"铁盒"挖出日记，让故事线早早就围绕日记展开，所以要想出掉这张牌，简直每个人的每一句讲述都是机会。可是，他把这个自己创造的、几乎贯穿整个故事的东西，留到了最后。

赵昱侃终于出声，仍固守阵地的骄傲还是裂了一道缝："从引出铁盒里的日记开始，你就想好要把它留到最后当打断牌了，是不是？"

"不是。"吴笙的语调里哪还有一丝沉重，满满春风拂面的惬意，"是我拿到故事牌，就决定用'日记'做终极打断牌，然后才带你们挖出铁盒。如果让我看顺眼、挑中的是其他故事牌，这个接龙的走向可能就完全不一样了。"

赵昱侃听懂没听懂徐望不知道，反正他是听懂了，自家军师这段话翻译过来，就是"从这场对战开始，一切已尽在我掌握，愚蠢的凡人，颤抖吧"。

徐望捂胸口，那里正在一阵阵抽痛。

什么"声音凝重"，什么"听起来压力很大"，他竟然为了一个戏精·吴揪心了整个后半程！！！

"你应该用交换牌换掉我最后一张牌的，那你就赢了。"游戏间里，吴笙收敛笑意，看向赵昱侃，"但你不信我这最后一张牌能翻盘，反而担心我留这最后一张牌是故意等你来换，给你挖坑，对吧？"

赵昱侃不语，胸膛微微起伏，第一次输得这样难看。

"这就是你失败的原因，"吴笙不带任何嘲笑，只静静地一字一句道，"你看得起自己太多，看得起别人太少。"

话已说完，吴笙重新看向自己的结局牌，酝酿着给这个一路波折的故事画上属于自己的句号。

可还没来得及开口，结局牌自己翻开了。

吴笙：结局牌，这就是他最后留下的话。

一同翻开的，还有赵昱侃的结局牌——一场大雨冲刷掉了所有邪恶。

两个对战者警惕抬眼，四目相对，意外地在彼此眼中捕捉到了同样一丝诧异。

游戏间和剧情线上空，同时响起声音——

"任意讲述者在讲述结局牌之前，都要进行观战者团队战。胜利，即可讲述结局牌；失败，则由获胜观战队的讲述者续接故事。公平起见，即刻起，翻开所有讲述者的结局牌。"

观战者？

团队战？

吴笙不自觉皱眉。

赵昱侃难看的脸色倒舒展开来："还是应该出掉结局牌之后再讲获胜感言的，"他轻笑一下，"否则就很容易像现在这样，多尴尬。"

吴笙眉头皱得更深了，良久一叹，愁绪满满："我只准备了一套获胜感言，再赢一场，该说什么？"

赵昱侃："……"

2

游戏间里的吴军师，发愁即将到来的"二次获胜演讲"。

剧情线里的徐队长，乐观得更具体。第一，他对自己的三个小伙伴有信心；第二，只要想讲结局就要进行团战，这意味着即使他们输掉这一场，轮到赵昱侃出完故事牌，要讲结局牌的时候还要进行团战，他们仍有反抢夺的机会。

想得差不多，徐望在心底隔空向观战室的小伙伴们传递队长的叮嘱："放轻松，你们可以的。"

观战室。

这里没有一点儿徐队长期望的轻松。

已透过直播墙得知自家军师胜利，并提前庆祝完的钱艾和况金鑫突然被Cue，一个当场蒙了，一个立刻抬手臂，着急忙慌翻看着。

原本靠墙角快睡着了的池映雪一开始根本没听天花板上说什么，直到查看完胳膊的况金鑫伸手在他面前晃晃，说"喂，要团队战了"……他怔了怔，待真正明白过来，眼里的慵懒倏地散了个干净——什么叫一刹那灵魂附体，什么叫一瞬间斗气全开，不用想象，直接看此刻的池映雪就行。

相比之下，观战室另外一角的赵昱侃队三人，心态就简单直接多了。死局突然有了翻盘生机，他们当然要把握住，能不能把自家讲述人受到的羞辱连本带利还回去，就在此一战了。

"团战时间10分钟，最终战场上剩余观战者数量多的队伍获得胜利，如数量相同，则讲述权保持不变。"

"2号讲述者观战队拥有战场选择权，请在2分钟之内走入你选择的战场。"

随着提示音，况金鑫、钱艾和池映雪面前落下三道光影门，每一道门上都能看见场地景象——

门1：学校地下室。

门2：有枯井的学校后山。

门3：侦探C的卧室。

池映雪对场地没有要求，能战斗就行，故而很自然地等待另外两人做出选择，自己跟着进门就行。可身旁两位窸窸窣窣半天，也没给出个结论。

池映雪等得有些不耐烦，但脸上并未表露，转头看向自家伙伴时还是浅笑盈盈的。

两个交头接耳中的人似有感应，同时抬头看他。

池映雪微微挑眉——？

况金鑫和钱艾用力瞪眼——！

池映雪："……"

对心有灵犀绝望的钱艾翻个白眼，况金鑫则果断放弃目光交流，直接伸手准备将人拉过来。

这一动作太突然，池映雪毫无心理准备，在胳膊被抓住的一刹那，他本能地用另外一只手狠狠擒住况金鑫的手腕！

况金鑫猛地一疼，极力去忍才没出声，只瞪着大眼睛，不解地看池映雪。

"抱歉，"池映雪立刻松开手，歉意笑了一下，"应激反应。"

钱艾看傻了，受不了道："你还真是全天候备战。"

况金鑫看一眼选择倒计时，还剩四十秒，再顾不上其他，立刻凑近两位伙伴，在彼此身体的遮掩下悄悄抬起刚刚被池映雪抓过的胳膊，点开"徽章手册"。

7/23的徽章提示是，"路"。

封闭的观战室，再小的声音那边三人也听得清楚，所以况金鑫没说话，只点点徽章提示，再点点自己，然后用目光询问："都明白了吗？"

钱艾立刻点头。况金鑫负责解决徽章，他和池映雪负责解决战斗，这么明显的示意再不明白，那就告别闯关吧。

池映雪自然也领悟了，但这样用眼神交流真的有些傻……

还不明白？——迟迟没等到池队友回应的况金鑫，眉头着急皱起。

放弃吧，这世上不是所有人都像你钱哥我这么聪明。——钱艾拍拍况金鑫的肩膀，缓缓摇头。

池映雪："……懂。"

围观全程的井静林、伏崎和董晞："……"

他们看不懂对方在商议什么，但能看懂对方支离破碎的默契。

仨伙伴最终选择了学校后山，徽章提示是"路"，教室和卧室总觉得离这个提示有点儿远。

走进2号门时，况金鑫终于得空，小声对池映雪说："对不起，我不应该随便碰你，以后一定注意。"

不是阴阳怪气，不是明道歉暗挤对，就是真心地觉得自己莽撞了。

池映雪走了神，直到学校后山的凉风吹脸上。况金鑫的手腕已经红了，池映雪清楚自己的力道，到了明天，红还会转淤青。

鸦："有人对你使用了＜幻＞死亡唱诗班哟。"

耳内突来的提示，终于拉回了池映雪的心神，身边只剩一个钱艾，况金鑫早跑向后方"山路"，而对面，是三个一言不发已经出招的对手。

"上来就偷袭，太卑鄙了！"钱艾一边控诉，一边翻找自己的"文具盒"，翻两下才想起来，"妈呀，'＜防＞两耳不闻窗外事'是吴笙的！"都怪背战术背得走火入魔，现在钱艾脑子里，全队文具都在一个盒子里。

"我光明正大用文具，怎么就偷袭了？"幻具的使用者，人高马大的伏崎一脸无语。

"有说话的时间，还不如专心操控文具。"井静林沉着的声音里带着一丝不满。

伏崎耸耸肩，闭嘴，专心凝神。

很快，池映雪、钱艾，连同已经跑远的况金鑫，同时听见一道极细的、神经性的耳鸣，之后便是天籁般的童声唱诗。

圣洁的唱诗声中，三人视野中的景物都开始褪色发白……

这帮人想用一个文具就结束战斗！

钱艾咬牙绷紧神经，冲远处已经停下来的况金鑫喊："别听！"

况金鑫立刻捂住耳朵。

同一时间，池映雪已锁定幻具使用者伏崎，危险地眯一下眼，出其不意冲了过去。

伏崎吓一跳，条件反射地后退，脚下差点儿踉跄。童声唱诗因他的分神有一刹那的中断。

然而池映雪终究没碰到伏崎。

他的身体狠狠撞到了一个看不见的透明屏障上，就在伏崎面前，"咣"一声，听得钱艾都替他疼。

鸦："有人对你使用了＜防＞一步之遥哟。"

防具的提示音姗姗来迟，不是伏崎用的。

池映雪转头看向另外两个人。

井静林放下胳膊，眼里带着一丝不解和好笑："这是文具战，你该不会以为和街头打架似的，拼勇斗狠就行吧？"

池映雪定定地看他，神情和目光都静下来。可这种平静，却莫名让人更有压迫感。

鸦："有人对你使用了＜幻＞死亡旋律哟。"

井静林、董晞和伏崎同时听见一个声音。

池映雪听不见，却看得清楚，这三人一起变了脸色。

"小雪，"背后传来钱艾的鼎力支持，"他们有唱诗班，我还有死亡旋律呢，看谁先扛不住！你就甩开膀子干！"

池映雪："……"

这"死亡旋律"本来应该配合军师战术簿里的V计划，但团战来得突然，钱艾也管不了那么多了，先抽出来以毒攻毒。

然而幻具用了，三个对手也听见提示了，空气里却没响起山风以外的声音。

池映雪、况金鑫："……"

井静林、伏崎、董晞："……"

死亡旋律……

旋律呢？！

伏崎第一个回过神，连忙集中注意力，要命的唱诗声再起！

钱艾额头已经出了汗，他明明已经和文具建立联系了，为什么就使唤不动呢？

池映雪默默看他，第一次相信别人的助攻，滋味很复杂。

终于，钱艾突破了和自家文具沟通的最后一个障碍，领悟了文具使用的全部精髓……

"啊——"钱艾发出一声濒临崩溃的大吼，而后认命地吸口气，再开嗓，整个学校后山都能听见他香气四溢的旋律，"油泼面吃一下，让你发抖；臊子面香喷喷，口水直流；裤带面拌上肉，真是筋斗……"

一个个音符，随着他的嘶吼派唱法劈头盖脸砸向井静林三人。

不同于"死亡唱诗班"的"无痛死亡法"，"死亡旋律"带来的痛苦是直接而强烈的。这种痛苦里，还夹杂着"还能这么用文具"的不可置信。这种反人类的冲击，甚至比"死亡旋律"本身更让受害者煎熬。

不，连没中招的池映雪都在钱艾的"歌声"里暗暗深呼吸，以平复情绪。

只有况金鑫适应。因为这歌是2/23时，钱艾为了给粉丝直播陕西美食现学的，当时的他和队长、军师已经听过直播演唱会了，今天再重播，基本免疫。

可是队友帮着他扛战火，他这边却一无所获，这才是最让人焦灼的事情。

011

山路就这么一条，他一低头，能顺着路看到半山腰，可从进来到现在，哪里有什么闪光？放眼望去，只有满山一尺多高的杂草随着风摇。

另一边，"死亡唱诗班"和"死亡旋律"斗得难解难分，一个穿透力强劲，一个爆发力惊人，互相干扰，谁也奈何不了谁。

正僵持，天空忽然暗下来，无数巨大的、五颜六色的蛋糕和甜点密密麻麻布满了整个天空！

钱艾看饿了……呃，不对，看愣了。

井静林三人也蒙了，正茫然着，就听见耳内提示。

鸦："有人对你使用了＜武＞浪漫下午茶哟。"

声音未散，一块浓郁的巧克力蛋糕不偏不倚正朝着三人砸下来。

井静林、董晞、伏崎一散而开，巧克力蛋糕砸到地上，巧克力酱四溅，香气浓郁。

钱艾用毕生最大毅力抵挡住香甜诱惑，趁机一个箭步蹿上去，冲到伏崎面前，牢牢抓住这个悬在全队头顶的"死亡唱诗始作俑者"的衣领。

伏崎呼吸一滞，还没来得及反应，就听见钱艾一声长叹："来吧。"

……来什么啊？！

质问尚未出口，身体却猛然蹿起，如火箭一般极速腾空。

一同腾空的，还有抓着他衣领的钱艾。

超重带来的压力让伏崎的心脏极不舒服，好不容易熬过初期，刚要适应，已升到高空的身体突然一停，又毫无预警地疯狂往下坠落。

一同坠落的，还有抓着他衣领的钱艾。

刚还倍感压力的心脏，又在突如其来的失重感里散成碎片随风飞。

当马上就要落到地面却又立刻第二次腾空时，伏崎终于听见了迟来的提示音。

鸦："有人对你使用了＜武＞双子跳楼机哟。"

想用旋律让对手回家，歌得自己唱；想用跳楼机制服对手，自己得跟着一起"享受"……

"你就没有不自残的文具吗？！"不知道第几次蹿上高空的伏崎终于爆发。

用力薅着对方的钱艾已经适应了上上下下的战斗方式，闻言心里一暖："都这样了，你还想着同情我？"

伏崎再度张嘴，结果呛了一大口风，咳得简直想死，再没机会用呐喊让对手懂得他的心——他是怕中这样的文具久了沾上霉运！！！

那边双子星"上天入地",这边池映雪已将学校后山变成了下午茶的托盘。

巧克力蛋糕摔在地上,奶油蛋糕砸在草丛里,甜甜圈挂在树梢,马卡龙堵在井口,丹麦酥皮、三明治压得董晞喘不过气,咖啡和红茶正在追杀井静林。

池映雪闭上眼,再睁开,刚扒开三明治的董晞头顶上又出现一颗巨石一样的方糖。董晞整个人笼罩在阴影里,想跑已经来不及了,方糖重重砸下来,碎了的糖粒飞溅而起。

池映雪回头去看跑掉的井静林,后者不知用什么方法,已经将追着他的两个巨大杯子弄成了一地碎片,这会儿正向专心寻找中的况金鑫靠近。

池映雪想也没想,立刻转身往况金鑫的方向跑去,刚迈一步,就听"咔"的一记金属咬合声,刺骨的疼痛从脚踝传遍四肢百骸。

池映雪低头,是一个捕兽夹。

"<防>隐秘捕兽夹。"方糖中央不知什么时候被掏空,董晞从里面冒出头,一本正经道,"你的动作太快了,好处是战斗性强,坏处是防备性差。因为一快就来不及想太多了,更容易踩坑。"

话刚说完,董晞就觉得头顶一暖,像有什么温热的东西落到了自己脑袋上。

他抬起头,一盏半热不凉的糖稀倾泻而下。

怎么可能?对方不先把自己的脚弄出捕兽夹,倒先攻击他?!

董晞来不及弄明白,就已被稠密糖稀彻底浇筑在了方糖里。濒临窒息之际,他被强制送离战场,回到观战室。

池映雪早在糖稀倾泻下来的一刹那,便弯腰生生掰开了捕兽夹。像笃定对方再无还手之力,扔掉捕兽夹之后,他看也没看方糖一眼,立刻朝况金鑫的方向而去,速度之快,根本看不出脚踝刚刚被金属齿咬过那么深。

——"我解决那个壮汉,你解决剩下两个,行不行?"

这是"带对手上天"前,钱艾问池映雪的话。

后者给的答案是,可以。

第一章 结局牌

3

况金鑫听见背后有脚踩杂草声音的时候就知道情势不妙,他一边转身,一边点掉早准备好的"<防>脚底抹油"。

距离他仅几步之遥的井静林猝不及防脚底一滑,摔了个结结实实——他完全可以不靠近,直接远距离用文具,但他就是想知道,这个从战斗一开始就当甩手掌柜的家伙到底在找什么！

况金鑫后退几大步，重新拉开距离，第一次观察起战场——左前方，钱艾正揪着对方一名同学上天入地；右前方，池映雪在和……一颗方糖对峙？

井静林重新站稳，略一思索开口，是那种特真诚的劝："这里没有你想找的东西，别费劲了。"

况金鑫定定地看着他的眼睛，半晌，说："你在套我的话。"

井静林愣了下，惊讶于他的敏锐。

况金鑫不再言语，只站在那儿一动不动地盯着他。

井静林被看得莫名不舒服，就像被阳光直射似的，皱眉问："你到底在看什么？"

况金鑫欲言又止，半天，直到井静林快不耐烦了才舒口气，紧绷的身体一瞬放松："我在看，我的队友怎么还没来。"

井静林心里一沉，顷刻转身，还是迟了一步。池映雪一跃将他扑倒，一手擒手腕，一手擒肩膀，用劲！井静林只觉得剧痛袭来，带着猫头鹰图案的那条胳膊生生被人卸脱臼了，冷汗一下子布满额头。

他抬起仍可以活动的另一条胳膊想去反击，可刚动一下，这条胳膊又被人抓住，根本没给他谈判机会，又一声极小的"咔"，这一条胳膊也阵亡。

"你不能安分守己，我就替你安分守己。"池映雪微笑，淡淡道，"其实你该感谢这不是街头打架，"他伸手朝井静林的腹部比画一下，语气十分遗憾，"否则我就不会卸胳膊，而是一弹簧刀捅进你肚子。"

井静林看着他的笑，觉得冷，一股足以渗入骨头缝的寒意。

况金鑫没听见他们的对话，因为他全部心神都在徽章上。

他的任务就是找徽章，所以他不和井静林打，只等着队友过来支援。但现在队友过来支援了，他的徽章却毫无头绪。

时间所剩无几，他必须尽快换思路。

点开"文具盒"，翻两下，他果断点掉一个文具——〈武〉风卷百草折！

霎时狂风大作，吹得人几乎睁不开眼。

狂风中，一切杂草倒伏，沾在其上的"下午茶残骸"则被纷纷扬扬吹跑，没几秒，整个山头就处于一种"风吹草低"的状态。

杂草一趴下，藏在草中的一切便更明显了——除了那条台阶山路之外，竟然还有一条极窄极隐蔽的小土路，也就一掌宽，像被人单脚踩出来似的，周围杂草丛生，不这么吹倒根本看不到。

而就在这小路现身的一刹那，一枚亮光赫然一闪。

况金鑫飞快奔进小路，眼睛都没敢眨，一口气冲到闪光消失的位置，屏息静待。

十几秒后，闪光又现。况金鑫眼疾手快一把抓住。

鸦："恭喜寻获7/23故事徽章一枚！"

游戏间和剧情间，同时响起一声"叮"。

而两处都对战场发生的事情一无所知。

赵昱侃和乐醒的第一反应，都以为是战斗有了结果，但很快就意识到不对，这提示只给了对手，没给自己。

吴笙看完信息，莞尔。

赵昱侃沉默。

徐望看完信息，直接被这意外之喜激动得隔空表扬："好样的！队长爱你们！么么么——"

乐醒打了个激灵，忽然意识到，自己在领袖这个位置上还有很长的路要走。

团战场上，况金鑫、池映雪，包括还在"玩跳楼机"的钱艾，都莫名感到耳后一凉。

第一章 结局牌

十分钟，对战时间到。

战场上还剩下的五人，被同时传送回观战室。

伏崎一落地就躺下了，严重缺氧的他急需缓缓。

钱艾也没好到哪里去，呼哧带喘，心跳怦怦的。

先一步回来的董晞第一时间赶到井静林身边，担心地问："怎么了？"井静林的状态实在不好，脸色惨白，一头冷汗。

况金鑫看池映雪，池映雪无辜回看；况金鑫皱眉，池映雪佯装茫然。

况金鑫叹口气："看着就很疼。"

池映雪："……"

耸耸肩，他转身走向井静林，准备听队友的话帮人把手臂接回去，不料刚伸手，就被董晞打掉了："用不着！"

池映雪乐得轻松，立即原路返回。

况金鑫见状，有点儿不好意思地冲池映雪笑笑，像是意识到自己多事了。

那头，董晞用幻具治疗了井静林的伤。

这边，池映雪难得起了一丝好奇："你不生气？"

况金鑫被问愣了："生什么气？"

池映雪好笑道："你动员了我半天，结果我过去了，人家根本不领情。"

况金鑫乐了，是真的毫不在意："我想让你帮他接胳膊，现在他胳膊接上了，就挺好。"

终于从跳楼机后遗症里缓过来的伏崎不服气地冷哼："如果五打五，你们怎么死的都不知道。"

这话钱艾就不爱听了："五打五？我们队长和军师能在三分钟之内让你知道天为什么是红的，花为什么是蓝的！"

"……"

等一下！伏崎陷入混乱，天和花到底是什么色？

"观战者团队战，2号讲述者队伍获得胜利。2号讲述者，请开始你的结局。"

三个空间同时响起的声音，将这场桌游战带入尾声。

操场上的徐望不自觉放轻了呼吸，虽然他这一丁点儿动静并不影响头顶上实时传递的对战室声音。

游戏间里，吴笙对着赵昱侃感慨一叹："你看得起自己太多，看得起别人太少。"

赵昱侃："……想不出新的获胜感言，你可以选择不说。"

再重复一遍旧的是什么操作！

吴笙看向自己的结局牌，"这就是他最后留下的话"，片刻后，静静开口："日记毁了，有牵扯的A、B、C、D都跟着日记灰飞烟灭。一切都成了校园第二棵树下的一小撮灰烬，没人知道曾经发生的事情。灰烬里还有C留下的最后一根头发，风一来，灰散了，头发随之消失……

"如果这个校园里还有像我一样傻的家伙，希望你记住，当你想推开某个人的时候，先别急着动手，再多想一秒，也许就会明白，你真正想做的不是推开，而是抱紧——这就是他最后留下的话。"

鸦："恭喜过关，7/23顺利交卷！亲，明天见哟。"

天旋地转降临时，徐望还处于结尾带来的冲击中。自家军师真假参半的故事，已经让他分不清哪些是虚构哪些是真实。他想相信，又怕自己信错了，有期待，又怕落空摔得更惨。

吴笙没有比他好到哪里去。从决定讲述这样一条故事线开始，他的心就没定过。他和徐望之间，对也好，错也好，道歉也好，后悔也好，都是十年前的事情了，甚至连句号都在十年前画完了，他非借着闯关的由头旧事重提其实挺没意思的，但他控制不住自己。

吴笙很少失控，仅有的几次，都给了徐望。

鸦没给他们更多的踌躇时间，短暂昏眩感后，世界重回现实。

两队，十人，伫立在重庆闹市区某地铁站口。

凌晨五点，地铁还没开始运行，街上只有几个环卫工人在清扫，见十一个大小伙子聚在地铁口，时不时警惕性地看过来一眼。

是的，十一个。

雅灰男双手插兜，站在地铁口，一脸"老子终于等到你们"的如释重负。

"谁赢了？"一个圆桌大眼瞪小眼半宿，他也不弄那些虚头巴脑的客气。

吴笙没答，先去看徐望。

徐望被看得一怔，心跳霎时咚咚如擂鼓，为掩饰不自在，他连忙别开眼，看路边。

吴笙一直告诉自己不要抱有期待，可徐望的闪避还是让他一颗心不住下沉，再看向雅灰男，情绪就十分低落了："我们赢了。"

"……"

这是雅灰男见过的最丧的胜利者气场。看来是经历了一番苦战啊，他想。

"这才第七关，"一旁的赵昱侃拉高衣服拉链，淡淡看过来，"后面的路还长着呢。"

吴笙心口本来就闷，闻言冷冷瞥他："我要是你，就祈祷我们千万别再遇见。"

赵昱侃知道后面不会是什么好话，比如"再遇见你会输得更惨"或者"下次我就不会手下留情了"一类，但输人不输阵，既然叫板了，再难听他也要微微一笑等下文。

吴笙认为该说的都说完了，等待赵昱侃识相而退或者再不怕死地挑衅。

两人在重庆的晨风中彼此等待，空气突然安静。

另外九人："……"

雅灰男终于知道为什么他出来之后，又隔了这么久对战才结束了。就这俩人的交流方式，一个故事能卡顿到地老天荒。

徐望和乐醒实在忍不了了——一个急着回去谈青春聊过往，一个急着回去总结经验卧薪尝胆。于是前者三步并两步挡到吴笙面前，替他说完整版："我要是你，就祈祷我们千万别再遇见。一次战败可以算运气不好，连败两次就没托词了。"后者拉回赵昱侃，换自己上前："耍嘴皮子没意义，谁能笑到最后，走着看。"

"互放狠话"的常规性环节完成，乐醒果断转身，带队离开。

徐望转过身来，先没管莫名其妙就情绪低落了的吴笙，而是看向更莫名其妙的雅灰男："你到底在这里等什么呢？"

没听说提前回家之后还在坐标点等对手的，除非是输不起，准备在现实里伺机报复。但那种情况就该躲在阴暗角落吧？这位倒好，大大咧咧靠地铁站口，不知道的还以为等着

第一章 结局牌

约会呢。

"等什么？"雅灰男被这问题扎心了，有种一腔热情付东流的凄凉，"等结局啊！"

这回不只徐望，况金鑫、池映雪、钱艾也愣了，这一关虽说是故事接龙，但故事不是重点吧？！

雅灰男也不废话，直接问吴笙："最后B和C到底怎么样了？"

吴笙静静看了他一会儿，如实回答："都死了。"

雅灰男："……"

晴天，霹雳。

况金鑫能感觉到雅灰男对剧情的真心，这会儿就有点儿同情，连忙补充："但是C留下了一根头发。"

雅灰男："头……发？"

在他离开之后，故事到底经历了怎样神奇的发展？！

雅灰男追问："然后呢？"

况金鑫："头发和日记灰一起被风吹走了。"

雅灰男："……"

晴天，再霹雳。

真情实感追剧情是件高风险的事，雅灰男的脸色已经和衣服一样灰了。

一想到这剧情里也有自己的"戏份"，徐望就有种"自己把人虐了"的过意不去，连忙转移话题："对了，怎么就你一个人，小酒红、小天蓝、小深紫和小明橙呢？"

雅灰男呆愣半晌，才反应过来对方问的"四色盘"是自己的队友。他一指街那边的麦当劳："那里坐着呢。"

徐望颇为感慨："折腾一晚上，还要陪队长等结局，也是死心塌地了。"

"其实也不全为这个，"雅灰男正色起来，掏出手机，看看徐望，再看看吴笙，说，"加个微信吧，以后有什么新信息，大家共享。"

吴笙和徐望都没说话。

"同一关里撞上，我们是对手，但大部分时间里，我们是难兄难弟。"雅灰男说着，自嘲地笑一下，"听个猫头鹰叫，就穿越到真人闯关了，这话说了都没人信。"

"就算信了，第二天也忘。"徐望拿出手机，点开微信。

竞争环境里，信任很难，但信任总是比防备更让人向往。

"根本连说的机会都不给你好吗？"雅灰男扫一扫，加上徐望。

"对，一想说脑袋就疼得要死，回头还清空你文具盒。"徐望点击通过，列表中多了一名好友。

雅灰男把手机揣回口袋，抬头看徐望："鹦真不是东西。"

徐望重重点头："丧尽天良。"

能够迅速建立友谊的，除了"彼此投缘"，还有"共同吐槽"。

4

目送雅灰男的背影消失在麦当劳门内，五伙伴打了两辆车，去了附近的酒店。

五个人，三个标间。

分房卡的时候，钱艾一把揽过况金鑫："我们不换配置。"

池映雪瞟他一眼，朝发房卡的徐望伸手，淡淡笑："我是两个人，正好一间房。"

小伙伴们都分好了，徐望没什么意见。

拿完房卡，五人各回各屋，徐望和吴笙正要关门，隔壁的况金鑫却跟过来了。

此时钱艾和池映雪都进房了，走廊里静悄悄的，况金鑫站在门口，问吴笙借急救箱。

徐望担心地上下打量："你受伤了？"

"池映雪，"况金鑫说，"坐出租车回来的时候，我看见他鞋上有血。"

"严重吗？"

"不知道。"

"要是严重，务必告诉我，有些伤不能自己处理，必须去医院。"

一路上池映雪的神情毫无异样，要是换别人，徐望可以直接断定是小伤，可放在池映雪身上，真就不敢轻易下结论了。这位新队友对于疼痛的忍耐力，比他的战斗力还恐怖。

"队长你放心，"况金鑫用力点头，"他要是不听话，我就叫你们过来帮忙。"

徐望莞尔，莫名觉得"不听话"三个字形容池映雪毫无违和感。

"笃笃。"

酒店的门板很厚，敲起来声音发沉。

况金鑫等了一会儿，没动静，刚抬起头想再敲，门却毫无预警打开了。池映雪还穿着闯关时的衣服，只是脱掉了外套，现在上身是一件深色T恤，不过因为T恤和外套几乎是同样深郁的色系，乍看之下毫无区别。

"有事？"池映雪看一眼况金鑫抱着的急救箱，明知故问。

况金鑫垂下眼睛，提醒："你裤脚湿了。"

019

池映雪低头，果然，裤脚颜色比别处深。

其实不是湿了，是血，只是裤子颜色重，看不出血色，但蹭到浅色鞋面上，是水是血就一目了然了。

"你也学会拐弯说话了。"池映雪拿过急救箱，顺便把人放进来。他是不在意这种程度的伤，但他又不是嫌命长，医疗兵上门，没有往外推的道理。

"这不叫拐弯，这叫生气。"况金鑫非常客观地评价自己的开场白。

池映雪将受伤的脚搭到椅子上，拉起裤管，脚踝一圈凝固的血糊，也看不清伤口如何。他拿酒精棉擦血污，动作熟练而迅速，从神情上看不出一丝疼。

他甚至还有闲心，好奇地问况金鑫："你气什么呢？"

况金鑫眉头皱成小山："你一打架就不要命。"

上一个治疗幻具才用完没几个小时又受伤，这频率赶上一日三餐了。

池映雪莞尔，半玩笑半认真地问："置之死地而后生，不拼怎么赢？"

况金鑫对他的笑容免疫："你不是想赢，就是享受拼命。"

池映雪乐出声，不反驳，只是乐，他发现况金鑫气鼓鼓的样子比平时有趣得多。

血污擦得差不多，他把酒精棉丢进垃圾桶，然后上药、包扎。况金鑫终于看清，那是一圈锯齿形的伤口，像被什么东西咬了似的，好在擦掉血污之后看着没那么深。

"你说过，他很怕疼。"况金鑫忽然开口。

池映雪拿着纱布的手一顿，抬起头。

况金鑫静静地问："那他每次疼的时候，是不是就把你叫出来挡着？"

池映雪如水的眼里，看不出任何情绪："如果是呢？"

况金鑫毫不犹豫："他不应该这么对你。"

"或许，"池映雪说，"是我故意受伤，想用疼吓住他不敢出来。"

况金鑫轻蹙一下眉："你也不应该这么对他。"

池映雪笑了，笑意到了眼底却成淡淡的凉："你的立场还真不值钱。"

"你总想让我站在你这边，"况金鑫不傻，"但话都是你说的，他没机会为自己说话。"

"你想找他出来聊天？"池映雪低下头，专心致志缠绕纱布，声音轻得好似不经意，细听却冷。

"我想你们少受伤。"况金鑫说。

"你们"二字让池映雪觉得刺耳，他沉默地包扎完，重新抬起头，忽然狠狠攥住况金鑫的手腕，用力将人拉近到自己面前。

鼻对鼻，眼对眼，近在咫尺里，他第一次认真宣誓所有权："申请入队的是我，你的队友也是我。"

给完况金鑫急救箱,关上门,房内终于只剩下徐望和吴笙两个人。窗户没开,得不到流动的空气凝滞在有些狭小的标间内,让本就安静的氛围更显沉默。

安静可以,沉默就让人难耐了。

对着门板的徐望,在尴尬升到最高点之前转过身来,一拍吴笙刚卸下来的背包,故作自然地打趣:"还抱着不嫌累啊。"说完,他绕过对方,径自走到桌旁放下自己的背包,打开翻翻找找。

吴笙抱着背包在玄关又站了一会儿,看着徐望忙忙碌碌,眼底有些情绪闪烁不定。

"池映雪不会有事吧?"迟迟等不来回应,徐望只能硬着头皮一个人唱独角戏。如果吴笙再不说话,他真不知道该怎么办了。

幸好,那边终于有了声音。

"还能走路,应该没伤筋动骨,"吴笙说着,走到徐望身边,把背包和对方的并排放在一起,"如果你不放心,就过去看看。"

背包放得近,两个人也挨得近,各自翻东西的胳膊时不时碰一下,可谁也没往旁边挪。

"不用了,要是真的很严重,小况早就过来了。"徐望终于给手机充上了电。

按理说,他就应该离开桌边了,脱个外套或者去洗手间洗把脸。可他脚下没动,还像模像样在背包里翻,感受和对方肩并肩紧密挨着的状态。

他也觉得这样很傻,可谁让吴笙讲那种见鬼的故事。十年前的心情早就休眠了,哪怕再度重逢,他也一直保持得很好,但这人非要来撩拨,撩了又不给后续。C后悔了,吴笙呢,也后悔了吗?那自己就在这里,他为什么不当面说?

正想着,拿完日用品的吴笙先转身去了洗手间,身边突然空了,有点儿凉。

"我先洗澡了?"卫生间里,吴笙询问浴室的使用权。

洗吧洗吧,最好把脑回路都冲平!徐望在心里把人抽打一百遍,说出来的却是:"嗯。"

卫生间的门板合上,关门声不大,却听得清楚。

徐望扑到床上,一口老血哽在喉咙,想吐,吐不出,想咽,不甘心。"莫名其妙"四个字像团火在心口里烧,你故事都讲了,是死是活不该给个话吗?

卫生间内,吴笙靠在门板上,望着头顶昏暗的灯光,一点点调整呼吸,可心里还是乱,就像有另外一个自己在疯狂敲代码,哒哒哒,哒哒哒,但敲的是什么、想编怎样的程序、解决何种问题,一概没影。

有些话,放在信里可以讲,放在故事里随便说,可一到面对面,就像长了腿,自己拼

第一章 结局牌

命往后跑。

十年前如此，十年后亦然。

可话又说回来，他故事都讲了，徐望不该给点儿什么反应吗？哪怕是怪他把已经翻篇的事情再翻回来，生个气呢，也比现在这样好像什么都没发生强。

假装什么都没发生过，似乎是徐望的绑定防具。十年前的那个雨夜之后，他绝口不提被推开的事，十年后的重逢，他绝口不提通信的事，开始是他，切断也是他。现在换自己想旧事重提，他又当看不见。

氤氲水汽布满卫生间的时候，吴笙站在花洒底下想，等会儿出去了就配合徐望，当什么都没发生过。可当他洗完澡，回到房内，看着徐望躺在床上睡得香甜，什么"当没发生过"立刻飞到无尽海，只剩下"你还能再没心没肺点儿吗"的愤懑。

吴笙粗鲁而敷衍地擦两把头发，便把毛巾丢到一旁，悄无声息地走到徐望床头边蹲下来，非常幼稚地朝侧躺着的徐望脸上吹气："呼——"

徐望的睫毛因为突来的气息微微颤抖，人却没醒。

吴笙鬼使神差又靠近些，近到头发滴下来的水湿了对方的枕头："呼。"这一下吹得轻了，不像恶作剧，倒带了点儿温柔。

徐望还是没动静。

吴笙不自觉抬手，可在指尖马上要碰到对方脸颊的时候又顿住了。隔着一厘米，他的手沿着对方的头发到脸颊一路滑下来，玩得不亦乐乎，开心得像个用科技让人类生活又飞跃了一个台阶的IT大佬。

"嗡嗡嗡——"手机在桌上震出不亚于铃声的响动。

吴笙迅速起身去桌边拿电话，下意识不希望震动太久，吵醒睡着的人。结果带着做贼心虚的余韵，动作又太快，马上要到桌边时一脚踢到了椅子腿上，椅子发出"咣"一声哀号，吴笙则疼得倒吸一口冷气，最后接通电话，一瘸一拐往门口走，边走边压低声音说的那句"喂"，听着都可怜兮兮。

"熟睡"的徐望睁开眼，怅然若失。确认玄关方向已经看不见人影，他才拉起被子蒙住头，整个人缩进黑暗里。他扛不住了，他就一颗心，承受不了起起伏伏，会散架的。

"行，我这就回去。"虚掩的房门外传来吴笙的声音。

徐望其实一直没听清吴笙和电话那头在讲什么，因为对方似乎已经去到走廊上了，但就这一句，因为吴笙突然郑重起来，而清清楚楚传进了被子下的徐望的耳朵里。徐望皱眉，这不是一件"小事"的语气。

吴笙挂上电话回到房内，看见的就是已经掀开被子坐起来的徐望。

"出什么事了？"暂时抛开那些剪不断理还乱的情愫，徐望现在满心满眼只剩担心。

"公司那边出了点儿状况，没大事。"吴笙云淡风轻道，"不过需要我亲自回去处理，所以来回可能会耽搁几天。"

徐望太了解吴笙了，如果真没大事，他压根儿不会特意强调。但他不准备戳破，只说："我和你一起回北京。"

吴笙愣了下，摇头："不用，太折腾了。等晚上得了新的坐标点，我们到下一关会合就行。"

徐望沉吟一下，找了个正当理由："我想回去把租的房子退了。"

"退租？"吴笙意外。

徐望点头，这事儿他其实也想了一阵了，不算是临时起意："我们还不知道要在鸮里闯关多久，房子空那儿也没人住，白白浪费房租。"

吴笙莞尔："就算不租了，一个月也就省下几千块钱，还买不了徽章手册的一页。"

"一个月几千，十个月就几万，积少成多懂不懂？"徐望没好气地白他一眼，这时候忽然希望全队都能有钱艾同学的勤俭精神，"一本手册二十万，再来个秘籍、彩蛋、攻略便签什么的，分分钟破产。"

徐望语调轻快，可吴笙却在他眼里捕捉到了一丝不舍——不是舍不得那房子，而是一旦退了租，就意味着彻底切断过去的生活，那些忙碌却踏实、辛苦却安稳的日子，连能回头看一眼的地方都不复存在了。

"你想好，"吴笙不阻止，只希望他明白，"一旦退了租，你就彻底漂着了。"人和心都只能在鸮里执拗向前，再无退路。

徐望看着他，良久，嘴角扬起，带着点儿自豪："我有你们，我不怕。"

第一章 结局牌

5

吴笙本来想自己回北京，结果告诉徐望，就变成了双人游；徐望本来想陪吴笙回北京，结果告诉了三个队友，就变成了五人行。

小伙伴们的理由还很充分——反正原定也是要坐绿皮火车，休息几天再进入下一关的，那就直接回北京休养生息，还能吃个羊蝎子、烤鸭、豆汁儿、焦圈儿什么的。

好吧，这一理由主要来自钱同学。况金鑫附和，池映雪无所谓。

于是，四个小伙伴就陪着自家军师买了最近的航班，当天晚上便抵达北京。

一出机场，吴笙就被合伙人接走了，火急火燎的，谁都看出来事情紧要。但连队长都不清楚原委，钱艾和况金鑫也就没胡乱猜，只希望自家军师那边一切顺利。

四人搭了出租车，路线是回徐望家，但途中徐望忽然想起来池映雪身份证上的地址是北京，思索片刻，斟酌着问："小雪，你家也在北京吧？"

池映雪不知道自己这昵称怎么就固定了，但也懒得抗议，只对徐望提出的问题简单一应："嗯。"

这是一个极简到有些微妙的反应。

徐望能感觉得出，池映雪对这个话题不太热衷。他不了解自家队员的家庭情况，但作为队长，操心好像已经成了本能，于是左思右想，把"要不要回家看看"咽了回去，只委婉道："上次你哥打电话，好像还挺担心你的。"

池映雪扯了扯嘴角，像笑，又像嘲讽："他就是例行公事问一下，确定我还活蹦乱跳就行了。"

徐望："……"

这是个"雷区"，他决定终止话题。

这都不是哥哥弟弟感情不深的问题，而是池映雪的话里明显带着"敌意"，如果池映雪不加掩饰，或许还能听出……恨。争夺家产兄弟阋墙吗？还是哥哥不能接受自己有个双重人格的弟弟？抑或这其中还有什么不为人知的家宅隐秘？

想得脑袋发疼时，徐望才意识到自己有多八卦。自己的事情都没弄明白呢，还操心别人的兄弟情剧本，活该没人疼没人爱。

出租车到地方的时候，天已经彻底黑了。

徐望租的是个老小区，楼都是矮层，只有楼梯，没有电梯。

钱艾和况金鑫对此地熟门熟路，只池映雪是第一次来。三个伙伴都进了楼门，他还站在昏暗的路灯里，抬头望着楼房全貌，思忖着如果明天还留在北京，或许应该提议在酒店开个房。他不介意住的地方破，但这种一看就没多大空间，必然人挤人住的地方，让他本能排斥。

今天是没戏了，提了就是不合群，这道理他还是懂的。无可奈何地叹口气，池映雪走进楼门。

楼道里的感应灯像是刚换的，有着和整栋楼画风极不相符的刺眼明亮。一进楼，池映雪就被晃得难受，他垂下眼睛，尽量低头，全部视线都放在楼梯和自己的脚上，可看久了，一级级楼梯也让人眼花。

走到二楼一半的时候，池映雪的昏眩感到了极点，他抓住楼梯扶手，顾不得上面灰尘厚重，用力握紧，以此稳住微微打晃的身体。

走在前面的况金鑫似乎感觉到不对，回过头来，就见池映雪站在隔着几级台阶的下方，眉头紧皱，神色痛苦，握在栏杆上的手关节已泛白。

"池映雪？"况金鑫试探性地叫，对方似乎完全没听见，他索性下几级台阶，直接来到池映雪身边，抬手轻轻碰一下他的胳膊，"你还好……"

"别碰我！"池映雪根本没给他说完话的机会，吼出声的同时用力将人一推。

这一下他根本没控制力道，况金鑫直接向后摔去！

幸亏钱艾眼疾手快，赶在况金鑫整个后背磕在台阶上之前将人捞住，但火已经腾一下起来了，反手也推了池映雪一下："你发什么疯！"

钱艾骂得生气，但好歹算队友，他这一推并没真的下力气，警告意味更多。可池映雪就么倒下去了，虽然台阶不高，但还是"咣当"一声结结实实摔在了台阶下一、二楼的转角平地上。

钱艾看看躺在地上的池映雪，再看看自己的手，吓着了。

这又不是气功！！！

最先反应过来的是徐望，他三步并两步跑过去，把人扶起来借着楼道灯光检查，还好，没外伤，但人意识不清，嘴里含混着不知道嘀咕什么。

况金鑫和钱艾随后也奔过去，三人合力将池映雪抬进了徐望家。

不料刚把人放到卧室的床上，池映雪忽然睁开眼，而后一个鲤鱼打挺下床，站在那儿用眼满屋搜寻。

钱艾咽了下口水，左手拉自家队长，右手拉况金鑫，以防对方打击报复，自己势单力薄。

池映雪却看也没看他，很快锁定了衣柜，大步流星走过去，打开门就把里面的东西往外掏，掏一样丢一样，真是不是自己衣服不心疼。

徐望看傻了，第一次被人当着面"打家劫舍"。

况金鑫和钱艾看懂了。毕竟他们在柯妮娜小屋里守着蘑菇汤等待的时候已经看过一次了，只不过那次，柯妮娜的衣柜本就是空的。

"队长，别担心，他在封闭的黑暗空间里待一会儿就能稳定。"况金鑫用自己的经验给自家队长吃宽心丸。

徐望猜想这应该和双重人格的不稳定性有关，但更让他惊讶的是自家队友的淡定："你们见过？"

况金鑫点头："6/23的时候，你和笙哥去村庄找线索，我们在柯妮娜的小屋里等，他就出现过这种情况。"

"砰"，池映雪钻进已经被掏空大半的衣柜，从里面用力关上柜门。

徐望看得后背一阵阵发凉，知道队友是双重人格和亲眼看见的冲击力截然不同。

"是……阎王想换出来？"

"确切地说，"钱艾严谨地说，"是一个想变身，一个不想变身；一个呼之欲出，一个严防死守。"

几分钟后，柜内再没动静。整个卧室也跟着静下来，只是那安静底下藏着三颗牵挂焦灼的心。

三人不敢离开，就都在床边坐着，六只眼睛紧盯衣柜，自觉或不自觉地想，如果等下冲出来一个改头换面的陌生队友该怎么办。

时间一分一秒地流逝，衣柜依然悄无声息，让人禁不住怀疑池映雪是不是在里面睡着了。但没动静总是比神神道道强，后者实在让人头皮发麻。三人紧绷的心弦，也跟着这长久的平静稍稍松弛了一些。

钱艾低头看自己刚刚推池映雪的那只手，有点儿后悔地在心里骂："你说你是不是欠，是不是冲动，是不是做事鲁莽不考虑后果？那是你队友啊，就算性格差，脾气臭，还莫名其妙推了小况，你就不能换个安全、温和、无刺激的教育方式？这一推是爽了，差点儿一尸两命有没有！"

徐望看着满地的衣服，才想起来秘密盒还在衣柜里。他想了一路，回来第一件事就是要翻秘密盒，但现在也顾不上了，只希望池映雪能平平安安稳定下来。

半小时后，钱艾开始打瞌睡，脑袋一下一下地点。

一小时后，徐望的眼皮也开始打架。昨晚到现在，他们还没合过眼，硬撑还能撑，但一放松下来，疲惫就难以抵挡。

一个半小时后，两个人一个床头，一个床尾，或躺或靠，都睡着了。

……

衣柜里。

深渊一样的黑暗将池映雪吞没，或者说，他和黑暗已融为一体。

如果这时有一盏透视灯，就会看得见他正在用钥匙划自己的手臂，一下不见血就再来第二下。他机械而坚定地重复着这一动作，直到钥匙的锯齿将皮肉一起扯破——随身携带的刀在机场过安检时被拦下了，否则他这"疼痛疗法"的效率会更高。

他盯着自己的手臂，仿佛眼睛已经适应了黑暗，能看见这一道道模糊血肉。这让他愉悦，眼里的光彩比战斗的时候还盛。

衣柜外已经没了声音，只有睡着的均匀呼吸，但这些他都不知道。他已经彻底进入了自己的世界，整个人在长久的极度压抑中微微颤抖，终是按捺不住，漂亮的薄唇轻启，吐出的字却是阴森："你不是想出来吗，出吧，我又没拦着你。"近乎呢喃的低语，前所未有的温柔，前所未有的残忍，"外面又黑、又闷、又疼，你一定喜欢……"

他的声音也在颤，但不是紧张，不是害怕，也不是仇恨和愤怒，是愉悦，是一种掌控局面、占了绝对上风的极度愉悦。

一柜之隔。

坐在两个熟睡人之间的况金鑫静静望着衣柜，清晰听着那里面传出的每一个字每一句话，目光清明。

"呵，看来还是不够疼……"

"……滚……"

"我滚了，谁保护你啊……"

"……滚开……"

"你就不会说点儿别的？你哥还知道一个方法杀不死我就换第二个呢……"

"……"

"咚！"

柜内忽然发出撞击声。这一声不大，却像点燃了引信，接着一连串"咚咚咚"极速响起，快而密集，并且一声比一声大，一声比一声狠，就像里面有个人正在不要命地拿头往柜壁上撞！

寂静卧室里仿佛被突然扔进来一挂炮仗，徐望和钱艾瞬间惊醒，还没弄清怎么回事，柜门就"咣"的一声被池映雪撞开。他以快得让人看不清的速度从里面冲出来，站定在卧室明亮的灯光下，弯腰双手撑膝，大口大口地喘气，就像一个刚被救上岸的溺水者，被汗水浸透的发梢贴在精致的脸上，衬得他皮肤更白。他的睫毛也被汗水打得微湿，在满室光明中，于眼下映出淡淡阴影，将他所有的情绪都掩在深处。

三个小伙伴不动、不语，带着一丝忐忑和不确定等着他平复。

半响，他的呼吸终于缓下来，仍扶着双膝，只头微微转向床边，粲然一笑，声音里带着些许透支后的虚弱，眼神却亮若星辰："害你们担心了，我没事了。"

钱艾和徐望不约而同舒了半口气，但也只是半口。队友还是那个相处多日礼貌客气的池映雪，这算一个不坏的结果，继续相处熟悉的总是比重新磨合生疏的更容易。可身体争夺战的代价是额头撞得通红、左手臂内侧血痕交错，一些稍深的伤口冒出的血已经流下来，血珠挂在指尖，要掉不掉的，在灯下泛着刺眼的光。

"你是没有痛觉吗？"钱艾嘴上吐槽，心里却替池映雪疼。他以前觉得自己是队里最容易受伤的可怜娃，直到这两天和这位新队友相处下来，他忽然觉得自己的生命里简直充满爱和阳光。

> 第 一 章　结 局 牌

客厅里，池映雪熟练地给自己包扎，仨伙伴全程监督。

机场分别时，吴笙硬要把急救箱留下来，因为他晚上要去河北大客户那里，午夜再进鹩，就不是在第一关而是在无尽海了。虽然徐望一再表示1/23的危险系数是零，吴笙还是强烈要求留下急救箱，代替自己照看整支队伍。

哪知道还没等进鹩呢，急救箱就派上用场了，让他们不得不佩服自家军师的"高瞻远瞩"。

徐望无意中扫见池映雪脚踝处露出的纱布边缘，后知后觉地想起这位伙伴在战斗中还负了伤，顿时队长之魂附体，苦口婆心出声："你就没有别的办法……稳定？"实在找不出太合适的词，说"拦住另外一个你自己"又很奇怪，他最终选了模棱两可的两个字，"你这闯关的时候受伤，回现实了还自己伤自己，你是能扛住疼，但身体吃不消啊。"

"别的办法啊……"池映雪低头系着纱布，轻轻沉吟，待全部弄好，抬起头，朝着徐望似笑非笑地眨一下眼，"你不会想知道的。"

徐望沉默下来。他在池映雪眼睛深处看见了无尽的痛苦和黑暗。

第二章 解密
JIE MI

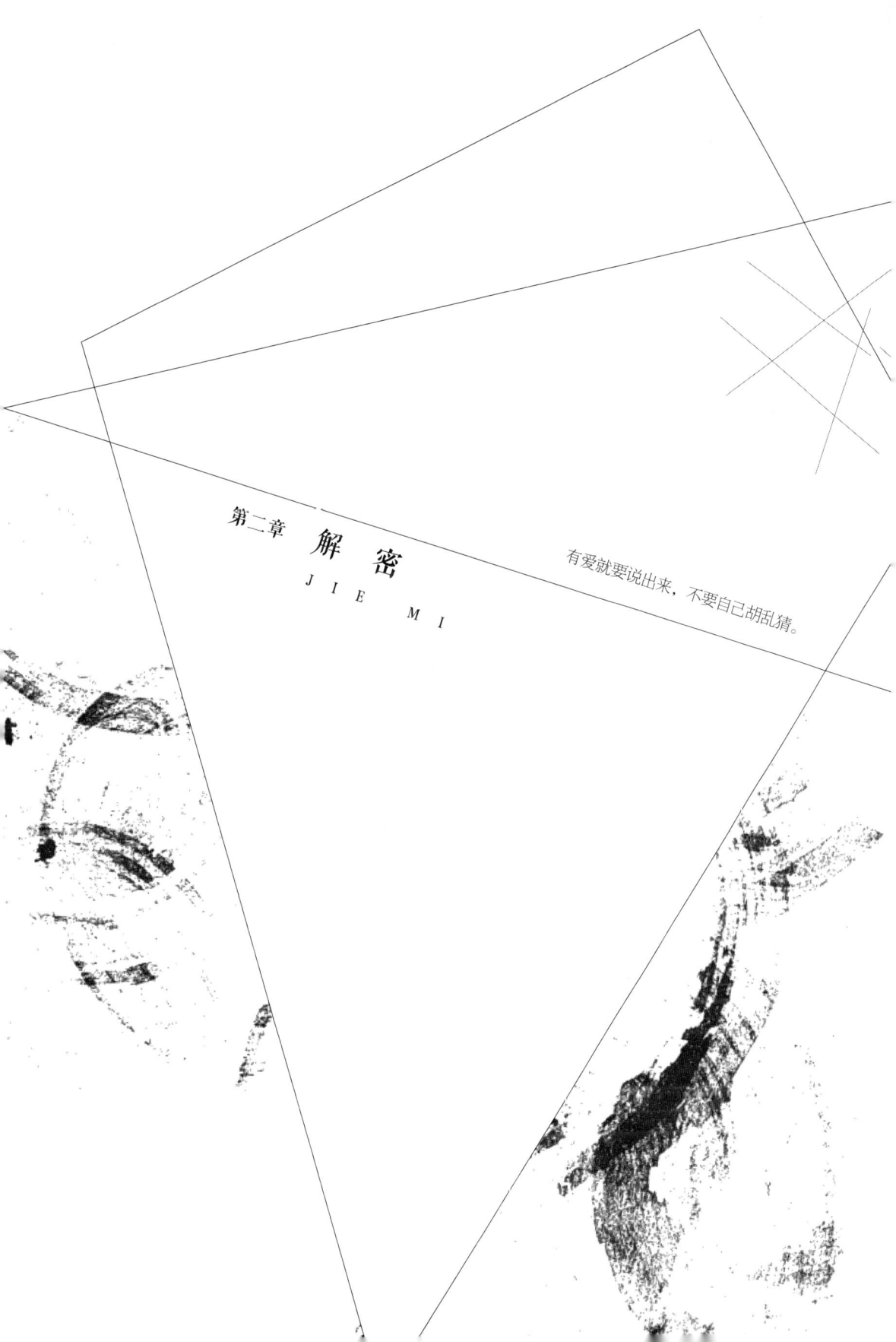

有爱就要说出来,不要自己胡乱猜。

1

夜色已深，距离鸮的再次开放还有两个半小时。

徐望让三个伙伴在客厅凑合眯一下，自己躲回卧室。

好在伙伴们并没提出"共享卧室"的要求，否则他都不知道该用什么理由把人推出去，总不能说"我需要一个隐私空间来破译十年前的秘密"吧。

关上房门，他深吸口气，又慢慢呼出，这才走近衣柜。敞开的柜门内侧沾着一点儿血印，应该是池映雪推门时蹭上的。

徐望弯腰将上半身探进去，伸手摸索半天，终于碰到了那个盒子。

还在。

它小心翼翼蜷缩在柜子最深处，一如那段懵懂而混乱的回忆。

心跳得厉害，徐望试了几次才将盒子成功取出来。他将它捧在手里，转身走回床边，每一步都很小心，就像捧着一不留神就会碎掉的珍宝。

终于，盒子被放到柔软床榻上。

开盖，取信，五张信纸展开摊平，整齐放好，规矩得像个方阵。

他先将第一封和第二封的信纸叠到一起，捏起来对着灯看，就像吴笙在第六关的古堡里破译情书密码时做的那样。

呼吸不自觉屏住了，整个世界似乎只剩下那叠在一起的两张信纸。

吴笙的每一封信都不长，多的半页，少的三分之一页，寥寥数语，都是不痛不痒的问候寒暄。徐望认真看过每一个字，良久，目光几乎要把信烧穿——两张信纸唯一能叠到一起的，是一个句号、一个逗号。

徐望不信邪，又换两封，这次连能重叠的标点符号都没了。

五张信纸选两封，一共十种排列组合，徐望试了个遍。

一个句号、一个逗号、两个"的"，这就是全部收获。

期待在一次次失望中消磨，到最后，徐望彻底放弃。他疲惫地躺下来，抬臂遮在酸疼的眼睛上，不只疼，还隐隐往上冒热气。

满怀希望的时候能想象一万种可能，当希望破灭才发现，支撑这些想象的可能只是一个连证据都算不上的虚无缥缈的"线索"。

吴笙用情书叠加法破译了密码，就一定是也用过同样的方法吗？

但凡脑袋不那么发热，就能意识到这所谓的"推断"有多想当然。

第二章　解密

卧室之外，三个小伙伴都没再睡。

钱艾饿了，不知从哪儿找到一包泡面，去了厨房煮。

客厅里，况金鑫坐在沙发一角，茶几对面是坐在椅子上的池映雪。他坐也不坐正，斜靠着椅背，好整以暇地看着况金鑫，慵懒目光中带着些许玩味。

况金鑫不怕他看，确切地说，他也在看他——看他的人，看他的神态，看他的眼睛。

"不困吗？"池映雪淡淡地问，神情是平和舒展的，只是不带笑。

况金鑫说："不困。"

池映雪歪头："怕我做坏事？"

他像是并不在意答案，只是随口聊着，随便问着。

可况金鑫认真答："怕你一直骗人。"

池映雪怔了下，眼底飞快闪过一抹什么，还没等况金鑫看清，他忽然站起来，一步跨过茶几，一手按着沙发扶手，一手按着沙发靠背，将况金鑫困在了双臂间。

"小四金，"他俯身，呼吸洒在对方脸上，怅然一叹，"你真的很不招人喜欢。"

况金鑫想说话，可下一秒就被人抱住了。他傻在那儿，眼睛瞪得大大的，一时不知该怎么反应。

落在池映雪这里，就是乖，乖得让人情不自禁想欺负他。

于是他加深这个拥抱，任性地搂了个够，比原计划长了许久才结束。

结束的时候他才发现况金鑫在看他，眼睛一眨不眨，但最初的茫然错愕已经变成平静释然，唯一不变的，是仿佛永恒的清澈和明亮。

池映雪心头起了一丝不解，但他压住了，仍按照最初设想愉快宣布："盖章完毕，从现在开始，你是我的了。"

况金鑫终于有机会开口，声音有一点点哑："你是想气他吗？"

池映雪怔住。

"因为他说入队的是他，队友也是他。"况金鑫说，"你都听见了，对吧？"

池映雪脸上最后一丝伪装的愉悦也散了。

他静静地看着况金鑫，整个人忽然显出一种冷清，但说出的话却像小孩子："他拿钥匙划我。"

况金鑫盯着他青一块红一块的额头："你已经让他撞柜子了。"

"他还把我关到衣柜里，"池映雪说得极慢，声音一点点沉下去，"我最恨黑暗封闭的地方。"

况金鑫抬手摸摸他的头，像幼儿园老师照顾小朋友似的："下次买个随身手电筒。"

池映雪皱眉，打掉头顶上的手，起身站直，居高临下瞥着沙发里的家伙，良久，确认自己当初的感觉没变："你果然还是和 3/23 的时候一样。"

这么明显的嫌恶，况金鑫很少遇见，反而不觉得生气，只觉得新鲜。他不怕池映雪讨厌他，反正这位新队友，无论哪个人格好像都没有真正看得上谁。

"你和 3/23 的时候不一样了，"况金鑫仰起头，灯光映得他整个人格外生动，朝气勃勃，"那时候你是我们的对手，现在你是我们的队友。"

一阵异样从池映雪心底蹿过，他不知道那是什么。

"所以你不用假装成他，我们增员他的时候就一起增员了你。"况金鑫站起来，鼓励道，"别担心，我带你去和队长说，你不是池映雪了，是阎王。"

池映雪站着没动："我是池映雪，他才是阎王。"

况金鑫愣住，看了他一会儿才茫茫然地点下头："哦。"

"哦？"池映雪挑眉，眼底酝酿着阴云。

况金鑫有点儿为难，尝试着哄："名字不重要，能分清你们两个就行。"

池映雪定定地看着他："名字很重要。"

况金鑫叹口气，索性实话实说："他说他是池映雪，是主人格，你又说你是，你俩还都拿不出证据，我该信谁？"

池映雪理所当然道："我。"

况金鑫很认真地思索一番："行，你在的时候，就信你。"

池映雪："……"

况金鑫不能确定他们俩谁是主人格，但上一个池映雪说这一个池映雪能听见、感知外面的事情确凿无疑。或许连这个池映雪都没察觉到，他在和自己说话的时候，已经远不是上次的陌生，甚至带了相处多时的放松和熟稔。

况金鑫还是有一肚子问题，还是好奇在摩天轮上的他为什么要抱着自己跳下去，但来日方长。

2

"你什么时候看出来我是我的？"动身去卧室前，池映雪忽然问。

况金鑫说："你从衣柜里出来，我就知道了。"

池映雪轻睨着他，不是很信。

况金鑫说："他脸上是热的，眼里是冷的；你脸上是冷的，眼里是热的。"

钱艾端着泡面出厨房的时候，就看见况金鑫和池映雪要敲卧室的门。他一脸莫名其妙地问："你们干吗？"

池映雪没言语。

况金鑫替他说："自首。"

钱艾："……"

手里的碗太烫，钱艾没坚持多久，带着满腹疑惑一溜烟回客厅。

待放好泡面，他左思右想，还是不踏实，一狠心，撂着泡面不理，先奔卧室。一进屋，他就见况金鑫看着徐望，徐望看着池映雪，池映雪看着床上的信。

信？

钱艾悄悄靠到床边，斜眼去看，只见五张信纸上内容都不多，字很漂亮，信纸也挺好看，淡雅素色，仔细看，信纸四周好像还有暗纹花边，凸起的纹路在灯光下依稀可见。

"你的意思是，他现在是阎王？"徐望上下打量新队友，实在没办法像况金鑫那样火眼金睛。

"不是，呃，还是池映雪，"况金鑫记得这位同学的要求，"但不是上一个池映雪了。"

徐望抚额，这一晚上的事情太多，他脑容量有点儿跟不上了。

池映雪已被那几张信纸彻底吸引了过去，全然没注意这边在说什么。他伸手捞过来一张信纸，歪头看了几秒，像遇见了什么好玩的游戏，兴致勃勃地问徐望："母本在哪儿？"

"母……本？"徐望茫然看着池映雪，别说听懂，就连对方说的是哪两个字，他一时

第二章 解密

033

都不太能确定。

"有了暗码当然就要有母本，"池映雪莫名其妙道，"不然怎么解密？"

"暗……码？！"徐望陡然升高的尾音暴露了内心的震动，就像海上漂流多时的人终于遇见了过路大船。

池映雪不着痕迹地后退半步。此刻的徐望给人一种随时可能飞扑过来的感觉，这让他很不安。

"什么母本？什么暗码？你们到底在说什么？"钱艾用全部意志力抵抗着隔壁飘来的泡面香，本来就没剩几根思考神经，这下更蒙了。

池映雪叹口气，他只是想玩个解谜游戏，为什么还要讲解这么多不相干的事？

心里一百个不甘愿，信纸却还是举到了钱艾和徐望面前："看到信纸周边一圈数字了吗？"

经这样一提，再加上距离近了，钱艾终于看清，他以为的"暗纹花边"其实是花体阿拉伯数字，无任何其他颜色，就是在信纸上直接造的凹凸感，类似钢印效果，乍看就很像凹凸不平的暗纹花边。

不过就是现在看清了，他还是没懂："00014305600226013002304100……"一口气念了一大串，他差点儿缺氧，眼冒金星看池映雪，"这有什么意义吗？"

"你把所有连续的0摘掉。"池映雪轻抖一下举着的信纸，示意他再看一次。

钱艾刚定睛重看，徐望已开口："143056，226013，23041，10204，4101，17017。"

整整一圈，六组数字，一个不差。

他十年前就看见了这些花边一样的数字，但一直以为是信纸本身自带的纹理效果，毕竟这是吴笙写的信，选个"数学风"的信纸实在合情合理。谁会去想这些数字还有别的含义？

"0前面的数字是页数，0后面的数字是序号，143056，143页第56个字，当然也可能反过来。"他收回信纸，轻轻摸过纸边的数字纹理，像是陷入了某种遥远的快乐的怀念，但很快他就抬起头来，随意耸耸肩，"我小时候和我哥总这么玩，你这封信只能算入门版。"

钱艾似乎有点儿明白了："所以母本就是能找到这些暗码字的书？"

"正确的顺序是，先选定一本书或者一份代码表作为母本，再根据母本编辑密电。"池映雪淡淡道。

"你看这本……像吗？"徐望从床边铁盒里摸出一本书，缓缓举起。

他已经没心思自己去破译了，如果池映雪可以，他愿意提供一切便利条件，只求最快速度得到答案!

池映雪皱眉歪头:"这是?"

"《瓦尔登湖》,"徐望叹息着点一下头,像是在提前打预防针,"英文版。"

池映雪:"……"

钱艾:"……"

况金鑫:"……"

两分钟后,第一封信,也就是池映雪捞过来的那封便被破译了。

六组数字,分别对应六个英文单词,连起来是一句话——I always remember that rainy night.(我一直记得那个下雨的夜晚。)

"译电员"池映雪的工具就一支水性笔、一张便条纸,字迹十分潦草,可这句话一写出来,徐望就傻那儿了,大脑一片空白,整个世界像被按了暂停键。

但另外三个伙伴的世界并没有暂停,很快,另外四封信也破译完毕,和第一封连起来,基本可以窥见编码人的心情——

I always remember that rainy night.

(我一直记得那个下雨的夜晚。)

I pushed you.

(我推了你。)

And I found that I was wrong.

(然后我发现,我错了。)

I am waiting for your answer.

(我在等你的回答。)

I am waiting for your answer.

(我在等你的回答。)

信息并不复杂,作为求和信言简意赅,但破译完之后,徐望就傻了。

钱艾也很蒙。他一直以为班长和体委是随着高中毕业自然而然分道扬镳,怎么也没想到还有插曲!

况金鑫不明所以,还在努力消化这些新信息。

池映雪则是真的错愕了。他对什么谁对不起谁的恩怨纠葛毫无兴趣,只是突然看见了落款日期—— 十年前?

他不可思议地看向徐望:"你解了十年没解开?"

第二章 解密

徐望："……"

根本没人告诉他这是一道解密题啊啊啊！！！

不行了，徐望一连深吸几口气，捂住濒临暴走的心口，也顾不得尴尬什么秘密被队友窥见这些细枝末节，他现在就一个要求："我想一个人静静……"

走在最后的队友体贴地关上房门。

徐望一个扑倒，把脸闷进枕头里，开心、雀跃、郁闷、生气……截然相反的两股情绪像激流一样在他的心脏里猛烈冲撞，各不相让，扯得他想喊，想吼，想笑，想哭。

吴笙没想和他绝交？

吴笙三番五次求和！

哪怕只是十年前，依然让他一想心里就流出甜来。

可甜着甜着就酸了，就涩了，就想拿《瓦尔登湖》呼他脸了，到最后，郁闷和生气占了上风。用密码求和？这是正常人会做的事吗？！自己能懂就以为被求和的人也能懂？这叫情人眼里出西施？他就是个理科学渣，他当不了科研型西施啊！！！

"呼——"徐望终于把脸从枕头里解放出来，翻身仰躺，胸膛起伏地看着天花板。天花板白得刺眼，有助于让人冷静。

吴笙去了河北大客户那里，今晚不会出现在1/23。徐望定定地看着灯，直到光影模糊，光晕慢慢变成那张英俊的脸。

"大客户救了你。"

他一字一句，真情实感。

客厅里，钱艾的面已经成了一坨。

但他也没心思吃了，就坐沙发上回忆青春，并陷入了一种"自己和那两人当年到底是不是同学"的自我怀疑中。如果不是，"班长吴和体委徐"哥俩儿好的往事怎么会历历在目？如果是，那两人什么时候闹矛盾的，还闹到几乎要绝交的地步，他怎么一点儿都没印象？

池映雪这回占到了沙发，舒服地倚着柔软靠背，目光淡淡扫过纠结得快要薅头发的钱艾，落到沙发另一头不知在想什么的况金鑫身上，好奇起来："小四金，想什么呢？"

况金鑫看过来，眼里带了点儿不忍心："笙哥说了两遍'我在等你的回答'。"

池映雪斜坐过来，手搭在沙发背上，撑着头，优哉游哉道："遇上个笨蛋，只能认倒霉。"

况金鑫不高兴了，但又不知道怎么反驳，因为在这件事情上总要有一个人担责任，要么怪吴笙把信设计得难度太高，要么怪徐望没往密码的方向想，反驳了池映雪，那就得批评吴笙。

"都怪笙哥弄得太复杂。"况金鑫决定站到自家队长这边。

3

两天后。

傍晚的火烧云看着浓烈，可在入了冬的北京，穿梭于寒风中的人们感受不到一丁点儿暖意。

吴笙终于解决完了大客户的事，并和自己的合伙人就公司未来的发展方向达成了新的共识，这会儿总算可以心无旁骛，直奔徐望家。

路上他就给徐望打了电话，提前为自己的归队做了报备。电话里，自家队长只说了三个字，"我等你"。声音很温柔，但就是太温柔了，让吴笙总觉得哪里不踏实。

风尘仆仆抵达徐望家楼下时，吴笙遇见了一个男人。他和对方选择了同一号单元门，于是在走到门口时，两个人都停了一下，彼此打量。

那是一个三十二三岁的男人，一袭秋冬款黑色大衣，内搭西服套装，大衣过膝，稍不留神就容易把身高穿没的款式在男人身上极为优雅、潇洒。身高、身材都在，一张脸也不逊色，五官英气勃勃，轮廓线条分明，只是看人的目光淡淡的，自带一种疏离感。

极短一瞬，双方已打量完毕，男人微微颔首，示意吴笙先请。

吴笙礼貌性地点一下头，便先进了单元门。

男人随后跟上。

接着，两个人又停在同一楼层，同一扇防盗门前。

这一次再彼此对视，就很微妙了。

先开口的是男人。他朝吴笙伸出手，目光比先前在楼下时热络了，显然已不再将吴笙当陌生人看待："池卓临，池映雪的哥哥。"

吴笙怔住，倒不意外哥哥过来看弟弟，只是池卓临和池映雪的五官实在不太像，虽然一个英俊，一个美丽，但颜值的定位完全在两个不同方向。

"吴笙，池映雪的……"他谨慎停顿了一下，"队友。"

说着，他握住池卓临的手。

警告性的头疼并未出现，看来某种意义上，实话还是可讲的。

"我知道，"池卓临的声音友善而客气，"你们是结队旅行的朋友，映雪和我说了。"

吴笙笑笑，算默认。每个决定在鸮里闯关的人，总要给家人或者亲近的人一个合理解

第二章 解密

释,"旅游"似乎成了大家不约而同的选择。

抬起手,吴笙敲响了防盗门。

开门的是徐望……况金鑫、钱艾和池映雪。

一下子被四张脸迎接,还是颇有冲击性的,尤其四张脸的神情还很神奇——一个眯眼,像在积蓄怒气值;一个叹息,像是有些失望;一个上下打量,像想从他身上找到什么重要线索;一个惬意,像等着看戏。

不过那个惬意的很快就愣住了:"哥?"

眯眼的徐望、叹息的况金鑫、打量的钱艾闻言,目光一齐转移到吴笙旁边,这才发现还有第二个人:"哥?"

"……"

仿佛一下子多了三个弟弟,池卓临倍感压力。

徐望等了两天,就等这一时刻,没料到一开门,还有个"客人"。他怀疑吴笙提前收了风,所以特意带池卓临过来护体。

不过把人请进来一聊就清楚了,池映雪给自己的哥哥打了电话,并汇报了具体位置,所以这位大哥放下公司一切事务,过来替弟弟改善生活,外带感谢众多朋友对不省心弟弟的照顾。

徐望觉得重点是后面这件事。

不过感谢之外,或许还有把关。谈笑间,池卓临应该已经把他们逐一"审查"过了,怕是从安全系数到人品指数都做了评估。

儿行千里母担忧,池卓临虽然是哥哥,但好像也操着老母亲的心。所以徐望对被"审查"持平和态度,甚至挺替池映雪高兴有人这样关心他。

聊不太多时,池卓临便提出请大家吃饭。

时间还早,又是队友的哥哥,没有拒绝的道理,但……

徐望牢牢握住吴笙的手腕,将人稳稳按在椅子上,然后抬头,先朝三个伙伴灿烂微笑:"你们去吧,我和吴笙还有点儿事。"再朝池卓临歉意一笑:"你的好意我俩心领了,但的确有事走不开,实在对不住。"

池卓临的重点是请自己的弟弟,顺带帮其打点好朋友关系,既然有事,便不强求。

钱艾私心很想留下来,但也知道容易被群伤,加上池卓临那边还有饭局诱惑,一咬牙,跟着走了。

池映雪比钱艾更想看热闹,哪承想被自己的哥哥搅局,于是再看池卓临的眼神就带了许多不满。

池卓临莫名其妙，当着外人面，又不好问。

一行四人就这样离开。"咣当"一声，防盗门重新关上，严丝合缝。

客厅里，吴笙一脸茫然。

徐望以为积蓄了两天的怒气值能爆发出大招，可真等就剩两个人了，他才发现自己生不起来气了，一想到这个人眼巴巴求和却等不来回信，想到他翻着《瓦尔登湖》一个个找单词、编密码，哪怕只是"曾经"，也让人心里发热。

"高中时候你总说我笨，还记得吗？"徐望忽然问。

吴笙不明所以，仔细回忆了一下，自己说过这么作死的话吗？

呃，是的，说过。

但现在要不要承认，是个问题。

徐望看着他，目光里闪着淡淡笑意、淡淡埋怨和淡淡酸楚："既然知道我笨，信就不能写简单点儿吗？"

吴笙在7/23刚交卷的时候，做足了迎接徐望一切反应的心理准备。但徐望对于"乐观同学B和侦探C的纠葛故事线"一个字没提。

待回到北京，他已经说服自己不再去想了，两天河北之行，几乎没合眼的大客户补救工作更是让他平复了最后一丝躁动，如今堪称心如止水。

结果徐望又起了话头，而且什么B什么C一概不铺垫，直奔十年前。

十年前的信，吴笙在编故事的时候都没敢用的往事，就这么被人挑开了磨砂滤镜，露出过往本来的清晰面貌。

天已经黑下来，外面的路灯很亮，街道上仍车水马龙。但客厅里很静，静得吴笙能听见自己的心跳，听见徐望的呼吸，甚至是徐望等待着自己回应时轻轻眨的那一下眼。

十年前的雨夜教室里，徐望也是这样看着自己，唯一的区别是，那时的他睫毛上挂着泪珠。

他好像总让他难过，吴笙想。

空气静得几近凝固，徐望的冲动在吴笙的沉默里一点点退烧。

他低下头，盯着自己的膝盖，强撑最后一点儿勇气又问了一遍："不能写简单点儿吗……"声音弱得快要听不见。

终于，耳边响起了吴笙的回答，低低的，有一丝沙哑："我害怕。"

徐望心里颤了下。他从来不知道，吴笙也会害怕。

沙发里，他们坐得很近，近到他需要侧一下身才能看见吴笙的脸。可徐望不敢动。

第二章 解密

"一边怕，一边又希望你能发现。"吴笙抬头看前方白得刺眼的墙壁，轻嘲似的笑一下，仿佛透过那面白墙能看见过往那个瞻前顾后的傻自己。

徐望心跳得厉害，撞得胸口疼。

他从来没听过吴笙的"心"，这让他有种虚幻感。他努力握拳，想让呼吸平静，生怕那口气呼得重了，漂亮的肥皂泡就破了。

恍惚间，吴笙的叹息传进耳朵："我不知道该说什么了，你要再不出声，谈话可能会夭折。"

徐望下意识转头，直到看见吴笙眼底带着的笑，才知道自己上当了。

吴笙喜欢看他懊恼的样子，因为平时太"诡计多端"了，于是偶尔气鼓鼓一下就特别可爱。他情不自禁抬手摸了摸对方的头，很轻，很温柔："写信的是我，被拒绝的也是我，你能不能拿出一点儿绝交的嚣张气焰？"

徐望正犹豫着要不要拍掉头上的手，闻言彻底愣了："我什么时候拒绝你了？是你先不给我写信的！"

话一出口，他才发现自己有多在意这件事。

吴笙有片刻的茫然，像是意识到某个环节出了问题，但这并不影响他对记忆信息的提取："第五封信，你让我别问了。"

"第五封信？"徐望连自己回的什么内容都忘了，怎么就被解读出"拒绝"了？！

等等……

徐望定了定心，回忆此刻正躺在隔壁卧室的那五封信。他不记得自己的回信内容，但吴笙发过来的信他早就倒背如流。自己让吴笙"不要再问"？那一定就是吴笙在信中问了什么……

徐望猛地抬眼，终于在第四、第五两封信里，找到了同样的一句话——你看完《瓦尔登湖》了吗？

他瞪大眼睛看向吴笙，语调不受控制地往上走："你看完《瓦尔登湖》了吗？！"

吴笙叹口气，眼里带着"被拒绝者的认命和释然"："想起来了吧。"

"……"

徐望捂着心口，那里一下下地抽痛，比知道信里有暗码的时候更甚！

该多想的时候不想，不该多想的时候瞎想，完美错过所有正确答案，吴笙是怎么做到的？而交上这样一个朋友的自己，上辈子到底造了多大孽……

"我在今天之前，根本就不知道信里有暗码！"徐望直接将整个身子转过来，恨不能把每一个字都扔到吴笙脸上，重塑他的脑回路！

吴笙罕见地整个人傻那儿了："不知道？"

徐望简直要被他气吐血了，远的不提了，就今天这番交流都难受："我刚才第一句话就问你，信就不能写简单点儿吗，你还不懂我没破译？"

吴笙是真的没多想："我以为你只是翻旧账，想用吐槽当作打开今日话题的钥匙。"

徐望心塞："你就不能按照凡人的方式思考吗？！"

"可是我在一连两封信里都问了《瓦尔登湖》，提示还不够明显吗？"

"……"

吴笙在徐望的怒视中触发求生欲，低下了羞愧的头："的确有些晦涩了。"

徐望对他的信任已然崩盘，不管态度多好、眼神多无辜，没用："你还有多少的'你以为'，全给我格式化！"

吴笙非常配合，静默片刻后，迅速汇报："格完了。"

"我说的别问了,就是单纯的别问我看没看那本书。"徐望很想语气缓和，但越想越委屈，于是后面一字一句都噼里啪啦扔到吴笙脸上，"而且,你听好了,那本《瓦尔登湖》我看完了，查着字典，一页没落，都看完了！"一口气说完，他胸膛剧烈起伏。

吴笙错愕地看着他，一时间脸上变换了好几种情绪，也分不清是高兴多还是苦涩多。

徐望瞪着他，瞪红了眼。

整个客厅忽然安静下来，只剩下两个人的心跳声，一个比一个像擂鼓。

吴笙嗓子发紧，好半天才找回声音："书好看吗……"

徐望梗着脖子："无聊死了！"

吴笙说："那你还都看完了。"

"……"

因为是你送的啊。

这话在徐望心里翻滚着，却怎么也出不了口。

他用力眨一下眼，想逼退热气，可没成功，倒让水汽沾上了睫毛，模糊了视野。

忽然，徐望感觉到一只手抚上了自己的脸，掌心很热。突来的温暖，一瞬从脸颊传递到四肢百骸。

吴笙用拇指轻轻抹掉他眼睫上的水汽，心疼得要命："对不起。"

"你对不起我的多了。"徐望哑着嗓子，一桩桩一件件地嘀咕，"你说我笨，你说我只知道打架不考虑后果，你推我，你还给我写那种根本看不懂的信……"

吴笙的嘴角不自觉往上扬，他第一次知道，原来被骂也能让人心里花开遍野，阳光灿烂。

4

过山车一样的心情稍微缓和下来的时候，徐望已经有点儿记不太清自己都向吴笙提了哪些不平等条约，只记得吴笙前所未有的好说话，回应一律是"好""行""听你的"。

"你就不能有点儿原则……"他心里幸福得冒泡，嘴上还吐槽，自己都觉得自己特别像坏人。

吴笙看他，目光温柔，声音也温柔："原则，可以的，你刚才说的第2、5、6、8、9条都有霸王条款的潜质。"

徐望："……你还是别有原则了。"

吴笙忍着声音里的笑意，重复今天晚上最熟悉的台词："好，听你的。"

徐望决定见好就收，免得一个尺度把握不住让人反击回来，重新拿下未来相处的主动权——吴笙要真想夺权，他不一定守得住。

看看时间，已经快九点了，徐望自言自语道："不知道钱艾他们吃完饭没。"

吴笙问："饿了？"

"不是，"徐望说，"毕竟是池映雪的哥哥，要是还来得及过去打招呼，就露个面。"

"那就打电话问问。"人际交往这块，吴笙向来跟着队长走。

电话拨过去，响了一会儿钱艾才接。

徐望还没张嘴，那边倒先问了："你们办完事儿了？"

……这是个什么状态词！

徐望不自在地清了清嗓子，直接跳过："你们吃完了吗？"

"刚吃完，满汉全席啊，可惜你俩没口福。"钱艾的悠长回味感，隔着电话都扑面而来。

徐望哭笑不得："你们现在在哪儿呢？"

"车上。"钱艾说，"吃饭你们是赶不上了，但还能赶上开房。"

"开……房？！"徐望的声音陡然提高。

钱艾、池映雪、况金鑫、池卓临这四位的组合，开房是个什么娱乐活动？

"你现在心情荡漾，满脑袋马赛克我不怪你。"钱艾揉了揉被震得发痒的耳朵，特别大度，"池总给我们开了个豪华总统大套，说只要在北京，以后都可以住这儿。"

"池总？"徐望对这个称呼有点儿陌生。

电话那头似乎斟酌了一下，才比较礼貌地道："池映雪的哥哥。"

徐望了然，这是和池卓临在同一辆车里呢，否则以钱艾的说话习惯，随口一个池映雪他哥就行了。

"你不正好要退租吗，直接打包行李过来呗，这离十二点还仨小时呢，我把地址发你。"

天降总统套，砸得徐望有点儿蒙，总觉得这晚上的幸福指数严重超标。但他很快就想到了池映雪在古堡地下一层，捧着十万块准备交"转学赞助费"的事儿，又觉得他哥弄个常住总统套十分符合一脉相承的兄弟人设。

以为徐望的沉默是犹豫，钱艾进一步劝："过来吧，"他语气缓和，一字一句，团结友爱，"有个老同学还等着你俩给一个青春的解释呢。"

徐望："……"

挂上电话，徐望转头看吴笙——通话全程开了免提，吴笙也听得一清二楚。

"怎么办？"被冲昏的头脑一瞬降温，他开始瑟瑟发抖地思考人生。

"实话实说。"吴笙耸耸肩，嘴角却嘚瑟地往上走，"反正不说他们也能看出来。"

徐望哭笑不得，更要命的是还认为吴笙说得非常有道理。

不过除了他和吴笙的事，还有另外一个人也不能忽视……

"池映雪他哥，"徐望看着自家军师的眼睛，全力叮嘱，"我们得抓住。"

吴笙想穿越到电话那头，把炫富的池卓临格式化了："越想抓住的就越容易脱手，"他教育徐望，"你得选个不是那么想抓的。"

徐望乐，歪头故意问："比如某个姓吴的同学？"

吴笙没答，而是低头从口袋里掏出一张银行卡，拿起徐望的手，放到他掌心。

徐望愣住："这是什么？"

"四百万。"吴笙说，"都放公共账户里吧。"

徐望惊呆："你抢银行去了？"

吴笙乐："我从公司退股了。"

"不是，等一下……"一时之间，徐望有点儿切换不过来。

吴笙耸耸肩："本来回来就想和你说的，谁知道你突然提信。"

徐望张大眼睛瞪他，提信还提错了？！

"当然，提得好，"敏锐感知到不妙的吴笙飞快转折，完全不管生不生硬，"所以我这不就把退股的事先放一边了嘛。"

"你不是去解决大客户的问题了吗？还是你直接把大客户给解决了？"徐望实在想不出，公司蒸蒸日上呢，有什么理由退股！

吴笙握着徐望的手，把人拉近一点儿，耐心解释道："这次客户那边的小问题拖成大问题，就是因为我拿着项目核心，所有人都在等着我回来……但如果公司电话过来的时候，我在鸦里呢？我没接到呢？可能一个晚上，这个没解决的状况就会造成公司不可挽回的损

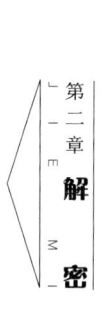

> 第二章 解密

043

失。"他摇摇头，"我不可能随时随地两边跑，合伙人和员工也没义务迁就我。"

徐望这才发现吴笙眼底疲惫的黑眼圈。河北两天，加上先前闯关和坐飞机回北京，这人该不会三天没合眼吧……

"合伙人让你退的？"

"不是，我自己要退的。"

"可做IT是你的理想啊，你辛辛苦苦回来创业……"

"我的理想是你。"

徐望没了声音，怔怔看着吴笙，第一次体会到传说中的"会心一击"。

静静对望了不知多久，他也没从吴笙的神情里找出破绽，可还是泛出酸涩和委屈："你别拣好听的说，"他咕哝着，终于说了一直不想承认的现实，"没有鸦，我们根本都不会再遇见。"

"会。"吴笙平静，但笃定。

徐望不解看他。

吴笙的声音低下来："我回国就是来找你的。"

徐望愣住，几乎是本能地控诉："你根本没找！"

要找，他们还至于在鸦里重逢？

吴笙咽了下口水，有那么点儿底气不足："因为手里还没什么钱，我就想先赚一些再找，反正好几个同学都说你在北京，又跑不了……"

有四百万入股叫没钱？

不对，为什么非要手里有钱才能找他？他又不用他养！

"卡你就拿着吧，"话都说开了，吴笙也不拐弯，"一个徽章手册二十万，后面还不知道要用多少钱。"

被人这么放在心上，这么倾其所有，徐望知道自己该高兴，可他就是高兴不起来，相反，他还生气，气吴笙傻，简直傻死了！

"你就没想过我拿着钱直接跑了？"

吴笙茫然地眨眨眼，很明显，真没想过。不过被这么一问，他开始认真想了，良久，说："你要跑了，那咱们也就不是一队了。"

徐望跟不上这个神奇的思考方向："所以？"

吴笙微笑："你确定想在鸦里和我成为竞争对手？"

一个吴笙当军师的竞争队伍？一个英汉词典一样厚的战术方案册，并且很可能用在自己身上？

044

不，不要想这么可怕的事情……

"你跑不掉的，"吴笙自信满满，"你就是舍得我，也舍不得我的智慧。"

徐望："……"

就不能来道雷劈走这个男人的自信，只留下他帅气的肉体和闪光的头脑吗！！！

这场对话，以徐望一掌呼上吴笙脑门告终。

四百万终究没进公共账户，徐望让吴笙自己收着，哪天队里真需要了，再问他雪中求炭——吴笙的反对，夭折在徐望犀利的小眼神里。

5

四十分钟后，徐望收拾妥当出门，直奔钱艾发来的地址。

他在出租屋住了这么多年，可真收拾起来，需要带走的也只有一个行李箱。他已经和房东约好了明天退房，到时候剩下的床单被子、锅碗瓢盆什么的，就随便房东处理了。

CBD商区某豪华五星级酒店总统套房内，徐望带着吴笙，吴笙拖着行李，两位领导还没来得及欣赏总统套房的奢华，就被三双八卦之眼团团围住。

徐望咽了下口水，故作自然地问池映雪："你哥哥呢？作为队长，这么盛情的招待必须当面道谢。"

"谢我就行了。"池映雪不在意地淡淡道，然后目光就开始在徐望和吴笙脸上来回飘，像是单看就能破案似的。

"别等我们问了，"钱艾已经等不及了，"赶紧的，坦白从宽。"

徐望叹口气，正硬着头皮酝酿，手已经被吴笙紧紧握住，举了起来。

吴笙大大方方宣布："从今天开始，我俩和好了。"

池映雪："……"

况金鑫："……"

钱艾："……"

今天才和好？那之前那些并肩战斗都是逢场作戏？！

钱艾把目光从吴笙心满意足的脸上挪到徐望幸福洋溢的脸上……就自家队长这满眼星星的状态，还用求和？已经情比金坚了好吗！！！

"咳，"五人背后，套房最里面堪称"遥远"的卧室门口，池卓临饱含歉意地道，"我不是故意偷听，实在是没机会打断。"

钱艾和况金鑫循声而望，满脸诧异。

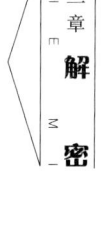

> 第二章 解密

池映雪扭头看自己亲哥,也莫名其妙:"你还没走?"

"……我只是找房间打个电话。"池卓临这辈子收到的所有嫌弃,都来自亲弟。

时间不早,且已经把自家弟弟及其队友安排得明明白白的了,池卓临也没真打算留下来叙家常,又简单叮嘱了池映雪两句,便和小伙伴们道别。

徐望送的他。

走廊很静,两个人走在柔软地毯上,几乎听不见脚步声。

感谢和不用谢之类的客气话在房内已经说了,这会儿一个队长,一个哥哥,话题自然只剩下一个。

池卓临先开的口。晚餐席间,他已经知道徐望是队长了,这会儿就直接用队长作了称呼:"徐队长,我弟向来不省心,一起旅行还得你们多担待。"

其实不用池卓临说,徐望也懂他的意思,又请吃又请住的,不是为自家弟弟,难道是对他们这个神秘旅行团一见钟情吗?所以吃了吃了,住了住了,作为队长,他总要让人家哥哥放心:"大家一起相处一起玩,要细究,那还是他拉高了我们全队的颜值和经济水平呢。"一句话捧兄弟俩,外带领了这次招待的情。

池卓临自然听得懂,带着笑意的声音里多了一分踏实:"晚上吃饭的时候,本来我还有点儿担心,现在看见徐队长这么可靠,我彻底放心了。"

"……"

徐望决定回去的时候问问钱艾晚餐席间到底干啥了,给人家哥哥造成这么大的不安全感。

说话间,两人已到电梯前。电梯正在往下走,想重新回到顶层还有得等。

但徐望等不住了。

他等的当然不是电梯,而是池卓临的信号。一路上,他都在等这个信号,一句话、一个词,哪怕一个眼神都行,只要能让他接收到"我们可以谈一下池映雪真正的问题了"就行。但都没有,池卓临像个深藏不露的高手,在对手出招之前纹丝不动。

不过转念一想,徐望也能理解,毕竟池卓临并不清楚他们对于池映雪的双重人格知道多少。

电梯已经开始往上来了。徐望不再被动等待,略一斟酌,开口道:"不知道小雪和您说过没有,其实我们一起旅行没多久,之前他都是和其他旅友团一起玩的。"

池卓临的神色没太多波动:"刚刚吃饭的时候听说了。"

徐望点点头,继续:"我们和小雪挺合得来,就是……"他欲言又止似的停下来,看池卓临。

池卓临微微偏过头来,终于对上他的眼睛,是个"你继续,我在听"的意思。

"就是……他有时候性格好像挺矛盾。"徐望笑笑,像一个在和学生家长聊孩子表现的老师,字字有意,又字字收着分寸,"我们也不知道哪个才是真正的他。"

池卓临不清楚他们掌握的信息量,同样,徐望也不能断言池卓临就一定知道池映雪双重人格的事,所以信息的释放还是做了些技巧处理。

电梯回到顶层,门应声而开。

池卓临没动。他仍看着徐望,只是一改先前的"静默观望",清晰明了给了五个字:"这个是我弟。"

徐望说:"那个呢?"

池卓临的眼底多了一丝不易察觉的冷:"阎王。"

电梯门关上,重又往下走。

和徐望的预料相同,一旦心照不宣,沟通迅速高效。只一点他没想到,池卓临在说到阎王时,声音里几乎不带任何情感。

像是看透徐望所想,池卓临不避讳地坦白:"对于你们来说,也许相处的是谁无所谓,但对于我来说,他就是一个占了我弟身体的外人。"

徐望不知道该说什么,只能沉默。正所谓清官难断家务事,严格意义上讲,这算是池家内部纷争。

"既然说到这儿了,有件事可能要麻烦你。"池卓临冷意散去,恢复客气。

徐望静静看他,洗耳恭听。

池卓临认真道:"如果阎王持续出现的时间超过一个月,联系我。"顿了下,他又补充,"钱老弟那里有我的电话。"

徐望已经没精力去思考自家队友怎么就成了池总的"钱老弟",他现在满脑袋都是如果真的出现了那种情况,得到消息的池卓临会怎么做。

"你要再不回去,我那个弟弟恐怕要忍不住出来看到底什么情况了。"池卓临开起玩笑,重新按下电梯键。

先前的凝重一扫而空,话题就这样收了尾。

电梯门第二次打开,池卓临缓步进入,转过身来朝徐望微微颔首。徐望冲他笑了一下,但直到电梯关上开始往下走,他都不确定自己笑没笑出来。他只是想确定一下两个池映雪的身份,为什么忽然有种一脚踩进深坑的沉重感啊……

回到总统套房门前,徐望甩甩头,重新挂上喜气洋洋的队长笑,这才敲门。

第二章 解密

刚敲一下，门就开了，堪称光速。门里是原本准备出来看的吴笙："怎么这么久？"

徐望一边叹气一边进门："谈了一下人生。"

吴笙的眉头皱成了喀斯特地貌："这个好像应该和我谈吧？"

徐望心里装着事儿，本来挺凝重，让自家军师一搅和，气氛全没了，哭笑不得道："行，我以后和他们都逢场作戏。"

"这个也可以省了，交际应酬交给钱艾就行。"吴笙抬手一指不远处的钱艾，"他今天晚上这顿饭吃得圆满成功，已经和池卓临建立了长效沟通机制。"

徐望顺着方向看过去，只见钱艾坐在沙发里，一手拿着名片，一手拿着手机，左看一眼，右看一眼，忙得不亦乐乎。

"他干吗呢？"徐望不解。

吴笙说："搜池卓临公司呢，看看具体什么规模。"

徐望纳闷儿："直接问小雪不就行了？"

吴笙摇头："他说那样太直接，显得自己像拜金似的。"

徐望说："可以把'像'字直接去了。"

钱艾没好气地抬眼："说多少回了，议论别人得在背后，这是起码的社交礼仪。"

徐望乐了，四下环顾，看见池映雪在阳台看夜景，却没看见另一个伙伴，便问："小况呢？"

钱艾往茶水间方向一扬下巴："烧水泡茶呢。"

折腾一晚上，徐望还真有些乏了，坐沙发里没一会儿眼皮就开始打架。幸好，况金鑫及时端出香茶。四伙伴一人端一杯，徐望招呼池映雪也过来一起喝。

池映雪一开始没理，但架不住队长一直呼唤，唤得他想看个星星都全变成了徐望的脸。无奈，他只得离开阳台，转身回屋。还好，茶够香，稍稍消掉了他一点儿腹诽。不过刚喝两口，他就听见徐望说："我们好像还没有正式欢迎你入队。"

池映雪不语，忽然明白过来，这是鸿门茶。

徐望直截了当："之前和我们一起的是阎王。"

这话既是向池映雪解释，也是对另外仨伙伴说明。果然，钱艾、吴笙，包括况金鑫，神情都一怔。不管他们有过多少猜测，都只是猜测，从来没有像徐望这样把两个人的身份定了性。

池映雪则轻轻挑眉，等下文。

徐望定定地看他："不管先前发生过什么，从现在开始，我们是一队了，"拿茶杯过去和对方手里的轻轻一碰，"以茶代酒，喝完就是队友。"

池映雪愣在那儿，他以为喝完茶就要开始批判大会，毕竟游乐园一役实在不太美好，结果就这么轻飘飘过去了？

不想想过去，吴军师满足他："你在游乐园射了他胳膊一箭，这件事我保留追诉权。"

"你对我用了'<幻>Don't lie to me'。"池映雪怀疑这位忘了。

吴笙摇头："伤害不对等，你至少还欠我半箭。"

池映雪："……"

徐望抚额，完全不想参与讨论。

钱艾叹为观止，这玩意儿还有计算公式？！

况金鑫看着池映雪脸上的茫然，莫名就想乐，赶紧低头喝口茶。

"迎新"简单开场，更简单地结束。因为聊几句徐望就能判断出来，池映雪对于他们和阎王相处的点滴大部分都是知情的，换句话说，他们和阎王的相处，某种意义上，池映雪也算在线的。

这就省了很多解释说明，甚至连团队战术体系都不需要重新部署，因为池映雪和阎王纵然有很多不同，但在对待团队战上的态度却出奇默契——别让我打配合，任务越单一越好。只不过阎王是"我打嗨了，顾不了那么多"，而池映雪是"啧，配合什么的，好麻烦"。

虽然徐望认为打配合这件事，和池映雪还有商量余地，但又觉得由着他的性子来，效果会更好，而且万一中途切换人格，不影响战术延续。

想着想着，就不可避免想到了阎王。他和池映雪不一样，并不会记得离开期间发生的事情，等下次再回来，补"前情提要"倒是其次，徐望担心的是他的心态。

"渴望被认可"这件事，在池映雪身上几乎看不见，却是扎根在阎王性格里的特质。他们现在是既接受了池映雪，也接受了阎王，并且知道了他所谓的"正副人格"是一个谎言。这肯定不是阎王想看见的局面。

他会怎么面对他们？自己作为队长，又要怎么稳住队友心态？徐望靠进沙发里，望着窗外夜色，重重地叹了口气。

别人队都是五个人，他们能上六个，果然占多少便宜就得付出多少代价……

心累啊！

距离零点还有半小时。

茶已经凉透了，有一搭没一搭的"茶话会"在哈欠连天中自然落幕。后半段主要就是讨论接下来的关卡和待搜集的徽章，池映雪还提供了不少第八关的信息。

小伙伴们分头卧倒，趁最后半小时补个小眠。钱艾懒得去卧室，就近占了长沙发。吴

> 第二章 解密

笙和徐望去了主卧。池映雪起身本想去次卧，见况金鑫收拾了茶几，端了茶盘送回茶水间，定定地看了他背影一会儿，跟了上去。

况金鑫刚把茶盘放下，转过身来，就看见池映雪站在茶水间门口："怎么了？"特意找过来，况金鑫本能地认为有重要的事。

结果池映雪一开口就是要清白："骗你的是他。"

况金鑫哭笑不得，这都过一个小时了，又来强调一遍，也是非常认真了："队长已经说你是池映雪了，我知道。"

池映雪歪头，眼里没什么激烈情绪，只是单纯的疑惑："你不生气吗？"

"你呢？"况金鑫不答反问，"他说自己才是池映雪，你生气吗？"

池映雪愣了下，好像第一次思考这个问题，他眨眨眼，静心感受了一下自己的心情："还好，"他淡淡道，"可能是习惯了。"

"我也还好，"况金鑫诚恳道，"骗人不对，但我大概能懂他为什么要撒谎。"

池映雪笑了，舒展的眉眼在某个刹那有月光般的清澈："他想取而代之。"

况金鑫没否认，但换了个说法："他怕自己消失。"

一个看得见的做法。

一个看不见的原因。

池映雪沉默下来，望着况金鑫良久："再让我抱一下好不好？"

话是商量着的，可话没说完，手已经伸了过去，然而刚到半路，手指就被人咬了。

况金鑫这"咔嚓"一口咬得不算轻，少说也是能留下一圈牙印的力道。池映雪立刻皱眉，原本正在靠近的身体也停住。

况金鑫松开牙关力道。池映雪毫不留恋，果断收手。

"你果然怕疼，"况金鑫看着他，"阎王说的也不全是假话。"

池映雪怔了片刻，像是终于明白过来，轻笑出声："想他了？"语调微微上挑，明明是笑意，却透着一丝疏离和冷漠。

"不用不好意思承认，"他后退半步，优哉游哉地倚到门框上，"我待过的队伍，都更喜欢他。"

"你喜欢吃甜的吗？"况金鑫忽然问。

池映雪心里闪过一些不大好的回忆："你们的糖果屋？还是算了。"

况金鑫想说的不是这个，但一听还是乐了，坦白承认："那个防具就是我的。"

池映雪总算找到了骗子源头，真情实感给差评："太难吃了，不及颜值的万万分之一。"

两个"万"字，让况金鑫知道他的确是受到伤害了。不过能尝糖果屋的人说不喜欢甜的，他都不信。

喜欢，就好。

"阎王用过的'＜武＞浪漫下午茶'，你还有印象吗？"况金鑫问。

"嗯。"池映雪应得淡然，实则何止有印象，当时看见武具起效，满天往下落蛋糕，又"啪啪"摔地上的时候，他心都在滴血。

"我7/23交卷的奖励文具里就有这个，"况金鑫灿烂一笑，"今天晚上我请客，甜到你忧伤。"

池映雪先是一怔，然后眼里慢慢燃起小火苗，仔细看，是甜甜圈的形状。

况金鑫那一点点心疼，终于散了。

这个人适合坐桅杆上当神箭手，适合坐旋转木马上悠闲观战，适合战况激烈中还偷吃糖果屋，就是不适合示弱。哪怕只是无意识流露出的一丝"我知道我没阎王招人喜欢"，都让人想摸摸他的头，再给他一块蛋糕。

6

北京时间，04：58：00。

鸦里的每一个关卡，每一片无尽海，同时响起提示音。

成绩单："总成绩榜本周奖励已发放。"

成绩单："总成绩榜已开启，请尽快查看。"

总成绩榜：

TOP1.范佩阳、滕子晏、万锋芒、张潜、郑落竹（12/23）

TOP2.方锦、费凡、李灯、邵竞仪、印恒嘉（11/23）

TOP3.傅文顷、贺兰山、秦锐、武彦超、赵沐辰（10/23）

TOP4.郭枫、何放、罗一北、任思铭、卫远（8/23）

TOP5.池映雪、况金鑫、钱艾、吴笙、徐望（7/23）

……

1/23雪原。

"队长，我们上榜了！"况金鑫点提示的速度最快，惊喜出声。

徐望本来是抱着"排行榜上肯定又是那些熟面孔"的心态，动作不紧不慢的，闻言精神一振，立刻八倍速先点榜单再看奖励，什么困倦疲惫都没了。

榜单上的确还是老面孔居多，但他们以7/23这个不算太亮眼的成绩，愣是占了最后一个名额。

"文具盒"选项上已多出一个红色"3"，显然奖励文具已到位。徐望正准备点进去看看究竟得了哪三样文具，面前忽然"啪啪啪啪啪"掉下来五个宝箱。

除了文具奖励，还有宝箱？

钱艾的眼睛唰就亮了，这宝箱怎么看都充满了金钱的腐蚀气息，别拦着，让他先受腐蚀！

几秒后，钱艾开箱。

再然后，四伙伴非常和平地瓜分了剩下几个。

收成如下——

徐望：两万元。

况金鑫：两万八千八百八十八元。

池映雪：两万元。

吴笙：一万八千八百八十八元。

钱艾：八千八百八十八元+<幻>见好就收。

……

4/23 月光迷宫。

苏明展把手臂伸向岳帅，指着总成绩榜上第五名问："队长，你看这几个名字，有没有陌生而又熟悉？"

"当然熟悉，"岳帅一脸莫名其妙地看自家队友，"何来陌生？"

苏明展幽幽叹息："我们曾经擦肩，但现在距离越来越远，我以为应该彼此淡忘了。"

岳帅："……"

蔚天杭："落后这么多，队长，你是不是应该反思一下？"

岳帅："调戏 NPC（Non-Player Character，指游戏中不受玩家操纵的游戏角色）的人没有发言权！"

蔚天杭："我只是夸了她一句漂亮，谁知道她会暴走啊！"

陶阿南："是赞美还是调戏，主要看脸。"

蔚天杭："……"

……

12/23 关卡内。

"老板，总成绩榜上了个新队伍。"郑落竹带着分享八卦的兴味，把榜单亮给范佩阳看。老板嘛，这种事情当然不用自己撸胳膊挽袖子。

不过都送到面前了，范佩阳也没瞥一眼，只看着郑落竹问："准备得怎么样了？"

郑落竹收起胳膊，认真道："放心，都准备好了，这一次肯定能把13/23的卷交了。"

范佩阳淡淡道："再失败一次，我就换人。全部。"语气淡，目光却沉。

郑落竹正色起来："嗯，明白。"

7

6/23的古堡酒店宴会厅，可能是前六关里最紧要的所在。从1/23到5/23都是一进入便开始闯关，虽然要面对NPC，还要提防偷袭的对手，但勇往直前就行了，只有6/23这里需要各队自行"抉择"。

从6/23之后的关卡退下来的五人队，但凡进到这里的，必然是已经裁员，准备纳新，而从6/23之前闯上来的四人队，则必须要在这里增员配对。

而这一切，都算在闯关时间里。

阵容完整得越晚，进入真正的闯关越迟，也就越不利。所以尽管这一关把宴会厅打造得富贵华丽、灯火辉煌，香槟美酒饮不尽，美食佳肴享不完，却无人有心留恋这些。

池映雪是个例外。他最喜欢这里的蛋糕，奶油的、巧克力的、柠果的、香橙的……除了覆盆子口味，剩下的他都爱——覆盆子的酸甜实则酸盖过了甜，他上过一次当，再不碰第二次。

此时的他正坐在一个清静角落，刚刚享用完自己的午夜茶。他面前的餐桌上摆了七八个小碟子，大半已经空了，只剩下两个碟子里还放着小蛋糕，一个粉嫩嫩，一个雪白白，散发着诱人的香甜。

他实在吃不下了，于是看着这剩下的两个格外心疼。

纵观全场，除去NPC，剩下的"同行们"都在焦灼——既然来这里，便都是想继续前进，那无论是没组全人的队伍还是落着单的个人，都没办法淡定看着时间流逝。而池映雪凭一己之力拉高了同行们的"悠闲平均值"，别人来这里是组队闯关的，他来这里好像就是吃蛋糕自助餐的。

心满意足地舒口气，池映雪再无事可做，百无聊赖中，他拿出手机玩了会儿单机游戏，末了觉得无趣，鬼使神差就点开了微信。

他微信里原来只有一个好友池卓临，前段时间又增加了四个，以及一个名叫"倒霉孩子"的群组。看着这个名字，他下意识地皱了皱眉——每次点开微信，他都要这么真情实感地嫌弃一下——皱完了，又不情不愿地点进去。

第二章 解密

鹦里自然不能联网,但看看聊天记录总还可以。

【1月9日】

旺旺:欢迎新人入群!呱唧呱唧!

茶圣陆羽的小迷弟:呱唧呱唧!

笙哥:欢迎。

爱钱:网络一线牵,珍惜这段缘.gif

特别好看的池映雪:……

爱钱:我说队长,你给人家改这个群昵称也太简单粗暴了吧,能不能用点儿心?!

旺旺:这就是他本来的微信名好吗!!!

特别好看的池映雪:我的名字有问题吗?

爱钱:……没有,实事求是,客观准确,给你点个赞。赞.gif

茶圣陆羽的小迷弟:钱哥,你的动图好多。

爱钱:作为主播,我一直走在网聊风向最前沿。

笙笙:赞.gif

爱钱:班长,你为什么忽然改名?不祥的预感.gif

笙笙:心血来潮而已。

爱钱:你该不是觉得小况和小雪的微信名比你和队长的还像情侣号,你不甘心了吧?哈哈哈哈哈。

爱钱:??

爱钱:班长?

爱钱:我就开个玩笑!你再不回我,我去隔壁敲门了!(哭)

旺旺:他做新的战术方案去了。

爱钱:呼,还好,还好,我就说军师不能和我一般见识。

旺旺:新方案主力,钱艾;辅助,钱艾;策应,钱艾;殿后,钱艾。

爱钱:……

【1月15日】

……

【1月21日】

……

【1月29日】

旺旺:@特别好看的池映雪 我们就差最后一个5/23了,你到哪里了?

特别好看的池映雪：6/23。

茶圣陆羽的小迷弟：好快！

爱钱：小况同学，你的吹捧能不能不要这么明显？他只需要收集2个，我们得搜4个。敲黑板.gif

特别好看的池映雪：三天前我就到这里了。

爱钱：我年轻幼稚不懂事，你别和我一般见识.gif

茶圣陆羽的小迷弟：捂嘴乐。

旺旺：小雪，乖乖等我们哟。

笙笙：不要乱撩。

特别好看的池映雪：……

爱钱：小雪好像被吓跑了。

茶圣陆羽的小迷弟：不会的，他就是单纯的打字比较慢。

特别好看的池映雪：我很抢手的，你们最好快点儿。

爱钱：啊，还真是很慢。

茶圣陆羽的小迷弟：红扑扑笑。

特别好看的池映雪：……

笙笙：@特别好看的池映雪 明天。

旺旺：我们一定到。

"叮——"

突来的提示音打断了池映雪的回顾，他抬手看，是增员邀请。池映雪刚要点拒绝，忽然觉得光线暗了些，抬起头，一个曾经组过队的同行正站在他面前。

"前阵子看见你上总成绩榜了，"同行开口不寒暄，直接恭维，"挺厉害啊。"

池映雪没言语，只静静看他，等干货。

男人没得到回应，悻悻摸摸鼻子，很快又换上热络笑意："增员邀请我发的，我观察你两天了，一直也没组上队，对吧？"

见池映雪的表情还是没什么波动，男人索性开门见山："做生不如做熟，咱们以前组过队，彼此也了解一二，我知道你不稳定，但我也知道你够厉害。咱们可以先携手把这关过了，只要你不消极应战、不拖累队友，其他的我们都能包容，如果你表现格外好，我们可以考虑长期组你……"

"晚了。"池映雪淡淡打断他。

男人的口若悬河戛然而止："啊？"

池映雪把手机放回口袋，瞥他："我有队了。"

男人左右看看，摆明不信："哪儿呢？"

"这你不用知道。"池映雪耸耸肩。

"你只需要知道一点，"他眉头轻轻挑起，眸子里的光第一次染上底气十足的骄傲，"我，很抢手。"

第三章 考 核
KAO HE

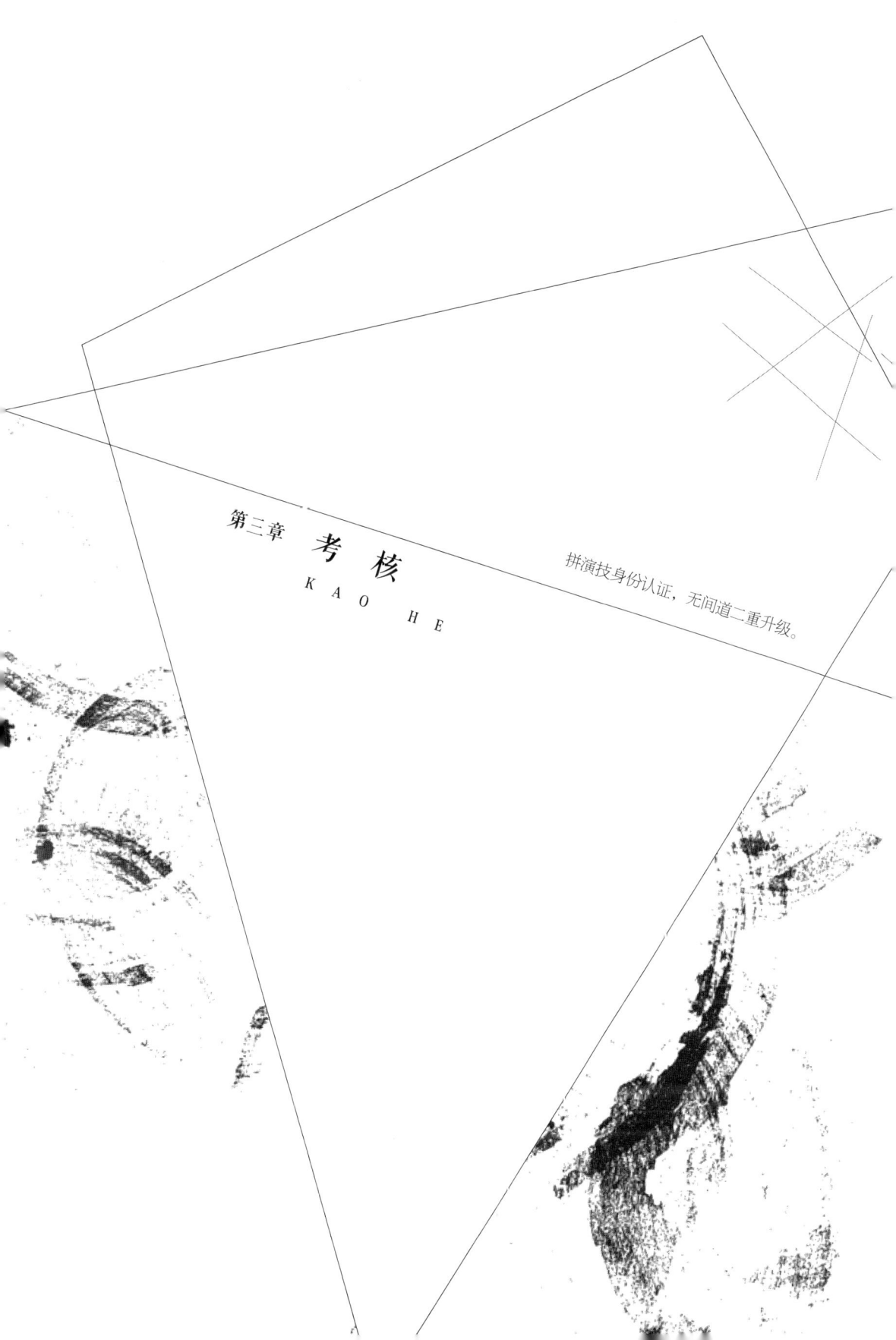

拼演技身份认证，无间道二重升级。

1

半小时前，北京时间 23：59，河南许昌市襄城县某工地附近。

夜里的工地漆黑一片，用蓝色金属板围着，很寂静。金属板挨着人行道，人行道上四个"鬼鬼祟祟"的身影。

一月底的风刀子似的，割得人脸颊生疼。四位同学或拉高衣领，或缩紧脖子，愣是扛着原地不动。若离近了，还能听见他们的交谈——

徐望："你们笙哥可和小雪夸海口了，今天晚上肯定拿着徽章过关，都努把力，别让你笙哥被打脸。"

吴笙："……"

钱艾："军师，他这么对你，你到底图啥啊，我真不能理解。"

吴笙："他对我好的时候，你没看到。"

况金鑫："比如？"

吴笙："比如刚才在宾馆里唔——"

钱艾："哎，我正听到嗨点，你别捂他嘴啊！"

"咕咕——"

寒夜的风里，鸮叫准时而来。脚边井盖变成紫色漩涡，四个小伙伴收敛玩笑，彼此看一眼，郑重跳入。

二十天前，他们在8/23折戟沉沙，由此退到5/23，五人队被迫变为四人队。小伙伴们一研究，正好可以借此搜集前五关的徽章，于是缺少1、2、3、5四枚徽章的徐望、吴笙、钱艾、况金鑫和只缺少2、5两枚徽章的池映雪定下一月之约，之后分头行动，踏上各自征途。

如今一月未满，徐望他们就已经搜集齐了前四关的徽章，只不过池映雪比他们更快，已到6/23等着了。

这是他们第二次来到5/23——鬼宅无间道，即以鬼的身份进入老宅，在不被各种妖怪、凶鬼、恶灵识破人类身份的前提下完成任务，每次闯关的任务内容可能会变。

上次从8/23退下来的时候，虽然他们一开始就打定主意不交卷，以便继续往2/23退，但还是尽最大可能摸索了解了这一关的内容。所以，这一回他们有备而来。

天旋地转结束，视野重新清明，四个小伙伴置身于一处荒山野岭，面前是一栋荒废老宅。

宅子很大，但已破落不堪，门板要掉不掉地斜挂着，匾额躺在地上，已断成两截。两边的围墙坍塌大半，墙内的荒草和墙外的荒草长成一簇，再无任何分别。

阴风阵阵，吹得人不住起鸡皮疙瘩。远处荒野里似有鬼火，近处耳畔似有鬼语……

"大哥，我怎么看那几个有点儿眼熟？"

呃，这么接地气，好像不是鬼。

四伙伴顺着声音转头，就见几米外四个黑黢黢人影。借着月光辨认半天，小伙伴们惊讶地瞪大眼睛。

徐望、吴笙、况金鑫、钱艾："小迷彩？！"

迷彩壮汉和队友："……"

给人起外号是不是应该事先给个通知！！！

现实世界天寒地冻，迷彩队也穿上了羽绒服，自然还是迷彩花纹，在这阴森荒野的杂草里，保护色发挥到了极致。

"距离我们上次见面，快一个月了吧？"迷彩队长环臂挑眉，"你们才闯了一关？速度不行啊。"

彼此交手是在4/23，迷彩队那次输了之后应该退回1/23。徐望掐指一算："你们不也才过了四关。"

迷彩队长："……四关还少？八关就能上总成绩榜了！"

徐望刚要张嘴，肩膀忽然被人拍住。

"低调。"吴笙凑到他耳边规劝。

徐望被吹得耳朵发热，无条件咽下了炫耀的话——自从上过一次榜，他就有点儿飘，幸亏总有军师提醒。

第三章 考核

他也曾问过吴笙是怎么保持平常心的，对方给的答案是"成绩一直好就习惯了"。他当时忍住了，没踹他。嗯，是真爱。

不再搭理迷彩队，徐望转过身来，认真看自家小伙伴："准备造型，考验演技的时候到了。"

冒充鬼，演技是软件，造型是硬件，硬件过关，身份就落实了一半。

钱艾和况金鑫一齐点头，之后立刻抬臂，准备点文具，给自己的"猛鬼"身份加点儿料。

吴笙却没动，而是越过徐望的肩膀看他背后的迷彩服队，低声道："他们也不是第一次来。"

徐望回头，只见迷彩队已经"造型"上了，一个踩了云，一个直接消失，应该是用了隐身文具，还有一个戴了美瞳，整个眼睛都是红的，乍看的确挺吓人。

注意到这边的目光，迷彩队长沉吟两秒，不怀好意地乐了："你们该不会没准备吧？那完了，进去就得被撕碎。"幸灾乐祸里也没真正透露关卡内容的半个字，显然，在不清楚对手是否来过这一关的情况下，谁也不会为逞一时口快，给竞争者提供信息。

徐望叹口气："我们知道这一关是大型灵异戏精现场。"

迷彩队长皱眉："那你自己不扮上，盯着我们干吗？"

徐望："我第一次见这么简陋的鬼，所以没忍住，多看两眼。"

迷彩队长："呵呵，那给我看看你们能有多精致。"

"咔嗒嗒——"

一株植物在吴笙脚边破土而出，顶开了地上的石子，疯狂生长，转瞬就和吴笙一样高了，通体木色，粗壮茎上长着一张血盆大口，随着夜风发出诡异细碎的呼号。

吴笙伸出手。植物忽然连根拔起，像有生命似的缠到他的手臂和上半身，还颇有点儿犀利风。

"〈武〉捕人藤，"吴笙先介绍自己的"造型"，再介绍自己的身份，"山鬼。"

话音刚落，况金鑫头顶上忽地出现一只断手，正一下下撩着他的头发。

"〈武〉穿过你的黑发谁的手，"况金鑫自豪地报家门，"断手鬼！"

徐望点掉自己的文具。很快，冷风蹿起，他背后幽幽现出一个人形黑影，没脸没五官，就一团黑色轮廓，唯独笑起来能看见一抹白光，像咧开的嘴。

"〈武〉背后灵，"徐望对自己的身份很满意，"我在你背后鬼。"

迷彩队1、2、3："……"

迷彩队长："你取名能不能负点儿责……"

"任"字消失在了阴森夜风里。

060

因为原本在山鬼、断手鬼和我在你背后鬼旁边站着的那个又高又壮的男人，只剩下一颗头在空中飘啊飘。

钱艾铿锵有力："无头鬼！"

说完他总觉得哪里不对——自己好像什么都没了，唯独剩一颗头，这种情况该叫有头鬼吧……

凄冷野外，恐怖古宅，一颗头的造型，冲击力还是相当巨大的，尤其那脑袋还在冲你笑。迷彩队队员不约而同地咽了下口水，头发发麻。

迷彩队队长的声音也有点儿发虚："什么……文具？"这也太像鬼了啊！

"哦，"钱艾倒不藏着掖着，"<防>神出鬼没隐身衣。"

同样隐身，但是全身隐的迷彩队2号不能理解："那头呢？头为什么还在？！"

"这是隐身衣，又不带隐身帽。"钱艾理直气壮。

2

两个小分队跨过门槛进入老宅后自觉左右分开，泾渭分明。

这里是老宅的前院，极大，一眼看不到边。院中有许多树，有些枯了，有些倒了，还有些挣扎着最后一抹绿。树影间一团团幽绿色的鬼火，偶尔会有黑影从角落里蹿过，让人毛骨悚然。

夜冷得骇人，静得死寂，整个老宅就像一具陈放在荒野里的空棺，等待着迷路的人。

徐望看向吴笙，吴笙向左稍转一下头，徐望了然地点点头，然后看向迷彩队队长，眼神往左一瞟，含义清晰明了——我们走这边。

迷彩队队长从善如流，下巴往右一扬——那我们就走这边。

这一关和古堡酒店类似，各队的任务并不一定发生交集。古堡酒店是有爱情、惊魂、解谜等几条任务线供选择，这一关则是看各队第一个接触的鬼怪NPC是谁，不同的鬼会给队伍带来截然不同的任务。

同时，"被识破身份"是这一关的死穴，如果和竞争队伍走得太近，但凡一队被识破，那被识破这队破罐破摔，必然要拖就近的队伍垫背。

基于以上这些情况，尽早分开、互不干扰成为两队共同的诉求。

一队向左，一队向右，前行片刻再回头，就已看不清彼此背影了。夜风吹过深宅老院，还真有种一晃经年物是人非之……

徐望还没感慨完，就让捕人藤敲了脑袋，一抬头，对上吴笙无奈的脸："人都走远了，别依依不舍了。"

徐望："……"

他那是警惕加防备好吗？！

刚白完吴笙一眼，再转过头来，就看见了钱艾……的头，徐望心脏骤停，好几秒才猛地呼口气，恢复平静。

"不行，老钱，"徐望推开自己队友的脑袋，"你这个造型杀伤力太强，离我远点儿……"

钱艾委屈巴巴，刚要替自己说两句话，不远处忽然有人啐了一口吐沫。这一声不大，却清脆，且在啐完之后就开始极小声地咕咕哝哝，也听不清说什么，在老宅里格外瘆人。

四伙伴心里一紧，不敢再轻举妄动，顺着声音缓缓扭头，只见可以进入内宅的偏门门槛上坐着一个衣衫褴褛的中年男人，正在数钱。他身形瘦小，佝偻着背，唯独盯着手中钞票的双眼放着精光。

选 NPC 不如撞 NPC，四个伙伴互相看一眼——嗯，就这位了。

"准备好了吗？"徐望最后一次小声确认，"准备好了可就要上了。"

吴笙轻轻举起缠着捕人藤的手臂，淡淡道："没问题。"

钱艾上下左右地晃脑袋："很有信心。"

况金鑫拍了一下头顶上不听话的手："上吧，队长。"

徐望点点头，第一个迈步向前："走。"

鬼宅无间道第一重考验——初登场的身份验证！来了！

四人徐步上前，很快就来到数钱鬼面前，肩并着肩，笼罩下来的黑影像一堵墙。奈何中年男人数得太认真，毫无察觉。

"……"四伙伴耐着性子等。

终于数完最后一张钞票，数钱鬼心满意足地揣进兜里，兴冲冲起身，看样子是准备回内宅，结果一站起来，终于发现面前多了四个身影……呃，三身一头。

"你们是谁？"原本看着很普通的中年男人的身体忽然由实变半虚，脸上的神情也警惕起来，嘴角向两端又裂开一寸，露出里面黄而尖的牙。

四人只觉得背后一阵阴风刮过，冷入骨髓，但面上谁也没露出一丝心虚。

"我们是没地方去的孤魂野鬼，"徐望的镇定里带着无尽真诚，真诚里又透着楚楚可怜，"想在这里安身。"

"滚滚滚，"数钱鬼不耐烦地挥手，"这里已经鬼满为患了，没地方给你们。"

吴笙皱眉，身上的捕人藤立刻沿着地面悄悄缠上数钱鬼的脚，想来个下马威，以显示他们不是普通的小鬼，是有立足实力的。不料还没发力，捕人藤却从鬼怪脚踝穿了过去。

捕人藤根本碰不到这个数钱鬼！

吴笙抿紧嘴唇，他们从 8/23 退下来那次，在这关主要是搜集信息，没用过文具，难不成是文具对这一关的鬼怪无效？

"啪"，况金鑫头顶的断手不知何时飞了过来，狠狠拍掉数钱鬼不客气挥着的手。

"你对我们大哥客气点儿！"况金鑫凶声凶气道。

数钱鬼捂着被打疼的手："……"

徐望、吴笙、钱艾："……"

奶凶奶凶的，真让人不知道该给个什么反应。

不过况金鑫的立威倒让吴笙刚刚的疑惑迎刃而解——不是不能用文具，只是普通文具对鬼没用，只有属性相近的灵异型文具才能碰到鬼。

这边吴笙百转千回，那边数钱鬼似也被这一下打手卸掉了一些防备，再斜眼打量他们，就稍稍认真了些。

"最近总有人冒充鬼来这里捣乱，"数钱鬼说，"老大让我在这里看门，我就得守好。"

"少来，"钱艾一颗头冲着他嗤之以鼻，"你刚刚要不是看见我们，早转身跑了，你就这么看门？"

"你们到底想不想进去？"数钱鬼被说得有点儿面子挂不住，气吼吼道。

"当然想，不然在这里和你废话？"可能是造型给了信心，现在钱艾觉得自己是鬼中贵族。

"那就老老实实把你们的底子报上来，"数钱鬼依次看过他们四个，正色道，"都是怎么死的，会干什么，要是 点儿用处没有，可别想在这儿白吃白住。"

钱艾无语："都成鬼了，还能吃什么？"

"元宝蜡烛啊，"数钱鬼说，"后山总有人来烧……"话说一半，他忽然怀疑地盯住钱艾，"你不会连这都不知道吧？"

钱艾语塞，良久，咽了好几下口水，才耍横地出声："对，我就不知道，我爹不疼娘不爱，没人给我点蜡烧元宝，你满意了？！"

数钱鬼被吼得莫名羞愧，羞愧里还泛起同情和不忍："呃，不是，我不是故意戳你痛处……"

"你到底怎么死的？"聊到这儿了，数钱鬼还真对眼前这颗"飞头"生出促膝长谈之心。

"哎——"钱艾一边重重叹口气，一边眼神往小伙伴们那边飘，示意自己这个戏精 4 号先登场了，"人家都是死了以后才成鬼，但我不是，"他 屁股坐到门槛上，那眼神，那表情，要多悲伤有多悲伤，"我活着的时候就是鬼，穷鬼。"

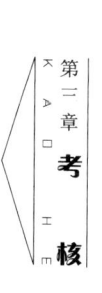

第二章 考核

徐望、吴笙、况金鑫："……"

虽然事先对过人设剧本，但自家队友的表演，还是深深把他们折服了。

"谁问你是什么鬼了，"数钱鬼不太满意，"我是问你怎么死的。"

"我都穷鬼了你说我怎么死的，"钱艾怒视他，"穷死的啊！"

数钱鬼："……"

"我穷，还好赌，把家里的东西都输掉了，"浮在空中的头红着眼看数钱鬼，声音沙哑而哽咽，"后来没钱了，还想赌，怎么办？我就赌我的手、我的腿、我的身体……"

"和你赌那些的人是不是有病？"数钱鬼无比困扰地挠挠脸，"要你身体有啥用啊！"

"这你就别管了，反正我就是输了，咱愿赌服输，胳膊腿连这个身子一起拿去！"戏精·钱一发不可收拾，只剩一颗头也绝对顶得起影帝皇冠。

数钱鬼："于是你就死了？"

钱艾："就剩一颗头，换你你不死啊？"

数钱鬼总觉得哪里怪怪的，但又挑不出太大毛病，犹豫间看见况金鑫和他肩膀上趴着的断手，下意识问："你这又是怎么回事？他就剩一颗头，你怎么还多出一只手？"

况金鑫说："我这个手就是他的呀。"

数钱鬼小眼睛咔地睁大："啥？"

"我和他赌，他没钱，就把手押给我了，后来他输了，就把手剁给我了。"况金鑫张着真诚的大眼睛，一板一眼地说。

数钱鬼还是没捋明白："那你赢了啊，怎么就变成鬼了？"

"自从他把手剁给我，我就日渐虚弱，医生也查不出病因，后来就死了。"况金鑫看了一眼肩膀上的手，再看向数钱鬼，面色凝重起来，声音也低哑下去，"我死后才发现，这只手一直没离开过我，我不是病死的，"他凑近数钱鬼，一字一句，目光阴沉，"是断手索命。"

这会儿况金鑫哪还有先前的奶凶，完全是戏精·鬼气森森·四金。

数钱鬼："……"

他是鬼啊，为什么还会被鬼吓到？！

徐望、吴笙、钱艾："……"

这是入戏了啊。

"不对，"数钱鬼皱眉，看看钱艾的头，再看看况金鑫，终于发现问题，"要这么说，你俩该是仇人啊，咋死后跑到一起了？"

钱艾："……"

况金鑫："……"

这是问题，好尖锐。

"唉，"徐望操纵背后灵拍拍数钱鬼的肩膀，"这世间有种感情叫相爱相杀，你不懂。"

数钱鬼转头看他："如果你告诉我你也是因为赌才死的，生前恰好和他俩认识，我真的会生气。"

"那哪儿能啊，再认识，不成连续剧了？"徐望给了他一个"安心"的眼神，回头看看自己背后的人形黑影，再看向数钱鬼，眼底已然沉下来，"我是被它杀死的。"

数钱鬼没听明白："谁？"

徐望举起手指指着自己的脸："它。"

数钱鬼怔怔看了他半天："老弟，你指的是你自己。"

"不，这不是我。"徐望摇头，手指转移方向，指向背后灵，"这才是我，也就是现在和你说话的人。"说完，手指重新指向自己，"它只是一个空壳。"

数钱鬼："可是它的嘴在动……"

"嘘，不要插嘴，"徐望把手指压到嘴唇上，轻眨一下眼，然后再指向背后黑影，"我生来就是鬼，你可以叫我背后灵。我这一生只做过一件坏事，就是想要一个身体，所以我杀了这个人……"他再次指向自己，"但是杀掉他之后我才发现，我能操纵这个身体，但这个身体永远不属于我，"手指重新指向黑影，"所以我只能永生永世跟在这个身体背后，看着我曾经犯过的罪孽，永世煎熬……"

数钱鬼的脑袋跟着徐望的手指，看过来，看过去，看过去，再看过来，成功蒙圈。

徐望疲惫地叹口气："你可能没办法理解我和它之间……"

"够了！"数钱鬼表示永远都不想理解！

"简而言之，它死了，你也死了，你们两个分不开，完毕！"数钱鬼言简意赅总结完，撑着最后一缕魂，幽幽看向吴笙，"你……"

"我死在山里，是山鬼。"吴笙站着没动，捕人藤在他身上缓缓缠绕。

数钱鬼眯起眼："山鬼？"

吴笙点头："山鬼。"

数钱鬼皱眉："就完了？没什么生前故事了？"

吴笙说："没了。"

数钱鬼上来一把握住吴笙的手："兄弟，我欣赏你！"

"叮——"

四合一的提示音响起。数钱鬼对此毫无反应，就像没听见。

小抄纸："身份认证成功。"

第三章 考核

3

幽暗的回廊，朱红色漆已变成红褐色，一块块斑驳凋落，露出的木质又被风雨侵蚀腐朽。回廊通往内院，沿途都是黄叶枯木，地上散落着一些纸钱，有新有旧，看不出祭奠的年月。

四人跟着数钱鬼走在回廊里，秉着少说少错的原则安静着，等数钱鬼先开口。结果数钱鬼比他们还沉默。无奈，徐望只能问："鬼哥，这是要带我们去哪儿啊？"

数钱鬼斜了他一眼，总算说话："你们不是想在这里住下吗？我可告诉你们，我们这里不养闲鬼，想住下就得出力。"

"出力？"四伙伴眼睛一亮，任务来了。

"嗯，"数钱鬼继续往前走，没看见后面四双熠熠放光的眼睛，"西院现在是用鬼之际，老大最近正愁找不到新鬼呢，你们就上门了，要不是这么巧，我也不能那么盘问你们。"

"西院？"上次来没听过这个词啊。

"哪么多问题？"数钱鬼不耐烦了，"反正我现在带你们去见老大，老大要同意收你们，你们这落脚地儿就有了，懂不？"

四伙伴面面相觑，见老大？

上次一进来就是一个鬼在找东西，只不过同时进来的队伍更快，抢了这个任务，于是他们又找了下一个鬼，接了"月上柳梢头，鬼约黄昏后"的任务。但不管是"寻找"还是"恋爱"，都是 NPC 直接给任务，且任务标的都非常明确。可现在他们跟着这个 NPC 走半天了，"小抄纸"也没更新任务，可见"见老大"也并不是任务内容。

"那个，鬼哥，"徐望快走两步，凑过去，赔着笑脸问，"你就没丢个什么东西需要我们找？或者恋爱不顺想让我们帮你破镜重圆什么的？"

数钱鬼缓缓转头，生无可恋地看他："你觉得我这样的，能有女鬼相中我？"

徐望："……"

这个问题透着浓浓悲伤，让男鬼沉默、女鬼流泪。

空气突然安静，只剩下风过回廊的幽鸣。徐望似想到了什么，直接转移话题："鬼哥，咱们这里有桥吗？"

"桥？"数钱鬼莫名其妙看他。

徐望刚想进一步解释，比如后花园、小桥流水什么的，只要是桥就行，吴笙却忽然伸手把他拉回身边，牢牢揽住肩膀。

"没事了，鬼哥，他就是没话找话，你不用搭理他。"吴笙冲数钱鬼不好意思地笑笑。

数钱鬼现在对这位山鬼印象非常好，点点头，不疑有他，继续前行。

徐望没好气地用胳膊肘给了吴笙一下，不重，但意味很明显——谁没话找话了？

吴笙神色未动，只把手臂递到他面前，停留两秒又迅速收回来。不过已足够徐望看清，自家军师点开的徽章手册上，5/23 的徽章提示是——恋床鬼。

徐望怔住，刚才还是"鬼桥"呢！确切地说，自从十天前"壁中鬼"的提示换成"鬼桥"，这 5/23 的徽章提示就再没动过，今天进入关卡，他还又确认了一次，谁会想到这才十几分钟，就有队伍找到徽章了？！

再高效的队伍也不可能这么快的。唯一的解释，就是有队伍撞了大运，一进宅子就遇见了闪光，说不定徽章到手的时候他们还蒙头蒙脑呢。但不管怎么说，的确是自己疏忽了。

心中掠过一丝懊恼，搭在自己肩膀上的手又用力揽了揽，然后是吴笙一声轻叹。徐望从那叹息里听出来五个字——没我不行啊。

白他一眼，徐望不情不愿地撇撇嘴——行，是我大意了。

吴笙微笑，嘴角是个心满意足的弧度。

徐望眯眼睛看他——手能拿下来了吧？

吴笙不解地挑起眉毛——嗯？

徐望："……"前面八百句都能用眼神沟通，这句就看不懂了？！

第三章 考核

穿过回廊，再穿过两个小院子，四人一鬼终于来到一间议事厅。数钱鬼让他们在门外等，自己先进去，没两分钟便回来说老大同意见他们了。

四人跟在数钱鬼身后，终于进了议事厅。

议事厅不大，左右各坐一排鬼，都维持着死前惨状，可就这样，还是该喝茶的喝茶，该抽烟的抽烟，每个看着都颇有派头，全像大哥。但真正的大哥，自然是坐在最前端主位上的。那是一个瘦削的中年男人，浓眉大眼，生前应该是个挺喜庆和善的长相，但现在一张脸都是青紫色，眉心一个弹孔，直接穿透他的脑袋。

四人一进来，所有目光便都集中到了他们身上，原本嘈杂的议事厅骤然鸦雀无声。再被这么多鬼盯着，四个小伙伴的神经一下子绷紧。

数钱鬼毕恭毕敬道："老大，他们就是那四个新鬼。剩一个脑袋那个是飞头鬼，多一个断手那个就是断手鬼，带影子那个是背后灵，英姿飒爽这个是山鬼。"

徐望、钱艾、况金鑫："……"

感情偏好用不用这么明显！

弹孔鬼轻轻歪头，上下打量他们四个，末了问数钱鬼："验过了？"

"您放心，都验过了，"数钱鬼说，"死因清晰，死状合理，没可疑。"

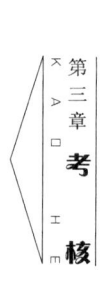

067

弹孔鬼脸上没什么表情，也看不出他信不信，但静默片刻后他还是幽幽开口："我正好需要几个生面孔，小钱，这件事你办得不错。"

数钱鬼不常被表扬，闻言缩缩脖子害羞一笑，画面简直不能更美。

弹孔鬼没再说话，只定定地看他。数钱鬼愣了几秒，忽然明白过来，立刻告退，还很贴心地从外面关上了议事厅大门。

随着大门再次关上，议事厅内的空气凝重压抑起来。四个伙伴心中的警惕慢慢升高，吴军师甚至已经开始盘算，等下如果情况不妙，他是三十六计走为上还是置之死地而后生。

弹孔鬼身边忽然缓缓出现一个"身体"，确切地说，是一个只有身体没有脑袋的鬼，浑身砍伤，脖颈切口也参差不齐。

无头鬼刚一现身，议事厅便响起一个略有些尖细的声音："想住在西院，就要为西院出力，懂了吗？"

相比弹孔鬼，这位无头鬼给人的压迫感并没有那么强，而他一出现，弹孔鬼就向后一靠当甩手掌柜了，显然这是个军师或者智囊一类的角色。

大佬不会亲自和小兵事无巨细地解释任务，自然需要个代言人，四伙伴能理解，但……这位连头都没有，怎么传递声音的？这种不科学的现象真的让人很在意啊！

"咳，"强迫自己不去管发声渠道，徐望说，"出力懂，但要出什么力，不是太明白……"

前面的无头鬼摊开手，要讲课似的，悬在议事厅上空的尖细声音则配合着姿势慢条斯理地解释。四伙伴就在这种诡异的隔空搭配里，听完了任务背景。

"这座老宅分为东院和西院。西院也就是这里，是我们的地盘，而东院，是挖心鬼的地盘。一直以来，我们都想迁居东院，但挖心鬼寸土不让……"

"那个，我能提个问题吗？"徐望弱弱举手打断。

无头鬼说："讲。"

"西院不是挺好的吗，又大又开阔，树也死气沉沉，风也够阴森，"徐望是真心不理解，"为什么非要迁居东院？"

"你懂什么，"无头鬼嗤之以鼻，"东院风水好百倍千倍！"

"不是……"徐望的目光依次扫过眼珠子掉的、下巴撕裂的、断手断脚的，最后落到前方眉心弹孔和没脑袋的，真心实意地问，"咱都这样了，对风水还这么讲究吗？"

弹孔鬼皱眉。

无头鬼立刻替大佬呵斥："自古鬼气东来，不居东，何以掌天下之鬼！"

只听过驾鹤西归的徐望、吴笙、钱艾、况金鑫："……"

真是处处皆学问，不分阴阳间啊。

"那……我们能怎么出力呢？"徐望赶紧问重点，生怕再聊下去聊出更多鬼界知识点，他这个脑子跟不上。

头顶的尖细声没答，无头鬼忽然走下来。

看一具没有脑袋的身子咔咔朝自己走实在不是一个美好体验，四伙伴不自觉聚拢，彼此依靠，汲取一点点人类的温暖。

无头鬼在徐望面前站定，头顶尖细声道："伸出手来。"

徐望照做。一个小纸包被放到他手心。

"这是灭魂散，"无头鬼道，"你们的任务是混进东院，找到鬼泉，把灭魂散倒入泉眼。"

徐望愣愣看着手里的小纸包："然后呢？会怎么样？"

"鬼泉是东院所有鬼的鬼气之源，鬼泉一毁，整个东院的鬼就会灰飞烟灭。"

徐望有点儿不忍："狠了点儿吧……"

无头鬼转身，走回大佬旁。

弹孔鬼静静开口："执行任务，或者我现在就把你们吃掉。"

"那个飞头鬼留给我，"尖细声音忙不迭道，"我正好缺个头。"

钱艾："……"不怕鬼偷就怕鬼惦记！

话都说到这份上了，徐望知道不接任务没可能。或者说，从和数钱鬼搭上话，他们就注定是这个任务了。他抬起头："我们接。"

"叮——"

小抄纸："[任务]混入东院，寻找鬼泉，倒入灭魂散。"

不用看，四伙伴也知道自己接下来的命运了……不光要隐瞒人类身份在鬼宅里生存，还要隐瞒西院身份在东院里生存，并伺机下毒，这不是无间道，这是无间道中道啊！

第三章 考核

4

无头鬼亲自将他们送到内院一扇极隐蔽的月亮门前："过了这道门，就是东院。"

"谢谢无头哥。"钱艾迫切想送走这个惦记自己脑袋的，"我们会小心的，您慢走。"

无头鬼没动。

钱艾正疑惑，无头鬼忽然一把捧住他的脑袋。

被一个没脑袋的身子捧起自己的脑袋，这谁受得了啊！钱艾吓得汗毛都立起来了，"嗷"一嗓子，把夜幕能捅个窟窿那种。

无头鬼也吓一跳："你号什么！"

钱艾牙齿打战：“你、你抓我头干什么？”

无头鬼说：“说不定以后就是我的了，我提前欣赏欣赏。”

钱艾忍着挥拳冲动："……"

无头鬼松开手："唉。"

钱艾："……"欣赏完叹口气是什么鬼！！

该交代的都交代了，脑袋也看了，无头鬼再无留恋，转身离开。

吴笙忽然叫住他，问："无头兄，你做鬼时间长，经验丰富，你知道恋床鬼吗？"

仨伙伴安静下来，知道自家军师在打探徽章线索。

"恋床鬼？"无头鬼摇头，但因为无头可摇，于是就只能用身子晃，"没听过。"

吴笙又问："那流连床榻的呢？有没有什么鬼是特别喜欢待在床上的？"

无头鬼尖细的声音忽然暧昧起来："你要这么说，当然有了，风流鬼啊，牡丹花下死，死后也风流，勾到合眼缘的就赖在床上不下来，鬼叫得烦死了呵呵呵呵……"

徐望、钱艾、况金鑫集体冷漠脸："……"

他们并不想上鬼车，谢谢。

"只有风流鬼？"吴笙一脸科学探索的严谨，完全没被鬼车分心。

无头鬼的笑声停住，片刻后，声音忽地低下来："梦鬼。"

"梦鬼？"

"噩梦中死去的人，做鬼了还是守着床，一遍遍重复死前的噩梦。"

得到答案的吴笙再没问题。徐望却从无头鬼骤然低下来的声音里听出不寻常："梦鬼，很凶？"

无头鬼没答，只提醒道："记住一点就行，别上它的床。"

徐望将月亮门轻轻推开，门板发出低低一声"吱呀"，呜咽似的。

四人鱼贯而入。随着走在最后的钱艾踏入东院，门板在四人身后"啪"地合上，惊得四人心里一震。徐望转身再去拉门板，门却怎么也打不开了。

比西院更阴冷的风打透了人的衣裳。而眼前的景色——如果断壁残垣算得上景色的话——比西院更萧索，更凄凉。枯树倒，池塘干，满地淤泥散发着恶臭，回廊尽头的亭子已坍塌，凄冷月色下，杂乱堆叠着的残骸里像有鬼影在晃。

四伙伴可以断定，他们上次来5/23，全程都没来过东院这片地界。

"不是说这里风水好吗……"钱艾一脸一言难尽，极小声道，"都这样了叫风水好？"

吴笙轻叹口气："你要逆向思维。"

钱艾："……"

吴笙："……"

钱艾："然后呢？没了？"不进一步解释一下吗！！

"这么笨呢，"徐望把老钱抓过来，窃窃私语，"他的意思是，这种地方人看着是闹心，鬼看着可能就是最佳舒适区，懂吧？"

钱艾懂了："……人间地狱，鬼间仙境。"

"队长，你别嫌钱哥笨，"况金鑫凑过来，忍着乐小声说，"你想一下，如果笙哥一个眼神钱哥就秒懂，一个字钱哥就像你一样立刻阅读理解出全部含义……"

吴笙默默抬头看天。

"老钱，"徐望立刻转头，无比真诚地拍拍自家队友的肩膀，"你不用进步了，就保持现状，挺好。"

钱艾："……"

"你们几个——"不远处传来一声鬼吼，音质是鬼声的凄厉，气势却十分正义凛然，"就说你们呢，站在那里不许动！"

话音刚落，一个鬼影已冲到他们面前，四十左右的样子，精瘦，尖嘴猴腮的，脸色青白，嘴唇乌黑，唯独一双眼珠滴溜乱转。这就让他比别的鬼在"活气儿"上胜出一筹。

"你们怎么进来的？"滴流乱转警惕地上下打量四人。

"我们……我们翻墙进来的。"徐望面不改色心不跳。

"孤魂野鬼，无家可归，"吴笙补充，"来此寻个落脚处。"

徐望、钱艾、况金鑫："……"

自家军师昨天在火车上捧着平板电脑看《聊斋》，治鬼之法学没学到不清楚，这古风洋溢的台词绝对是都记心里了。

"有大门不走，翻什么墙。"滴溜乱转呵斥，但敌意明显弱了，"要是让老大知道我没看住门，让生鬼混了进来，我真就得再被钉死一次了。"

再被？徐望没发现滴溜乱转身上有什么明显伤痕，一直以为他是被毒死的，这会儿听出话音，再次打量，才发现他天灵盖上钉着一枚粗钉，留在外面的只有钉头，被杂乱的头发掩盖着，不注意根本发现不了。

"行了，"钉死鬼松口气，"幸亏发现你们了。走，我带你们去见老大，能不能在这里住下，都得听老大的。"

四伙伴对视一眼——这就见老大了？

徐望抿紧嘴唇——如果这个老大又让我们卧底怎么办？

第三章 考核

钱艾瞪大眼睛——无间道中道中道？！

况金鑫皱起脸——太难了吧……

吴笙抚额——没有人会把剧本设计成死循环的。

"你们挤眉弄眼干吗呢？"钉死鬼走两步，回头发现四人没动，不耐烦道，"快跟上。"

四人收敛心思，提高速度跟上，随着钉死鬼在回廊里七拐八拐，最终来到一个很小很偏的荒院。院子一眼就能看到头，只一棵要倒不倒的歪脖子树，树下一口井。

徐望不解地看向钉死鬼："你们老大……在井里？"

"不要被眼睛蒙蔽，"钉死鬼突然深沉起来，"你看着它是一口井，其实它是通往深院的门。"

"所以我们接下来……"徐望有一种不好的预感。

钉死鬼："一起投井。"

他就知道！！！

四人一鬼来到井口旁，钉死鬼忽地又后退两步，做了一个请的手势："跳吧。"

徐望连忙谦让："你先来。"

"赶紧跳，别等我踹你们。"钉死鬼的语气又凶起来，凶里还透着一丝……急切？

徐望微微眯下眼，站定不动了。

吴笙忽然把他拉到身后，挡着他与钉死鬼交涉："我们先跳可以，但你别离那么远，你得守着井边，目送我们。"

钉死鬼不语，死死盯着他们，天灵盖的钉头处忽然冒起丝丝黑气。下一秒，钉死鬼忽然上前，把毫无防备的况金鑫往井下用力一推！

况金鑫身体一歪，直接大头朝下摔了进去。钱艾呼吸一滞，伸手就去捞，然而一切发生得太快，他还来不及抓，况金鑫已经掉下去了。

"小况——"钱艾冲着黑乎乎的井下大声喊。

吴笙操纵捕人藤伸出枝蔓，飞快滑进井口追人。

"我没事……"井里终于幽幽传来况金鑫的回应。然后没一会儿，一个被断手紧紧抓住后衣领的况同学就被拎出了井口，重见天日。

捕人藤没追上况同学，人家靠自己的文具死里逃生。钱艾和吴笙叹为观止——这哪儿是断手，这是钢铁神臂吧！

这边，就在况金鑫掉下去的瞬间，徐望操纵背后灵直接将钉死鬼死死缠绕，越缠越紧。鬼能被勒死吗？徐望不确定。但眼下他也想不出更好的弄死这家伙的方法。

正胡思乱想着，阴暗墙角忽然冲过来一个黑影，猛地抱住钉死鬼的腰，一口气冲到井边。

况金鑫已经从井里出来了，三个小伙伴见一团鬼影极速而来，本能闪开。

黑影一压后背，一抬双腿，直接把钉死鬼塞进井里！

一切只发生在瞬间，黑影速度之快让人根本看不清他的模样，也让钉死鬼来不及做任何反抗。只听"咚"一声，钉死鬼像是摔到了干枯的井底，然后下一刻，整个小院都听见了他凄厉的号叫。那号叫刺得人头皮发麻，心发颤。幸而很快弱下来，然后再无声息。

一团幽蓝色鬼火慢悠悠飘出井口，落到黑影手中。

四人这才看清，黑影是一个二十多岁的小伙，然而面黄肌瘦、形容枯槁，就是在鬼里，看着都不让人怕，只让人觉得心酸，感慨鬼界生活不易。

"他骗你们，"鬼影开口，声音里透着一股老实，"他不是看门的，他是吃鬼鬼。"

徐望："啊？"

吴笙："吃，鬼鬼？"

钱艾、况金鑫："……"让军师一念莫名有点儿萌是怎么回事？

"是吃鬼，鬼。"面黄肌瘦受不了地白他们一眼，本来浑浊的眼睛一翻白眼倒清亮了，"他专门挑新鬼下手，骗到这里就往井里推，等元魂被炼出来，他再一口吃掉。"

"那被推下去的鬼会怎样？"徐望问。

面黄肌瘦说："元魂提出来那一刻就灰飞烟灭了。"

"我们是新鬼，经验不足，"吴军师这句话，已经成了提问的例行开场白，"鬼不能落井吗？"

"不是不能落井，是不能落这口井。"面黄肌瘦低头看向井里，神情凝重地说，"这口井叫炼魂井，只要掉下去，任你再厉害的鬼也得乖乖被取出元魂。"

四人环顾小院，完全看不出这样一方不起眼的偏僻角落，还藏着这么一口致命井。

钱艾后怕地出了一身冷汗："我说，这么危险的地方，你们就不能拉个警戒线、立个标志牌啥的？"

面黄肌瘦怔怔看了他一会儿，乐了："还真没谁这么想过。"

"各鬼自扫门前雪，哪管他鬼瓦上霜，这种恶习居然从阳间带到鬼宅。"钱艾失望地摇摇头，"没想到鬼界也这么冷漠，唉。"

吴笙和况金鑫把过于投入角色的自家队友拉走，换徐队长上。

"你手里这个就是元魂？"徐望盯着这团鬼火很久了。

"嗯，吃了它可以增加鬼力。"面黄肌瘦递过来，"你们看看，谁吃？"

徐望、吴笙、钱艾、况金鑫："……"

世上最大的悲伤，就是好不容易遇见个团结友爱的好鬼，还不能分享"大补丸"。

第三章 考核

徐望干笑："那个，你救了我们，我们哪还能要这个，你就自己留着吧。"

面黄肌瘦看了他们一会儿，末了点点头，"啊呜"一口吃掉元魂。

四伙伴认真打量，然而完全看不出面黄肌瘦有啥变化……可能长的是内力？

正胡乱想着，面黄肌瘦的肚子忽然"咕噜"叫了一声。

徐望纳闷儿看他："鬼还会饿？"

面黄肌瘦不好意思地挠挠头："我是饿死鬼。"

四伙伴："……"逻辑满分，毫无破绽。

"话说回来，我刚刚听你们和吃鬼鬼说想找地方落脚？"饿死鬼忽然问。

忽然拐到正题，徐望收敛心思，正色起来："对。"

饿死鬼按着瘪得不能再瘪的肚子，好像这样就能不那么饿了："如果你们不挑，住地府就行。"

吴笙："地府？"

饿死鬼点头："对啊，就是这里，还有前面几个院，统称地府，随便住，谁也不会管的。"

吴笙听出端倪："除了地府，还有其他？"

"嗯，再往里的院子就是'人间'了，"饿死鬼说，"'人间'比地府这里鬼气要足，但就不是谁都能去得了，得找管事的，通过考核才行。"

"地府，人间，"钱艾听着别扭，一个鬼宅还搞这么多阶级，"你们咋不上天，弄个天界多拉风。"

饿死鬼："有啊，老大住的就是最里面，天界。"

"……"钱艾努力微笑，"不愧是老大，理想高远。"

徐望大概听明白了："如果我们想住更好的地方，住得离老大更近，至少得通过两次考核才行。"

饿死鬼有点儿意外地看他："你们还真想去天界啊？很难的。鬼泉在那里，老大轻易不会放人进的，能住进天界的都是大鬼。"

鬼泉！四伙伴心里一惊，都没想到这么就得着情报了。

突来的安静里，一只断手忽然轻轻拽饿死鬼的衣角。饿死鬼转头，没看见鬼，再一低头，才看见蹲地上的况金鑫。

"小饿，"况金鑫试探性地开口，"我能和你打听一个，不，两个鬼吗？"

突然有了个新名字，饿死鬼的心情有点儿复杂，但对方喊得又很亲切，于是那复杂里就生出一点点……还不赖？

"你想打听谁？"

"风流鬼和梦鬼，"况金鑫问，"你知道他们住哪里吗？"

鬼泉的情报有了，剩下的当然就是徽章。

"就在地府啊，"饿死鬼想也不想，"具体哪个院我不知道，但肯定没进人间。"

徐望凑过来："这么肯定？"

饿死鬼点头："风流鬼不够格。梦鬼很怕鬼，总是躲在没鬼的地方，不可能主动去找管事的，而且听说越往里院子越小，梦鬼要是进去，更没地方躲了。"

徐望和三个小伙伴交换一下眼神，然后对着饿死鬼道："是这样，我们要是想去人间，你能带我们去找管事的吗？"

饿死鬼皱眉劝："你们真想去？其实这里就挺好的……"

"鬼往高处走，水往低处流嘛。"徐望现在鬼话连篇得十分熟练，"不过我们四个还没统一意见，能让我们再聊聊吗？"

"行，"饿死鬼答应得痛快，蹲下来按着咕噜响的肚子，"你们都把元魂让给我了，如果真想进人间，我就带你们去找管事的。"

这边饿死鬼老实巴交地等，那边四个小伙伴凑到一起，开个"旺旺队临时小会"。

"鬼泉在天界，徽章在地府，如果找不到存档点，我们就只能兵分两路。"吴笙直中要害。

钱艾叹口气："上次来就没找到存档点，我看这次也别找了，直接分头行动。"

况金鑫说："我同意钱哥，如果其他队伍的任务简单，那能留给我们的时间更少，与其找不知道在哪里的存档点，不如去完成更明确的交卷任务和找徽章。"

徐望拉大家开小会，就是这个意思："那就这么定了，我和吴笙去天界找鬼泉交卷，老钱和小况留在这里找徽章。"

一分钟后，四伙伴回到饿死鬼面前。

饿死鬼还挺好奇会议结果："定好了？"

"嗯，"徐望指指自己和吴笙，"我们去人间，当然，要能住上天界更好。"又指指钱艾和况金鑫，"他俩不愿意去，留地府了。"

钱艾："……"

这话怎么听都很不祥啊！就不能说地下工作者吗？负一层守护神也行啊！

第三章　考核

5

地府管事的叫力鬼，住在地阁，是整个地府最靠近人间的地方，住久了精神饱满、鬼气充盈。

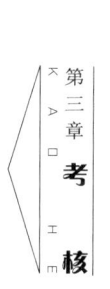

"听说他死的时候就已经一百多岁了,刚来这里的时候魂魄很弱,后来当了管事,住了地阁,现在比我们这些孤魂野鬼的体格好多了。"去往地阁的路上,饿死鬼尽职尽责地讲解,像个导游似的。

　　徐望听出了他言语之间流露的羡慕,便说:"你虽然住不上地阁,但可以住在地阁旁边啊,能沾点儿鬼气就沾呗。"

　　饿死鬼叹息着摇头:"好地方都被占完了,哪轮得上我。"

　　这饿死鬼本就一脸苦相,再哀怨、耷拉脑袋的,看着让人更同情了。

　　吴笙打量了这位饿死鬼一路,这会儿终于提出疑问:"你刚才推吃鬼鬼落井,那几下我看着挺利落的,这样的身手在地府还要挨欺负?"

　　饿死鬼脚下停住,转头愣愣道:"我那是为了救你们……"说完他眨巴下眼睛,像是才听懂吴笙问什么,连忙又补一句,"我、我没和其他鬼打过架。"

　　吴笙:"……"

　　徐望:"……"

　　要不要这么老实!!

　　说话间,地阁到了。二人一鬼进门,屋内正中一个装满沙土的大缸,缸后坐着一个鹤发老头,身形不高,微微驼背,眼皮已经松弛耷拉得几乎盖住眼睛,满脸皱纹都是世间沧桑。

　　没等他们说来意,力鬼直接用手拍拍缸边,言简意赅:"把鬼气引到这里。"

　　地府入人间的考核不用舞刀弄枪,管事的就看一件事——鬼气高低。而那口大缸,就是测鬼气用的。

　　徐望咽了下口水,忽地紧张起来,飞快转头小声问吴笙:"要是被拒签了怎么办?"

　　吴笙:"……那咱就不出国了,国内游游也挺好。"

　　徐望被他的配合逗乐了,心里的紧张莫名散了不少,深吸口气,第一个上前。他没走到缸边,而是在两步之遥处停下,闭目凝神。一直贴在他身后的背后灵突然蹿出,犹如一条黑蛇俯冲而下,直直没入沙缸之中!

　　静默数秒,缸内的沙子忽然"沙沙"动起来,不是背后灵在其中搅和带动的那种,而像是沙子自己拥有了生命蠕动起来,一个波浪接一个波浪,越来越快。

　　"可以了。"力鬼抬起耷拉的眼皮,长长白眉下,目光扫过徐望,"你是附身鬼?"

　　这位管事的和西院那个看门的可不一样,单是被他这样审视,徐望就有点儿心虚。别人都是孑然一身,就他买一赠一,力鬼没怀疑他,反而给了个"附身鬼"的猜测,已经相当"简单模式"了。但问题是他对饿死鬼言之凿凿地说自己是背后灵,这要再改口,没办法解释。

"咳，"清清嗓子，徐望努力让自己镇定，"不算正宗附身鬼，我是背后灵。"他操纵缸内黑影钻出来，抬手一指背后灵，"这个才是我。"

还是老套路，但力鬼好像不买账。徐望被他盯得大气不敢出。

好半天，终于见力鬼摆摆手，一声叹息："等你活到我这把年纪就懂了，身体不过一副皮囊，好看不好看，是四肢健全五官俊逸还是一团黑影轮廓模糊，其实都不重要。"

"……"力鬼好像误会他是嫌弃自己一团黑影，所以才找了个躯壳挡在身前，但是，"您刚刚说四肢健全五官什么？"

力鬼以为他没听清，特意加重语气："五官俊逸。"

徐望长舒口气，顺耳啊。

早已看透一切的吴笙："……"

力鬼的手掌从缸上拂过，沙面立平，而后他看向吴笙："该你了。"

吴笙微微眯了下眼，没动。短短一霎，他已经把自己所有的文具在脑袋里过了一遍，但没一个是灵异向。他这一身捕人藤，视觉欺骗还行，真测鬼力，绝对要露馅。

"你磨蹭什么呢？"力鬼有些不耐烦地皱眉，"想去人间就过来，不想去就离开。"

徐望转身往回走，一边走，一边看吴笙一眼——交给我。

吴笙不是没想过让徐望用背后灵暗中帮忙，但又总觉得逃不过力鬼的眼睛，然而事已至此，只能硬着头皮上了。

迈步上前，和徐望擦肩而过，吴笙同样停在两步之遥，屏息凝神，身上的捕人藤缓缓爬动。下一刻，捕人藤忽然伸出一支藤蔓，直插沙中！藤蔓根部还缠在吴笙身上，只末端三分之一静静置于沙内。

吴笙、藤蔓都不再动，沙子也没动。一切静止得有些诡异。

终于，沙子流动起来，速度比先前徐望测试的时候稍慢，但也能感觉到笼罩在沙缸之中的隐隐鬼气。

吴笙悬着的心放下一半，带着一丝询问看向力鬼。

力鬼摆摆手："行了，刚刚及格，再弱一点儿你都通不过。"

吴笙暗舒口气，终于定心。

"你，就说你呢，"力鬼越过吴笙往回走的背影，冲着饿死鬼道，"别傻看着了，赶紧过来。"

"我？"饿死鬼愣住，忙摇头，"我不去人间。"

力鬼皱眉："不去你在这里干什么呢？"

"我、我陪他俩。"饿死鬼被呵斥得有点儿发虚。

力鬼上下打量他几下，似也觉得他测不测都一样，看着就是地府的命，便不再废话。

第三章 考核

颤巍巍起身，向后转，力鬼看向面前的墙。顷刻，墙面"咔啦"落下，露出一条幽深暗道。

"路尽头，就是人间。"他让到一边，看向吴笙和徐望，"走吧。"

徐望想和饿死鬼告别，却在转头一刻捕捉到了对方眼里还没来得及收起的艳羡。徐望忽然有点儿来气："试一下又不会掉块肉！"

饿死鬼被吼得一个呆愣："啊？"

"我说，你就是去沙缸里试一下又能怎么样？"徐望怒其不争，"还没试就先说不行，那你一辈子都行不了。"

"可是……"

"没什么可是的！你就想一辈子游荡在地府边缘，连点儿鬼气都沾不着？你生前就是饿死的，死后还想饿到魂飞魄散？"

"我知道你是好心，"饿死鬼委委屈屈地咕哝，"但为什么听着就像诅咒……"

徐望又好气又好笑，让背后灵把饿死鬼往前一推："赶紧试。"

力鬼站在缸旁，没拦着，但一副看不上眼的神色，摆明不信这位能通过。

饿死鬼犹犹豫豫地把手埋进沙子。

徐望不自觉地屏住呼吸，说不上为什么，竟然比自己测试的时候还紧张。

饿死鬼手腕附近的沙子最先动起来，一粒粒来回滚，像被微风吹过。而后，沙子缓缓动了，但看不出比徐望和吴笙的是强还是弱，因为他手下的沙缸不是流动，而是缓缓打出了一个不算剧烈的旋涡。

力鬼挑起长长白眉，颇为讶异："看不出，还有点儿鬼力。"

饿死鬼得到肯定，立刻放松下来，但脸色更差了。

力鬼看了他半晌，像是看出了什么，叹口气，声音里难得透出点儿和蔼："你这生前是受了多大苦啊。赶紧走吧，去人间多吸点儿鬼气。"

饿死鬼落寞下来，没再说话。

一行人走进暗道，静默地前行了一会儿，徐望才试探性地叫："小饿？"暗道里没光，看不见彼此，看不见表情，只能听到声音。

"嗯？"幸好，饿死鬼应了。

"你生前……怎么死的？"徐望问出一直惦记的事，但很快又补道，"你要不愿意讲，就当我没问。"

"其实也没什么不能讲的，"黑暗中，饿死鬼的声音里带着一丝苦笑，不是诉苦的苦，而是自嘲的苦涩，"我被朋友骗了，他拿走了我所有的钱，把我一个人扔在荒山野岭，最后我身无分文，又没找到回家的路，活活饿死了。"

"那你死了之后，没去找他索命吗？"徐望现在忽然很希望小饿是厉鬼。

"本来想去的，"饿死鬼的肚子忽然又"咕噜噜"叫了两声，他不好意思地笑了一声，"后来太饿，没力气，懒得去了。"

徐望："报仇还能懒得去？！"

吴笙："报仇还能懒得去？！"

二重奏来得突然，徐望和吴笙下意识互相看一眼，然而黑漆漆的暗道里看不见彼此身影，不过那股重叠着的"恩怨分明"的气场还是十分强烈的。

从高中起，他俩的行事原则就是你敬我一尺，我敬你一丈，你打我一下，我最少也得踹你一脚，很可能还补一胳膊肘利息，所以完全不能理解饿死鬼这种"大度"。

"唉，别聊我了，"饿死鬼显然争辩不过，干脆换了话题，"等下就要见人间管事的了，你俩想好怎么对付没？"

吴笙："你之前说他在替天界找可用之才？"

饿死鬼："对，文的武的都行，听说是西院最近不安分，所以老大也紧张起来了。"

"西院"两个字，让徐望和吴笙心里微微紧了一下。做贼心虚是人的本能，有人强烈，有人弱，但完全没有是不可能的。

"西院？"徐望假装没听懂。

饿死鬼不疑有他，悉数相告："这座宅子分为东、西两院，我们这里是东院，等级分明，有秩序，西院那边就比较乱，也没个章法，全凭谁鬼力强谁就称王……本来两个院一直井水不犯河水，但西院现在的老大总觉得我们东院这边鬼杰地灵，好几次找碴儿挑衅，想趁乱过来……"

"其实，"徐望斟酌着用词，"让西院过来也不一定是坏事啊。你看你们现在，想去离鬼泉近点儿的地方还得层层考核。其实鬼泉是大家的，没道理只能少数人靠近，对吧？"

饿死鬼又沉默了。

徐望的尾音散在暗道里，空气突然尴尬。

不知过了多久，当暗道尽头的光微微透过来的时候，饿死鬼忽然问："你们去过西院吗？"

徐望有片刻的犹豫。一路走到现在，他们和饿死鬼也算半个朋友了，和朋友撒谎的愧疚感正在一点点滋生。狠了狠心，他才小声说："没有。"

"你如果去过，就不会觉得那里好了。"饿死鬼幽幽道，"那里没几天就换一个老大，谁鬼力强谁就称王，天天打斗天天乱，弱一点儿的孤魂野鬼根本过不上太平日子，运气差的可能随便晃荡一下就被无端卷进乱斗，魂飞魄散。你让我在战乱和太平里选，我肯定选

第三章 考核

太平，而且——"暗道走到尽头，月光从出口照进来，映得饿死鬼的脸都有了点儿精气神，"如果这里和西院一样乱糟糟的，我可能就遇不见你们了。"他龇牙一笑，鬼里鬼气里透着真诚的快乐。

徐望忽然有点儿不敢看他的眼睛，低着头转移话题："你刚说人间管事的最看重什么？"

饿死鬼没察觉异样，很自然地道："听说特别惜才，最看重才干，懂兵法更好。"

十五分钟之后，人间，管事的考核处。

吴笙：《三十六计》，胜战计、敌战计、攻战计、混战计、并战计、败战计，每套六计，共三十六计，具体如下：瞒天过海、围魏救赵、借刀杀人、以逸待劳……《孙子兵法》，共十三篇，分别为《始计篇》《作战篇》《谋攻篇》《军形篇》……《始计篇》，孙子曰：兵者，国之大事，死生之地，存亡之道，不可不察也……"

半小时之后。

人间管事的："如果我给你一队鬼军，你有信心辅佐老大防御西院吗？"

吴笙："不用鬼军，两只鬼足矣。"

人间管事的："哪两只？"

吴笙："我左边这个如花似玉的和我右边这个面黄肌瘦的。"

"……"

6

同一时间，东院，地府。

老钱和小况迷路了。

地府不仅大，而且乱。鬼倒还好，挺有秩序，主要是地方乱，大路、小道纵横交错，经常走了半天才发现又绕回来了。

终于在焦头烂额之际，他们闻到了一缕隐隐的脂粉香，混在腐败的鬼宅气味里，简直像风油精那么提神醒脑。

二人顺着味道摸进一座偏僻院落，还没走到窗前，就听见了男女嬉笑声，黏腻、暧昧，带着某种少儿不宜的味道。院子里没鬼，一人一头悄悄潜到窗下，窗户大开着，旖旎春色扑面而来，只见一个未着片缕的男鬼卧在床榻之上，身边围着四五个只着轻纱的女鬼，有的依偎在他怀里耳鬓厮磨，有的在旁边给他打扇，还有的正一颗颗葡萄往他嘴里喂。男鬼神情惬意，活脱脱一鬼界西门庆。

钱艾看得闹心，忍着一巴掌拍死他的冲动，目光努力绕过各种身体在床榻上搜寻。一条轻纱忽然从床上飞蹿而出，直冲窗户而来。钱艾本能一躲，轻纱蹭着他脸边过去，却撞上了况金鑫的肩头，相碰一刹那，轻纱立刻一缠，转瞬就将况金鑫缠了个密不透风。未及钱艾反应，轻纱往回一缩，直接带着况金鑫"飞"回屋内，木乃伊一样的况金鑫"扑通"一声落到床前地上。

风流鬼推开身边女鬼，手指轻轻一勾，轻纱就解开了。

况金鑫摔了个眼冒金星，还没等看清风流鬼，就见他俯身凑了过来，吓得一个激灵，但身体没动，就让风流鬼凑在极近的距离打量他，然后暗中悄悄操纵断手一点点摸上"鬼床"——徽章的提示是"恋床鬼"，也就是说，徽章要么在恋床鬼身上，要么在他恋的床上，而现在这位风流鬼"一览无余"，身上肯定没徽章，那就只能是床。

风流鬼和几个女鬼的目光都放在况金鑫身上，没人注意到床上多了一只"断手"。

"你哪儿来的？挺细皮嫩肉啊。"风流鬼饶有兴味地打量况金鑫，语带轻佻，"要不要和我试试？"

眼看他就要抬手摸上况金鑫的脸，窗边忽然传来一声大喝："你和我试试！"

风流鬼、女鬼、况金鑫一起转头，就见一个脑袋凌空而来。

钱艾以"飞头"之姿奔到况金鑫身边，猛地把人拉到旁边，然后自己顶上况金鑫的位置，用一颗头和风流鬼鼻对鼻，眼对眼："你看我怎么样？"飞头一甩粗短秀发，风情万种，"我特别带劲儿！"

"……"风流鬼以肉眼可见的速度枯萎了。

半分钟后。

"哎，你不同意就不同意，跑什么？"钱艾看着风流鬼落荒而逃的白花花背影，身心受到了严重打击。

风流鬼一跑，女鬼们意兴阑珊，也就跟着飘走了。

这正合况金鑫和钱艾心意。两个小伙伴麻利地爬到床上，一顿摸索。很快，床榻就让他们翻了个遍，但什么都没有，没闪光，当然也没徽章。

四目相对。

况金鑫："在梦鬼那儿？"

钱艾："也只剩这一种可能了。"

刚说这么两句，一连串声嘶力竭的惨叫由远及近，那真是把喉咙都叫破了。钱艾和况金鑫被震得一个激灵，抬起头，就见刚刚逃出去的风流鬼又如旋风般狂奔而归，一路直冲进屋。

二人连忙从床上下来，全身戒备。可风流鬼压根儿没看他们，直接跑到床上，蜷缩成一团瑟瑟发抖，哪还有刚刚的半点风流劲儿。

钱艾艰难地咽了下口水："我留下的阴影这么强大吗……"

院门口不知何时聚集了一众小鬼，纷纷探头往里望，看热闹似的，一边望还一边窃窃私语。

钱艾和况金鑫走出去，也佯装好奇地问："他怎么了？"

地府的鬼随便飘，看见两个生面孔从风流鬼屋里出来也不觉得什么，十分乐于分享八卦："他不知道得了什么失心疯，竟然飘到梦鬼床上去了。"

鬼宅东院，天界。

亭台楼阁，花香水榭，屋宇美轮美奂，清风拂面宜人。要不是缭绕的黑气和黑压压的低云，徐望还真以为这里是神仙居所了。

饿死鬼说这里鬼气足，徐望无从判断，又有点儿好奇，于是刻意含糊地问饿死鬼："感觉怎么样？"

此时的他们，正跟着天界管事的去见老大。

饿死鬼偷偷瞟一眼走在前面的管事的，见没有回头呵斥不许交头接耳的意思，才小心翼翼地露出个笑，幸福里透着傻乎乎："好。"

徐望莫名地也跟着心情好："还饿吗？"

"饿是一直饿的，我就是这么死的，改不了。但是……"饿死鬼一拍肚皮，"吸足了鬼气，这里不叫唤了，你听见没？"

徐望"扑哧"乐了："都不叫唤了，我怎么听见？"

饿死鬼还真想了半天才点头："也对。"

徐望就没见过这么傻的，连默默听的吴笙都莞尔。不过从饿死鬼肚子不再咕噜噜叫唤来看，释放鬼气的鬼泉在这里没错了，只是不知道具体位置。

徐望正思忖着，无天阁到了。这是一座三层阁楼，位于东院最深、也是地势最高处。

天界管事的让他们在门口等，自己进去通报。

待对方进了阁楼，徐望才朝吴笙、饿死鬼发表感想："这个老大挺逗，把地盘分了地府、人间、天界，到头来自己住的地方却叫无天阁。"

吴笙还以为他要谋划什么重要战术，闻言无语，抬手把他脑袋转回正对着阁楼："有时间想这些乱七八糟的，还不如想想 Where is the Ghost-Spring。"

徐望："……"

虽然知道自家军师是为了不暴露任务，但吃定人家不懂英文，就来这种中英结合，也太欺负人，不对，太欺负鬼了！

果然，饿死鬼一脸茫然："你们说什么呢？"

徐望脑子刚一动，瞎话还没成型，吴笙竟然先一步给了说法："家乡话。"

饿死鬼更好奇了："那你刚刚说的是什么意思？有时间想这些乱七八糟的，还不如想想什么？"

吴笙："我。"

饿死鬼："啊？"

吴笙："不如想想我。"

饿死鬼："一个字要说那么长？"

吴笙："对。"

徐望："……"

不想再理自由发挥的吴军师，徐队长默默抬头看黑云，然后，那黑云就慢慢变成了钱艾和况金鑫的脸。不知道那两个小伙伴现在怎么样了……

第三章 考核

鬼宅东院，地府，梦鬼住处。

屋内，一个披头散发的清瘦男人蜷缩在床榻之上，瑟瑟发抖。他双目紧闭，口中喃喃着胡言乱语，冷汗和泪水一起浸湿了枕头。明明那样痛苦，可他就是不醒来，仿佛被人拘禁在了床榻之上，永世在噩梦中轮回。

窗外墙根，两个人影正在暗中观察。

发抖看的鬼明明只见痛苦，不见可怖，但就是有阴森森的寒意顺着窗缝冒出来，打透衣服，钻进毛孔，让人打从心底发冷——那是人对恐惧最本能的直觉。

况金鑫："钱哥，你别怕。"

钱艾："我没怕。"

况金鑫："你踩到我的脚了，然后你的脚底一直在我的脚面上抖。"

钱艾："……"

况金鑫："我小的时候一直觉得世上有鬼，每天晚上睡觉都害怕，我奶奶就给我讲，人怕鬼三分，鬼怕人七分。你怕它，其实它更怕你。"

钱艾："我奶奶和我说，鬼专吃不听话的小孩儿。"

况金鑫："……"

钱艾："你想乐就乐出来，别憋着。"

奶奶都是亲奶奶，孙子是不是亲的就不好说了。

忽然，梦鬼身下隐隐闪了一下光！

钱艾和况金鑫一震，立刻目不转睛紧紧盯住。

很快，那闪光又亮了一下，不过被梦鬼身体压着，只能隐隐看见一点儿，还不太真切。

是徽章无误了。

但要想取，就必须掀开梦鬼。

两个小伙伴下意识握拳，隔空替梦鬼发力，希望他能来个大幅度翻身，把那亮光让出来。可惜，梦鬼并不配合。二人等了半天，梦鬼还在老地方蜷缩着，床榻对于他好像只有这么一小块面积可用似的，明明周围还很宽敞，但就是没有换个姿势或者挪一挪的意思。

"实在不行，只能弄醒他。"钱艾说，"最好是能让他下床，你的断手就可以直接上去摸徽章。"人不能上梦鬼的床，但断手总可以吧。

况金鑫也是这么想的："钱哥，等下我去引开梦鬼，然后让断手上床取徽章，你就在暗处接应，万一出了纰漏，你再补上。"

"行了，我能让你冲前面吗？"钱艾怕归怕，但要说让小孩儿挡自己前面，那他宁可豁出去和鬼搏斗，"我去门口引梦鬼，一旦看见他离床，你就负责让断手去摸徽章。"

踌躇散尽，钱艾的目光坚定下来："记住，只能让断手去，"他已经走到门边了，又不放心地回头，用口型叮嘱，"你绝对不许上他的床。"

"嗯。"况金鑫站在窗边隐蔽处，郑重点头，"钱哥，你也小心。"

第四章 噩梦
E MENG

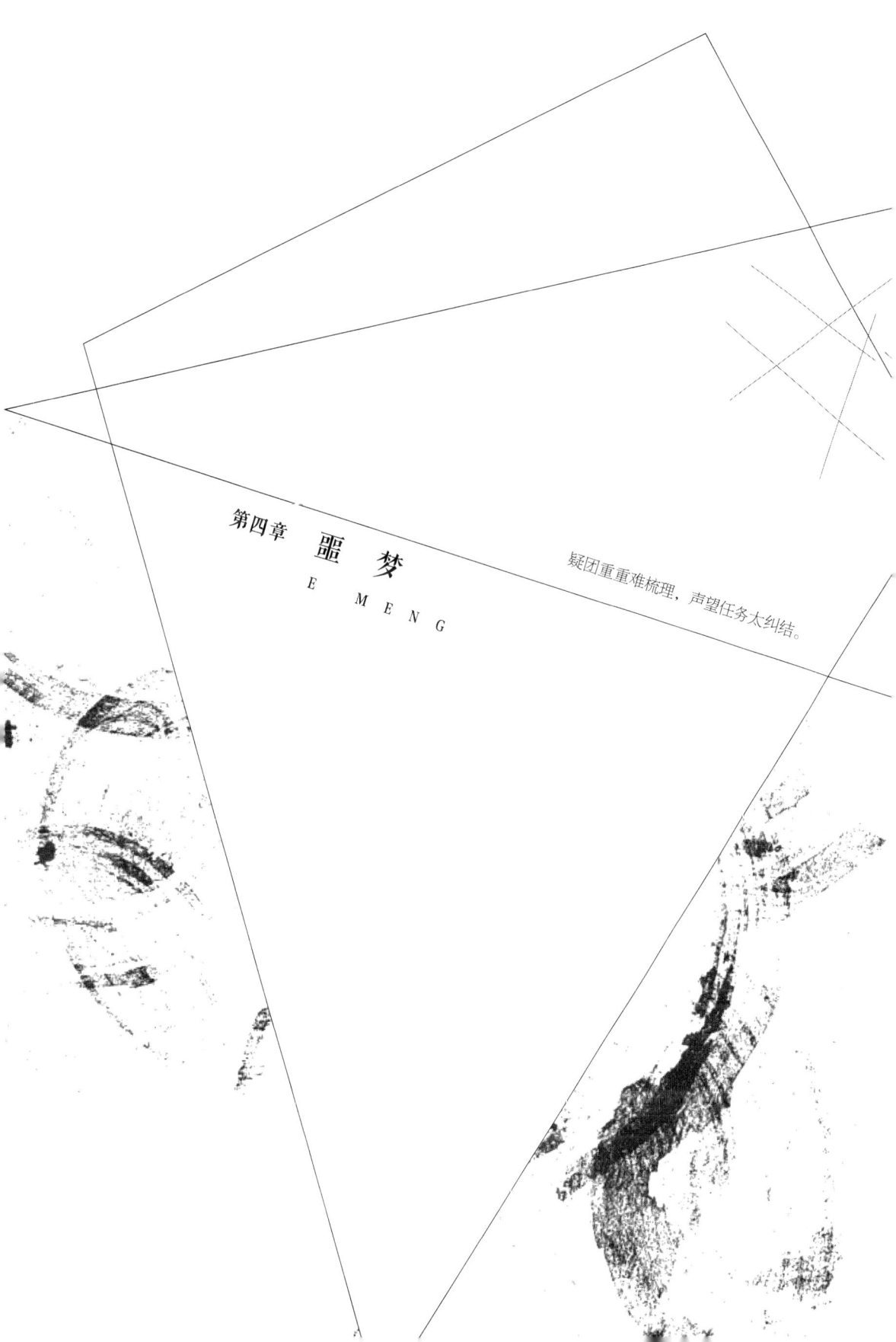

疑团重重难梳理,声望任务太纠结。

1

天界，无天阁前。

管事的回来了，带回的话却是"老大不在，我先带你们去住的地方吧"。

徐望和吴笙盘算了一路的应对之策，绞尽脑汁想怎么先蒙过老大，再伺机寻找鬼泉，没料到幸福来得这么突然。

管事的把他们领到距离无天阁不远的一个别院，让他们暂时安顿下来，说等老大回来了再带他们过去，临走之前又三令五申不许乱跑。

原话是："天界是东院重地，不是你们能乱晃的地方，都给我在房里好好待着。"

这话说得让人和鬼听了都非常不爽，于是管事的前脚刚走，两人一鬼就跃跃欲试。

不过徐望和吴笙的跃跃欲试是有个明确目标的——找鬼泉。而饿死鬼的跃跃欲试，纯粹是看他俩蠢蠢欲动，故而很自然地跟着凑热闹。

徐望余光里看见这位伙伴期待的脸，心里忽然"咯噔"一下，一路上被他刻意压着的愧疚感又再度强烈起来——饿死鬼想和两个朋友一起玩，两个朋友却在谋划着怎么毁了东院，怎么魂飞魄散了所有东院鬼，包括他。

深吸口气，徐望收回已经迈出门槛的一条腿，转身又回到了屋里，找了张椅子坐下来："小饿，你想过离开东院吗？"

上一秒还迫不及待要出去，下一秒就促膝长谈的架势，吴笙看在眼里，没作声。

饿死鬼则直接被徐望的提问吸引了注意力："离开东院？为什么？"

因为留下来会死！

徐望咬紧牙关，又暗暗做了好几个深呼吸，才让声音听起来平和自然："我知道你刚进天界，正展望美好未来呢，但你认真想想，东院有什么好啊，管事的同意我们进天界，是让我们给老大冲锋陷阵的，保不齐明天就灰飞烟灭了，多危险。"

饿死鬼不解地看他："要这么说，你们为什么拼了命也要进天界呢？"

这个突然灵光的逆向反问，倒把徐望问住了。

"我们当然有我们的理由，"吴笙淡淡出声，"但肯定不是替老大卖命。"

这几乎就算是实话了，只是没那么具体。

徐望惊讶地看向吴笙，不是惊讶他说了实话，而是惊讶他说的和自己准备说的几乎一模一样，再晚两秒，这话就会从自己嘴里出来了。

不想骗饿死鬼……

原来他和吴笙心情一样。

饿死鬼怔在那儿，并不是惊愕或者诧异，就是愣愣地看着他们。过了会儿，他终于开口，声音低低的，很认真："我不想离开东院。"

他没追问他们的目的，却跳回了前一个话题。

这下轮到徐望和吴笙愣了。

徐望明白，饿死鬼这话就等于明确拒绝了"离开东院"的提议："我知道你刚进天界，正展望美好未来呢，但我不是打击你，替老大冲锋陷阵就是一条不归路，"他摆事实讲道理，这辈子没这么苦口婆心劝过谁，"你之前说喜欢东院是因为安稳，但等见了老大，你就不可能再有安稳日子了。"

饿死鬼蹲下来，抱着肚子低着头，像在思考，又像在委屈。

"不是说离开东院就必须得去西院，"徐望以为他犹豫，继续游说，"你完全可以离开这座宅子啊，外面天大地大，好玩的、有意思的东西多了，安稳舒坦的好去处也多了。"

"我就是从外面来这里的。"饿死鬼盯着地面，幽幽道，"我就是死在外面的。外面是广阔，可我飘到哪儿都被欺负，比活着的时候还饿，还苦……后来到了这里，才真正不漂泊了，落脚了。"

他轻轻抬起头，看向吴笙和徐望："我把这儿当家。"

能说会道如徐望，思维敏捷如吴笙，都没话了。他们可以劝他出火坑，但凭什么劝他离开家？这"好心"从根儿上就站不住脚了。

饿死鬼就那么蹲着，看着他俩，无言对视半晌后忽然问："你们到底在找什么？"

徐望和吴笙一惊。

"你们这一路东看西看的，我本来没多想，"饿死鬼没好气地嘟囔，却并不是真的生气，"现在你们说来这里不是为了给老大卖命，那肯定就是找东西了，对吧？"

徐望看向吴笙，后者轻点一下头。

"鬼泉。"徐望极小声道，"我们想找鬼泉。"

饿死鬼疑惑歪头："顺着鬼气就能找到了啊。"

徐望静默几秒，抬眼："我们闻不出鬼气。"

"你也不是鬼？"饿死鬼极力压低声音，但脸上的诧异再掩不住。

"也？"吴笙听出不对。

饿死鬼叹口气，看他："你不是鬼，我知道，"说着又转向徐望，"但你也不是……这怎么可能呢？地府测鬼气的时候，你明明有啊。"

"等等，"徐望需要理一下头绪，"你怎么知道他不是？"

饿死鬼眨巴下眼睛："测鬼气的时候，他一点儿都没有啊，要不是我帮他，他早露馅了。"

徐望："你帮的他？！"

吴笙："你帮的我？！"

异口同声的二人，面面相觑——

吴笙："我以为是你用背后灵弄的，你不是说交给你吗？"

徐望："我是说交给我，但我还没来得及出手，你就过关了，我以为你用了文具。"

吴笙："……"

徐望："……"

他俩这种"我以为""你以为"恰好呼应成一个圆，然后完美错过正确答案的病，什么时候能痊愈……

"你为什么要帮我？"吴笙问饿死鬼。

"非要有原因吗？"饿死鬼反问。

吴笙点头："是的，要。"

他的眼中既有不解，亦有警惕。

徐望理解。发现吴笙不是鬼，小饿不点破不提防已经很反常，还出手相帮，实在让人想不明白动机。

饿死鬼沉默下来。看得出，他不想说。但这种"不想"，并不是抵触和反感，而更像是不知道该怎么讲。

徐望和吴笙耐心等了好一会儿，一直低着头的饿死鬼终于抬眼，静静看他俩："一开始只是觉得好玩，但后面……"他低低开口，"其实我给很多鬼引过路，可你们是第一个愿意带我离开地府的，还一路到了天界……"

他的声音很轻，感情却很重："你们是不是鬼不重要，我只知道，你们是我的朋友。"

他的目光很热，和他怯懦的性格截然相反，灼得徐望和吴笙不敢直视。

"小饿……"徐望心里不是滋味，可又不知道该和对方说什么。

饿死鬼在这声呼唤里回过神，立刻窘迫起来，就像刚才那个坦然诉说心声的不是自己，扔了句"我去外面帮你们找找鬼泉方向"便一溜烟跑掉了，转瞬就跑没了影。

徐望看向吴笙，欲言又止。

吴笙叹口气："想说什么就说。"

"你不怪我吗？"徐望问。

吴笙蒙了："我怪你什么？"

徐望："怪我多此一举，非劝小饿离开东院。"

吴笙耸耸肩："是啊，你要不劝，刚才那些乱七八糟的都牵扯不出来。"

徐望默然。捅破了小饿帮吴笙作弊，挑明了他俩不是鬼，引出了小饿的心酸往事，还有他把他俩当朋友了……这一劝，果然是乱七八糟。

吴笙看他低落的样儿，伸手摸摸他的头，叹息着话锋一转："但是你不劝，我也会劝。"

徐望愣愣抬头："真的？"

吴笙："当然是真的。"

"你也会纠结？"徐望意外，"我以为你会教训我任务第一。"

"有理性不代表没人性。"吴笙黑线，越想越气，直接上手狠掐了徐望的脸，"这种情况下还不纠结，我是魔鬼吗……"

徐望被掐一点儿不冤，也就没好意思喊疼。况且知道吴笙和他一样心情，总算让他在无尽的纠结里收获些许安慰。

"哎？"吴笙像想起什么似的忽然怔了下，接着立刻问徐望，"他刚才说给很多鬼引过路？"

"啊？啊，是吧……"徐望一时回溯不过来。

吴笙却已经在思考大道上飞速奔驰了："这个'很多鬼'是谁？和我们一样的闯关者吗？如果是，难道他都记得？"

徐望猛然瞪大眼睛，终于捉到了吴笙的重点。

自从 8/23 失败退下来之后，他们为了拿徽章，好几个关卡都重复闯过，自然也重复遇见了一些 NPC，但这些 NPC 里还没有过记得他们的。

1/23 的 NPC 是熊，忽略不计。

2/23 的红眼航班旅客微调，增减了一些新旧面孔，但 90% 的旅客还是老熟人，可再度交谈，依然是交换名字客套寒暄的陌生人模式。

3/23 他们没再遇见小丁，可是遇见了圆仔，甚至还有一个面熟的商场保安，但这两位对他们没任何记忆。

4/23 他们避开了黑茉茉，但重复遇见了小黄和小白，后二者也一样恢复了出厂设置似的，对待他们和第一次没任何区别，连小黄的台词都没变……

这样一路走来，"NPC 会重置"已经被他们默认成了鸮的运行铁则。

而且这事儿简单一想就很好理解，如果 NPC 有记忆，那鸮不就乱套了吗？这杀伤力可比吴笙发的那些小卡片大得多了。

正心乱着，饿死鬼回来了。他蹑手蹑脚把门关上，才做贼似的道："鬼泉就在天界东北角。"

吴笙和徐望没说话。

饿死鬼以为他俩不信，连忙说："我闻过鬼气了，东北方向最足，错不了。"

"鬼泉的事不急，"徐望把饿死鬼拉到椅子上坐好，"我先问你另外一件事。"

在"探索鸮的本质"面前，闯关、徽章什么的都不重要了。

"嗯，你问。"饿死鬼乖乖配合。

"你刚才说你给很多鬼带过路，这个'很多鬼'都是谁？"徐望等不及迂回，直接开门见山。

饿死鬼皱眉，有些苦恼的样子："都是谁？你是问名字还是问长相？其实我也不能确定他们都是鬼，好像也有一些没有鬼气的……"

"名字和长相都行！"因为激动，徐望的语气不自觉急切。

"哦。"饿死鬼点点头，目光飘向半空中，开始回忆。

徐望的心，随着时间的流逝快要提到嗓子眼了。

吴笙也微微抿紧嘴唇。

饿死鬼突然"咚"地敲了自己脑袋一下，满脸纠结："奇怪，怎么想不起来了呢？"

"你别急，慢慢想。"徐望努力放缓声音。

饿死鬼看向他俩，求助似的，神情混乱而痛苦："我真的想不起来了，明明给那些鬼带过路的，可是为什么我连一个名字、一张脸都想不起来了……"他越说越急，眼圈都有点儿红了。

"你再……"徐望还想鼓励，却被吴笙不轻不重地握住了手腕，剩下的话就被咽了回去。

换吴笙问饿死鬼："你不记得他们的名字、他们的脸，总还记得他们对你做过的事，对吗？"

饿死鬼已经彻底乱了，顺着声音本能地看过来，眼里却都是茫然。

"你刚刚说的，"吴笙提醒，"他们没有一个愿意带你离开地府。"

四目相对半晌，饿死鬼终于弱弱出声："如果我说我什么都不记得，只记住了他们谁都不愿意带我离开这一件事，你会不会生气？"

吴笙摇头，没有半点儿犹豫："能记得这一件，已经很厉害了。"

"厉害？"饿死鬼没懂。

吴笙看了徐望一眼。

徐望心领神会——吴军师课堂，来了。不过之前面对的都是恢复出厂设置的NPC，这一次面对的却是一个"也许可以记住某些事"的NPC，自家军师的教案估计会有颠覆性改革了。

吴笙："我们不属于这个世界。"

徐望："……"

也不用一下子这么终极吧！

"不属于？"饿死鬼也不知道是迟钝还是接受度高，竟然还能追问。

吴笙肯定点头："对，不属于。我们是另外一个世界的。"

饿死鬼双目呆滞，一脸茫然。

徐望抚额。

"你不用理解，只要努力记住就行。"吴笙又一次强调，"我们不属于这里，那些像我们一样的家伙也不属于这里，我们只会在每天晚上零点到清晨五点之间在这里出现，和你们的时间可能对不上，但肯定也是一个固定的时间段……"

饿死鬼快哭了："我为什么要记这些……"

"你想解脱吗？"

"嗯？"

"你的人生未必是你自己掌控的人生，你现在的所作所为都是被一股力量操控，你不想摆脱它吗？"

"我没有人生。"

"鬼生也一样。"

"如果你说的都是真的，我记住这些奇怪的话就能摆脱了吗？"

"先记住，才能思考；有思考，才会怀疑；有怀疑，才有机会突破桎梏。"

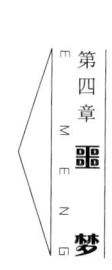

饿死鬼求助，不，求救似的看徐望。

徐望抚额，莫名有点儿心疼他："乖，先记住吧，突破不突破的，顺其自然。"

饿死鬼倒是听话，之后不管吴笙再说什么，他都嘴唇微动跟着默念一遍，记得那叫一个认真。终于等到吴笙讲完了，他才问："既然你们不属于这里，那为什么会来这里？"

"和你们一样，也是被这股力量操控，"吴笙说，"只不过它操控我们进入，操控你们配合。"

饿死鬼眨眨眼睛，尽力消化自己能懂的部分，消化着消化着忽然卡住了："你们不是要找鬼泉吗？你刚刚说的那些，和鬼泉有什么关系？"

吴笙被问了个措手不及。

徐望也怔在那儿。

是啊，这些和鬼泉有什么关系？他们讲宇宙讲人生，讲得忘了本来的任务，倒是小饿，帮他们牢牢记着。

可这话该怎么答？先前的饿死鬼只是一个带路的好心鬼，他们因为撒谎而愧疚，现在的饿死鬼已经是他们的朋友了，那愧疚也早变成了罪恶感。

"没事，你们不想说，我就不问了。"饿死鬼坦然道，"我既然答应了帮你们找，就绝对不会让你们失望。"

语毕，他闭上眼睛，双臂微微张开，仰起头，眉宇间慢慢凝重起来，像在暗暗使力。

没一会儿，徐望和吴笙忽然觉得脚下的地开始变软，仿佛砖石成了泥。下个瞬间，四周景物突然变幻，他们三个不知怎么到了一座院子里。院中无树，只中央一眼泉，泉水正在汩汩往外冒，只是不清，浑浊得近乎黑色。

鬼泉！

吴笙心中一震，徐望则直接看向旁边的饿死鬼，一脸不可置信："你带我们瞬移了？！"

饿死鬼摸摸后脑勺，有点儿不好意思地傻笑，还是那副厌样："小小鬼术，不值一提。"

风停了。

院落忽然很静，只剩下泉涌声，一下下，闷闷的，听得人心里也发闷。

"然后呢？鬼泉已经找到了，然后需要做什么？"饿死鬼看看徐望，再看看吴笙，强忍住好奇，艰难道，"要是不方便，我回避也行。"

徐望和吴笙半天没说出话。

入鸦到现在，他们第一次在执行交卷任务上产生了动摇。

饿死鬼误解了他俩的沉默，有点儿勉强地笑了下："嗯嗯，我懂了，不用觉得为难，我这就回避。"说完不等二人回应，他便一个向后转，化成一缕黑蒙蒙的烟，咻地飞不见，离开得干净利落。

鬼泉旁，只剩下来不及反应的吴笙和徐望。

"怎么办？"徐望心里涩得厉害，问吴笙。

吴笙伸手抹平他皱起的眉头，定神道："我听你的。"

徐望忽地蹲下来，重重叹口气，迁怒似的骂："谁选的破任务！"

鬼宅大门前替自家队长做出左边西院选择的吴军师一脸无辜，假装暂时性失忆。

"如果我们不下毒会怎么样？"徐望心一横，仰起头问。

吴笙实事求是："交卷失败。"

徐望不死心："可是老钱、小况那边还没找到徽章。"

吴笙沉吟片刻，给自家队长勾勒了一个零负担的美好未来："如果老钱、小况那边一直找不到徽章，而我们为了等徽章一直不下毒，最终让其他队伍抢先交卷成功，那就既不会对不起小饿，也不会对不起小况和老钱了。"

徐望想和他紧紧握手："我就知道你懂我……"

吴笙陪着自家队长蹲下来："别皱眉了，运气都皱没了。"

话里是调侃，手却宠溺地摸摸徐望的头。

徐望意外："你什么时候也信运势了？"

吴笙无奈："从你愁眉苦脸开始。"

徐望："……"

吴笙："别想那么多了，等吧。"

徐望："我不想害小饿，但我也不想老钱和小况失败，他俩现在一定很拼命在找徽章。"

吴笙："那就祈祷老钱和小况刚找到徽章，就立刻有人交卷了，前后时差不超过一秒，我们想下毒也来不及。"

徐望："你这个愿望的细节会不会太具体了……"

2

地府，东院，梦鬼处。

院子里，一颗大汗淋漓的头在前面飞，一个披头散发的男鬼在后面追。

屋内，况金鑫躲在门口，聚精会神操纵着断手，鼻尖已经冒了汗珠。

钱艾在一连扔了好几个文具无果后，终于用最后一个"〈幻〉见好就收"把梦鬼从屋里床上引到了院中，至此开启了绕着院子一圈圈狂奔的"浪漫追逐"。

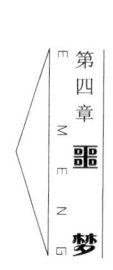

按理说，梦鬼轻易是不会离开自己的床的。除非情况特殊，比如被人用"<幻>见好就收"收走了枕头和被褥——当床榻就剩一张木板，再恋床的鬼也扛不住。

于是战术的第一步调鬼离山，成功。

但不承想，梦鬼的床竟然被布了鬼术，无论断手围着床榻怎么打转，就是没办法摸上床！

钱艾不知道具体情况，只知道自己快跑缺氧了，腿也要断了，屋里还没动静。他又不敢大喊沟通，生怕让梦鬼知道屋里还有人，所以只能用心电感应呼唤同伴——小况，你倒是快一点儿啊！！

"咻——"梦鬼一个凌空飞蹿，再度落到钱艾面前，截住他的去路。

钱艾立刻站定，同先前无数次一样静气凝神，操控"<幻>见好就收"。

这一幻具虽然夹杂着一些心酸记忆，但用起来是真称手，无论梦鬼施展什么鬼术，是飞过来"索命长发"还是"掏心鬼爪"，统统都能被他收为己用，简直就是集防御和反攻为一体的吸星大法。

梦鬼脸色惨白，细长凤眼里，底色是长久噩梦的痛苦，弥漫在最上层的却是恣意杀气！他不出声，从头到尾都阴郁沉默着。此时他紧盯着钱艾，被幻具割断的黑发再度疯长，下一刻，又如黑白无常的追魂索一样朝钱艾袭来。可长发刚到钱艾面前，又第一百零一次断落，散成一地黑丝。

钱艾插着腰，一边调整呼吸，一边晃脑袋："都多少回了，你怎么还看不明白，我的防御无解，识相的就消停消停，放过自己，也放过我，行不？"

一开始他对梦鬼还挺打怵，你追我赶的时候连回头看一眼都不敢，但交手到现在，钱艾对这位梦鬼的感情就产生了微妙变化，不说化敌为友吧，至少也熟能生胆，四目相对可以寒暄了。

可惜，梦鬼惜字如金。

"叮——"

鸦："恭喜寻获5/23鬼宅徽章一枚！"

钱艾听见那一声"叮"，心中大喜，都不需要后面的耳内提示，就知道这是小况找到徽章了。

"小况，好样的——"快要憋死了的他终于可以痛快大喊。

当然他也不傻，喊完转身就跑。这也是他和小况事先定好的战术——徽章到手，脚底抹油！

可他刚一迈腿，就觉得眼前一黑，竟然是断落的黑发缠住了他的头。

钱艾立刻上手去抓，可黑发根本不为所动，甚至还越缠越紧。

他心中骇然。不可能啊，先前的断发，断了就是断了，元魂已被幻具收为己用，除非他想反击，否则断发不可能再活过来。可现在，那头发像无数条蛇一样，快把他的头缠成黑色木乃伊了！

几步之外，梦鬼低着头，眼眉掩在黑发里，清瘦的身形仿佛随时都会被风吹倒。可钱艾透过仅剩的发丝仔细看，发现他的嘴唇正在默念一些鬼术之语，一如先前他无数次攻击时那样。

钱艾立刻闭目召唤"＜幻＞见好就收"，然而没回应，这才发现了症结所在——"＜幻＞见好就收"的时效到了！

文具的效果太强，时效性自然就短，所以梦鬼的鬼术开始起作用了。

钱艾心中刚觉不妙，身体已随着头被黑发甩起腾空，在极高处划出一道完美弧线，径直朝屋顶急速下落。

况金鑫消耗了四个文具才打破鬼术，让断手摸到徽章，正准备溜出屋，不想刚摸到后门，就听头顶上一声巨大的"咣当"。整个房顶被砸了个大洞，钱艾就这么砸进了屋内，直直砸到了梦鬼床上。

"钱哥！"况金鑫心里一紧，立刻跑到床边。

"别过来！"钱艾一声大喝，呼吸正极速变得困难，却还是咬牙警告自家队友，"不许上床！"折他一个就够了，绝对不能再搭上小况。

况金鑫被这一吼终于清醒，知道自己过去也是送人头，立刻抬臂点掉"＜防＞五里雾中"。

顷刻，整个梦鬼院落被大雾包围，屋里也好，院中也好，均白茫茫一片，不见人，不见鬼，不见屋，所有一切都处于冲不破的迷雾之中。

正准备进房的梦鬼忽然失了方向，云里雾里找不到家门。

况金鑫站在原地一动不动，也不再发出声音，以免让梦鬼听声靠近。他知道，自己的防具只能是缓兵之计，真正想救钱艾，必须把人从床上弄下来。但钱艾现在到底怎么样了，他一点儿底都没有，从落进屋内，钱艾就再没声响，他现在只能隐约听见一点儿窸窸窣窣，像是人在床上做噩梦打摆子。

床榻之上，钱艾已陷入无尽噩梦。

但他自己不知道。

对于钱艾来说，就是摔进屋子里，摔到床上，然后床两边就忽然长出无数只手，左右相握，像一排排束带，紧紧将他扣得不能动弹。

"放开我！"钱艾大喊，却听不见自己的声音。

他悚然一惊，奋力挣扎，头底下忽然又伸出一只手，用力捂住他的口鼻。钱艾一瞬窒息，想摆脱，可浑身上下都不能动。

下一刻，床底下忽然钻出无数小鬼。那些扣住他的手，就是这些藏在床底下的小鬼的手！

小鬼们脸色发青，瘦骨嶙峋，发出阴森森的笑声，一点点爬到他身上。随着它们爬上来，原本扣着钱艾的手也自然松开。

钱艾知道自己应该立刻把它们都掀翻，但身体却不受控制的僵硬："滚……开……"小鬼踩在他胸口上，让他连说话都变得艰难，明明是呵斥，听着却像求饶。

小鬼蹲在他胸口，凑近他的脸，发出"赫赫赫"的嘲笑。

钱艾又急又气又怕，头皮要炸开，血管要爆裂。他用力咬了自己的舌头，终于在剧痛中捕捉到蹊跷——他怎么会看见自己的身体？隐身衣不会这么快失效的……

钱艾赫然瞪大眼睛，醍醐灌顶，这是梦！是梦鬼的床给他造的噩梦，绝对正宗的鬼压床！

梦中能不能用文具钱艾不知道，但眼下他也想不出更好的逃生办法。再度咬紧牙关，钱艾拼尽最后一丝力气抬起手臂，艰难点掉一个幻具。

顷刻，所有小鬼就听见了地狱之音——

鸦："有人对你使用了＜幻＞啊，钱掉了哟。"

随着这声提醒，所有小鬼的衣兜、口袋、内衬暗兜被全数翻开，金元宝、白银锭、大铜钱等丁零当啷掉落满地。小鬼们骇然变色，原本青白的脸登时更扭曲狰狞，纷纷蹲到地上，火急火燎往回捡钱。

钱艾一想到这些都是阳间亲人给烧过来的就有点儿过意不去。钱财面前分什么人鬼，都是真的心疼啊！但逃命面前，钱艾也只同情了小鬼们一秒钟，然后就跳下床撒丫子跑，一边跑还一边喊："小况小况小况——"

"在呢在呢在呢，你快点儿醒啊！"

还真把人喊来了？！钱艾心中正诧异，忽然觉得头晕目眩，再睁眼，就看见况金鑫站在床边，抱着自己的脑袋用力摇呢。

钱艾噌的一声跳到地上，哪敢再沾床。

况金鑫立刻散了大雾——钱艾的呼喊绝对会把梦鬼招来，雾已经没用了。

果然，大雾一散，二人就看见了已经摸到门口的梦鬼。他站在那里没动，看看钱艾，再看看空空如也的床，微微歪头，似有不解。

钱艾把况金鑫揽到身后，皱眉看梦鬼："你天天在床上，该不会就做刚才的噩梦吧？"

梦鬼眯起眼，阴郁地看着他。

"你那也叫噩梦？"钱艾嗤之以鼻，然后朝梦鬼昂首挺胸，大义凛然地教导，"我告诉你真正的噩梦是什么，就俩字儿——没钱！"

3

"叮"，清脆的提示音在鬼泉边响起，仍在纠结中的徐队长和吴军师收到了自家队友的捷报。

鸦："恭喜寻获 5/23 鬼宅徽章一枚！"

徐望蹲在井边，转头看吴笙，可怜巴巴的："老天没听见你的祈祷。"

吴笙叹口气，点头，难得承认自己神力不足。

"也没有队伍正好赶在现在交卷。"徐望又说，听着都心如死灰了。

吴笙问："想好了吗，怎么做？"

徐望从口袋里摸出那个泛黄的小纸包，怔怔地看。很难想象，就这么一个不起眼的东西，丢进泉眼里，就能让整个东院的幽魂灰飞烟灭。说是幽魂，可小饿，还有那些管事的，明明都是活生生的，有喜怒哀乐，有朋友义气。

"谁让你们进来的！"

背后忽然传来厉喝。二人猛地回头，是天界管事的。

管事的看见了徐望手中的小纸包，周身霎时笼起黑气，声音低沉下来，双目射出精光："你们想对鬼泉做什么？"

二人立刻站起，转过身来正面对着管事的。徐望下意识将纸包握到手心，攥得紧紧，嘴唇动了又动，却还是没答卜管事的话。或许是先前的纠结耗费了他全部的心力，平时那些张嘴就来的瞎话这会儿一起旷工了。

六目相对，气氛陡然紧张，二人手臂却忽然又响起一声极短促的"叮"！

徐望和吴笙同时诧异，不仅诧异这时候怎么会有提示，更诧异这样的"叮"他们从来没听过。

入鸦至今，他们一共听过三种"叮"，第一种就是最常见的提示音"叮"，第二种是交卷提示音"丁零零"，第三种是打破交卷速度的提示音"丁零零零零"。而这一声短到不注意都可能忽略的"叮"，却是第一次出现。

情势紧急，二人再顾不得暴露不暴露身份，一齐抬臂——

小抄纸："1分钟倒计时，开始。"

二人飞快对视，两脸蒙。

倒计时的提示他们见过，但总要告诉他们倒计时用来干什么啊！比如红眼航班四小时拆炸弹，末日都市十五分钟别墅穿越战，或者五人队之后每次入鸮都有的五分钟内免责退队或者踢人等等。这种不明不白的倒计时，鬼知道该为什么争分夺秒。

吴笙的目光移到徐望紧握纸包的手上，声音低，语速快："鬼泉。"

徐望不可置信地瞪大眼睛。留给他们向鬼泉下药的时间只剩一分钟？刚才纠结了有十分钟，他们都没做出决定好吗？！

"你们鬼鬼祟祟的到底想干什么？"管事的向前一步，危险地眯起眼睛，"再不离开鬼泉，我可要对你们不客气了。"

倒计时，还剩五十秒。

徐望手心的汗濡湿了纸包，他忽然低声唤："吴笙。"

"我在。"吴笙说。

"就算我把纸包丢进去，哪怕毁天灭地了，明天东院还是东院，对吗？"徐望轻声问。

"嗯，否则其他队伍还怎么闯关。"吴笙看着泉眼另一端的管事的，静静回答。

"那为什么我还是下不了手呢……"徐望眼底发热，嗓子眼发苦。

吴笙无奈笑一下："我没办法回答你这个问题，因为我也一样。"

倒计时，还剩三十五秒。

徐望："你说管事的为什么还不过来？"

吴笙："他也在等着倒计时吧。"

徐望："倒计时结束会怎么样？"

吴笙："他恐怕会过来送我们上路。"

倒计时，还剩二十秒。

徐望："老钱和小况会怪我俩吗？"

吴笙："小况应该不会。"

徐望："老钱呢？"

吴笙："那要看他为拿徽章吃了多少苦了。"

倒计时，还剩十秒。

徐望："到时候我说是你心慈手软功亏一篑怎么样？"

吴笙："我没意见，就看他俩信不信了。"

徐望："……"

吴笙："你说的，我有理性，没人性。"

徐望："……那是你自己说的！！！"

倒计时，结束。

管事的脚下却没动，只是微微偏头，朝右上方的空中毕恭毕敬道："老大，你赢了。"

徐望和吴笙一愣，随着一起抬头。

鬼泉正上方幽幽现出一抹黑色身影，黑袍，赤目，仍是两颊凹陷、泛着苦黄的那张脸，冰冷的神情却威严十足，再感觉不到半点儿面黄肌瘦的可怜，瘦削中透着危险和压迫感。

小饿，变大鳄了……

这变故的冲击力太强，徐望接受不了。明明事实摆在眼前了，他还是怔怔问一句："小饿？"

饿死鬼飘然而落，没去找自家管事的，而是落在了吴笙和徐望面前，一步之遥，正面相对。

饿死鬼浅浅一笑："你们骗了我，我也骗了你们，扯平。"

怒从心中起，徐望一把推开他："滚蛋！我们只隐瞒了任务，你从头到尾都拿我俩当傻子耍！"

饿死鬼向后趔趄一步，脸上的笑意淡了，眼中却依然没敌意："我也只骗了你们我的身份。"他垂下眼睛，情绪藏在阴影里。

"哈，就这一个？那'给很多人引过路，从来没人愿意带你进地府'呢？鬼说的？哦，我忘了，你就是鬼，我们俩算什么尢间道啊，你才是至尊卧底！"徐望从来没对NPC这么真情实感过，刚才有多纠结，现在就有多愤怒。

饿死鬼轻轻抬眼，相比徐望的激动，他的神情可以说是冷淡了，唯有仔细听，才能听见他声音里藏得极深的诚恳："我没骗你。"

"没骗我？你自己就是东院老大，你还用别人带你进地府？天界都随你横着走好吗？！"

"我能横着走和别人愿意带我进，是两码事。"

"所以那些不搭理你的，倒是幸运地不用被你骗了？"

"是不用。因为我都不会让他们进人间。"

徐望在气头上，大脑本就短路，还遇上一个伶牙俐齿的鬼，那叫一个憋闷。

吴笙揽住他的肩膀，安慰性地轻拍两下，替他问饿死鬼："死法是真的吗？"

饿死鬼微微蹙眉，没懂："嗯？"

吴笙比徐望冷静得多，虽然心里也别扭，但依然逻辑清晰，条理分明，相比被饿死鬼欺骗，他更在意"给徐望讨个明白"："你说的，生前是饿死的，死后就一直饿着再没办法吃饱，是真的吗？"

饿死鬼毫不犹豫："是。"

吴笙挑眉："西院老大说，东院的老大是挖心鬼。"

饿死鬼依然平静："一直饿，总想挖人心吃。"

吴笙："在地府管事的那里就知道我们不是鬼了，为什么不挖我们的心？"

饿死鬼静静看他："挖恶人，不挖朋友。"

吴笙沉默良久，目光微闪："我们的目的是给东院下毒，这一小包下去，整个东院的鬼都灰飞烟灭，你觉得我们拿你当朋友？"

饿死鬼看向徐望依然紧握着纸包的手："但你们还是没下。"

"问完没有！"鬼泉那边的管事不乐意了，"你们在地府管事的那里就已经暴露了，如果不是老大，别说鬼泉，连人间你俩都进不去！"

吴笙刚要回应，徐望却先一步问饿死鬼："明知道我俩要给整个东院下毒，为什么还要帮我们？"

"我那个时候不知道。"饿死鬼摇头，"至于为什么要帮？"他很认真地想了下，还是摇头，"我也说不清。"

徐望看看他，忽然发现虽然整个鬼的气场、气质都变了，甚至神情都彻底冷下来，可饿死鬼的那双眼睛里还有一些先前熟悉的东西。

"如果不是在地府，那你是什么时候知道我们两个要下毒的？"最愤怒的那一刻已经过去了，徐望现在就想死个明白。

饿死鬼："你们劝我离开东院的时候。"

徐望："知道了为什么不拆穿？"

饿死鬼："我觉得你们不会动手。"

徐望扯一下嘴角："所以你就和管事的打赌，看我们会不会对你手软？"

饿死鬼沉默片刻，说："是看你们在不在乎我这个朋友。"

徐望定定地看他："你赢了，我们的确下不了手，然后呢？"

饿死鬼："我后悔了。"

徐望："……"

饿死鬼："对不起。"

"老大，你为什么要道歉？"管事的咻地飘过来，落到饿死鬼旁边，愤愤不平，"如果不是你拦着,刚才我就送他俩归西了!"

徐望的胸膛剧烈起伏,心里翻江倒海,脑子大闹天宫,已经理不出来谁对谁错,谁又欠谁多一些了,简直一笔糊涂账。

手臂忽然被饿死鬼握住,徐望一震,本能往回抽,不想饿死鬼力道极大,竟然没成功。他低头看去,吴笙也是同样遭遇。

饿死鬼握着他俩一人一条手臂,双目紧闭,周身黑气恣意缭绕,口中念念有词。

徐望慌了:"小饿,吵个架不用下鬼咒吧……"

话音未落,只听一声二合一的"叮"。被紧握的两条胳膊上,猫头鹰图案自动点开,进入"小抄纸"。

自动查看新提示已经让徐望和吴笙瞠目结舌,更让二人震惊的是,"小抄纸"里的任务竟然变了!原本的任务是混入东院,寻找鬼泉,倒入灭魂散;现在的任务是混入东院,寻找挖心鬼。

徐望已经傻了。连吴笙都有点儿蒙。刚才的一分钟倒计时没头没脑毫无具体提示,这会儿任务又莫名其妙变了,一晚上遇两次"不可思议",这频率有点儿高吧?而且……寻找挖心鬼?那不就是小饿吗?他俩已经找到了啊!

"叮——"

鸦:"恭喜过关,5/23 顺利交卷!亲,明天见哟。"

成、成功了?!

徐望错愕地看着饿死鬼,快把眼睛瞪出来了,一时间心里涌出无数个问题,哪个都想问,哪个都想追根究底。然而时间已经来不及了。

天旋地转到来之前,徐望只由着直觉说了那句最想说的:"我叫徐望,他叫吴笙,我们记住你了,你也别把我们忘了——"

失重感来袭,徐望和吴笙只看见了小饿张嘴,却再也听不见他的声音。

世界重新安稳,视野回归清明,徐望和吴笙回到了围挡工地的蓝色金属板前,只不过位置从工地西面的人行道变成了工地东面的临时停车场。

凌晨三点,正是夜最冷的时候,不用起风,单是空气就能让人在一呼一吸间体会到北方的寒。

徐望和吴笙却毫无所觉。他们怔怔看着对方,身体是回到现实了,可思绪还停在鸦里面。

最终,徐望先开了口。静谧月色下,他声音中的茫然和不解格外清晰:"你说改任务这件事，是任务线本来就这么设定的，小饿只是配合走流程，还是……"不知该怎么形容另一种诡异的可能，徐望说着说着，卡住了。

"还是小饿的自主发挥？"吴笙帮他补完。

"对对，"徐望长舒口气，稍稍冷静了些，"我就是想说这个。"

吴笙无奈地摇摇头："说不好。"

徐望想改名叫绝望了。连吴笙都说不好，那这事就没弄出结论的可能了。

"其实不止改任务，"吴笙又道，"前面的打赌、一分钟倒计时，还有更前面他直接带我们瞬移到鬼泉，都有可能不是鸮原本的设定。"

徐望错愕："不至于这么霸道吧……"

"除非再走一次这个任务线，否则再没机会研究明白了。"仰望星空，吴军师幽幽叹息，满眼未尽的遗憾。

"再走一次？"徐望一点儿也不想，"这么虐心的线，我绝对不要走第二遍！"

吴笙疑惑看他："你不是还让小饿别忘了你？"

"我们可以再见面，见面又不是非要做任务，"徐望仰望苍穹，描绘重逢的美好图景，"谈谈天，下下棋，玩个抓鬼什么的，又快乐又惬意，多好。"

吴笙："……"

徐望口袋里忽然传来手机铃声，深夜的街道上，听着格外响亮。

"你俩在哪儿呢？"电话是老钱打来的，一接通，就是钱同学中气十足的声音。

徐望这叫一个过意不去，光顾着聊小饿，差点儿把俩功勋队友忘了。他连忙描述了一下大概位置。

挂电话之后约五分钟，钱艾和况金鑫才从街角转过来——在老宅东院里，从地府走到天界，七拐八拐不觉得多远，一回到现实，距离就体现出来了。

四伙伴先打车回了宾馆，然后才交换了各自的征战信息。

钱艾和况金鑫这边简单，无非就是被梦鬼折磨的血泪史。当然，钱同学大义凛然教育了对方这种光辉战绩，也必须重点陈述。

待到两个小伙伴说完，徐望才把自己和吴笙这边的交卷过程讲了。

钱艾和况金鑫没想到过程这么纠结，更没想到还留了一堆未解之谜和"可怕的猜想"。至少在钱艾这儿，NPC能自由发挥实在让人头皮发麻："你俩会不会想太多？"

徐望懂，这事儿谁听都会觉得匪夷所思，毕竟鸮里闯了这么久，还没遇见过NPC不按剧情走的。而且事情可以转述，感觉却不能。

"如果你亲自经历过一遍，就肯定不会觉得我俩想太多了。"他只能这样说。

102

4

当天中午，四个小伙伴就坐火车从许昌奔赴安阳。

小饿的事情暂时讨论不出结果，另外一位队友却是实实在在等了好几天了。幸而5/23和6/23都在河南，一个多小时的火车就到了。

徐望提前和池映雪通了气，那头直接发了个酒店定位。一下火车，四个小伙伴就按着地址打车过去了。到酒店大堂，徐望刚报出"池先生"三个字，都不用说其他的，就被酒店人员特热情有礼地领进电梯，直达顶层。一出电梯，徐望就知道了，都不用问，又是顶级套房。

走廊尽头的套房房门大开，池映雪侧倚着门框，面向走廊这边，远远看着他们。他今天穿了一件雾霾蓝的针织衫、深蓝色水洗磨白牛仔裤，同是蓝色系却又有深浅色差，配起来极和谐，且低调安静的颜色衬得他皮肤更白，整个人更是有种忧郁的沉静。

当然，四个小伙伴都清楚，这是穿搭带来的"虚假印象"。池映雪是不可能忧郁安静的，比如这会儿，还隔着很远呢，就冲他们不满地皱眉。

待彼此距离近到可以听清说话了，这位同学立刻开口："啧，你们好慢。"说完就转身进了屋。

钱艾满头黑线，莫名其妙看另外三个伙伴："特意在门口等我们，就为了吐槽一句？"

徐望莞尔，拍拍他肩膀："小雪特制欢迎仪式，你要多理解。"

钱艾："……这也太难理解了！！！"

说话间，四个伙伴都进了屋，套房没有北京那个大，但也近三百平方米，五个人都站在屋里，看着还是空。

"又是你哥订的？"徐望看向池映雪，后者已经坐进沙发，闻言耸耸肩，算给了回答。

徐望心情复杂："你哥是不是有全国五星级酒店总统套的通票……"

"他只有这一个优点。"池映雪剥开一瓣橘子，往嘴里丢。

钱艾光顾着参观，没听见前因，就听后半句，便搭茬问："什么优点？"

池映雪嚼着酸酸甜甜的橘子，很自然地道："钱多。"

钱艾："……"他为什么要多此一问！

四个风尘仆仆的小伙伴把背包放下，各自寻了舒服的地方坐定，这重逢才算真正开始。

"你们要是再不来，我就准备跳槽了。"池映雪吃完最后一瓣橘子，发表等待感言。

徐望看出他等得辛苦了，这位没耐心的新伙伴能等这么多天，绝对够意思了。不过他还是要给自己的队伍正名："跳槽？你再去哪里找我们这么好的公司？"

池映雪挑眉："好在哪儿？"

徐望不假思索："CEO 有极大的人格魅力。"

池映雪："……"

眼见着这天好像聊不下去了，徐队长赶紧换话题，把自己这边二十来天的闯关历程向新队友做一简单通报，然后重点讲了一下 5/23 和小饿。

不同于钱艾和况金鑫的半信半疑，池映雪显然一丁点儿都不信，听完只点点头："哦。"

徐望："就这样？没其他想说的了？"

池映雪歪头想一下："任务线原本就这么设定的吧。"

徐望："……"

对吴笙，徐望觉得好奇心太多是病，对池映雪，徐望又希望他能多点儿好奇心。这俩伙伴对世界的探索欲就不能匀一匀吗？！

"算了，"徐望放弃，"说说你吧，这些天闯关怎么样？"

他们和池映雪虽然会在微信里联系，但联系得并不频繁，也很少聊具体的闯关情况，偶尔交换信息，更多的是为了避免在同一天闯同一关。

池映雪："找队伍，交卷。"

徐望："……"

吴笙："……"

况金鑫："……"

钱艾："没了？"

池映雪："再找队伍，再交卷。"

四个小伙伴："……"

像是感觉到队友们一言难尽的目光，池映雪难得多解释了一句："前五关我熟得不能再熟，和谁组队都一样，只要我想交卷。"

"少来，"钱艾就看不得他吹牛，"我们在 3/23 遇见的时候，还不是抢在你们队前头交卷了。"

池映雪耸耸肩："韩步庭不让我自由发挥。"

"还不自由？你别告诉我在摩天轮上推小况，也是韩步庭的部署。"钱艾没多想，话赶话就说了，说完心里有点儿后悔，虽然这事儿他一直犯嘀咕，但这时候提，总有点儿翻陈年旧账的意思。

况金鑫也没料到钱艾会说这事儿，但他又的确想知道那时候的池映雪到底在想什么，于是看向池映雪。

不想池映雪也在看他,而且是上下打量着看,看完了,转回钱艾方向,特认真地问:"你不觉得他满脸写着'快来欺负我'吗?"

况金鑫:"……"亏他还惦记了那么久。

钱艾也坐不住了,分分钟拍案而起,这什么王八蛋理由!

徐望赶忙冲过来抱住他,一边拦着他往池映雪身上炮弹似的扑,一边劝:"总统套,总统套——"

钱艾已经挥到半道的拳头,生生忍了回去。住人拳软啊!

好不容易把钱艾安抚回去了,徐望这叫一个心累。一个吴笙,说话间歇性抽象,又来个池映雪,说话懂是能懂了,就是句句结仇。他带个队伍容易吗!

不过话又说回来,队友之间说什么不重要,重要的是做了什么。

池映雪其实没有义务等他们,虽然说是队友,但真正在一起闯关也没几天,然后就兵分两路了。以池映雪这几乎等于零的耐心,换个队伍再平常不过,徐望甚至已经做了这样的展望。所以能在二十多天后和池映雪重新会合,徐望觉得挺不可思议的,同时也有点儿愧疚——他没指望池映雪百分百交心,同样他也没对池映雪百分百交心。

但是现在,他一点儿都不想保留了。

"小雪。"徐望深吸口气,开口。

时隔多日,池映雪好不容易建立的抗体已然消失,实在忍不住了:"再这么叫我,我就退队。"

徐望没想到还得先改昵称,赶紧重新想:"……雪?"

池映雪缩进沙发里,认命:"还是小吧。"

有了比较,"小雪"瞬间充满飒爽的阳刚之气。

徐望嘴角划过一抹得逞的笑,不过他很快又正色起来:"有件事情,我必须和你讲一下。"

池映雪不甚关心,随口问:"什么?"

徐望:"我和鸦说过话。"

房间内的空气突然安静。

钱艾、况金鑫,连吴笙都算在内,谁也没料到徐望就这么和池映雪交了底。

交底当然可以,毕竟经过这二十来天的周折,能再重聚,大家嘴上不说,心里也已经把池映雪当成队内一员了。但这么重要的事情,至少也得有个铺垫啊,上来就"我和鸦说过话",池映雪不傻才怪!

仨伙伴默默看向新队友,果然,后者一脸蒙。

徐望也后知后觉意识到了自己的鲁莽,连忙往回找补:"这个事情吧,其实说来话

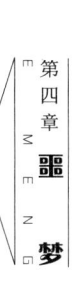

长……"

"鸮每天都说话。"池映雪忽然开口。

徐望被打断，一怔："什么？"

池映雪叹口气，声音里的莫名其妙愈加明显："鸮每天都说话。"

徐望和三个围听伙伴终于明白过来，合着新队友不是因为太震惊所以蒙了，而是完全理解错误，以至于不懂这事儿有什么讨论必要……

"不是耳内提示音，是你一句我一句的对话，对话懂不懂？"徐望指指自己，又指指池映雪，快急死了，"就像咱俩现在这样！"

池映雪挑起眉毛，眼底总算闪出了感兴趣的光："哦？你能和鸮对话？"

"不能，只是阴差阳错对话过一次，就一次。"徐望可惜叹气，也巴不得自己能随时和鸮沟通。

"哦。"池映雪脸上划过淡淡遗憾，不过兴味仍在，"它是人是鸟？"

"……啊？"徐队长对这个关注点毫无准备，好半响才消化完毕，弱弱道，"我没看见，它只出声没现身……"

池映雪不太满意地蹙眉："那你问它攻略了吗？"

徐望："……"

太尖锐，徐队长已经答不上了。

池映雪眼中的最后一丝兴趣消失，只剩下失望。

艰难咽了下口水，徐望诚心反省："那时候我还小，年轻幼稚不懂事，如果上天再给我一次重来的机会……不对，这些不是重点！"差点儿让队带跑偏了，徐望赶紧拉回正轨，定定地看向池映雪，加重语气，"我和鸮说过话，你不觉得很不可思议吗？"

池映雪怔怔眨下眼睛，平静点头："没见到它，没抓到它，没问到攻略，的确很不可思议。"

徐望心口一阵抽痛，竟无言以对。

吴笙拉回来不争气的队长，亲自上阵，客观简练地把十年前徐望遇见鸮的经过讲了一遍，重点在鸮出现的时机、形式以及它说的那些话，讲述途中也不问池映雪意见了，反正这位新队友看起来也不是那么天真好奇。

"所以，"复述完毕，吴笙总结陈词，"我们既要闯关，也要弄明白这一切到底是怎么回事。"

池映雪歪头看他："按你讲，鸮说闯过二十三关就能离开？"

吴笙点头："对。"

"那闯下去不就行了，"池映雪不解地问，"干吗还要费力研究这些？"

"先不说我们能不能闯过全部二十三关,就算能,"吴笙眼底一沉,"平白无故被折腾这么久,你甘心?"

池映雪看着吴笙坚定的目光,嘴角忽然勾出一抹期待,连带着随意靠在沙发里的身体也微微坐正:"你想摧毁鹗?"

徐望、钱艾、况金鑫:"……"

阎王是越战斗越开心,池映雪是越乱越有趣,在"就是不想好好过日子"这件事上,他俩简直和谐统一!

吴笙没队友们那么敏锐的情绪感知力,他只知道池映雪问了问题,他就要给予真实客观的回答:"目前还没有想过研究成果的应用,现阶段主要是攻关运行逻辑和存在形式两个问题。"

况金鑫:"笙哥还做了小卡片给NPC发!"

钱艾:"是的,启迪他们思考人生和宇宙。"

徐望:"并且不断更新升级,现在已经是第三版小卡片了。"

池映雪:"……"

在漫长的飘荡后,当日子几乎要变成反反复复在前几关进退的死循环时,池映雪终于迎来了闯关生涯的转折——他,加入了一支科研队。

5

会合后的小分队调整节奏,按照"休息三天+闯关一晚"的模式一口气连闯6/23和7/23。这两关不用再寻找徽章,客观上也让小分队的闯关更专注,效率更高。

第八天的下午,小分队抵达8/23所在地——苏州。

徐望也不知道是池卓临在池映雪这里安了卫星定位,还是池映雪和自家哥哥随时联系,反正池卓临对他们的行踪更新得那叫一个及时,人才刚到苏州,酒店的车就过来接了。

故地重游,小伙伴们难免要想起上次交卷失败的阴影,结果一进酒店套房就先放下忧患,享受安乐了。

直到吃完晚饭,夜色渐浓,徐望的心才慢慢定下来。他环顾套房,吃饱了就困的钱艾在沙发上打瞌睡;不知又在计算谋划什么的吴笙于书桌伏案,已写满了好几张草稿纸;况金鑫坐在书桌旁边,聚精会神地看着吴笙写写画画,也不出声也不问,就自己领会,上课似的认真;池映雪则搬了单人沙发到电视跟前,啃着苹果看电视购物,津津有味。

按节奏,今天、明天、后天都是"休息期",大后天才是真正的"闯关日",所以这会儿并没有什么闯关前的紧张感。但徐望还是有点儿不安。原因无他，实在是上次 8/23 死得太惨了，到现在一想起来，还觉得浑身骨头疼。

就这样一直到了十一点半，五人打车去了坐标点，下车后没多久便到了零点。五人踏入地面的紫色漩涡，时隔一月，再次来到 8/23 的起点——一间视野极佳的半露天咖啡厅。露天的部分由小清新的绿栅栏围着，里面几张圆桌、几把小椅、几顶遮阳大伞，清风拂过，咖啡飘香。

现实中正是寒冷黑暗的午夜，8/23 里却是春意盎然的上午。但五人都清楚，这明媚的阳光底下，很快就会上演"血腥大屠杀"。

几顶遮阳伞下已有了客人 NPC，只剩一张靠着栅栏边的空桌，五人坐下，服务员过来问要喝点儿什么。五人随口点完，服务员离开后再没回来，自然也不会给上咖啡——和 2/23 的机场一样，完全是"虚拟体验"。

"还是古堡宴会厅好啊，吃的喝的都实实在在，不弄虚作假。"钱艾叹息着从口袋里摸出一个大白梨，吭哧一口，水气十足。

徐望想起套房里那一大盘水果，抱着试试看的心理问："就带进来一个？"

"我是吃独食那种人嘛！"钱艾卸下小背包，咔咔又掏出来四个，挨个分给队友，全溜光水滑果香四溢的，"随便吃，吃完还有。"

徐望看出来了，钱同学今天是真的一点儿没打算闯关，包里带的东西都是按远足、郊游配置的。

五伙伴人手一个梨，围坐一桌，啃得惬意。两分钟以后，进入鸮的紫色漩涡关闭，咖啡厅再没进来新的队伍——辨别 NPC 与同行很简单，看桌上有没有咖啡就行了。

"今天只有我们在这一关？"况金鑫四下环顾，见每桌都有咖啡很意外，就算不打算闯关，只要在这个坐标点，也该进来 8/23 的。

"8/23 的成绩都够上总分榜了，"钱艾嚼着白梨咕哝，"闯关队伍少很正常。"

"也可能有其他队伍在，"吴笙说，"只是没像我们这样卡在坐标点。"

为了避开同行，很多队伍会故意错开一些，选坐标点的附近入鸮。

"也对。"况金鑫点点头。

池映雪对同行不感兴趣，只远眺栅栏外的街角，看着往来的车水马龙，不死心道："今天真的不闯关？"

徐望给了他一个"少安毋躁"的眼神，语重心长地说道："还是先观望吧。"

池映雪耸耸肩，咖啡也没有，糕点也没有，只能凑合着啃一口梨。

栅栏就是安全区，类似古堡宴会厅，一旦离开，就意味着闯关开始。上次他们一踏出去就收到了关卡内容提示，之后汇入大部队，还没走出这条街就全体殒命，简直是黑色三分钟。

街角传来嘈杂声，像是一大队人马正由远及近。

吴笙收敛惬意，沉声道："来了。"

徐望心里一紧，连忙向街角看去。

钱艾和况金鑫也凝重起来，随着徐望一起转头。

池映雪没像他们那般严阵以待，仍维持着啃梨的姿势，只目光移到街角。不过随着领队的小旗远远出现，他那一口梨还是忘了咬下去。

远处街角拐过来的是一个三十来人的队伍，领队举着小旗带队，身后基本都是二三十岁的年轻男女，跟着领队一路走走看看，说说笑笑，很是热闹。他们前行的速度挺快，没一会儿就到了咖啡厅前。导游径直朝他们五个走过来，隔着栅栏热情邀请："环市一日游，包吃包玩，来吗？"

徐望果断摇头："不了。"

领队问："真的不来？"

这一次，徐望、钱艾、况金鑫一起默默摇头。吴笙则帮着拒绝第二次："不用了，谢谢。"

领队很遗憾的样子，但也没再纠缠，转身重新回到队伍前头，带队继续行进。

一行人浩浩荡荡，很快走过咖啡厅，来到一个十字路口。红灯，三十来个人一起安安分分站在路口等。

远处，一辆渣土车正常驶来，速度和路线都无异样。可就在渣土车开到路口前的时候，突然"砰"一声巨响，一个前车胎爆了。司机慌忙之中猛踩刹车，可失去了一个前轮的车辆根本不可能再保持直线前行，这一脚刹车下去，渣土车直接朝等红灯的三十几个人飘移而去。

一切发生得极快，前一秒还说说笑笑的人们瞬间吓傻了，离路边最近的两个人一下子就被卷到了渣土车底下！

这时，剩下的人才反应过来，尖叫着四散而逃。然而渣土车飘移之后失去平衡，直接侧翻，一整车渣土结结实实扣到了三个来不及跑走的人身上，霎时将其活埋。

一团混乱间，只听见一声刺耳的刹车声，是随后而来的车子发现不对，要停车。然而还是晚了一步，车还没停下，已经"砰"一声将一个慌乱中跑出马路的人撞飞。他躲过了爆胎，躲过了渣土倾翻，没躲过后来车。

短短十几秒，六人死亡。

待扬起的尘土全然落定，队伍已经就剩二十几个人。然而从领队到幸存者都好像失忆

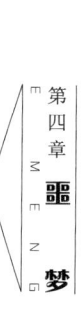

一般，重又挂上笑脸，嘻嘻哈哈过了马路，沿着既定路线继续前行。

徐望打了个寒战，那种只有这一关才有的冰凉的惊悚感又回来了。

死亡可怕。但更可怕的是，你知道你一不小心就会死，却不知道危险在哪里。或者说，随时随地都有无数种死法。

——"制造意外的恶魔就在这些人里，日落之前，找出来，如果你还活着的话。"

这是上次他们走出咖啡店栅栏后，"小抄纸"给的第一句话。

欢声笑语的队伍慢慢走远，很快便消失在路的尽头，融入这明媚阳光下的车水马龙。

小伙伴静静望着他们离开的方向，久久沉默。日光很暖，却驱不散笼罩在他们心头的寒意。

好半晌之后，徐望才轻轻呼出一口气，缓了缓绷紧的神经，转头想和吴笙说话，却见他不知何时拿出了笔和纸，又在那儿唰唰写呢。

"你到底攻关什么难题呢？"徐望一边问一边凑过去看。昨天晚上他就看见吴笙忙活了，怕影响其思路就耐心等着，没多问，今天实在是按捺不住好奇了。

吴笙正奋笔疾书着，没分心回答。

徐望直接自己看，A4白纸已被吴笙写满大半张，一条条罗列得触目惊心——

1. 路口 + 红灯 + 横向重型车 = 死亡

2. 路口 + 绿灯 + 纵向电瓶车 = 剐蹭→摔倒→横向车→死亡

3. 汽修店 + 门口轮胎充气 = 爆炸→气压冲击→死亡

4. 商铺 = 广告牌掉落→死亡

5. 井盖 = 井盖松动→翻转→坠亡

6. 公交站 = 公交车失控→死亡

7. 桥梁 = 断裂坍塌→死亡

8.……

越看手脚越凉，看到最后，徐望连那一丝好奇的热情都消亡在了后背的飕飕凉风里。先前虽然知道处处都可能有危险，但毕竟身在咖啡厅这个安全区，眺望街景，最直观的第一反应仍是视觉上的赏心悦目，然后才是慢慢升起的警惕。可看完吴笙写的这些，徐望再抬头，就觉得满目所见哪儿哪儿都冒着黑气，处处都画着骷髅。

终于写完最后一条，吴军师放下笔，神情凝重地叹口气，抬头言简意赅地向徐队长介绍自己的科研成果："死亡公式。"

虽然已看出眉目，但真听吴笙盖章认定，徐望的心情还是极度复杂。

钱艾凑过来，从桌上拿起公式表，霎时感觉地狱大门正向自己缓缓敞开："你还真一一列出来啊……路口、井盖、商铺、公交站……不是，这一关还有下脚的地儿吗？总不能全程飞吧？"

"低空飞有可能撞高压线，高空飞有可能撞无人机。"池映雪悠闲地靠在座椅里，没凑过来的意思，但话里话外也听明白了，于是很好心地给钱同学补充。

钱艾没好气地看他："说得像和你没关系似的。别怪我没提醒你，就你神游太虚那样儿，最容易踩坑。"

池映雪歪头，静静看了他一会儿，眼神特无辜地问："你是在诅咒我吗？"

钱艾："……"

说是，显得太没战友情；说不是，就等于向恶势力低头。这根本没法选择啊！

"小况，你别傻坐着了，赶紧过来背公式。"钱同学的选择是转头去拉况金鑫。

池映雪看着他和况金鑫拉拉扯扯，神情毫无波澜，但等看见况金鑫还欣欣然挺配合，屁颠颠地过去看什么鬼公式，眉心就不自觉蹙了起来。

况金鑫毫无所觉，全神贯注看公式。

"这只是一个初步公式表，基于我们上次的经历和日常生活中最显而易见的潜伏危险。"吴笙解释道，"但这关的设置肯定不会这么简单粗暴，一些更复杂、需要堆叠更多巧合才能完成的死亡危机，我等下会继续梳理。"

徐望听着，佩服之余，更多感慨："幸亏你是好人啊……"这要是坏人，就这脑子，简直是人间巨恶！

吴笙不太确定地看他："你这是……表扬？"

"绝对的表扬。"徐望斩钉截铁。

吴笙心满意足了，嘴角扬起欣慰弧度："你要这么说，那我这一晚上的辛苦就值得了。"

徐望眯起眼睛，对他这副为队长钻研的姿态深表怀疑："你钻研这些，确定不是因为享受攻克难题的过程？"

吴笙立刻严肃起来："当然，也有一部分这个原因……"

徐望："……"屁！他敢百分百肯定，吴笙钻研的时候，满心满眼就是对难题偏执的爱！

"队长，"况金鑫轻轻扯一下徐望的袖子，劝，"别吃醋了。在人类里，你肯定是笙哥心中第一位的。"

"谢谢你，小况，"徐望摸摸自家队友的头，"但是你劝完，我好像更郁闷了。"

吴笙站起来绕着桌边走走，活动活动筋骨，也放松一下大脑。死亡公式只能建立危机意识，想闯关，还得生存公式。但如果每一个场景都弄一个甚至多个具体的生存公式，数

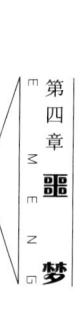

据量太庞大，如果能寻找一条放之各种环境皆准的通用公式就完美了……

这厢吴军师头脑风暴，那厢死亡公式表却不知怎么到了池映雪手里，他淡淡浏览一遍，满意地点点头："挺好的。"

钱艾闻言，撇撇嘴："吴笙弄的战术笔记，还没有不好的。"

"我是说这些死法都挺好的，"池映雪抬眼，神情自然，"干净利落脆，没太多痛苦。"

钱艾听着别扭："再干脆也是死了。"

池映雪："但是不疼了。"

钱艾简直想呐喊："死了，没命了，啃不着大白梨了，懂吗？！"

池映雪："……"

况金鑫本来想加入讨论的，现在放弃了，就坐角落里专心致志偷听偷乐着。

第五章　难　逃

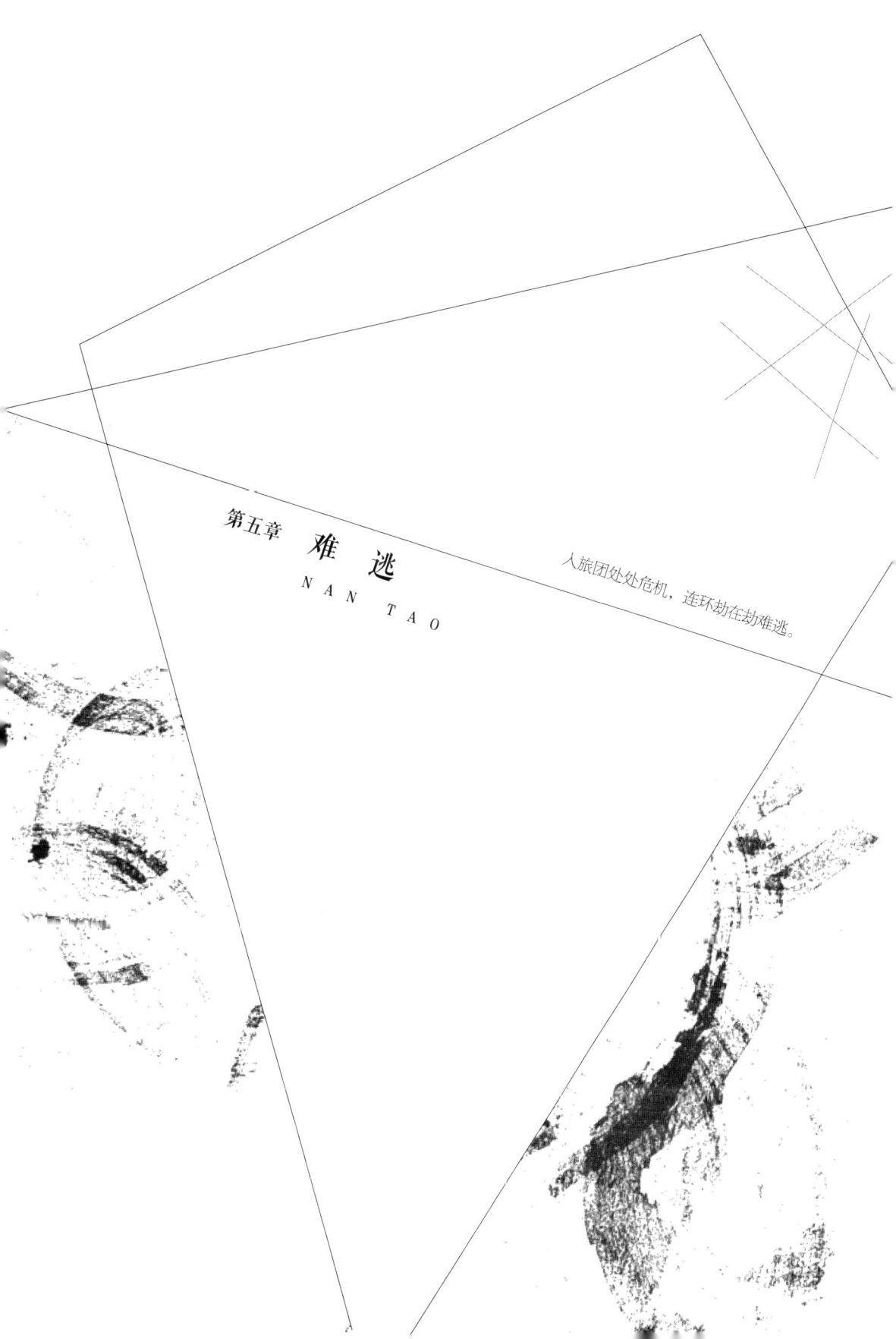

NAN TAO

人旅团处处危机，连环劫在劫难逃。

1

三天后，零点，8/23。

一连三天都没遇见其他队伍，让五人生出一种单机闯关的错觉，于是当准备真正开始闯关的这天，在现实中的坐标点遇见老熟人的时候，徐望、吴笙、况金鑫、钱艾都愣在那儿，四脸错愕。

只池映雪很平静。

但他越平静，对面就越激动。

十人一起踏入紫色漩涡，又共同刷新在露天咖啡厅后，岳帅的第一句话就是："你们还真找了他当新队友？！看见总成绩榜的时候，我还以为是同名同姓的！"岳队长原本没想用这句开场白，故友重逢总该热络寒暄，奈何这张熟脸的冲击力实在太强。

徐望："这么好听的名字，想重名有点儿难吧。"

岳帅："……"

吴笙、况金鑫、钱艾："……"

对于自家队长"不经意"的表扬，池映雪嘴角扯起满意弧度。不过还没愉悦两秒，就接收到了扑面而来的敌意目光，他看向目光来源，问了刚才就想问的："我们见过吗？"

蔚天杭腾地就起了火："你差点儿把我们车胎射爆，说忘就忘了？"

池映雪茫然地眨巴下眼睛。

"3/23，游乐场，你队长喊'池映雪，射车'。"苏明展条理清晰，细节丰富，"想起来了吗？"

池映雪恍然大悟，再看蔚天杭，知道记忆偏差在哪儿了："你那天扎小辫。"

今天没打算闯关所以把头发放下来的蔚天杭："……你是靠发型记人的吗！"

"不全是，"池映雪一本正经道，"只有颜值实在没特点的才记发型。"

蔚天杭："阿苏你别拦我，我今天非踹死他！"

这边两队队员"团结友爱"，那边两队队长已进入正题。毕竟招什么样的队友属于内政，岳帅也就吐槽一句，相比之下，信息共享才是正事。

不过一共享，两位队长就发现问题了——两队最好成绩都是走到这里，对于之后的关卡，全一片空白。

岳帅抚额："还以为能从你们这里换点儿情报呢。"

"先别急着失望，"徐望说，"你们是第一次来这里对吧，但我们是第二次啊，至少这一关我们有经验。"

岳帅一听，来了精神："真的？这一关具体什么内容，快说说。"

徐望正色起来："死亡在身边。"

岳帅满头黑线："我上一关才刚讲了一个鬼故事。"

徐望摇头："这次不是鬼了，是意外……"他三两分钟就大概说明了这关的内容，末了道，"我们也就知道这些，上次还没走出这条路呢，就团灭了。"

"足够了，"岳帅真心道，"多谢。"

"你我之间就别客气了，"徐望拍拍他肩膀，"咱们两队，真要说，那也算青梅竹马。"

岳帅一言难尽地看他："你哪儿来这么多我接不上的词儿呢，然后仔细想一下，还居然挺有道理。"

徐望莞尔："这叫语言的艺术。"

"行了，别贫了，你们不是今天打算闯关吗，赶紧的吧。"岳帅替他们争分夺秒。

徐望见他没一起的意思，问："你们今天不闯？"

岳帅皱眉："我和谁争也不能和你们争啊，那不成自家人打自家人了！"

徐望挑起眉毛，上下打量这位"自家人"："请说实话。"

对视半晌，岳帅一撇嘴："好吧，对付 NPC 已经够辛苦了，我可不想再对付你们。"

徐望："你就能保证明天不遇见其他队伍？"

岳帅："其他队伍进来，至少也得观望一天吧，都第八关了，哪儿有直愣愣就闯的。"

苏明展："而且就算 PK（PlayerKilling，意为挑战），和其他队伍 PK 也比和你们 PK 强。"

岳帅："就是，咱们这关系，我哪儿下得去手。"

苏明展："主要是下手了，胜率也不高。"

岳帅："队长说话，闲杂人等不要插嘴！"

苏明展："恼羞成怒了，不过还是很帅。"

岳帅："……"

陶阿南："队长，别尴尬了，你是不是还忘了一件事？"

"哦对，一直等着遇见你们说这事儿。"岳帅一拍脑门，连忙点开手臂上的隐藏物品栏，"这个徽章是我们5/23得的，一到手，隐藏物品栏就出来了，看格数，我怀疑一到十三关每关都有徽章。"

徐望："……"

岳帅："让你看徽章，你看我干吗？"

"不只有徽章，还有手册。"徐望点开自己的徽章手册，全无保留。青梅竹马是开玩笑，但有些东西是真的，甚至彼此都没意识到，就自然而然成了温暖的形状。

岳帅第一次看见手册，立刻问："这玩意儿哪来的？"

徐望："6/23古堡酒店负一层杂货铺，二十万人民币。"

"明抢啊——"季一鸣本来在那边围观蔚天杭和池映雪的热闹呢，闻言一个箭步蹿过来，凑近了仔细看徐望的徽章手册，"什么东西这么贵？能一键闯关怎么的？"

"就一个徽章隐藏点提示。"钱艾跟着过来，同仇敌忾，"还一键闯关？给你美的。要真有一键闯关的，奸商估计能卖一百万！"

"所以徽章到底有什么用？"岳帅问。

徐望摇头："集齐十三枚徽章，是开启13/23之后关卡的钥匙。"

岳帅一震，恍然大悟："难怪总成绩榜上就没人到过十三关以后！"震惊完，他忙不迭问徐望，"你电话号码多少？"

徐望一时没反应过来："嗯？"

"保持联系啊，"岳帅现在充分认识到了互联的重要性，"要不留个微信也行，反正得能随时说上话的。总指着在这里遇见，猴年马月了！"

吴笙："s-h-e-n-g-g-e-w-u-d-i。"

岳帅："他微信号？"

吴笙："我的。"

岳帅："我想要他的。"

吴笙："要么加我，要么失联。"

岳帅："……"

徐望："咳，那个，加他加我都一样。"

岳帅发誓，他在徐望的微笑里看见了闪瞎眼的甜蜜。一别多日，这个队的画风还是很迷啊！！！

2

北京时间，00：12：38。

岳帅、苏明展、陶阿南、季一鸣、蔚天杭五人肩并肩站立，送别同行。

岳队长缓缓挥手，满眼沉甸甸的忧虑："小心，保重。"

徐望强颜欢笑地回了他一下。

知道的，这是送朋友上战场，不知道的，还以为是上刑场。

五个小伙伴离开栅栏，进入步行道。没过两秒，前方街角就传来嘈杂脚步声——先前已经路过咖啡厅一次的环市一日游队伍，又回来了。

同一时间，"叮"……

小抄纸："制造意外的恶魔就在这些人里，日落之前，找出来，如果你还活着的话。"

远远的，领队就摇着小旗冲他们五人微笑，及至大部队抵达五人面前，领队同前三天一样热情询问："环市一日游，包吃包玩，来吗？"

这一次，徐望点头："来。"

话音刚落就起了风，和煦日光底下，竟是阴恻恻的凉。

领队耐心等着他们加入队伍，待到五人和大部队融为一体，便晃动小旗，灿烂一笑："都跟好了，不可以脱队哦。"

话音刚落，五人就收到新的提示

小抄纸："禁止脱队，否则交卷失败。"

小抄纸："15分钟后可使用文具，倒计时开始。"

十五分钟后才可以使用？那倒计时期间都只能赤手空拳？徐望点开"文具盒"，果然，一片灰色。

大部队已重新走起，沿着步行道继续前行。没时间再多想，徐望赶紧带队跟上。

这是一个半商半住的区域，往来车辆熙攘，各色小店清新精致。他们走在队伍中部，左侧是马路，右侧就是这些小店。

大部队里的男男女女们，有的三五成群，左顾右盼嘻嘻哈哈，有的形单影只，独自背

第五章 难逃

包，步履坚定。徐望小分队也肩并着肩，自成一个小团体，不过完全没有半点儿观光的惬意心情。此刻，让他们紧密团结在一起的就一个因素——求生欲。

——"一切打破惯性行为的事件，都有可能是死亡意外的先兆。"

这就是吴军师总结的、放到任何环境里皆准的生存公式。

自加入这支观光队伍，这句话就萦绕在小分队心头，成了最醒目的警钟。

何为"打破惯性"？比如你走路走得好好的，地上突然多了一个空易拉罐，你可以选择踩它、踢它、绕开它，但不管哪一种，都打破了你原本应该继续匀速往前走的这一惯性行为，所以，它就存在危险。以此类推，很多不起眼的小事都可能是致命杀机。

徐望越想越沉重，没注意领队什么时候又退到队伍中部了，直到身边的吴笙先行和对方打了招呼："领队。"

徐望一抬头，就对上领队带着笑意的关切："你们怎么看起来兴致不高啊？"

换你随时可能丧命，你也乐不出来！徐望心里腹诽，可面上还是打起精神，给了领队一个笑："我们和大家都不熟，也不好意思随便搭话。"

保命是第一任务，找制造意外的恶魔是第二任务，既然领队主动过来，徐望当然不能放过机会。

果然，领队打开了话匣子："大家都是年轻人，很好相处的。我们有个QQ群，定期就举办这种驴友活动，群号是××××……"领队一口气，快把整个旅游团的前世今生给大放送了。不过有用的信息几乎没有，关于队伍里每个人的背景更是只字未提。

"领队——"队伍前面有人喊。

领队赶忙停下话头，快步回了前方。

徐望看着他的背影，若有所思。

吴笙见状，问："怎么了？"

徐望抿了抿嘴唇："你觉不觉得，他热情得有点儿过了？"

吴笙顺着他的目光也盯住领队的背影，过了会儿，说："通常情况下，最先让人觉得可疑的，都不是凶手。"

徐望看他两眼，点点头："行，电影没白看。"自家军师这三天除了写公式，就是恶补各种惊悚、悬疑、恐怖、侦探片，废寝忘食的程度堪比备战高考。

二人身后，况金鑫盯着自己的手臂看半天了。

池映雪瞥见，蹙一下眉，靠过来，凉凉道："小四金，别看手，看路，不然怎么死的都不知道。"

沉浸在自己思绪里太过专注，况同学完全没听见池映雪说话，想到什么似的一抬头，

118

猛向前快走两步，追到徐望身边，问："队长，芬兰浴是什么浴？"

"芬兰浴"是这一关的徽章提示。早几天前，提示就是这个，一直没变。徐望理所当然认为队友们都懂，所以也没就这个提示词多讨论，如今被况金鑫一问，才意识到奔三的人和人家二十出头的小伙还是有代沟啊。他小时候，满大街都是芬兰浴什么的，后来流行带蒸汽的桑拿，到现在又流行汗蒸了。

"就是干蒸桑拿，不带蒸汽的那种。"徐望给自家队友解释，怎么详细怎么来，"一个干热干热的小木屋，里面有热石，你舀一瓢水，往石头上一浇，嗞啦啦，房间温度就上升……"

"队长，我洗过，就是名字没对上……"让徐望这么一形容，画面感扑面而来，立刻搅动了况金鑫的记忆长河。

一同感受到画面感的还有池映雪和钱艾。前者对此不甚在意，后者却脑补出无比惨烈的死亡现场——封闭，小木屋，高温，怎么想都很危险啊！

"等等。"徐望忽然抓住吴笙。

好端端听着的吴军师一愣，不知道怎么就扯上了自己，转头，就见徐望忧心忡忡。

"你说，"徐望很严肃地问，"小况忽然问我芬兰浴，算不算打破惯性行为的可疑事件？"

吴笙有一瞬的发怔。

下一秒，五人头顶忽然传来一声女人的叫骂："嫁给你我真是瞎了眼！"

五人本能抬头，是住在门脸儿房上面的四楼住户，因为只有他家窗户是开着的，窗台还装点着几盆花，温馨的氛围和屋内此时的争吵形成了强烈的违和感。

"后悔了？那你改嫁啊！"一个老爷们儿的声音不甘示弱地咆哮回去。

整个队伍都停下来，纷纷抬头，竖着耳朵听热闹。

女人像被气急了，一阵抓狂地尖叫。尖叫声由屋内及窗台，顷刻，女人已经冲出来半个身子，眼看就要往下跳。屋里老公应该赶过来了，用力抱住她的腰："我错了，我错了，你冷静点儿——"

"滚！！！"女人已经哭腔，声嘶力竭的，死也不回去，双手奋力挥舞，一巴掌打掉了外面窗台上的花盆！

花盆直直冲徐望脑门砸来。吴笙眼疾手快，一把将徐望拉到自己怀里。"啪"，花盆碎在二人脚边，碎片纷飞，溅一地土。

"别看了，走！"吴笙拉着徐望，冲另外三个伙伴急切地喊道。

刚和死神擦肩的徐望有点儿蒙，木然跟着吴笙往前走。另外三人也随之跟上。

大部队没动，还看热闹呢，就显得他们五个走得很突兀。不过从队伍中间往队伍前面走，并不犯规。

第五章 难逃

池映雪速度最慢，落在最后，刚走出花盆砸落的位置不过一米，就听头上传来"嗖"的一声，像某种利刃划破空气。还没等他抬头，就听旁边一声惨叫，凄厉得已经不像人的动静了。他转头看去，就在距离自己几步之遥的位置，一个看热闹的团内驴友头顶上劈着一把菜刀，血被刀刃堵住，只顺着头顶往眉心下淌。他怔怔地看着池映雪，嘴巴微张，但除了先前那声惨叫，再也发不出声音。

四楼吵架扔东西的夫妻探头看下来，见到闹出人命，霎时嘴唇哆嗦，白了脸色。

被砍中的青年轰然倒地，就砸在池映雪脚边。驴友们却无动于衷，一看不吵架了，很是失望，重新向领队靠拢，没人去看倒地的死尸一眼。

池映雪低头，怔怔看着尸体出神。

况金鑫走过来，不敢像他这么直视尸体，于是只看他："你觉得这么死挺痛快，不疼？"

池映雪没说话。

"这一关是真要死人的，"况金鑫叹口气，"你别不当回事。"没时间说更多，他拉着池映雪，快步追上另外三个伙伴。

前面，徐望和吴笙已经被一个驴友扯着聊起来了。

此时他们走到一个小饭店门前，不知店里在做什么，香味浓郁，队内一个看着和徐望年纪相仿的男人就借着由头搭了话："挺香哈，不知道今天午饭能给安排什么。"

徐望还没分出精神找恶魔，却被主动搭讪了，立刻起了戒备，一边敷衍着聊天，一边暗暗把男人从头到脚打量个遍，越看越觉得这人话多得十分可疑。

闯了这么多关，徐望还没对哪一关的NPC这么提防过，甚至在很多关卡里，他都觉得NPC也是可以做朋友的。但在这里，他没办法信任任何一个人，看谁都像魔鬼。

"我是个厨子，就关心吃。"男人自顾自聊得倒挺嗨，哈哈乐着。

一旁观望的吴笙忽然皱眉，吸了两下鼻子，像闻见了什么东西似的。

男人见状，调侃道："你也觉得香是吧，哈哈。"

吴笙的目光落到饭店门口，眼底一沉："煤气！"

徐望和钱艾一起："啊？"

吴笙哪还来得及解释，直接大喝："趴下——"

这边三人咣当就趴到地上，刚赶过来会合的况金鑫还没弄明白怎么回事，就被池映雪按着后背往前推，顷刻，他俩也双双扑倒在地。刚倒下，就听见一声巨大的爆炸，距离很近，近到震得人耳膜疼，身体则可以清晰感觉到冲击波。

头被池映雪按到地上，况金鑫什么也看不见，只能听见被炸飞的碎玻璃和其他杂物噼里啪啦落地的声音。有什么东西贴着他们的头皮飞过去了，带着冷风的剐蹭感，让况金鑫汗毛直立。

呛人的浓烟将方圆几米笼罩，好半天才渐渐淡了。

晚一步趴下但也险险躲过一劫的驴友们纷纷爬起来。五个小伙伴也起身。刚还飘香的饭店，在煤气罐的爆炸中面目全非，门脸儿、玻璃全毁，店内已烧起来，爆炸的尘埃是散了，可燃烧的浓烟仍滚滚不断。

况金鑫捂着怦怦跳的心，转头看池映雪，故意揶揄："你这一次动作倒快。"

池映雪拍拍身上的土，从口袋里掏出手机，专心致志摆弄，十分认真地……假装没听见。

况金鑫没好气地看他。这人就得吓唬，一感到疼，求生欲就来了。

"这里又用不了手机，你摆弄它干啥？"钱艾慢一拍爬起来，惊魂未定，喘着粗气。

池映雪对着手机看了又看，末了，松口气："还好。"语毕，将手机放回口袋，一脸安心。

钱艾忽然发现，这位从头到尾就没按亮过手机，一瞬恍然："你这时候还照镜子！"

况金鑫哭笑不得。他刚才也纳闷儿池映雪拿手机干吗，原来是担心自己的容颜。

看着重新优哉游哉起来的池映雪，况金鑫第一次无比强烈地感觉到了他和阎王的不同。今天这情况，如果换了阎王，应该会兴奋得不行。那人恨不能危险来得越多越好，战斗打得越难越好，却唯独不会关注自己的脸。池映雪当然也不全是爱美，他还喜欢蛋糕，喜欢悠闲，喜欢心里吐槽，然后偶尔冒出一句，就能惹得钱艾想动武。

池映雪，阎王。两个截然不同的人，却在同一个身体里。

直到现在，况金鑫仍觉得双重人格这件事很神奇。所以他总不自觉地想靠近池映雪，想问问他，双重人格到底是什么感觉，怎么一回事。但是队长说那样窥探别人隐私很不礼貌，他只好忍住这些好奇，只想，不问。

"扑通——"

身后，又一个人倒地。

五个小伙伴愣住，跟着走在前面的大部队一起回头。队伍后方又一个人倒下了，三角形的碎玻璃扎进他的脖子，血汩汩而出，顺着地砖缝流到五人脚边，刺眼的红。

况金鑫浑身发冷。如果刚刚池映雪不按下他的脑袋，那贴着头皮刮过去的碎片这会儿可能也在自己的脖子里。

倒在地上的人慢慢没了气息，却仍大睁着眼睛。

风停了。太阳还在往正午的最高处爬。

十五分钟不到，两人死亡。

第五章 难逃

3

徐望从来没有觉得十五分钟这样漫长。

他带着自家小伙伴规规矩矩缩在大部队里,不用规则要求,已经恨不得踩着前人脚印一步不偏离了。但任你再小心翼翼,一个路口还是出现在了大部队的前方。

那是一个八排道的十字路口,路面极宽,这会儿正是红灯,纵向车都停着,横向车有条不紊地开过。

徐望嗓子眼发紧,心里发毛。现在只要是路口,他就觉得上方都笼罩着黑云,路牌上写的全是"阴阳路"。

"叮——"

小抄纸:"倒计时结束,文具解禁。"

这声"叮"简直是救命稻草,徐望毫不犹豫点掉早就想用的防具!

鸮:"有人对你使用了＜防＞金钟罩哟。"

鸮:"有人对你使用了＜防＞正气护体哟。"

鸮:"有人对你使用了＜防＞雷打不动伞哟。"

一个防具点下去,三个提示音响起来……徐望、钱艾、池映雪,三个手速最快或者说求生欲最强的小伙伴,你看我,我看你,一时无言。

差点儿也用了防具的吴笙收回摸在"文具盒"上的手,庆幸自己一贯稳扎稳打,不追求虚妄的速度,不然眼下就四重防护了。

况金鑫抬头看看遮天蔽日的"雷打不动伞",再转头瞅瞅缭绕护体的正气和锃亮反光的金钟罩,顿时充满了安全感。

"三个就三个吧,保险点儿也好。"这么一想,徐望也就释然了。

防具一起效,五人和前后驴友们之间就隔出了几步的安全距离,不过他们还是跟着领队的路线走,整体看依然在队伍里。同行驴友们对突然出现的防具视若无睹,小分队已经见怪不怪了——连人死在面前都能继续谈笑风生,多把伞多个罩子算什么。

有了防具,徐望一直悬着的心稍稍定下些,这才想起煤气爆炸前和自己搭过话的那个男人。

"你怀疑他是恶魔?"徐望一提,吴笙就明白自家队长的意思了。

"也不是怀疑,"徐望回头看一眼已经落在队伍后部的男人,"就是觉得他一和我说饭店味道香饭店就爆炸了,巧合太诡异。"

吴笙也随他看一眼,那男人这会儿正和一个娇小玲珑的姑娘搭讪,聊得不亦乐乎。

收回目光，吴笙说："先别想了。"

徐望不明所以，这就是任务，不想这个想什么？正要问，大部队忽然停下来，他一抬头，明白了吴笙的意思——十字路口到了。这可是鬼门关，打起十二万分精神保住自己小命才是首要任务，至于恶魔，爱谁谁吧。

红灯还剩二十秒。

走在队伍前部的驴友们站定，几乎挡满了路边，中部的徐望他们算是人群第二层。但就这，徐望还是心里惴惴的，又护着自家队友后退两步，和原本走在队尾的驴友们混成等红灯的人群最后一层，距离路边至少隔了两排人，一米半。

红灯还剩十秒，横向川流不息的车看着都很正常。

五秒。

四秒。

三秒。

两秒。

一秒……

徐望的心提到嗓子眼，到最后零秒时，几乎屏住呼吸。

红灯灭，绿灯亮，横向车辆都走完了，竟再没来车，竖向车流则缓缓开始移动。领队举起小旗，走上人行横道，一边走，还一边朝后面招呼："都快点儿跟上……"

徐望松口气，跟着大部队缓缓前进，脑门一层冷汗。

八排道的路面很宽，但绿灯有六十秒，足够了。

紧跟着领队的驴友们走得有些快，但五人一点儿没赶时间，就一步步稳稳当当往前走，而原本就晃荡在队尾的五个驴友，包括聊得热络的厨子和姑娘在内，走得比他们还不紧不慢。于是当领队带着一半的驴友已经到了对面步行道上，走出两三米远了，徐望他们这边还有两排机动车道才到对面。

就在这个时候，右侧横向传来了跑车的引擎轰鸣声，怎么听怎么像奔着闯红灯来的。徐望总算知道为什么过了这么半天马路，横向竟然还没出现一辆车，停车线后面也空空如也了，合着就是为这死亡跑车留路呢。

本能驱动着他不自觉就想往前跑，以便用最快速度越过剩下的两排车道，抵达对面。可就在抬腿的一瞬间，他迟疑了。警觉的神经让他往右侧转头，只见红得像火焰一样的跑车已由远及近，跑的就是这最后一排道！

同一时间，吴笙也拉住了想要往前跑的钱艾，池映雪则按住了况金鑫——对于危险，吴军师是理性的本能，池映雪是野性的本能。

第五章 难逃

然而晃荡在队伍最后的几个人，在听见引擎声的一瞬间却都加快脚步，一瞬竟超过了五个小伙伴。

"别……"徐望想喊他们不要跑，可已经来不及了。

他们跑到最后一排道时，火红色的跑车也正好开过来。

徐望呼吸一滞。

不料跑在最后的厨子，千钧一发之际竟如有神助，张开双臂往前一搂，连自己带前面四个人都搂到了步行道上。火红色跑车就在那五个人身后、徐望他们五个面前一冲而过，带起极速旋风。

死里逃生的五人好不容易站稳，回过头来，看着跑车卷起的尘土惊魂未定，又无比庆幸。徐望也猛地喘口气，仿佛刚刚和死亡擦肩的是自己。

"让开，快让开——"步行道上忽然传来焦急呼喊。

徐望一怔，就见一辆送外卖的电瓶车沿着步行道飞驰而来，还没等他看清，电瓶车已重重撞上刚上了步行道的五人！五人里两人往旁边摔倒，厨子、娇小姑娘和另外一人则直接被顶得向后摔，又跌回了最后一排车道。

几个人摔了个七荤八素，根本爬不起来，徐望刚想上前扶，就觉得右侧刮来一阵风。他下意识转头，视野里只来得及捕捉到一抹蓝，然后就听"砰"一声，摔进车道里的三人全被撞得飞了起来。

与此同时，徐望的"金钟罩"也感觉到了巨大冲击，震得他几乎站不稳。

蓝色跑车的挡风玻璃也碎了，但速度几乎未减，就这么从五个小伙伴面前蹿了过去。和红色跑车不同，从始至终它都没有任何引擎声，安静得像个幽灵。

被撞飞的三人散落在不同的机动车道上，无一例外染红了身下的路面。先前还和徐望搭话的厨子软绵绵躺在那儿，再没了气息。

徐望别开眼，不忍再看，胃里一阵翻滚。

绿灯重新变成红灯，五个小伙伴终于站上了步行道。最后这几米，他们像走了一趟阴曹地府。

死亡人数上升至五人。

"金钟罩"破了，"雷打不动伞"飞了，只剩钱艾的正气还在缭绕。

跟着大部队前行好半晌，徐望才慢慢缓过来，面色凝重地对所有队友道："防具也不是万无一失的……"

钱艾一拍胸脯，守护者似的："别怕，至少我的正气护体还在。"

吴笙瞥他："那是因为属性不对。"

钱艾："嗯？"

况金鑫："正气对邪气，钱哥，你这个防具一看就是防灵异攻击的。"

徐望："所以既防不了冲撞，也不会被冲击力破坏。"

钱艾："……那之前用的时候你们怎么不提醒我？"

况金鑫："我以为你用它就是想防妖魔鬼怪的。"

徐望："作为对我和小雪物理防御的补充。"

吴笙："我还差点儿表扬你的全面缜密。"

钱艾满头黑线："你们给我加太多戏了……"

"别开小会。"领队不知什么时候过来了，一脸不满意道，"我刚才说什么都没听见吧？"

五个小伙伴愣住。

领队没好气地一叹，说："路上太危险了，这才多大一会儿，出了那么多事。"

五伙伴刚想说"你还知道危险啊"，领队已如春风般微笑："接下来我们坐地铁。"

五伙伴："……"

钱艾："不是，那个领队，你要不要再考虑一下，地上危险，地下更不安全啊！"

领队："地铁是最安全的交通工具。"

徐望："安全没有用，我们现在按红绿灯过马路都会死人！"

领队："地铁不用过马路。"

吴笙："再考虑一下吧。"

领队："已经深思熟虑了。"

池映雪："可以脱队吗？"

领队："不行。"

况金鑫："我们在地上跟着跑。"

领队："地铁费包含在团费里，这是强制消费项目。"

徐望、吴笙、况金鑫、池映雪、钱艾："……"

4

说话间，队伍已到了地铁站入口，不算徐望他们，还剩二十七人。

这种情况下，再多一句废话都可能因为分神而死人，小伙伴们不敢再和领队纠缠，全神贯注踏入向下台阶，一步步走进地铁站。

太阳已升到最高点，中午了。

可明明正午时分，地铁站里却是一派早高峰景象，人山人海，人头攒动，人挨人人挤人，人人人人人……地面的阳光到不了站内，相反，中央空调的凉风却给得很足，吹得人后背阴恻恻的冷。

旅游团挤在站台中部的一个上车口，后面持续增多的等车人自觉或不自觉地给前面的人施加推力。

"都别挤了，车还没来呢！"钱艾受不了地嚷，然而收效甚微。

不过他们在等车人群的中部，前面还有层层人海，而且站台还有安全门，即便是等在最前面的人，顶多是贴到安全门上，也不会有跌落站台的危险。只是这么挤着，实在让人呼吸发闷。

空荡荡的地铁轨道尽头吹来冷风——车要来了。等车大军们的推力陡然增加，最前方的人已经扛不住了，一个劲儿喊"别推，别推"……

车就在这一团嘈杂混乱里呼啸而至。等到车停稳，安全门和地铁门几乎同时打开，等车人蜂拥而上，想要下车的人只能艰难往外冲。好在下车的人不多，很快就是大家一起往里挤的红火场面了。

五个小伙伴被挤得分散开来，虽在一个门，前后位置却不同，池映雪和况金鑫不知怎么挤到了最前，吴笙和徐望居中，钱艾反倒落了最后。及至四人都上了车，钱艾还在车外挤，眼看车厢已经满了，上人越来越难，而旅游团的几乎都上了车，钱艾急了。这要上不去，绝对就是脱队啊！

心一横，深吸口气，钱艾"呼哈"一声，用力往里一撞。

钱艾这块头一撞，前面一排人全被顶进了地铁，原本已经满满当当的车厢硬是又多装进去五六个。这下是彻底满了，贴在最后面的钱艾生生卡在地铁门外，就差一个身位，愣是进不去。

关门的提示音响起。钱艾心里一惊，下意识就往后退。脱队也就脱队了，这要是被夹在安全门和车门中间，车一开，直接被绞成肉饼啊。

可脚往后退了，身体却纹丝没动。钱艾猛地回头，那些上不去车却还努力想上车的人们哪管关门不关门，仍死死顶着他。

身前的车门和身后的安全门都开始缓缓关闭……眼睁睁看着地铁门蹭着自己的胸膛越关越窄，清晰感觉到安全门刮着自己后背慢慢关合，钱艾从头凉到脚。他绝对不要这么死啊！！！

"啊啊啊——"求生欲大爆炸，钱艾奋起双臂，猛地往前冲拳，同时一条腿往后狠狠一蹬。

"咔",面前车门夹住他双臂,后背安全门夹住他一条腿,钱艾就保持着金鸡独立、双臂冲拳的姿势,愣是让两道门都留了生存缝隙。

只要门有缝,地铁就不可能运……哎?夹着双臂的车门传来车辆即将启动的微微震颤……用不用这么丧心病狂啊!

"徐望——吴笙——小况——小雪——"钱艾扯着嗓子,快喊破了喉咙。这捆死猪一样的造型连文具都点不到,而且不知道是不是他的错觉,两道门在夹住他之后,没触发报警也就算了,好像还越来越紧,他的胳膊腿已经被夹得疼到发木了。

"老钱,顶住——"自家队长的声音,隔着车厢内的层层人海而来。

钱艾想哭:"我能顶住,但是车要开了啊啊啊啊——"

"小况,拧紧急开门闩,红色那个!"这一次是吴笙的指导,显然,他够不到,只能找距离最近的况金鑫。

然而下一秒就传来况金鑫焦灼的声音:"我拧了,没反应!"

车,动起来了。

钱艾忽然意识到,之前对于自己下场的判定有误差。照目前这个局面,他不是被绞死的,是直接一刀两断啊!

闭上眼,钱艾绝望等死。

一秒。

两秒。

五秒……

胳膊好像的确是跟着地铁移动了一点点,但预期中的身体扭曲断裂等等都没来临。钱艾疑惑地睁开眼,就见车辆的确是在移动,但移动的速度顶多一毫米每秒,于是从他等死到现在,胳膊也才跟着地铁偏移了一厘米不到。而且不知道是不是错觉,他好像看见自己的胳膊正以肉眼可见的速度……变薄?

鸦:"有人对你使用了＜幻＞时光慢流哟。"

鸦:"有人对你使用了＜防＞皮影戏哟。"

随着耳内两声提示,地铁已经移动了几厘米,钱艾可以比较明显地感觉到上半身在跟着地铁移动了,但与此同时,他整个人也薄成了原来厚度的1/2!及至车门和安全门错开一半,他终于彻底薄成了驴皮影,纸片人。车门也随着他双臂的变薄,只剩一条纸般薄的缝。早已等待多时的钱艾"哧溜"一钻,顺着缝隙就蹭进了车厢。

一进车厢,身上的幻具也好,防具也好,便被队友解除了,于是再看地铁,早嗖嗖高

第五章 难逃

速运行起来，再看身体，也充气似的重新健硕。钱艾三魂吓没了七魄，硬是拱开左右，一屁股坐地上，劫后余生地喘粗气。想起从前挤地铁的日子简直后怕，他发誓，以后再坐地铁，能上就上，不能上绝对等下趟，谁要挤他，他和谁拼命！

气还没喘匀，钱艾就觉得哪里不对，警觉抬眼，果然透过密密麻麻的"腿墙"看见四双熟悉的小眼睛。四个伙伴两两一组，分别蹲在左前方和右前方，透过缝隙关切自己。

徐望："老钱，没事儿吧？"

钱艾："活着呢。"

吴笙："不能放松，随时随地都会有新的危险。"

钱艾："明白。"

况金鑫："笙哥用的时光慢流。"

钱艾："谢班长。"

况金鑫："小雪用的皮影戏。"

钱艾："……咳，谢了。"

池映雪遥遥看着他，目光爱搭不理的，没言语。

钱艾满头黑线："小雪，你不回我一句'不客气'或者'都是队友'什么的，我会很尴尬。"

池映雪："吴笙刚才也没回。"

钱艾叹口气："但是也没冷场。"

池映雪静静看了他一会儿，忽然道："徐望，吴笙，小况，小雪。"

钱艾有点儿蒙："什么？"

池映雪："你刚才呼救的顺序。"

钱艾："……"先喊谁也要争吗？这位是学龄前儿童吗！！

"那个，"毕竟欠人救命之情，总还要照顾一下对方情绪，钱艾试着解释，"这你就不懂了，最重要的人都是放在最后，不然怎么能压住阵！"

池映雪蹙眉，将信将疑，转头看况金鑫。

况金鑫没帮着钱艾忽悠，但真心替他给了保证："下次我让钱哥第一个喊你，最后一个也喊你，喊两遍，定场压阵都让你占！"

池映雪歪头想象了一下那个画面，末了皱眉摇头："不用了。"

钱艾："……"要不要嫌弃得这么明显！

"嗞——"

突如其来的轨道摩擦声剧烈而刺耳，高速运行的地铁在这声响里骤然而停。整个车厢的人都被惯性狠狠一晃，人堆着人、人叠着人的往前倒，霎时惊呼四起。

还没等大家爬起站稳，车厢内的灯忽然灭了，空调也停了。先前还惊呼的人，被这突如其来的黑暗吓得没了声音，世界一瞬间陷入漆黑的死寂。

徐望心里一沉。地下隧道、停电、封闭车厢、缺氧……脑海里蹦出的词，越来越让人心惊肉跳。

手忽然被人握住。明明黑暗中什么都看不见，可徐望就知道是吴笙。

那握着他的手将他稳稳拉起来，然后他听见吴笙坚定的声音："安全锤。"

徐望了然，但又担心："算不算脱队？"

吴笙："先破窗，保证空气流通，如果领队走，我们再走。"

很快，乘客回过神，重又大呼小叫起来，车厢再度乱作一团。然而塞得太满满当当了，所以大多是精神上的乱，身体都安安稳稳挤得像沙丁鱼罐头。

车厢内的应急灯终于亮起，光线虽然微弱，但足够适应了黑暗的眼睛看清各处情景了。徐望越过无数个头顶，终于看见了车厢连接处领队的小旗。

五分钟后，两个人艰难挤到安全锤处，吴笙拿下锤子，毫不犹豫冲着车厢玻璃就是一锤。玻璃瞬间布满裂纹。吴笙果断又砸第二锤、第三锤，整块玻璃全部碎裂剥落，凉风一瞬袭来，舒缓了车厢的憋闷。

砸完玻璃，二人远离窗口，缩回人群中央，最大限度远离可能发生意外的位置。

半小时后，终于受不了的乘客们开始陆续翻窗离开，沿着地下隧道往下一站走。五个小伙伴没动，只盯着领队。终于在车厢只剩下 1/3 乘客之时，领队一挥小旗："走。"

旅行团沿着地下隧道走了约二十来分钟，五个小伙伴就提心吊胆了二十来分钟，终于到下一站爬上站台，走上楼梯，回了地面。

再次见到阳光，简直让人热泪盈眶。

"大家都饿了吧，我们现在去餐厅吃午饭。"领队看看表，向聚拢起来的驴友们宣布了下一环节，对于刚刚的地铁事件只字不提。

旅行团成员们对这一路来的惊魂似也没感觉，一听要吃饭，立刻七嘴八舌讨论起什么好吃来。

如果说惊悚感已经深入了每一个小伙伴的骨髓，那巨大的荒诞感就像一个罩子，罩住了这一关的整个世界。

领队带着大家去的是一间西餐厅，门面精致，装修有格调，一进门，落地窗前一个优雅的帅哥在弹钢琴。旅游团的到来几乎填满了餐厅的 2/3，五个小伙伴坐一桌，依然是旅游团这儿桌的中间，领队在隔着三桌的最左边尽头一桌，和几个驴友谈笑风生。

刚一落座，吴笙就把所有小伙伴的餐盘边的刀收到一起，拿餐巾一卷，推得远远的，

第五章 难逃

只给各位留了叉子。

徐望给了他一个"棒棒哒"表扬眼神,那边,服务生就端来了前菜——每人一盘沙拉。徐望心已经够凉的了,看着冷盘简直毫无食欲,然而先前一路的折磨已经消耗了太多能量,体力透支,胃里亏空,再不补充点儿,不吓死也得饿死。

幸亏很快海鲜意面就来了,热腾腾的香气勾得人食指大动。五个小伙伴立刻推开菜叶子,专注吃面。

吃了大概半盘,胃里有了底,徐望才放缓速度,一边挑着面条,一边和吴笙小声讨论:"你觉得谁最可疑?"

吴笙抬眼,看遍全团二十七个人,末了谨慎道:"说不好。"

徐望不死心:"总不能一点儿范围都没有吧?"

吴笙沉吟片刻,目光落到领队身上。

"你怀疑他?"徐望有点儿犹豫,"他是领队,路是他领的,他也肯定能活到最后,但就是因为太明显了,能这么简单吗?"

"所以我才说说不好,目前线索太少了。"吴笙说着,目光又移到隔壁桌的隔壁桌,那一桌是四个姑娘,正在用手机自拍合影。

徐望眼尖地认出来,其中两个是先前过马路的幸存者。当时因为听见引擎声,快速跑上对面步行道的有五个人,后来电瓶车一撞,厨子、年轻姑娘和另外一个人摔回机动车道,被跑车撞飞,而倒在步行道上最终幸存的两个,就是她们。

知道徐望已经认出来了,吴笙就没再多解释,只说:"目前只有这两个怀疑方向,但依据太单薄了,说谁是都站不住脚。"

徐望看看餐厅时钟:"已经十二点半了。"

他们的期限,是日落之前。

吴笙沉默下来,目光重新扫视全场,想再把每一个旅行团成员过一遍,隔壁桌的隔壁桌却忽然传来争吵。

"你说什么?你再说一遍!"

"我说你不要脸!"

随着争吵升级,吵架的两位全站起来了,赫然就是被吴笙列到怀疑范围的那两个幸存姑娘。

餐厅里所有人都停下来,正吃到一半的也挑着面条停住,循声而望。

徐望脑中警铃大作,立刻提醒所有小伙伴:"都注意点儿。"

其实不用他说,这种突发事件已经被众人和死亡挂钩了,连钱艾都放下意面,全身心戒备！

"你才不要脸！"其中一个短发姑娘气急了，拿起杯子猛地泼了对面姑娘一脸柠檬水。

对面长发姑娘也不甘示弱，拿起杯子泼回去。不想先动手这位早有防备，一个闪身完美躲过，柠檬水全泼到了地上。一击未中，不甘心的长发姑娘又拿过邻座柠檬水继续泼。

就这样你一杯我一杯，两位姑娘生生把自己桌和两边隔壁桌的柠檬水都用完了才算消停，最后被同桌另外两个连拉带劝地坐下，虽然气呼呼的，但"泼水节"总算落幕。

徐望全程神经紧绷，心已经提到了嗓子眼，直到俩姑娘坐下很久，才轻轻长长地舒一口气。

吃口意面压压惊吧。徐望用叉子卷起面条，刚要往嘴里送，忽然想起先前在路口的跑车也是这样，红色跑车过去，他们以为事情结束了，结果电瓶车和蓝色跑车又连环而来。思及此，他忙转头看向吴笙，紧张地问："不会又是连续剧吧？"

吴笙闻言转过头来，目光却只在他脸上停留半秒，便移到他斜后方。

徐望纳闷儿，刚想回头看，却见吴笙变了脸色。

下一秒，吴笙忽然把他卷着面条的叉子夺了过去！

徐望还没反应过来怎么回事，就听背后一声脚底打滑的声音，下个瞬间，他只觉得巨大的力道压到他的后脑勺，直接压得他一张脸撞到自己手上，再一起扣到意面盘子里，眼前一黑，鼻头一酸，大脑有片刻的空白。

第五章 难逃

直到压着他的力道消失，他才茫然地抬起头，也顾不上沾得一手一脑门的意大利面酱，愤而猛回头去看究竟是哪个王八蛋干的。

肇事者是一个虎背熊腰的服务生，看样子应该是踩到了地上的柠檬水，于是失去平衡，一路趔趄着扑他后背上了。这会儿，一脸狼狈的服务生正担忧地看着隔壁桌。

徐望这桌和隔壁桌离得很近，坐最边上的徐望和隔壁桌最近的这位也就二十厘米距离，而现在，隔壁桌离徐望最近的这位和徐望一样，也连手带脸扣在意面盘子里呢。

徐望一看这情景就懂了，显然服务生体格健硕，一摔过来压了俩。

"顾客，您没事吧？"见这位半天没起来，服务生也怕了，连忙凑近，一边询问，一边轻轻扒顾客肩膀。

"咣当"，顾客滑落到地上，叉子插进他的右眼，几乎全部没入。

徐望看着地上的尸体，再看看被吴笙及时夺过去的自己的叉子，一刹那，浑身血都凉了。

鹦时间，12：45。

死亡人数上升至六人。

5

那之后,五个小伙伴再没吃东西。

任西餐厅上来各种香味浓郁的汤品、甜品,五人都一口没动。连嗜甜的池映雪都破天荒抵御住了蛋糕的诱惑——只能看不能吃,心痒;一个吃不好惨死,疼,两相对比,舍甜躲疼。

旅行团的团员们该吃吃该喝喝,自在得不得了。这就是一群没有感情的NPC——五人已经接受了这个设定。

午饭至尾声,餐厅内几乎没有旅行团以外的人了,领队吃得饱饱,用餐巾擦了擦嘴,起身说:"各位旅行团的朋友,上午大家也走得比较累了,接下来呢,我先带大家去休闲洗浴中心歇一歇,解解乏,然后我们再去市郊的度假山庄,感受一下我们美丽城市的青山绿水……"

"好!"旅游团里不知谁带了个头,众人纷纷附和响应。

五个小伙伴交换一下眼神,已经快被各种死亡摧残殆尽的斗志,挣扎着又燃起几许火花。

洗浴中心,芬兰浴,徽章。

这从头黑暗到尾的死亡关卡,终于渗进来一丝能捕捉到方向的曙光。

随着大部队离开西餐厅,徐望下意识地又看了一眼徽章手册,提示依然是"芬兰浴"。

吴笙一看就明白他在担心什么,便给自家队长宽心:"种种迹象表明,今夜闯关的只有我们一队,如果提示真变了,也只有一个原因,就是我们找到了徽章。"

"凡事无绝对,"徐望摇头,小心翼翼地跟着前面的驴友脚步走,哪还有平日里的半点儿嘚瑟,"谨慎点儿总没坏处。"

吴笙见他这样,乐了:"一个花盆、一把叉子就给你吓着了?"

徐望没好气地翻个白眼,不情不愿,但也得承认:"没你,一个花盆、一把叉子就已经让我死两回了。"

吴笙:"但是你有我。"

徐望转头看他。吴笙微微偏头,给对方最帅的角度,迎风潇洒一笑。

徐望想吐槽,又觉得他认真装相的样子也挺可爱,末了还是弯了嘴角。

他认真地问:"你不害怕?"从死第一个人开始,连一贯冷静淡漠的池映雪都显出了求生欲,可吴笙还是和平时一样,沉着、镇定、有条不紊。

"只要你看透了周遭事物和意外死亡之间的联系,一切所谓突发状况就已经成了死亡运算链上的固定一环。"吴笙抬头看向前方,泰然自若,"当意外不再意外,突然不再突然,就没什么可怕的了。"

徐望："……"

吴笙忽然转过头来，挑眉："后悔了吧？"

徐望没懂："后悔什么？"

吴笙："后悔没和我一起补那些惊悚悬疑恐怖侦探电影啊。"

徐望："我补八遍也补不到你这种境界……"还什么看透周遭事物和意外死亡之间的联系，这是正常人的电影观后感吗？！

"没事，"吴笙耸耸肩，"我看了就等于你看了。"

腹诽戛然而止。徐望怔怔看着吴笙的侧脸，午后的阳光映得他轮廓分明。

"怎么了？"吴笙被盯得有点儿蒙。

徐望朝他温柔一笑，难得说了真心话："忽然觉得你还挺帅。"

吴笙缓缓皱眉："'忽然'这个词，用得怪怪的。"

徐望："……"

吴笙持之以恒地看他，满眼期待。

徐望投降："一直，你一直很帅！"

吴军师心满意足。

徐队长无言望天。当然，他望一秒就又立刻收回，继续竖起警觉雷达，目视前方，兼顾左右。

第五章 难逃

旅游团队伍进入了一条林荫小道，前方传来机械作业的声音，抬头望去，有四个工人正在画好的范围内用手持钻地机开挖路面。通常路面局部有坑洼一类的问题，就会这样挖掉老旧的表层路面，再用新的材料铺平。

林荫小路约六米宽，旅游团靠右侧走，工人作业范围在左前方，约七米长、三米宽的一个长条范围，眼下范围内的路面已经被挖开了大半，一块块有一定厚度的破碎路面还没被清理运走，仍保持着被撬开的状态，待在原地。四个工人低头全神贯注地作业，对于走过来的旅游团，看也不看一眼。

徐望和吴笙对视一下，而后吴军师回过头朝着自家小伙伴提醒："不管发生什么，不听，不看，不好奇，不围观。"

池映雪回个眼神，表示收到。

况金鑫用力点头。

钱艾出声："懂，就一心跟着领队往前走。"如果说这一关里有所谓的安全地带，那一定是以"不死领队"为中心。

统一了思想,徐望和吴笙迅速快走两步,紧跟到领队身后,另外三个伙伴立刻追随领导步伐。一瞬,五人就成了大部队的第一方阵,距离领队不超过一米半。

很快,大部队和作业工人隔着道路中线,擦肩而过。

徐望绷紧全部神经,就看着领队小旗,一步一个脚印稳稳当当向前走。七米长的作业范围,从头走到尾也没有多少步,但对于高度警惕中的人来说,每一秒都很漫长。终于,他们跟着领队越过了施工区域,眼看前方路面重新宽阔平坦。

"啊!"

"呀!"

"啊——"

身后忽然传来接二连三的惊叫,很近,距离他们顶多两米。

领队头也没回,仿佛没听见。

徐望早有心理准备,就知道好端端的林荫小道出现工作队肯定有问题,所以这会儿一步没乱。但他余光里却发现吴笙在惊叫声起的一刹那,身形一晃。徐望对这个可没准备,心里一揪,刚想出声询问,不料吴笙又稳住了,步伐重新坚定,刚才那一晃就像错觉。

暂时压下疑惑,徐望继续跟紧领队。前方只有领队和两个驴友,剩下的人都在他们身后。身后到底发生了什么,他很想知道,但为了活着,绝不回头。

十几秒后,他们走到林荫小路的尽头。领队忽然停下,转过身来,像是终于想起还带着队伍呢,关切的目光越过他们,瞭望后方。

见领队回头,徐望才敢转动脖子,查看身后情景。原本紧凑的大部队已经分成三部分,一部分就是他们这边跟着领队的第一方阵;一部分是一边看热闹一边往前走的人,因为围观放慢了脚步,所以稀稀拉拉不成队形;还有六位落在最后,应该就是惊叫的那几位,就滞留在工人作业区域,有坐地上倒吸凉气的,有金鸡独立还在叫唤的,反正全都抱着脚在忙活,像是鞋底粘了什么东西。

就在这一刻,地面忽然传来轻微震动,而后一声巨大的"轰隆",整个作业区域的路段竟然塌陷了下去!

徐望眼睁睁看着四个工人连同滞留在附近的六个驴友瞬间被深坑吞没,连一句救命都没来得及叫。塌陷的路面距离他此刻所站的位置只有十几米,而地面的震动并没有随着作业区的塌陷停止,反而越来越强烈。

"不好,整条路都要塌——"距离塌陷区最近的一个驴友"嗷"一嗓子,撒开腿就往前狂奔。

其他驴友见状也开始跑。

领队更快，因为在队伍最前方，一个冲刺已经彻底离开林荫小路，跑上了更开阔的步行街。

吴笙想提醒自家小伙伴不要动，可一转头，发现根本不用他提醒，所有队友都没动，显然已经"经验丰富"。

同一时间，耳内出现提示——

鸦："有人对你使用了＜防＞快乐一刻漂浮术哟。"

所有小伙伴的身体随之一轻，双脚缓缓离开地面。

这是徐望的文具。

就在他们腾空的几秒钟后，整个林荫小路塌陷。除了他们，所有幸存驴友都已经跑出了小路，汇入步行道。

徐望操纵防具，带领队友飘完最后一段路，刚追上大部队队尾，忽然刮来一阵强风。前方楼体外挂着的大型广告灯箱被强风掀落，正砸在队伍前方。第一方阵的五个人，除了最前面的领队，剩下四个全被压到了灯箱底下。

风毫无预警地停了，就像来时一样突然。

嘈杂落尽，世界重归安静。

鲜血从灯箱底下缓缓流淌出来……

五伙伴飘浮在离地二十厘米左右的空中，虽有预料，却依然后怕。如果刚才他们紧跟着领队跑了，现在倒在灯箱下的就是他们自己。

五分钟不到死了十个人，死亡人数上升至十六人。

第五章 难逃

6

沿着步行道飘了十分钟左右，五伙伴和剩余驴友们在领队带领下抵达洗浴中心。

一进洗浴中心大堂，徐望就准备解除防具，毕竟在封闭空间，飘倒不如走方便。可他刚一闭眼睛，还没等凝神冥思，就被吴笙阻止："先别解除。"

徐望觉得奇怪，但知道吴笙一定有自己的理由，便没多问，只稍稍降低飘浮高度，让五个人贴着地面飘，看起来就像跟着大部队走一样。

就这么跟着领队一路进电梯，一直到男浴所在的五层，进入更衣室，徐望才在吴笙的眼神许可下解除防具。

五伙伴终于落地。周遭的几个男驴友，连同领队在内，已经开始脱衣服。

徐望缓口气，想着总算能问问吴笙非得飘着的原因了。不料钱艾和况金鑫都比他快，忍了一路的两位伙伴几乎是同时出声——

况金鑫："笙哥，路面塌陷之前到底发生了什么，你知道吗？"

钱艾："走林荫路的时候那几个到底踩着什么了，叫一嗓子就停那儿不走了？"

徐望抚额，心说后面发生情况的时候，吴笙也没回头，再聪明，总不能后脑勺长眼睛啊。正嘀咕着，他就听见吴笙说："他们踩到钉子了。"

徐望意外地看自家军师："你路过那一段的时候看见地上有钉子了？"

"没看见。"吴笙找了最近的长椅坐下来。

徐望不懂了："那你怎么知道？"

吴笙跷起二郎腿，弯腰脱掉一只鞋，亮出鞋底闪着寒光的钉帽："因为我也踩了。"

池映雪、况金鑫、钱艾："……"

徐望瞪大眼睛："一点儿没扎到脚底？"

吴笙斟酌片刻，说："扎到一点儿。"

"那你不马上脱鞋？！"徐望对这个"一点儿"持极度怀疑态度。

吴笙摇头："任何一个不必要的动作都可能让人分心，从而导致意外风险。"

徐望想揍他，但做的却是扒下对方背包，翻找医药箱。

钱艾凑近两步看着被扔在地上的鞋，鞋里透出来的钉尖绝对不是"一丁点儿"，单是看着，他都觉得自己脚心疼。

池映雪看看鞋里的钉子，再看看面不改色的吴笙，有点儿意外。

况金鑫有点儿担心地道："笙哥，一会儿你找个塑料袋什么的包上，千万别碰水，等离开鸦，你赶紧去扎个破伤风针吧。"

"行。"科学建议，吴笙倒应承得痛快。

"要有个治愈文具就好了。"钱艾烦躁地抓抓头，全队文具不少，治愈类却一个没剩——不是他们浪费，实在是受伤太频繁。

"没事，"吴笙倒不以为意，"疼点儿好，尤其这一关，疼点儿更能让人警醒。"

钱艾："……"

他终于明白为什么人家能当领导了。男人想成功，就得对自己狠一点儿啊。

一进来就开始更衣的男驴友们已经陆陆续续进了洗浴区，更衣室里剩下的人越来越少。

徐望打开医药箱，帮吴笙处理伤口，这边钱艾、况金鑫、池映雪搭不上手，便各自更衣。

钱艾是很喜欢洗澡这项休闲运动的，还没被鸦吸进来的时候，隔三岔五就往洗浴中心走一趟，也不去贵的，就挑住处附近那种规模不大的，买个联票，十几二十块能泡个舒坦。那时候他总惦记着，哪天咬咬牙去个高贵大气上档次的洗浴会所。今天，这愿望实现了，这座鸮内的洗浴中心绝对够豪华够档次，但钱艾一点儿也高兴不起来——洗澡是放松的，可他现在心态已经濒临崩塌，总觉得等下一开花洒，落下来的都是钢针！

生无可恋里，钱艾更衣完毕，浴巾在腰间围好，一抬头，发现池映雪和况金鑫也已经是同样造型。队长和军师那边还没处理完，三人原地等待，于无声里，你看我，我看你，场面有点儿冷。

钱艾已经满脑袋"洗澡途中死亡的一百种方式"了，为转移注意力，他决定和两位伙伴说说话："小雪，看不出来，你还是有点儿肌肉的嘛。"其实也不算是没话找话，因为池映雪一脱衣服还挺让钱艾意外的，典型的穿衣显瘦脱衣有肉，虽然比不上自己雄壮威武，但肌肉线条也是漂亮的。

难得肯定完池映雪，再看况金鑫，钱艾就看不过眼了，一把将对方揽过来，拍拍肩胛，拍拍胸口，越拍越皱眉："小况，你这也太瘦了。"

况金鑫被说得有点儿窘，连忙辩解："我年纪小，还在成长中！"

钱艾乐了，一招他脸："少来，都二十三了，你就是天天喝茶喝的，我和你说多少回了，那玩意儿不能当水喝，刮油，不利于你吸收营养！"

况金鑫："……"

钱艾还想继续教育，胳膊底下的人忽然被池映雪扯过去了。

池映雪没像钱艾那么拍拍打打，就好整以暇地打量况金鑫，由上看到下，再由下看到上，末了也招一把他的脸："挺好的，不用再发育了，"瞥一眼钱艾，他又淡淡补充，"变成他那样就不可爱了。"

况金鑫："……"

钱艾不乐意了："你别扭曲人家小况崇尚阳刚的健康审美。"

池映雪挑眉，问况金鑫："你喜欢他那样的身材？"

钱艾抢答："废话，不然喜欢你的？"

池映雪没理钱艾，就看况金鑫，等本人回答。钱艾也不爱看池映雪，期待的目光同样送到况金鑫脸上。

一路无语的况同学，此刻感觉到了巨大压力。

两秒钟后，况金鑫一个向左转，毫不犹豫向领导们的方向会合："队长，我觉得笙哥可以把一次性浴帽套到脚上防水……"

钱艾不满地瞟旁边人："就一天天跟你混的，都学坏了。"

第五章 难逃

池映雪："……"

五人真正进入洗浴区域时，徐望的飘浮术已经到了时效。快乐一刻飘浮术，果然，快乐很短暂。他本来想再用新文具帮吴笙"脚不沾地"，但被吴笙阻止，因为木黄色的芬兰浴小屋已清晰可见。

"接下来必须百分百专注，一丝一毫的分心都不行，"吴笙说，"别把操纵文具的精神力用我身上。"

芬兰浴室在洗浴区的尽头，温馨的小木屋，此刻远远看着，就像吃人怪兽的嘴。

吴笙环顾四周，不算他们，幸存者还有十六人，八男八女。眼下男浴里，领队和四个男驴友在池子里泡着，另外三个男驴友不见踪影。他又逐一看过了脚下的地砖、头顶的天花板和整个洗浴区可见的管道走线，待全部记住后，才迈步朝着芬兰浴小木屋走。他的步伐很稳，根本看不出受伤，如果忽略脚上套着的塑料浴帽的话。

四个伙伴紧跟在后，转眼就到了芬兰浴小木屋前。芬兰浴没有蒸汽桑拿那种浓密白雾，透过门上的玻璃，木屋内情况一览无余——剩下那三个男驴友都坐里面蒸着呢，且姿势整齐划一，全是身体向后靠，脑袋向后仰，脸上蒙着湿毛巾。

湿毛巾可以让吸进去的空气凉爽些，人也会舒服很多，钱艾以前也总这么干，但此时此刻看着这阵势，就有点儿瘆得慌："都还……活着吧？"

池映雪："死人不会喘气的。"

钱艾定睛观察，确认里面三位朋友胸膛都在规律起伏，这才松口气。

徐望："……"幸亏隔着门，否则那三位驴友能起来围殴他俩。

确认周边没有异常，徐望和吴笙一起拉开小木屋的门，一个握紧把手，一个扶住门板边，让门固定在敞开一半的状态，然后站定在门侧不动，钱艾、况金鑫、池映雪按照事先部署的那样鱼贯而入——找徽章这件事，明着看进入木屋的人最容易遇到危险，但正因如此，外面接应的人才更重要，所以进洗浴中心之前，他们就已经提前做了战术分工。

木屋里一下进来三个人，动静还是不小的，盖毛巾养神的三个驴友纷纷摘下毛巾抬起头，就看见钱艾站在热石旁边，满满一瓢水哗啦全倒到了热石上。水在极高热度下瞬间蒸发，小木屋的热度骤然升高，看不见的热气，扑脸的烫。但这边热气烫，那边门还半开着，飕飕凉空气往木屋里灌。忽冷忽热下，仨驴友终于受不了了，悻悻离开。

芬兰浴小木屋里只剩下他们三个。热气让他们头上、身上冒出汗珠，但没谁在意。三个人，六只眼睛，都在尽可能搜寻木屋内的每一块原木、每一条缝隙、每一个隐蔽角落。

很快，抬头半晌的况金鑫惊喜出声："钱哥，小雪，看上面！"

二人闻言仰头，只见屋顶正中央的灯旁边一个掩映在强烈灯光里的小小光点，正不疾不徐地闪着。

钱艾把手向上伸直，蹦一下，指尖距屋顶还差十几厘米，他又蹦几次，都一样。无奈，他看向况金鑫："你骑我脖子上。"

况金鑫点头，立刻上前，毫不扭捏。这种时候，徽章第一。

钱艾弯腰屈腿，降低高度。况金鑫刚要往他后背上蹿，就听见耳内提示——

鸦："恭喜寻获8/23死亡徽章一枚！"

钱艾和况金鑫愣住，一齐转头。

池映雪仍维持着摘下徽章落地的姿势，朝钱艾微微挑眉："我比你高。"

一米九的钱艾看着一米八七的队友，满头黑线："你说这话亏心不亏心？"

池映雪："跳起来。"

钱艾："……你赢了。"

"咣——"

这一声几乎是叠着钱艾的尾音出现的，就在三人身后，门关上了。

钱艾呼吸一滞，迅速转身，就见木门严丝合缝，门外只剩下吴笙正用力拉门，但拉两下都没动，他就放弃了。

放，弃，了？！钱艾要疯，一个箭步冲过去，大脚朝木门用力一踹。木门纹丝不动。

这种桑拿浴室的门，装修的时候根本没配锁，可现在门就死死关着，仿佛有一股邪恶的力量顶着它，不让它开。

空气变得更烫了，屋内温度正以极不寻常的速度飞快升高。

"吴笙！"隔着木门上的玻璃，钱艾大喊，企图唤醒对方的良知。

吴笙终于抬眼，给了他一个"放心"的眼神，而后默默后退。

钱艾："……"他看到的眼神和吴笙想给的眼神是不是有偏差？！

呼吸已经有些艰难了，每一口气都烫得鼻腔发疼。

"钱哥，"身旁传来况金鑫坚定的声音，"交给我。"

钱艾转头，还没看清队友的脸，整个小木屋就震动起来。震动来得突然，来得猛烈，前后不到三秒，小木屋已被震荡摇晃散架，整个芬兰浴室塌了，成了一堆乱木条！奇异的是每一根热气腾腾的木条都像长了眼睛似的特意避开他们，三人站在废墟里，安然无恙。

吴笙站在废墟外，朝况金鑫赞许一笑。

钱艾回头看自家伙伴。

况金鑫不用他问："武\房倒屋塌。"

钱艾："能控制每一根木条的倒塌方向？！"

况金鑫："和文具的联系建立得足够紧密，就可以控制得更细致。"

钱艾："……"他俩用的是同一套文具体系吗？是吗？！

况金鑫艰难跨出木条堆，喘口气，崇拜地看向军师："笙哥，厉害。"

吴笙摇摇头，很谦虚："大概率而已。"

钱艾看看这俩人，再联系前后情况，好像有点儿明白了，但又不敢相信。吴笙真能分毫不差地预料到危机，并提前嘱咐小况用什么文具？那不成上帝了吗？！

"幸亏只是关门和升温，"况金鑫又说，"要是还有其他，会更难。"

钱艾蒙了："其他？"

"对啊，"况金鑫说，"笙哥预测了意外一条龙，门被关死和热石升温叠加是初级。"

钱艾："那中级和高级呢？"

况金鑫："电灯漏电、木条燃烧、热石失控飞出无差别攻击……总之，一层层意外往上叠加，意外越多越难。"

钱艾转身，正式面对吴笙，五体投地："上帝。"

吴军师低调微笑："大概率而已。"

钱艾："……"

"崇拜完没？拜完了赶紧上楼，领队带人都去休息大厅了。"头顶忽然传来声音。

钱艾、况金鑫、池映雪一起抬头，就见自家队长盘腿坐在上空，依靠着"<防>空中飞人"，也不知道"俯瞰众生"多久了。

吴笙问："锁定了吗？"

徐望眯起眼："必须的。"

第六章 恶 魔
E M O

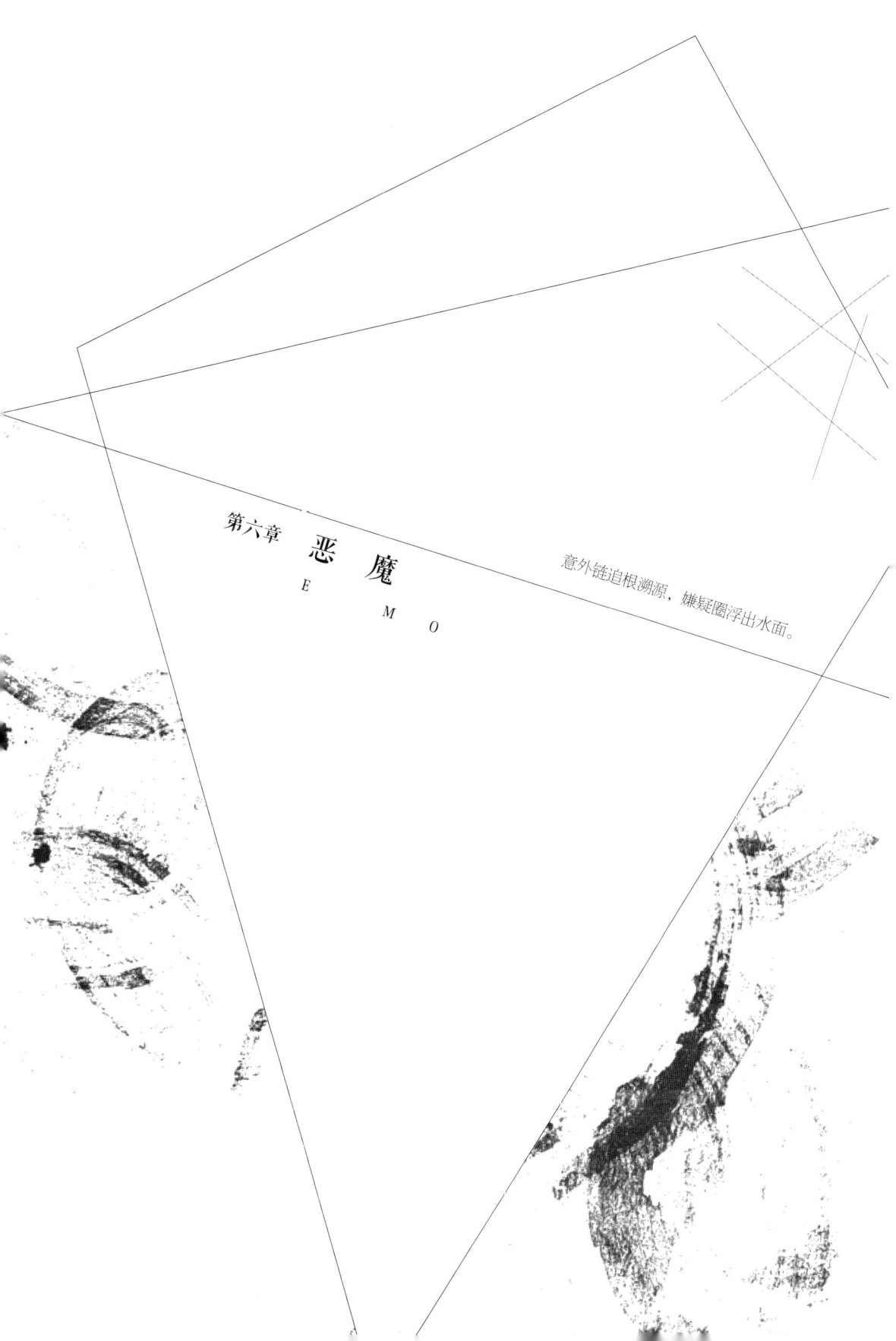

意外链追根溯源，嫌疑圈浮出水面。

1

乘电梯到顶层休息大厅，十六名驴友已全部到此处休息。

大厅里上百躺椅，驴友们分得很散，五人寻了冷清的偏僻角落，方便说话。

一聊，钱艾、况金鑫、池映雪才真正清楚"关门"的前因后果。

说来也很简单粗暴，就两步。第一步，有人不慎摔进浴池；第二步，其他人跑过去查看情况，一窝蜂路过吴笙的时候，有人趁乱撞得他门板脱手。

但早有"大概率"防身的吴军师，在听见有人摔进浴池的时候就启动了战术F，由徐望直接借文具腾空，俯瞰全局，于是清清楚楚看见后续进程，比如"热心人"是怎么随着大部队跑过去的，又是怎么撞的吴笙。

"到底是谁？"钱艾现在前胸后背还红着呢，差点儿被蒸成大闸蟹，十分想找人算账。

徐望抬眼眺望："现在领队旁边那个。"

钱艾随着看过去，领队躺椅边正站着一个男驴友在说话，年纪很轻，也就二十岁左右，和队内一个女驴友是情侣，两个人一路撒狗粮来着。

"他？是恶魔？"钱艾一万个没想到。

"他推的我，"吴笙说，"但是不是恶魔还不知道。"

"不管怎么说，徽章到手了，这一关我们就算完成目标，如果再能交卷，就算赚的。"徐望拍拍三个小伙伴的肩膀，一人一下，"干得好。"

一说到徽章，就想到小木屋，一想到小木屋，钱艾就委屈："打不开门的时候，我真以为要壮烈了，有战术你得提前通气啊。"

"不能确定恶魔有没有窃听能力，"吴笙说，"如果有，并且可以随时改变意外规划，一切部署都白费了。"

况金鑫："笙哥给我们布置战术的时候，也是特别隐蔽的。"

"我……们？"钱艾确定自己听见了俩字儿。

"热石失控飞出无差别攻击，这个意外归我负责。"

钱艾心塞地看向吴笙："所以就我没任务？你就这么信不过我？"

吴笙看向徐望。

徐望叹口气，语重心长地看钱艾："他对你有信心，但对你的文具……"

钱艾醍醐灌顶，立刻阻止自家队长再说下去："别说了，是我考虑不周。"

他的文具，名字再华丽都可能生出坑爹分支，的确不适合拯救自家队友于水火，还是留给敌人吧。

第六章 恶魔

大厅里的人们基本都躺平休息了，撞了吴笙的那个也结束了和领队的聊天，躺到了相邻的椅子上。整个休息大厅慢慢安静下来，在微暗光线里透出一种冷清。

找到徽章是好事，但如影随形的意外死亡和依然没任何踪影的恶魔仍像一块重石，压得人不敢有一秒的放松。

吴笙眉间仍锁着，垂着眼，不知在思索什么。

徐望想问，又怕打扰到他思路，正犹豫，吴笙却抬起头："不对。"

徐望连忙问："什么不对？"

吴笙："芬兰浴室的事情不对。"

钱艾、况金鑫立刻凑近，斜躺眯着的池映雪也睁开眼，眼里哪儿还有一丝困倦。

"门，"吴笙没浪费一秒时间，直接说，"芬兰浴室的门是没有锁的，一道连锁都没有安装的门，关上之后却怎么都打不开，这不合逻辑。"

钱艾无语："在这种关卡里，逻辑什么的就不重要了吧？"

"恰恰相反，"吴笙摇头，"这一关反而是最重逻辑的。"

"没有无缘无故的意外死亡。"徐望接口。

"嗯，"吴笙盯着地面，像是能从地砖的反光里看见过往回放，"之前的每一次意外，都是有逻辑链的，环环相扣,就算过了丁巧合也仍然合理。"他缓缓抬头，目光扫过每一个伙伴，"但一个没有锁的门无缘无故就打不开了，说不通。"

"要说到关门……其实我也觉得奇怪……"钱艾挠挠头，话说一半，欲言又止。

徐望意外："你也想到了？"

"不是，"钱艾连忙摇头，他要懂对比什么逻辑链，那八成是被魂穿了，"我是说浴室门被关上的时候，我突然有一种很诡异的感觉。"

"怎么个诡异法？"吴笙看过来，认真问。

"就……凉飕飕……阴森森的……"钱艾绞尽脑汁，也不知道怎么才能形容得更具体，"像有什么东西进小木屋里了，但又看不见摸不着……"

"什么性质的东西？"吴笙索性给他选择，"阳光？邪恶？灼热？寒冷……"

还没列举完选项，就被钱艾打断了："邪恶，绝对是邪恶啊！"

"你的'正气护体'呢？"吴笙忽然问了个风马牛不相及的问题。

钱艾一怔，下意识去感应这个防具，但很快，他变了脸色："没了。"

"防具没了？"徐望皱眉，"时效到了吧？"

钱艾摇头："不是，我自己的文具我清楚，绝对没到时效。"

"错不了了。"吴笙了然似的点点头，"关门那一刻，就是恶魔在用他的能力，一种可以作用于这个关卡里所有物体上的邪恶操纵力。"

徐望恍然："正邪相克，他把老钱的正气护体消解掉了！"

"可是之前那么多次意外都没有这种感觉啊。"钱艾的脑子已经乱了。

吴笙："之前他只需要推一下，剩下的都是被作用物体的惯性反应。比如花盆落下、地面塌陷，一旦'落'和'塌'启动，他的力量就可以撤了，这是个瞬时作用，足以快到让人毫无察觉。"

"但芬兰浴的门不是。"钱艾终于听明白了，"他需要一直用自己的力量关着门！"

况金鑫也懂了，但还有一件事想不通："之前的每一次意外，他都隐藏得很好，为什么这回非要关一扇没有锁的门呢？"

"因为芬兰浴室不是他既定的意外死亡点。"回答的是徐望。理逻辑他不行，但聊到这里，再不懂他这个队长真就白当了。

找徽章是每支队伍自己的事，找或不找、去哪里找都是随机的，就算退一步讲，他们一进这关，恶魔就知道了他们要去芬兰浴室，然后在既定旅游线上增加了洗浴中心的环节，相比固定路线上那些不知道害死多少"同行"的意外死亡点，芬兰浴室的死亡陷阱仍然是仓促上马的。仓促，就一定有瑕疵。

"这是他第一次露出破绽，让我们感觉到了他的存在，"吴笙的目光越发沉稳，"但绝对不是最后一次。"

徐望精神一振："你有思路了？"

吴笙看向他："纵观我们在各关遇见的所有NPC，力量的使用都有一个距离和范围的限制。"

"当然，"徐望说，"要是隔着十万八千里都能攻击我们，那别闯关了。"

吴笙："落到这一关，还有再增加一条。"

徐望："什么？"

吴笙："他必须能够看见意外现场，并紧盯整个意外进程。"

是的，环环相扣的意外想做到那样严丝合缝，光在现场还不够，还要离得够近、盯得够紧，才可能把每一环的时机卡得那样准。

"这敢情好啊，嫌疑人直接砍掉一半！"钱艾总算看见了曙光。芬兰浴室在男浴区，自然所有幸存女驴友都不在这一意外现场。

"那也还剩八个。"池映雪抬头，瞥一眼休息大厅挂着的时钟，"快三点了。"

吴笙："不是八个。"

池映雪疑惑看他。

吴笙却不再言语，他手抵额头，闭上眼。这一关从开始到现在，所有发生过的意外走马灯似的从脑内过。飞速过一遍之后，他截取出每次意外发生的瞬间，逐一定格，花盆未遂＋菜刀砍头、瓦斯爆炸、跑车撞人、地铁夹门、餐厅叉子戳眼、地面坍塌＋广告牌坠落、芬兰浴室。每一次意外现场就是一张幻灯片，七个现场七张幻灯片，一张张叠加，滤掉缺席者，锁定全勤者……

第六章 恶魔

池映雪看不见吴笙帅脑内的思维殿堂，只能看见吴笙正襟危坐，双目紧闭，嘴唇微张，默念有词，且眼睛闭得也并不安稳，眼皮底下可见眼珠极速游移，像被什么不祥的恶灵附体。

抿紧嘴唇，池映雪默默转头看向旁边，却发现徐望、钱艾、况金鑫的神态都十分自然。

视线对上，况金鑫贴心解释："笙哥在最强大脑。"

池映雪："……"每个字都懂，连起来，茫然。

"哎，不需要理解，"钱艾一拍他，"你跟着我学，虔诚仰视就行。"

池映雪："……"

说话间，吴笙霍地睁开眼。

徐望立刻问："怎么样？"

吴笙："符合条件的，四个人。"

钱艾．"谁？"

吴笙："领队。推我的人。背包客。异地恋。"

钱艾："……"

况金鑫："……"

池映雪："……"

徐望："能说再具体一点儿吗？我们是普通人……"

随着吴笙的指引，四伙伴终于将嫌疑人们逐一锁定。

领队不用多说，推吴笙那个小伙大家也认识了，剩下的就是背包客和异地恋。

吴笙："第二排左数第四张躺椅，在旅行团里是牛仔帽、皮夹克、登山包，没朋友，不说话，独来独往，只和领队简单交谈过……第三排左数第十一张躺椅，在旅行团里是卫衣、牛仔裤，拿的××手机，5.5英寸屏，全程30%的时间在和女友视频，40%的时间在发信息，女友在国外学习，年内回来。"

四个小伙伴："……"

吴笙："还有疑问？"

况金鑫："笙哥，他们现在穿着浴衣……"

钱艾："看起来全都一个样。"

徐望："我以为你只是记忆力好，偷窥力也很可怕啊。"

吴笙："……观察力，谢谢。"

表面端庄、心里已经有点儿飘的吴军师转头看向一直安静着的池映雪，用眼神示意"可以开始你的表扬了"。

池映雪定定地看了他半晌，眸子里罕见地闪过一丝羡慕："你走路这么不专心，都没中招？"

吴军师被崇拜的幸福感，夭折在池映雪简单朴素的询问中。

徐望赶紧转移话题，帮自家军师维护形象："接下来我们该怎么办？"

这就问到吴笙最擅长的领域了，他眼里立刻重又燃起睿智火光："找源头。每一桩意外都像蝴蝶效应一样，按照逻辑常理一步步发展，但蝴蝶最初扇动的那一下翅膀，一定是恶魔起的头。"

钱艾问："怎么找？"

吴笙抬眼，目光落在远处芬兰浴室门前推他的年轻男人身上："从人开始。"

一共七个意外现场，还存在相关人员的，只剩下餐厅和芬兰浴室。餐厅吵架的两个姑娘又正好是上一个路口跑车冲撞的幸存者，但现在她们和另外两个姑娘做SPA(源于拉丁文Solus Par Agula，意为水疗、按摩)去了，大厅里唯一剩下的突破口，就只有推他那位。

正好，吴笙都不用费劲想搭讪理由了。

通常闯关涉及"沟通"的时候都是徐望去，但这一关不同，吴笙必须掌握第一手情况，包括沟通者的反应和其他一些细节，谁也代替不了。

独自起身，吴笙直接朝那人的方向而去。

四伙伴原地没动，怕人太多了不利于"聊天"，但都紧盯着，以便情况不对随时策应。

很快，吴笙到了年轻男人的躺椅旁边。

男人正躺着看电视，见旁边忽然多了个人，疑惑地转过头来："怎么了，哥们儿？"

吴笙在相邻的空躺椅上坐下来，客气道："你刚才撞到我了。"

年轻男人皱眉摘下耳机，又不确定地问了一遍："什么？"

"刚刚在洗浴区，你跑的时候撞到我了。"吴笙又详细说一次。

年轻男人想了下，反应过来后连忙坐起，一脸不好意思："嗨，那时候啊，净顾着救人了，没注意，你还好吧？"

"我没事，"吴笙说，"但你这一撞，浴室门关上打不开了，我朋友差点儿闷死在里面。"

年轻男人越听越懊恼，一个劲儿道歉，从神态到语气都看不出什么破绽。

"算了，"等对方道歉词儿快用尽了，吴笙才做出一副释然样子，"要不是他摔浴池里，你也不会撞到我。"

"话不能这么说，他也不是故意掉里面的。"年轻男人还挺厚道地帮落水者说话。

吴笙没接茬儿，朝他笑笑，很快找了个由头告辞，转身就去了后面一排的末尾——落水的男人就在那里。那是个一头飘逸秀发的小伙，不在吴笙圈定的四个嫌疑人里。

"为什么落水？"小伙本来就对吴笙的突然搭讪很茫然，听见这开场白更莫名其妙了，"还能为什么？就踩空了啊。"

"洗澡是一项很危险的活动，怎么这么不当心？"吴笙语气沉重，想努力表现出一些诚挚的关心。

但听在小伙耳朵里就怪怪的，语气更冲了："我让人甩了魂不守舍行了吧，和你有屁关系！"

吴笙眼底一闪，知道自己要抓到一些东西了："旅行团里的姑娘？"

小伙垂下头，飘逸秀发跟着一起垂下去，良久，小声咕哝："不是姑娘。"

吴笙："……"

这位没否定旅行团，倒把性别否了。

还没等吴笙问，小伙就幽怨地抬起头，似有若无地瞟了某个方向一眼。吴笙顺着他的方向望过去——领队已经从躺椅上坐起来，正满地找拖鞋。

"你们在谈朋友？"吴笙看着小伙一头秀发，再看看领队模糊的五官，实在看不出任

第六章 恶魔

何CP（Coupling，表示人物配对的关系）感。

"不是……"小伙低头，有点儿羞涩地玩手指，"我单恋他……"

行吧，开心就好。不过"单恋"就是还没恋，没恋怎么甩？

"我没忍住，给他发信息了。"小伙知道吴笙要问什么。

"然后呢？"

"然后他就在回复信息里拒绝了我……"小伙撇撇嘴，眼圈还真红了。

吴笙被勾起了曾经酸涩的记忆，叹口气，发自肺腑道："能把信息给我看看吗？说不定里面有什么误会呢……"

"误会"两个字让小伙重燃希望，迅速把手机交给吴笙。

信息里的聊天只有两次，都很简单。

第一次是上午——

领队：集合了，帅哥。

小伙：？

领队：别傻傻地笑了，就说你呢。

小伙：我帅？

领队：帅得很。

第二次是中午——

小伙：我想，我可能喜欢上你了。

领队：你再好好地想一想吧。

小伙：真的，我是真的喜欢。

领队：那抱歉，我是真的不喜欢。

话没几句，浏览一遍很快，但吴笙看了有一会儿。

先撩的是领队，到头来拒绝的还是他，实在很可疑，但就是太可疑了，反而没真实感。就像认真准备了多时的高难度考试，一发卷，全是初级题，实在让人不踏实。

"笙哥，"况金鑫一路小跑过来，"集合了。"

八男八女十六位驴友加徐望小分队，齐聚休息大厅门口。

领队看一下表："现在是下午三点半，给大家半小时换衣服，我们四点整楼下门口集合。"

吴笙还没来得及和队友们说刚才聊来的消息，此刻紧盯领队，试图从他身上发现一些端倪。

电梯抵达顶层。

这么多人肯定要分两次下去，领队很自觉退到后方。

不知道是不是为了避免尴尬，秀发飘逸的小伙一马当先挤到电梯前。

电梯门缓缓打开。

最前方正中央的一对情侣先进，可刚一踏入就直接踩空！秀发飘逸的小伙和另外一个姑娘紧跟在他俩身后，没来得及刹车，也跟着踩空掉了进去。电梯井里接连传上来重物坠落的闷响。

跟在这四人身后的就是钱艾和况金鑫。他俩一个死扒着门框，一个被池映雪揪住了浴衣，惊险逃过一劫。

好事的驴友们扒门框往下看，电梯根本没上来顶层，还停在一楼，四人叠罗汉似的摔在轿厢顶上，身体扭曲成诡异角度，无一生还。最后跌落的就是小伙，两分钟前还在和吴笙聊天的他瞪大眼睛，望着空洞洞的电梯井，也望着最上方探头看热闹的人。

鸮时间16：00，死亡人数上升至二十人，旅游团还剩六男六女。

2

换衣服的时候，吴笙悄悄把聊来的信息告诉了几个伙伴。

徐望和况金鑫的感觉与吴笙相同，怀疑领队，又没办法踏实相信真的是他。

但钱艾不走寻常路，趁着领队换好衣服离开，凑到吴笙身边嘀咕："有没有可能恶魔就是他，答案就是这么简单，只是我们把问题复杂化了？"

"有。"吴笙说，"所以还要理餐厅那条意外线，如果源头还是他……"

钱艾一握拳："那就没跑了！"

徐望看向吴笙，就说了两个字："要快。"

吴笙点头："知道。"

刚问完那个小伙，小伙就死了，谁又能保证那俩姑娘能活多久呢。

"接下来我们去市郊，欣赏一下青山绿水……"

洗浴中心门前已有一辆老式大巴车在等待，看着像报废公交车改的，没空调，窗户还是可以手动打开的那种。

领队带着幸存十一人和徐望小分队上车。

五伙伴左看右看，不约而同避开车头和车尾，挑了中部座位。徐望、吴笙坐一起，隔着一个过道，是仨人挤俩座的池映雪、钱艾、况金鑫。

徐望一言难尽地看看队友们："不挤吗？"

钱艾："暖和，有安全感。"

第六章 恶魔

徐望看着座位最里面脸色十分阴沉的池映雪，总觉得"安全感"三个字摇摇欲坠。

大巴发动，缓缓汇入大道，司机是个中年男人，开得很稳。

吴笙微微起身，回头，餐厅里吵架的两个姑娘坐在最后一排，眼下她们已经重归于好，正半开着窗户，吹着风嬉笑。

"小心。"徐望说。

吴笙握了握他的手，微笑："遇上我，这话你该提醒恶魔。"

徐望翻个白眼，甩掉他的手："赶紧走。"

"为什么吵架？"两个姑娘看着不请自来的吴笙，一脸茫然，"这事儿和你有关系吗？"

吴笙："和一直死人有关系。"

姑娘奇怪地看着他："旅行就一定会死人啊，关我们吵架什么事？"

旅行就一定会死人？吴笙皱眉，这是这一关NPC的出厂设定？如果这样的话，他们对于接连不断的意外泰然处之倒合理了。

"或许旅行会死人，但餐厅里我朋友差一点儿出事，你们脱不了干系。"吴笙改变打法，顺着她俩的思路来，承认旅行意外，但就徐望在餐厅差点儿被叉子伤到这件事，咬定两个姑娘必须负全责。

果然不出吴笙所料，两个姑娘和先前聊过的那个小伙一样，性格都很简单，一听吴笙说得有道理，的确是自己吵架、泼水引发了后面的事故，便有点儿愧疚，关于吵架的缘由也就和盘托出了："其实，我俩喜欢上了同一个人。"

吴笙："让我猜猜，不会是领队吧……"

两个姑娘猛然抬头："你怎么知道？！"

吴笙："……"

"不过后来我俩认清他渣男的真面目了！"姑娘忽然又道。

吴笙嗅到线索气息，赶忙问："怎么认清的？"

两个姑娘一起拿出手机："在餐厅时我俩都以为对方是第三者，后来一对手机信息才知道，从一开始他就脚踏两条船！"

吴笙在车尾查手机，徐望在中部，时不时回头看一眼，全程高度警惕。

大巴已经开出市区，窗外景色变得宜人起来，蓝天白云，鸟语花香。几乎所有旅游团成员们都打开了窗户，吹着小风，欣赏美景。四伙伴执着地紧闭车窗，系好腰上安全带，无论什么美景都不为所动，坚定得宛如革命战士。

大巴来到一处铁路道口前，横杆高高抬着，没有火车要来的迹象。大巴顺利驶入，司机也减慢了速度，但轮胎碾压轨道难免有些许颠簸。不料这一颠，震掉了一个举着自拍杆伸出窗口拍美景的姑娘的手机，只听"啪"一声，自拍杆还伸着呢，原本卡着手机的位置已空空如也。

姑娘连忙喊："师傅，停车，我手机掉了——"一边喊，一边收回自拍杆，探头往下看，生怕轮胎把手机碾轧到。

徐望一看她探头出去就觉得不好，刚要提醒小心，迎面就来了一辆同样过铁道口的大卡车。卡车速度极快，剧烈颠簸里擦着大巴呼啸而过！那姑娘来不及躲，头直接被卡车撞上，巨大的力道将她整个人带出车窗，她几乎是飞出去的。

一切发生在瞬间，卡车越过铁道，极速而去。姑娘落到十几米外的地上，汹涌的鲜血从脖颈喷出，染红了铁轨。

大巴司机吓得一脚刹车，熄了火。

钱艾一惊："师傅你别停啊，这是铁道！！"

然而大巴司机根本听不到，他哆哆嗦嗦打开车窗，脸色惨白地看着不远处的尸体，整个人都吓傻了。

"叮——叮——叮——"

铁道信号灯开始闪红。远处已传来火车声。

跑还是不跑，这是个问题。跑了，说不定恶魔就等着你下车，一下车就来个杀招。不跑？火车来了也是死。

窗外，已经能看见呼啸而来的火车头了！

"还愣着干什么，下车！"吴笙快步走回来，当机立断。

他这话音一落，小分队还没动，大巴里的驴友们先乱了，纷纷起身，有的直接从车窗往外爬，有的则跑到车前咣咣拍门，嚷着让司机打开。

吴笙打开徐望的安全带，一把将人拉起来，那边钱艾、况金鑫、池映雪也已经站起。大巴车门已经被摸到开关的驴友按开了。五伙伴正往前去，坐在车尾的两个姑娘还有另外一对情侣也已经跑过来，嫌他们速度慢，便着急忙慌往前面挤，你挤我拽，反而速度更慢了。

"一个一个走，来得及！"徐望赶紧大声道。

可那几个人置若罔闻，像着了魔一样，说是往外逃，更像是想扯着他们同归于尽。

五伙伴不再客气，使尽浑身解数，终于把他们甩到身后，快步往前冲。门口近在眼前，可火车也到眼前了，就差那么几步！

鸦："有人对你使用了＜防＞狡兔三窟哟。"

脚下一空，五伙伴忽然跌入地下空间，头顶是透明地面，只见火车"轰隆"一声将大

第六章 恶魔

巴顶飞，压着透明地面疾驰而过。大巴落地，再次发出巨大声响，几乎震动地面，而后又往前滚了几圈才停住。

徐望心有余悸，环顾"狡窟"内四伙伴。池映雪举起手，自动认领功绩。

徐望欣慰地拍拍他肩膀："回去给你记一功，绝对要记一大功！"

况金鑫抬头打量透明地面，还是没想通怎么就直接掉进来了。"狡兔三窟"这个文具他也有过，在红眼航班的时候用的，当时想入狡窟，必须要自己爬下来的。

火车完全驶过，道口红灯重新熄灭。五人爬出狡窟，整个道口满目狼藉。幸存的驴友们狼狈聚在道口外，还有一瘸一拐的，应该是跳窗时没跳好。最后关头扯着他们的一男三女都没逃出来，和司机一起躺在大巴车的残骸里，成了五具尸体。

太阳开始往下落了。

幸存者只剩七人，五男二女。

五个男人中的三人——领队、背包客、异地恋——都是吴笙之前锁定的嫌疑对象；剩下两个男人是搭伙出来旅游的大学同学；还有两个姑娘，是结伴出来度假的闺蜜。

领队拍拍逃命时蹭的满身尘土，长呼口气："车没了，接下来的路就要我们自己走了，幸好没剩多远。"他指一下身后，"看见那个红色屋顶没，那里就是了。"

驴友们怨声载道，但也别无他法，一行人只能跟着领队，步履蹒跚地往前走。原本"欣赏青山绿水"的环节也提前结束，进入"我只想快点儿到山庄里休息"阶段。

吴笙走在队伍最后，一抬眼，就能看见所有人的状态——背包客仍跟在领队身旁，孤独而沉默地前行，偶尔举起单反拍一拍，像沉浸在自己世界里的艺术家；异地恋又在噼里啪啦按手机，不知道是不是和女友通报刚刚的惊险；领队脸上已经没了轻松，小旗也不举了，拖着疲惫步伐往前走，走几步就叹息似的喘口粗气；那一对男同学你推我拍你地打闹着，依然充满朝气；那一对女闺蜜低声交谈着，偶尔盈盈浅笑，可爱烂漫。

夕阳将他们的影子拖得长长，就像一条条难解的暗码。

3

山庄到了。

这是一栋三层的乡间别墅，楼建得古朴，院墙也设计得颇有野趣，但小伙伴们已经无暇欣赏。

进院的时候，钱艾看了看天，有点儿忧心地提醒："班长，太阳可马上就要落了。"

"嗯。"吴笙应了一声，表示听到。

钱艾心焦："别光'嗯'啊，到底是谁，你心里有数没？"

时间一到就要做出选择了，虽然人剩下得不多，但七选一也有难度啊。就算只考虑吴笙怀疑范围内剩下的三个，三选一对的概率也只有 33.3%……

"直接问就行了。"吴笙说。

钱艾愣住："直接问？"

一直等着自家军师部署的徐队长也惊讶，低声道："问领队？"

吴笙点头："既然所有嫌疑都指到他身上，问他是最直接的。"

钱艾满头黑线："如果他真是恶魔，怎么可能告诉你实话？"

前面，领队已经用藏在窗台底下的钥匙打开独栋小楼的大门，带队进入玄关，回头张望清点人数，见他们几个还在一进院的地方，便大声招呼："快点儿进来啊，站院里干什么呢？"

吴笙抬眼看着领队的方向，淡淡道："说不说实话，是他的事，找不找得到破绽，是我的事。"

钱艾："……"

况金鑫："……"

池映雪："……"

徐望低下头紧盯地面，专心替自家军师防备再踩钉子或者其他什么危险陷阱——一个成功的逼格精英背后，总要有一个默默付出的男人。

进玄关时，池映雪破天荒地问："我们需要做什么？"

徐望挑眉，这是他第一次主动要任务。

吴笙本来也要部署的，闻言直截了当道："别再让任何一个人死。"

池映雪歪头，眼中闪过不解，口头上却只是再确认一次："所有人？"

吴笙："嗯，所有人。"

钱艾闹不明白了，他们自己不能死是当然的，但还要保护旅游团的人别死，这是什么路数？旅游团的人死得越多，剩下的人越少，恶魔不就越明显吗？极端一点儿的情况，日落的时候只剩一个人，那恶魔是谁都不用推理了。

没等问，吴笙已朝客厅中央的领队走去。

钱艾茫然地转头看徐望。

徐望："你没发现吗，我们怀疑谁，谁就死。"

钱艾仔细回忆，将关卡开始之后的每次意外逐一往卜捋，还真是——怀疑厨子，厨子被菜刀劈死了；刚问完餐厅泼水吵架的两个人，然后就出了事；火车来的时候，和他们挤着影响逃生速度的那对情侣也十分可疑，结果下一秒就成了尸体。

"现在幸存的任何一个人身上都可能藏着重要线索，"徐望说，"不能再断了。"

队长这么一讲，钱艾就完全明白了，但他忽然意识到自己还什么都没说呢："你怎么知道我要问什么？"

"要是连你想问什么都不知道，怎么当队长。"徐望潇洒一笑，骄傲转身，策应吴笙去也。

留钱艾一人在原地，颇为感慨："队长就是队长啊。"

况金鑫站在旁边围听全程，一时犹豫该不该告诉钱艾真相。为什么队长会知道钱艾想问什么？因为同样的问题，几分钟前领导们秘密讨论接下来的战术的时候，队长就问过军师了。刚才队长给钱艾的答案，就是军师给队长的答案，原文照搬。

"今天晚上我们BBQ（Barbecue，意为户外烧烤），都忙活起来，你穿肉串，你洗蔬菜，你烧炭去，你……你之前说你擅长什么来着？"

"秘制炸鸡！领队，不是和你吹，我就是一个被学业耽误的大厨！"

客厅里，驴友们已经嗨起来了，纷纷撸胳膊挽袖子，准备为晚上的烤肉盛宴贡献一份力量。厨房就在客厅的尽头，是开放式厨房，吴笙过去的时候，领队已经带着几个人忙活起来了。背包客坐在旁边吧台的高脚椅上翻看单反相机拍的照片，异地恋则难得放下手机，帮着准备炸鸡的大学生翻冰箱。

"哟，你也准备露一手？"领队正往破壁机里塞猕猴桃，准备榨果泥，见吴笙过来，笑着调侃。

吴笙没时间再绕圈子，开门见山："你到底撩了多少人？"

领队一怔，把刚刚拿起的猕猴桃块重新放回碗里，莫名其妙看他："你说什么呢？"

吴笙："洗浴中心一脚踩空差点儿溺水的小伙是因为被你拒绝所以魂不守舍，餐厅里互相泼水的两个姑娘也是因为你吵架。你主业是领队，副业是情圣？"

"你先弄一下果泥。"领队把榨汁工作让给旁边一个女驴友，擦了擦手，然后才皱眉看吴笙，"你有病吧？"

吴笙不语，只静静看他，一直静静看，直到看得领队发毛。

"是，"领队实在扛不住，承认，"我是脚踏两条船，但只有姑娘，哪儿有小伙？你不能因为我花心，就什么黑锅都往我身上扣吧？"

"给小伙发短信的不是你？"

"发什么短信？"

"两次，一次你提醒他'帅哥，集合'，一次他说喜欢……"

"领队——"旁边突然来的撒娇式呼唤打断了吴笙的话,也一下子拉过领队的注意。

"怎么了,怎么了?"领队几乎是瞬间过去,那叫一个殷勤。

叫他的就是刚刚接替他打果汁的姑娘,她噘嘴道:"破壁机不动了,我都说了别切那么大块……"

"猕猴桃那么软还什么大块小块,你就是整颗放进去也不可能打不动,我看看……"领队说着就要去掀破壁机的盖子。

吴笙忽觉不妙:"别动!"

然而还是慢了一步。

打开盖子的瞬间,机底刀片忽然重又高速转动起来,绿色的果泥一下子溅了领队一脸。他咒骂一声,刚要去擦满脸的绿色果肉,机底刀片却越转越快,顷刻间竟失控脱落,直接飞出打到了他的眼睛上。

"啊啊啊——"领队捂着鲜血淋漓的眼睛后退,身后正在炸鸡的小伙吓傻了,本能躲开,露出正在炸着鸡块、翻滚冒烟的油锅!

吴笙想上前去拉人,可被吓着往旁边躲的众驴友正好封住了他的路线。眼看领队就要撞翻油锅,吴笙几乎可以脑补出后面的发展——油锅倾覆,大火燃烧,领队要么直接被热油烫死,要么被烧成火人,根本没有任何活路。

千钧一发之际,池映雪忽然出现——吴笙都没看清他是怎么从另一侧蹿进来的。只见他一个果断冲撞,原本向后倒的领队被他撞得飞向吴笙的方向,重重摔在了吴笙身前那一堆躲在那儿的驴友身上。而后他一个转身,干净利落关掉灶火。

一旁待命的况金鑫立刻戴上隔热手套,把整个油锅端到山庄门外,将之驱逐流放在凉风里。

钱艾则拔掉厨房里所有电源,顺带还没收了菜刀、开罐器、红酒开瓶器等一系列危险物品。

"急救箱,快找急救箱。"一个姑娘终于反应过来,扶着惨叫的领队焦急道。

"都别动!"徐望喝止众人乱跑,直接把自家急救箱提供了出来。

姑娘给领队受伤的眼睛进行简单包扎,其实起不了什么治疗作用,顶多止血罢了,再加一点儿心理安慰。

吴笙不忍心在这个时候继续查对方,但时间不等人,窗外山头上只能看见半个太阳了。沉吟片刻,他轻轻上手摸对方的口袋——疼痛中的领队并无察觉。很快,他就把对方的手机摸出来了,又迅速拿着对方的手指来了个指纹解锁,打开信息记录——撩那两个妹子的都有,但和小伙的信息的确一条没有。

第六章 恶魔

不过抛开小伙那条意外线不谈，两个妹子在餐厅泼水的意外线，源头板上钉钉是领队，按照"蝴蝶扇动的第一下翅膀，必然是恶魔触发的"理论，恶魔就该是领队。可眼下明明是一个"灭口未遂"的现场，足以证明恶魔不是领队，这就矛盾了……

"你拿我手机干吗！"领队后知后觉，隔空嚷起来。

吴笙见他还有力气冲自己喊，多少放下点儿心，思绪一动，忽然抬头说："我在查是谁捅破你脚踏两条船的事。"

领队勃然而怒，顾不上疼，挣扎着爬起来："我就知道是有人害我！我还纳闷儿呢，好端端怎么一个两个都找我来对质了，还说我把发给对方的信息错发给了她，连名字都叫错。天地良心，我从脚踩两条船开始就防着这事儿，从来没在信息里喊过任何一个人的名字！"

吴笙："……"

徐望："……"

池映雪："……"

况金鑫："……"

钱艾："你还挺骄傲是咋的！！！"

4

事情很明显了，小伙的信息是有人假装领队发给他的，而两个姑娘餐厅事件的源头不是领队脚踏两条船，是有人捅破了这件事。

可小伙和两个姑娘都已经死了，再怎么猜，都不可能找他们去印证。

太阳已经落下 4/5，再一小会儿，天就全黑了。

把领队的手机还回去，吴笙的视线扫过所有人——围观领队包扎的两个大学好基友和一个女闺蜜，以及围观间隙还不忘掏出手机看看的异地恋和正帮着另外一个女闺蜜共同给领队包扎的背包客。

"把你们的手机都拿出来，我要查信息。"

六个驴友全不干了："你凭什么查我们手机？"

"就凭我都这样了还被查！"领队一拍沙发，染血的纱布让他的发言非常有震慑力和说服力。

六部取消锁屏的手机不情不愿被上交，吴笙把它们在茶几上一字排开，逐个查看。四伙伴凑过来跟着一起看，未必真能瞧出什么端倪，但给自家军师造造势也好。

两个男大学生的手机信息，基本都是发给对方的——

A：那俩妹子怎么样？

B：庸俗。

A：不庸俗啊。笑的多甜啊。

B：我说你庸俗。

A：……

A：真想做一只小鸟啊。

B：快乐的飞翔？

A：体重轻。

B：你一个大老爷们儿，能不能不要整天想着减肥……

两个女闺蜜的手机信息，基本都是发给领队的——

领队：能给我一个机会吗？

C：你撩妹撩的太套路了。

领队：是你先撩的我辗转反侧。

C：我？

领队：集合时你冲我笑了，然后我就牙疼了。

C：这和牙疼有什么关系？？？

领队：你长的太甜了。

……

领队：你手机有导航吗？帮我找一个地方。

D：哪里？

领队：你心里。

D：麻烦你用团成一个团的方式，圆润的离开。

领队：我可以滚，但我怕以后没人帮你捡眼泪。

D：旅行团费用的余款我不付了。

领队：？？

D：当精神赔偿费。

领队：小姐姐，我错了 [抱大腿哭]

背包客手机里没有任何信息。

异地恋的手机里，自然都是和女朋友腻歪——

异地恋：宝宝，我想你想的发疯。

女朋友：我也是，嘤嘤嘤。

异地恋：宝宝，这个旅行团一直在死人，我怕怕。

女朋友：摸摸，旅行哪有不死人的，不怕，我守着你。

异地恋：宝宝……

吴笙的浏览速度太快了，除了向来仗着"语文"走天下的徐望，其他人都是刚看个开头两行就被下滑，再看两行又被下滑，连个完整情境都没读完。但就这样，他们还是被最后一个异地恋的聊天记录给镇住了——不用多，就看两行，恋爱的酸臭气就能让人窒息。

不过眼下不是羡慕嫉妒恨的时候，太阳马上就要落山了，唯一寄托希望的手机查证又是一无所获。至少从这几个人的聊天记录里，徐望看不出任何破绽或者线索。

吴笙放下最后一部手机，拿出自己的手机，打开便签，飞快打字。

"这是？"徐望看着他在自己的便签里输入奇怪对话，不解地问。

吴笙头也没抬："聊天记录。"

徐望问："谁的？"

吴笙答："说领队给他发信息的那个人。"

那个小伙在给吴笙看完信息之后就跌落电梯井死亡，除了吴笙，没有任何小伙伴再看过他的信息。从打字速度就能看出来，吴笙早把这些清晰刻在脑海里。他进行思考，脑内就可以，非把这些聊天记录打出来，徐望知道是打给自己看的。

聊天记录一共两段，都很短——

领队：集合了，帅哥。

小伙：？

领队：别傻傻地笑了，就说你呢。

小伙：我帅？

领队：帅得很。

小伙：我想，我可能喜欢上你了。

领队：你再好好地想一想吧。

小伙：真的，我是真的喜欢。

领队：那抱歉，我是真的不喜欢。

随着吴笙打完最后一个字，徐望眼睛忽地眯了一下，速度极快，像捕捉到了某些讯息。他连忙又把茶几上那一排手机拿起来，挨个儿过了第二遍，一边看，一边和吴笙便签里的信息作对比。

"有想法了吗？"吴笙耐心等他全部比对完才问。

徐望放下最后一个异地恋的手机，转头看吴笙，若有所思："你已经看出来了，是吗？"

吴笙勾起嘴角，就像每次考试前那般胸有成竹："我需要你的肯定，语文课代表。"

徐望莞尔，末了郑重点一下头："课代表给你盖章认定。"

三个小伙伴看得一头雾水，外面太阳终于在山后湮灭最后一丝光。

"叮——"

小抄纸："请在5分钟之内选出一人，指认恶魔。指认机会只有一次，倒计时结束，会公布指认是否正确。倒计时开始。"

徐望定定地看着吴笙。仨伙伴也不由自主正色起来。

旅游团的七个人似感觉到气氛不对，纷纷目露疑惑。半躺在沙发上的受伤领队直接问出声："怎么了？"

吴笙静下心，抬起头，目光缓缓扫过所有驴友，最终抬起手，牢牢指向一人："你就是恶魔。"

——背包客。

钱艾、池映雪、况金鑫傻眼，这位老兄全程就像不存在一样，没任何作为，但同样也没任何可疑啊。

旅游团剩下没被指认的六个人也蒙了，完全搞不懂吴笙在说什么。

背包客淡然地看着吴笙，语气平静，连疑惑都疑惑得有条不紊："什么恶魔？"

吴笙的指认只用了不到十秒，五分钟的倒计时仍在继续，足够给背包客和所有人一个明白。

"制造这一切意外的恶魔。"吴笙说。

事关自己，领队的思考瞬间提速："就是这个王八蛋害我翻船的？！"

钱艾捡起他的手机没好气地撇过去："就你一下撩四个，不翻船天理难容！"

背包客歪头，笑了："我制造的意外？你有证据吗？"

所有人立刻看吴笙，等着这位站姿潇洒、神态从容的名侦探啪啪打背包客的脸。

吴笙也笑了："没有。"

驴友团："……"

小伙伴："……"

徐望坐到单人沙发里，身体优哉向后靠，等着自家军师把恶魔按在地上摩擦。

"没有证据证明你是恶魔，但也没有证据证明你不是恶魔。"吴笙又说。

背包客耸耸肩："这话太奇怪了，就因为我不能自证清白，就说我是元凶？"

异地恋弱弱插话："是啊，你要让我证明那些意外不是我干的，我也没办法证明啊。"

第六章 恶魔

159

吴笙："……"这位能活到现在，还能在险象环生中一路甜甜甜地谈恋爱，除了命好，没有其他解释。

不再废话，吴笙把除背包客外其他六部手机的信息打开，连同自己刚刚在便签里输入的假领队发给小伙的信息一同在茶几上摆开，所有聊天记录一目了然。

"我找不到你是恶魔的证据，但我可以排除另外六个人的嫌疑。"吴笙说。

"你别卖关子了，"钱艾先扛不住了，心急火燎的，"你到底从信息里看出什么了？"

吴笙摊手："看出恶魔的语文水平比他们六个都要好。"

钱艾："具体好在哪儿啊？"

"的、地、得的使用。"一直安静的况金鑫定定地看着桌上的七部手机，出声。

钱艾和池映雪一起皱眉，前者立刻凑过去重新看，后者则原地没动，状似不在意，实则远远瞥着那几个亮着的手机屏。

吴笙看向第一个男大学生，不用手机，他已经能把每个人聊天信息里相关的部分一字不落念出来："不庸俗啊，笑的多甜啊。'的'错了，应该是'得'。"目光移到第二个大学生身上："快乐的飞翔。'的'错了，应该是'地'。"他又看第三个人，女闺蜜之一："你撩妹撩的太套路了。'的'错了，是'得'。"接下来是领队："是你先撩的我辗转反侧。一样的错法。"再来是女闺蜜之二："圆润的离开，'的'应该是'地'。"

最后，他看向异地恋："其实你是最可疑的，你全程捧着手机。在查看信息之前，我甚至已经脑补了你怎么在众目睽睽之下假扮领队给小伙发信息，又故意打错名字给餐厅那两个姑娘发信息……"

"你也脑补太多了……"异地恋一脸委屈无辜，"我就谈个恋爱……"

其实这恋爱谈得比恶魔还拉仇恨。但眼下，吴笙决定原谅他："我想你想的发疯。'的'应该是'得'。"

他拿起自己的手机，把便签里其他无关字都删掉，只留三句——

领队：别傻傻地笑了，就说你呢。

领队：帅得很。

领队：你再好好地想一想吧。

这回谁都看清楚了，两个"地"，一个"得"，用得清楚、准确。

"我排除了他们所有人，唯一排除不了的，就只有没留下任何信息的你。"吴笙给了背包客一个温柔微笑，"福尔摩斯说过，排除一切不可能，剩下的再不可思议也是真相。"

徐望从沙发上站起来，走到吴笙身边，遗憾似的朝背包客摇摇头："你不该选一个恶补三晚侦探片的学霸当对手。"

五分钟倒计时结束。

"叮——"

小抄纸："指认正确。请开始你的战斗。"

五伙伴："……"

不是只要找出恶魔就好吗？没人说过还有战斗环节啊！

5

"呼啦——"

客厅壁炉里的火苗忽然蹿出来，像火龙一样将壁炉周围的一切点燃。地毯、桌柜、墙壁霎时燃起熊熊大火。

火光中，背包客卸下一直不离身的背包，低头抬眼，嘴角向左右咧开，露出诡异笑容。

沙发里的领队站起来，和另外五个驴友一起走到背包客左右两边。他们动作僵硬，像被什么操控着一样，站定后，同背包客一样低头抬眼看向五伙伴。不同的是，他们没笑，神情呆滞，眼神木然，只眼睛在迅速变黑，像眼球底下打翻了墨汁，黑暗的颜色迅速侵蚀。

恍惚间，像是回到了3/23的末日都市。

不同的是，那里的丧尸是被病毒驱动，而这里是六个驴友，是被恶魔操纵。

火焰已经将整个客厅包围，热浪烤着伙伴们的脸颊、脖颈、手等一切裸露在外的皮肤，烫得发疼。

众目睽睽之下，背包客咻地变成一道鬼影，蹿得无影无踪。

同一时间，六个驴友猛然启动，朝小分队扑过来！

五伙伴根本没做战斗准备，一散而开，先由着自己擅长的方式躲避攻击。

小分队一散，六驴友也散了，平均一人追一个，倒也默契，没出现多人扎堆的情况。

就追着钱艾那边的，是俩。

钱艾也习惯了……

朝徐望扑来的是领队。徐望一个闪身绕到沙发背后，已经做好领队跨沙发而来、两人纠缠的准备了，可领队没动，反而莫名其妙抬起头。徐望也下意识跟着抬头。天花板上什么都没有，就一盏吊灯。

吊……灯？徐望一个激灵，猛然蹿到一旁。

几乎就是同一刻，吊灯砸下来，不偏不倚正砸在徐望刚刚站着的地方，水晶灯摔得粉碎，在地板上溅起无数碎片，一块大碎片直接崩到了领队面门。领队敏捷一闪，碎片擦脸

第六章 恶魔

颊而过，一道血痕已经算最轻的伤了。

徐望惊讶对方可以操纵吊灯，更惊讶其还有躲避疼痛的本能。这是不是说明他们还保留了一点儿意识？

狂风乍起，灼热的空气中出现几许湿润。下一刻，大雨滂沱。

小伙伴们一下就认出来了——〈防〉让暴风雨来得更猛烈些。这是吴笙曾在6/23用过的文具，后来况金鑫又得到一个。此刻，后者正抬头望着天花板，任凭雨水浇得眼睛刺痛，依然聚精会神控制文具。

无数黑云聚集在天花板上，就像被打开了的消防栓，恣意倾泻着冰凉雨水，浇得小分队和入魔驴友都睁不开眼，浇得火焰不再肆虐，渐渐熄灭。

温度随着雨势而降，当大雨彻底停止时，最后一个火星也熄灭了。

雨一停，小分队终于可以活动自如，重新看清这个世界，但驴友们同样如此。

况金鑫背后，一个男大学生正在秘密靠近。

"小况——"徐望只来得及喊这一嗓子，眼前领队已经重新扑来，他猛地后退一大步，拉开彼此距离，抬手就点掉一个文具——〈防〉勇攀高峰。

文具光影笼罩到领队身上，领队的步伐忽然沉重起来，每走一步都像在勇攀高峰——脚沉，气喘，酷寒，缺氧！

那边况金鑫听见提醒猛回头，身后的男驴友已经捏起一个塑料扁瓶冲着他猛滋，几下就滋了他满头满脸。况金鑫被突如其来的攻击弄得发蒙，直到闻见刺鼻气味才反应过来，这是烧炭助燃用的煤油。

徐望暂时控制住领队，立刻想过去帮况金鑫，可已经来不及了，滋完煤油的男驴友早扔掉了塑料瓶，这会儿已经掏出打火机点燃。

况金鑫战栗起来，几乎已经能感觉到烈火焚身的恐怖。男驴友压根儿没给他逃跑的时间，毫不犹豫将打火机往前一扔。况金鑫下意识往旁边躲，虽然知道就算躲开了，打火机落到地上，一样可以引燃地板上的煤油再烧到他，可这一刻，躲避动作是本能。

背后忽然伸出来一只手。就在他躲开的一瞬间，那手从后方擦着他脸颊伸到他面前，将燃烧着的火机牢牢接住，连同火苗一起在手心里握紧。打火机直接就这样被攥灭了。

池映雪收回胳膊，直接把打火机放口袋里一揣，冲着男驴友淡淡道："没收。"

而后他也不给对方反应时间，一个飞踹，男驴友直接被踹飞出去，"咣当"一声结结实实撞到墙壁上，瘫软着滑落在地。

另一边，最初攻击池映雪的那位早在暴雨停歇前被同样一脚解决。

池映雪转过头来，瞥况金鑫一眼，毫不掩饰地嫌弃："你能闯到这一关，没道理。"

况金鑫嘿嘿一笑，特坦然："我武力值是不行，但我会挑队友呀。"

池映雪蹙眉，就见不得他这么乐，乐得好像全世界都没烦恼，乐得人心烦。

况金鑫没注意队友的神情，他在看那两个男驴友，都被池映雪一脚踹得暂时丧失战斗力，但也都没有真的伤到性命。他以前就知道，池映雪的动作利落程度不亚于阎王，但这一次才意识到，真战斗起来，两个人还是不一样的——阎王不要命，不要自己的命，也不要对手的命，怎么嗨怎么来；池映雪对性命也没有那么热爱，但他很懒，怎么省事怎么来，所以踹一脚能制敌的话，绝对不会再麻烦地补上一刀。

追着吴笙的一个女生也已经被制服，追着钱艾的异地恋和另外一个女生则在"＜防＞脚底抹油"和"＜防＞慢跑鞋"的作用下，一个站起来就滑倒，站起来就滑倒，周而复始，一个每向前一步都需要几十秒甚至一分钟时间，简直慢得能和树懒PK。

局面暂时稳住，背包客却仍不见踪影。

客厅已满地狼藉，墙壁被烧焦，地板被水泡，水晶灯稀碎，壁炉坍塌。

吴笙忽然感觉到脚踝一凉，低头，地板上长出两只手，正死死握住他的脚踝。

背后骤然蹿来冷风，对面的小伙伴则不约而同喊："小心——"

吴笙脚动不了，索性迅速下蹲，躲开最可能被攻击的方位，而后才回头，就见一柄尖刀凌空朝自己刺来。那刀原本是冲着他的脑袋，可在他蹲下后忽然改了方向，冲下而来，依然是朝着他的面门。

吴笙发现不对。那刀并不是随着惯性来的，更像是被某个看不见的人握着，用一个并不算均匀的速度一步步朝自己靠近。

转瞬刀已到跟前，猛地朝他眼睛刺来！

吴笙敏捷闪过，更印证了自己的猜测，刚要喊小伙伴执行战术，徐望的声音却比他还快："隐身人缴械旅行计划——"

就是他想说的，一字不差。

徐望喊出声的同时，已经执行了计划第一步——使用"＜防＞手滑了"！

文具光影瞬间笼到尖刀上，待它想第二次刺过来的时候，忽然"啪叽"一声落到泡着水的地板上，溅起朵朵水花。

接着是钱艾，使用"＜幻＞无所遁形"！

仍维持着拿尖刀姿势的背包客蓦地现身，就站在吴笙面前，脸上仍是对刀忽然滑落的惊讶。四目相对，背包客才意识到对方竟然已能看到自己了，他骤然拧眉，目光重新凝聚，眼看就要第二次化成鬼影。

吴笙哪儿会给他这机会。不知什么时候，吴军师手里已经多了一柄大锤，他反手一抡，

第六章 恶魔

锤子结结实实轰到背包客身上。背包客一飞而起，直接在墙壁上撞出个窟窿，却仍不减速，最终成为遥远夜幕下的一个光点。

"隐身人缴械旅行计划"最后一步——吴笙使用"〈武〉旅行锤"，送所有妖魔鬼怪人兽灵来一场说走就走但不知道目的地的旅行。

对了，这一计划里，况金鑫和池映雪负责围观。

鸦："恭喜过关，8/23顺利交卷！亲，明天见哟。"

耳内提示音响起，四个小伙伴都松口气，唯独吴笙像被提醒了似的，忽地一震，猛然从口袋里掏出什么东西，用力往距离最近的、依然在"勇攀高峰"的领队身上一砸！

钱艾以为这是什么致命一击，下意识开口："都交卷了，不用再赶尽杀⋯⋯"话没说完，他就住口了——吴笙往领队身上砸的，是飘飘洒洒一沓小卡片。

天旋地转袭来，小分队回归现实。

钱艾在凌晨四点多的冷风里久久不语。他这觉悟、这见识、这眼光，这辈子也就是个小兵的命了。

6

凌晨五点，回到宾馆的吴笙收到来自微信号"yuedashuai"的信息："成功交卷没？"

此时，小分队正精疲力竭躺倒在总统套房里。

浴室给了况金鑫，好好洗洗一身的煤油；钱艾直接寻了间卧室，倒头就睡；池映雪躺沙发里，等着浴室的第二名额；徐望坐在书桌前，总结这一役的经验和教训——军师的总结在脑内，队长的总结必须在纸上，不然回头开总结会容易忘词。

信息就是这个时候来的，"叮咚"一声，在静谧的房间里格外清晰。

"岳帅？"隔着半个房间，都没耽误徐望一猜就准。

吴笙看一眼屏幕，确认发信人，再看徐望，就不那么快乐了："你俩还挺心有灵犀。"

徐望无语："卡着五点给你发信息的，除了刚从鸦里出来的岳家军，还能是谁？"

交卷，只会让同样在闯关的队伍弹回现实，那些安全区里没参与闯关的队伍不受影响，所以岳帅他们必须乖乖等到五点才能出来，且对于交卷状况一无所知。

徐望的解释，让吴军师的心情顺了一点儿，再看岳帅那个头像，就没那么碍眼了。

笙哥：交卷了。

岳大帅：真的？

笙哥：徽章也拿到了。

那边直接发来语音:"你们可以啊!!"

吴笙微笑,打字速度蓦地温柔下来:"还好。"

那边已经没法打字了,一水语音:"赶紧睡觉,睡醒了出来吃饭,我们请!"

温热的水流从花洒淋下来,况金鑫绷了一晚上的神经终于在这一刻松弛下来,然后他才想起来自己忘了问池映雪的手。之前净顾着害怕了,整个脑袋都是木的,现在回过神,就有些愧疚。

没想到洗完澡一开门,就见池映雪等在门外,眉头皱得像小山,满眼不耐烦。

"你在里面睡了一觉吗?"咕哝着,他捏住况金鑫的浴衣将人拎到一旁,而后优哉游哉地进了浴室。

"里面不是还有一个浴室?"套房双卫,况金鑫总觉得自己被埋怨得很冤。

"那个浴缸没有这个大。"池映雪随口应着,很自然开始脱衣服了。

况金鑫一眼没照顾到,对方上半身就剩一件贴身单衣了。这是洗澡啊,而且看架势八成要用浴缸快乐泡一泡的,都不在意关不关门?!

脱衣服的不尴尬,看背影的况同学尴尬得要命,连忙抓紧时间问惦记了半天的问题:"那个,手,你的手……没事吧?"

池映雪的单衣脱到一半,动作顿住,过了两秒才把剩下一半脱完,随手往旁边一扔:"差点儿忘了。"他转过身来,单手摸进裤子口袋。

赤裸的上半身,宽肩窄腰一目了然,皮肤仍是白,但比在关卡内洗浴中心换衣服时又多了几块红,分布在肩胛和腰腹,应该是打斗中磕碰到的。况金鑫知道,那些磕碰再过不久就会变成青紫,缓好几天也未必能消的那种。

恍惚间,一个东西被池映雪推过来,直接按到他胸口,硌得疼了一下。况金鑫连忙上手接过来——一个打火机。不是关卡内被池映雪没收那个,是酒店的,机身上还印着LOGO。

"你欠我一次。"池映雪说。

况金鑫哭笑不得:"你就是不给我纪念品,我也不能忘。"关卡内的打火机带不出来,这位队友干脆管酒店要。难怪刚才回来的时候,看见他神神秘秘跑到前台和酒店人员嘀咕。

池映雪耸耸肩,一脸救命恩人的高姿态。

况金鑫看着看着,就不太想让他得逞:"要这么说,加上你在摩天轮上推我那次,咱俩谁也不欠谁,扯平。"

池映雪怔了怔,记忆回笼,眼底不自觉划过一丝懊恼。差点儿忘了还有这件事!他敛

> 第六章 恶魔

下眸子,很认真地思考,如果现在推给阎王来不来得及?

况金鑫难得等来了说这件事的机会,也不管地点合不合适,哪怕堵在人家浴室门口,也索性一股脑问了:"我一直想不明白,你不是怕疼吗,为什么那时候要跳下去?"

池映雪沉默片刻,抬起头朝况金鑫一笑:"我说过了,想让你认清这个残酷的世界。"

"那你推我就行了,干吗要跟着我一起跳?"况金鑫认真起来,那可是一点儿不好糊弄。

池映雪烦恼起来,笑意淡去,犯愁地看了他半天,一叹:"你没有过那样的时候吗?"

况金鑫不懂:"哪样?"

池映雪靠到洗手盆上,不看况金鑫,看一个虚无的没有具体焦点的地方,眸子里慢慢浮起向往:"站在高处,看着下面,就想纵身一跃……"

"没有。"简单坚定两个字,打断池映雪的"畅想"。

他的目光重新聚焦,落到况金鑫脸上,看了那张一点儿不动摇的小圆脸半天,不太高兴地扯扯嘴角,伸手一捏:"无趣。"

况金鑫被捏得有点儿疼,刚要反抗,对方先一步松手了。下一秒,他就被人推了出去,"咣当",浴室门在面前被合上。况金鑫摸摸鼻子,有点儿闹不清这算是聊明白了,还是没聊明白。

门内,池映雪迅速将自己剥光,哼着不知名的英文歌,给浴缸放水。

况金鑫没用浴缸,全程都在另一侧的花洒区,以至于浴缸仍是清洁干燥的,射灯的映照让浴缸白得刺眼,但池映雪喜欢——光明和白色,都是能让他放松的东西。

浴缸八分满,热气氤氲了整个浴室。

关掉水龙头,池映雪踏入浴缸,水的热度从小腿蔓延到全身,让人不自觉打了个颤。他躺下来,身体慢慢下滑,直至整个身体都浸入热水之中仍未停止。热水漫过他的全身,漫过他的眼耳口鼻,最终将他整个人包裹,像一床被子,温暖、安全。

"定好了,下午三点。"

况金鑫刚顶着湿漉漉的头发走进客厅,就见自家军师朝书桌那儿奋笔疾书的队长晃了晃手机。他好奇地问:"笙哥,什么下午三点?"

"岳帅他们要请客。"回答的是钱艾,他盯着黑眼圈瘫在沙发里,脸色惨淡,声音虚弱。

况金鑫吓一跳:"钱哥,你不是进屋睡觉了吗?"

"睡不着,"钱艾有气无力,声音里满是哀怨,"一闭上眼睛,不是天上下刀子就是地上长毒刺……"

况金鑫刚让热水澡洗走的黑暗记忆,被这么一勾又卷土重来,但看钱艾这副模样,也不忍心怪，只能宽慰："咱们已经交卷了，你别想这个了，多想点儿开心的事。"

钱艾可怜兮兮抬起头："开心的事？我的人生里有吗？"

这个问题过于扎心，况金鑫竟然一时答不出来。

套房门铃被按响了。

屋里三人都一愣，就钱艾一个鲤鱼打挺倍儿精神地跳起，冲到门口热情洋溢地就把门打开了。

酒店服务员推着餐车进来，礼貌微笑："送餐服务。"

徐望、吴笙、况金鑫三脸茫然，钱艾忙出声认领："我订的，我订的。"

送走服务生，钱艾简直是颠着小步回到餐车旁的，脸上哪还有半点儿愁云惨雾，连困倦都没了，那红光满面的精气神，完全能再战五百年。

"我们约了岳帅三点吃饭。"吴笙好心提醒。

"我知道啊，"钱艾很自然道，"所以我才点了一个套餐。"

吴笙、徐望、况金鑫："……"

他们发誓，在钱艾眼中看见了遗憾。

第六章 恶魔

酒店套餐是西餐，冷盘、浓汤、主菜、甜品一样不少，主菜和甜品还都给了两道。菜品的摆盘好看，餐具的摆放也很讲究，刀叉分列整齐，餐盘光洁如新。唯一不和谐的是一双乱入的筷子，混在叉子旁边企图蒙混过关。

"这一关让我明白了个道理，你永远不知道危险什么时候来，能吃一顿就赶紧吃。"钱艾说着将筷子拿出来，于手中握紧，而后用另外一只空着的手把什么刀啊叉啊拢吧拢吧全推到餐车边缘，直到距离远得不能再远了，又拿前菜的盘子压住，这才舒口气，有了那么点儿安全感，握着筷子大快朵颐起来。什么沙拉，什么煎牛排，什么提拉米苏，在大中华筷子面前都得俯首称臣。

围观仨伙伴看得心酸。短时间内，不只钱艾，他们整队估计都要告别刀叉了。

收回目光，吴笙走到伏案的徐望身边，想看看这么半天自家队长总结出什么了。不料徐队长字体太飘逸，他看了半天密密麻麻的笔记本愣是没看懂，只得问："有什么心得？"

徐望抬起头，语气郑重而感慨："知识决定命运啊。"

吴笙莞尔："那以后让所有人每天自习两小时？科目不限。"

徐望："……他们能起义，你信不？"

吴笙乐出声。

徐望放下笔，问："你脚怎么样了？"

吴笙摇摇头："没事。"

徐望："等会儿天一亮，就去打破伤风针。"

吴笙："不用。"

徐望没好气地看他："有事就晚了！"

吴笙捞过一把椅子，在他身边坐下来："你心疼我？"

徐望："当然。"

吴笙蹙眉，回答得这么干脆，总觉得前方有坑……

徐望："你倒下了，谁带兵打仗？"

他就知道！

第七章 **四合院**
SI HE YUAN

大宅院诧异棘手,小少爷没有朋友。

1

　　一觉睡到日上三竿，小伙伴们醒来的第一件事就是陪同军师去医院。

　　吴笙脚底的伤口不浅，但好在都是皮肉伤，没伤筋动骨。扎完针，医生又对伤口进行了专业包扎，等全弄完已经下午了。

　　五伙伴打车去了约定的餐厅，到了才发现是一家撸串店。门脸儿挺豪华，虽是撸串，但撸出了规模撸出了档次。

　　下午三点，店里只有零星几桌客人，五伙伴一进门，就被特意等在门口的岳帅迎了个正着："等你们半天了！"

　　岳队长一路把他们拉进包厢，那叫一个热情。

　　包厢里坐着岳家军另外四个伙伴，眉清目秀的苏明展、永远渔夫帽户外装的陶阿南、一贯两鬓剃短中间扎小辫的蔚天杭，还有健硕威猛的季一鸣。见他们到了，四人礼貌起身。

　　徐望连忙道："赶紧坐，都是朋友，不用这么客气。"

　　岳队长立刻顺杆爬："就是，今天在场的全是自家兄弟，不弄虚的。"说完他又跑门口喊："服务员，上菜——"

　　没一会儿，炒杂贝、烤鱼什么的就先上桌了，接着就是一把把热气腾腾飘香四溢的烤串，羊肉串、牛肉串、生筋、熟筋、掌中宝、排骨串……种类和数量，都让人怀疑岳队长把菜单从头到尾点了个遍。

"边吃边聊。"见桌子铺满差不多一半了,岳帅赶紧招呼。

撸串是一个非常适合聊天说话的餐饮选择,但在 8/23 之后,吃法上可能有些调整。

岳家军等着徐望小分队先动筷呢,毕竟人家是客。徐望小分队也的确是动了——五个人,无一例外都是先拿几串过来,用筷子把肉撸到盘子里,再将铁签子躺平放到桌面,并推到一个比较合理的位置,这才开始吃。

岳帅看着他们拿筷子夹盘子里的肉,一口口吃得有条不紊,艰难地咽了下口水:"现在撸串……都这么斯文了吗?"

徐望放下筷子,叹口气,开门见山:"我知道你们想问 8/23 的事,放心,我们队到底是怎么过关的,我原原本本从头给你们讲……"

十分钟以后,徐队长才讲到一半,但岳家军们已默默放下铁签子,真心实意改换"前辈们"的吃法……

"你再说一遍,靠什么辨别的恶魔?"听见真相的岳帅差点儿拿不住筷子,不是吓的,就是觉得……太荒诞了。

"的、地、得。"徐望理解他的心情。

"确切地说,是从文字使用习惯上进行排除和甄别。"吴笙十分严谨地给了一个宏观定义。

不管宏观微观,岳帅都接受不了:"这关卡太没人性了吧,一路死,到最后还考语文?除了高三知识巅峰,谁还记得'的、地、得'啊!"

左边的苏明展、陶阿南、蔚天杭很自然地举手:"我们记得。"

岳帅:"……"

"怎么找恶魔只是其一。"徐望夹一筷子鱼肉,熟练挑刺后放进嘴里,被烤鱼汤汁浸润的鱼肉鲜香味美,"再说,到你们闯关的时候,线索就未必是语文题了。"

岳帅已经没心思吃了,全部注意力都放在关卡上:"其一?任务不就是找恶魔吗,听你这意思,还有其二?"

"其二就是找完恶魔,你还要把他解决掉。"池映雪难得插嘴,主要是果汁喝见了底,新榨的又还没送来,实在闲得慌。

岳帅带着最后一丝侥幸问徐望:"这是固定环节吗?"

徐望点点头:"应该是。"

岳帅一脸绝望:"……"

右边的季一鸣听到现在才算来了兴趣,摩拳擦掌的:"打恶魔?这个爽!"

徐望看看至今仍精准记得"的、地、得"的苏、陶、蔚三人,再看看一听打架就两眼放光的季同学，确认了，这边负责文，那边负责武。

只剩下不知道负责什么的岳队长托着腮，一脸生无可恋。

都这么熟了，徐望也就有话直说了，他凑近岳帅小声问："你们队选队长，是看谁喜庆吗？"

岳队长消化半天才领会精神，立刻怒了："我这叫幸运脸！"

徐望："……"嗯，果然是以吉祥物标准选的。

这场"撸串联谊晚宴"一直进行到晚上八点，而后两队各自回去休息，到午夜时分重又在坐标点集合。

失重的紫色漩涡带着他们回到露天咖啡厅，仍是只有他们两队。这一关就像个分水岭，既是能否上总成绩榜的分隔，也是热闹和冷清的分隔。

一进来，徐望他们就收到了通关奖励的"武、防、幻文具三件套"和下一关卡的坐标点。

查看奖励时，岳帅小分队站得远远的，就像ATM排队取钱时避嫌一样，不越雷池半步。等小伙伴们重新抬起头，岳帅五人已整装待发。

"祝福我们吧。"岳帅冲徐望一笑，牙齿在明媚日光下白闪闪的。

徐望一字一句，缓而郑重："时刻小心。"

旅游团再次走了过来，从领队到驴友全部换血，都是陌生的新面孔。

"环市一日游，包吃包玩，来吗？"举着小旗的新领队扶着矮栅栏热情邀请，从语气到神态都和昨天的领队如出一辙。

徐望忽然产生一种悚然的错觉，仿佛这就是昨天那个领队，只是换了一张脸。

岳帅小分队走出栅栏，汇入旅游团，跟着新领队渐行渐远。

看着他们的背影，徐望心里刚刚泛起的那点儿战栗又被冲淡了。

恶鸮受害者联谊会，截至目前入会两队。

闯关这条路上，他们不再孤单。

北京时间5：00。

徐望小分队回到现实的第一件事，就是让唯一官方指定联络人吴军师给岳队长发慰问信息。

吴军师用词很简练："过没？"

隔了一会儿，那边才回："过了。[怀疑人生.jpg]"

见是喜讯，徐望才让吴笙发了视频通话邀请，不料刚发过去就被拒了，而后对方回来一个语音通话邀请。

吴笙把屏幕亮给徐望。徐望按下接通，并立刻点扬声器，以免小伙伴们在冷风里干挨冻，听不到什么信息。

"恭喜交卷。"徐望先道贺。

那边却传来岳队长重重一声叹："这真是我闯过的最难熬的关卡……丧、心、病、狂！"最后四个字，几乎是牙缝里蹦出来的。

徐望本来还想问问具体情况，一听这话音，直接换下一话题："9/23在广东，我这儿有坐标，一起走吗？"

"不了，"岳帅毫不犹豫，"你们先过去吧。"

徐望乐了："怎么？先过去给你们蹚蹚路啊？"

"这个真不是，我们队就是想缓两天。"岳帅字字诚恳，"要不你们过去之后先别闯，回头我们过去帮你们蹚一次路，也算还这关的情，行吧？"

徐望就是调侃一下，没想到对方还当真了，但从这字里行间，他品出一个人生观被颠覆的队长，以及未来可以相互扶持的伙伴："我和你开玩笑呢。"

"你们还好吧？"作为过来人，不，是还没从阴影里过来的人，徐望十分想抱抱这些伙伴。

"挺好的，"岳帅的声音分明是强打起精神，"就是短时间内没办法相信这个世界了。"

徐望："……"

岳帅："行了，不聊了，万一聊太久手机该爆炸了。有事随时联系。"

语音通话结束。

徐望："……"

吴笙："……"

池映雪："……"

况金鑫："……"

钱艾："军师，你也赶紧收了手机吧，多亮一秒，就多一分危险。"

2

8/23的阴影是深刻而长久的，但当虾饺、烧卖、豉汁排骨、蒸凤爪、金钱肚、菠萝包、马拉糕、奶黄包、流沙包、叉烧包、肠粉、榴梿酥、烧腊全家福、煲仔饭摆到面前的时候……阴影是啥？能吃吗？

老钱吃神州，在最正宗的广式茶楼重新开播。

来到9/23的广东，回暖的不只有心情，还有温度。江苏天气虽然不比北方冷，但这个月份也往零度以下去了，广东还在零度以上，这对于"午夜出行"的小伙伴们来说真是再友好不过了。

老样子，小伙伴们准备吃饱喝足，先在关卡的安全区里观望上两三天，既休养生息，又能积累点儿外围情报。毕竟这是他们第一次来到这个关卡，关卡内的一切之于他们都是未知。

午夜如期而至，猫头鹰叫从荒凉的远方传来，夜幕下，紫光漩涡打开另一个世界的通道。

谨慎起见，这一次五伙伴没有正好踩在坐标点，而是躲在两百米外的楼后。周围是否还躲着其他队伍，他们也不清楚，就这样踏入漩涡，进入9/23。

迎接他们的是一个像极了太空舱的封闭空间——纯白地面，纯白墙壁，纯白天花板，材料像是某种塑制品，没有接缝，一切都是一体成型。前方的墙壁上有一个圆形纹路，像是飞船的那种门。

没有其他队伍。

是那些队伍在别处，还是和8/23一样，闯关的只有他们自己？五伙伴心中刚起疑惑，左右墙壁忽然传来某种低频震动。震动声中，五个休眠舱一样的东西从墙壁上缓缓推出来，仿佛那里原本就有五个隐形抽屉，只等着他们到来，自动弹出。

左边两个，右边三个，都在墙壁中部，排列整齐。

五伙伴面面相觑，下一刻，小心翼翼上前查看。

"休眠舱"的外沿高度只到他们胸口，低下头，里面一览无余。一人大小的舱，约两米长，八十厘米宽，六十厘米深，和周遭墙壁一样的纯白色材料让舱体看起来干净整洁，一顶头盔静静躺在其中，除此之外再无其他。

"叮——"

小抄纸："全体队员戴上头盔，躺入暗室，关卡即开启。"

这就开始了？猝不及防的提示，让小伙伴意外。

"队长？"况金鑫投来询问眼神。

徐望："别急，再观察观察。"

他话音还没落呢，池映雪已经把一个头盔拿出来了。

"哎你别急着戴啊！"钱艾慌了。

池映雪单手顶着头盔，像顶篮球似的在手指尖上转圈晃着："看看而已。"

钱艾捂着胸口："完了，我这心已经开始突突了。"他看向吴笙和徐望，"我有种不祥预感，这关肯定也是个硬骨头。"

就一个头盔，实在看不出什么名堂，哪怕它未来感十足。徐望观察无果，转头看吴笙，发现对方目光微眯，摸着嘴唇，若有所思。这种典型的智者气场给了徐望曙光："有发现？"

吴笙下意识地点着头，沉吟："这么明亮的舱体，为什么要叫暗室？"

徐望满头黑线："你的关注点能不能接点儿地气……"

"等我们躺进去，它一关上，当然就暗了。"池映雪耸耸肩，插话进来，不懂这有什么好纠结的，"但是最好想清楚了再开始，"他又补充，声音淡淡的，态度却坚决，"这种东西，我绝不躺第二次。"

最终，小伙伴们还是没有开启关卡，一来舟车劳顿，需要调整；二来对这一无所知的关卡，他们着实没底，想下决心躺进去，还需要酝酿。

但这一晚，"总成绩榜"却开启了。

他们没上榜。

第一名的成绩是12/23，第五名的成绩是9/23。他们还没过第九关，成绩是8/23。

这件事给小分队造成了不大不小的冲击，本以为自己的成绩吊个车尾上榜还是稳稳当当的，而且已经做好收奖励的准备了，却突然被泼一盆冷水。

第七章 四合院

翌日再入鸮，还是老样子，没有其他队伍，只有一个密闭太空舱和五个头盔暗室。

不同于上一关，多在咖啡厅坐一天就能多总结点儿生存公式，这一关的信息量，无论进来多少次，只要不开启关卡，都是一片空白。

小分队一商议，也别这么耗着了，是深是浅，躺进去看！

"咳，我先来了。"作为队长，徐望当然打头阵。他轻轻调整呼吸，爬进其中一个弹出的暗格里——虽然他横看竖看还是觉得像个大抽屉——向后戴上头盔，小心翼翼躺下。顶多就是全息游戏那种冒险呗，徐望在心里给自己放松，尽量不去想大脑被某种端口接入的诡异感，权当自己提前体验未来科技了。

距离躺平已过去十几秒，什么都没发生。徐望睁开眼，见暗格边沿四个脑袋探着看自己。

"看来我一个人不行。"徐望朝四个脑袋叹口气，"别欣赏我了，赶紧吧。"

四伙伴不再观望，各自寻了暗格，纷纷躺入。池映雪是动作最慢的，他戴上头盔，坐在里面呆愣了片刻，才一皱眉，一闭眼，死躺。

随着他的躺平，五个暗格缓缓回到墙内。周遭果然暗下来了，前所未有的黑吞噬着每个人的五感。

徐望在黑暗中继续调整呼吸，准备迎接接下来的战场，下一秒，脑内忽然一阵刺痛。不是生理性的那种疼，是精神上的，仿佛电流划过大脑，整个思维世界忽然涌入了超负荷的能量，所有的记忆被搅乱，就像一个不速之客进了记忆超市，将那些按时间按类别整齐排着的记忆毫无规律地拿下来，放到一个篮子里，然后又将篮子砸烂！

近期的、久远的、快乐的、悲伤的，一个叠着一个的记忆如同被捣碎的水果，汁液飞溅，弥漫出炫目的、妖冶的光彩，再看不清楚，分不了虚实。

癫狂记忆破碎的最后，徐望看见了已经去世的母亲的脸，那是整个过程里唯一清晰的画面——母亲笑着，时光定格在了她最美的一刻。

徐望醒了。暗格已经重新出仓，视野所及都是纯白的天花板。他有些茫然地坐起来，摘掉头盔，忽然觉得脸颊有些凉，抬手一摸，湿的。他……哭了？

"你也做噩梦了？"隔壁传来钱艾的声音。

徐望转头，见自家队友和自己一样也从暗格里坐了起来，这会儿正双手搭着暗格边缘，似已"等候多时"。

"我没做噩梦。"徐望实话实说，不想一开口就吓着了，自己的声音哑得厉害。

"得了，眼圈都红成这样了，还有什么不好意思承认的。"钱艾擦把脸，呼口气，"我也梦见了。"

徐望问："梦见什么？"

钱艾说："我爸做买卖赔得倾家荡产那会儿呗，债主天天上门，我放学都不敢回家，就满大街瞎溜达。"

徐望知道钱艾怕穷、抠门，他这"爱钱"的名声高中就打响了。但不管是从前还是现在，钱艾都没提过背后这些事。

"你呢，"像是想尽快结束自己的故事，钱艾忙不迭问，"你梦见啥了？"

徐望没和他遮掩，坦白道："我妈。"

钱艾怔住，在心里骂了自己一句，后悔问了。徐望不知道他家的事，因为那事发生的时候他还上小学呢，到了高中，早时过境迁，可他清楚徐望妈妈去世的事。

看着钱艾恨不能自抽一耳光的表情，徐望就知道他在想什么，连忙帮自家队友释怀："我没事，真的。我没和你撒谎，不是噩梦，就是看见我妈了。"

虽然徐望自认说的是真话，可他的红眼圈以及沙哑的声音，实在很削弱说服力。

气氛有些尴尬，幸好，对面墙壁上吴笙的暗格出来了。同徐望和钱艾一样，他也是茫然着坐起，木木地摘下头盔，但很快，目光就重新清明。

对上两双满是询问的眼睛，吴笙蹙眉不太确定地道："我好像……做了个梦。"

徐望和钱艾一起点头，帮他盖章："我们都做梦了。"

说是做梦，其实更像是记忆被人粗暴地窥探、捣毁过一遍，那种大脑被侵犯的痛苦感，甚至比梦境带来的更强烈。

"它是不是故意让我们梦见最难受的东西？"钱艾吃了刚刚的教训，没再追着问吴笙的梦，只猜测着咕哝，"这就是这一关的内容？"

"说不好。"吴笙抬手臂，猫头鹰头盔里没有任何新的提示信息。

徐望看向吴笙旁边的墙壁，那里有两个暗格躺着况金鑫和池映雪，但现在一个人都没出来。疑惑从他心中慢慢浮起。如果真是像钱艾说的，暗格让人梦见最难受的过往，池映雪久久不出，尚可以解释为他的过往太复杂，可能伤痕也太多，并不像他们这样容易醒来，那况金鑫呢？徐望实在想不出阳光灿烂的况金鑫能有什么惨痛记忆揪着他不放。

"嗡——"

低频率的震动声里，况金鑫的暗格弹出。他缓缓坐起来，却没有第一时间摘头盔，只茫然定在那里，一动不动，就像人醒了，灵魂还在梦里。

"小况？"徐望担心地轻唤。

和况金鑫相邻暗格的吴笙伸手过去，缓缓搭在他的肩上，不动，只放着。

况金鑫的身体轻轻颤了一下，终于抬手摘掉头盔："我梦见我爸妈了。"不用任何人问，他就开了口，声音比徐望还哑，睫毛被泪水打得湿漉漉的，下颚还挂着滑下来的泪珠。

徐望、钱艾、吴笙怔在那儿，不知道该怎么接话了。

"我一直没告诉你们，我爸妈在我很小的时候就去世了。"他低下头，似乎对于这些"隐瞒"有点儿过意不去，"车祸，爷爷奶奶和我讲的……但是刚才，我梦见了车祸现场。"他忽然又抬起头，眼中虽仍有往事的悲伤，更多的却是专注当下的疑惑，"不是真的车祸现场，是我一直以来想象的那个。"

"想象？"吴笙觉得自己似乎能抓到些什么了。

"对。"况金鑫点头，"刚知道爸妈出事那几年，我经常会克制不住地去想当时的情况，刚刚我梦见的就是那些。"

吴笙思索片刻："会不会这些其实就是你的记忆……"他斟酌着用词，尽量不提事件本身，"只是你那时候太小，自己忘了？"

"不可能。"况金鑫摇头，没有半点儿犹豫，"我爸妈是在外地出事的，等家里亲戚赶过去，已经是两天后了。而且没人带我去，当时我和爷爷奶奶留在家里了。"

"看见没，和我说的一样，它不管真假虚实，反正就抓你心里最难受的那块！"钱艾气愤地一捶暗格沿，"咚"一声。

鸦："*建造者，确认！*"

四伙伴耳内忽然响起提示音，和钱艾那捶几乎是无缝衔接。

钱艾条件反射地低头看暗格沿，怀疑自己是不是无意中碰着了什么语音按钮。

第七章 四合院

吴笙、徐望、况金鑫则不约而同看向唯一没有出来的那个暗格——池映雪。

什么建造者？怎么就确认了？

"每个人心中都有暗室……"耳内的声音忽然轻下来，像是要哄着你，给你讲一个甜美的睡前故事，"那里藏着这个人最害怕的东西、最深处的恐惧。经过头盔筛选，拥有最精彩、最绚烂、最好玩暗室的人自动成为建造者。接下来你们遇见的一切，都是他给你们建造的游乐场……宝贝儿，欢迎来到脑内地狱。"

提示音消失，世界骤然暗下来，像一下子关了所有的灯，连带着空气也静了，静得可以听见队友的呼吸。

脑内地狱。徐望在心中翻滚这四个字，终于捡起遗落的那块碎片——刚刚停留在脑内最后的画面是妈妈笑着，只是她的身下是病床。

3

身下的承托力忽然消失，徐望猝不及防摔到地上，耳旁还有三声"咚"，显然小伙伴们也都同样遭遇。

视野里慢慢透进些许光，淡薄，皎洁，微微的凉意。

徐望抬起头，是月亮，被乌云遮去一大半，只剩下一条窄窄的边，挣扎着洒下微光。

什么太空舱什么暗格统统消失，现在的他们在一个阴霾的夜幕底下。

钱艾没队长那么文艺，有一点儿光亮之后先看左右周遭，一看就愣了："这是……小雪的脑内？"

一座朱红大门、围墙高耸的四合院静静立在四伙伴面前，静静立在这荒野之中。周围没有胡同，没有街巷，没有小路，也没有栽花种柳，这院子就像被从北京城最繁华的一环内凭空移到这荒野里，又像哪个女鬼给投宿书生造的幻象。

院门很新，朱红色的漆在微弱月色里还能泛着光。门前一对石鼓，光线太暗，看不清上面雕的是什么，但鼓身没半点儿风化痕迹，仍雕纹清晰，颜色洁净。

吴笙第一个走到大门前，原本只是想近距离打量一下，无意间抬头，却愣了："这儿有个监控摄像头……"

三人立刻凑过去，果然，一个防备性十足的摄像头安在门檐一角，正对着大门，谁来拜访都绝对无所遁形。

四合院配摄像头？

"小雪一天天脑袋里面都想啥玩意儿……"钱艾彻底蒙了。

吴笙抿紧嘴唇，正思忖着是敲门还是破门，大门却自己开了。

钱艾果断闭嘴，其他人也收敛呼吸，不发出任何动静。

门内，一面砖雕影壁映入眼帘，雕的是仙鹤立于松枝上——松鹤延年。老北京的四合院，进门不是院，先立影壁，风水上挡煞，也挡小鬼，因为传说小鬼不懂拐弯，只走直路。左手边过了门，才是真正的前院。

进了前院，那种分不清古今的违和感终于消失。这就是一座修缮翻新过的现代四合院没跑了。

前院收拾得很干净，装修得也很简单，基本还保持老宅院的原貌，但门窗等各处细节都已是现代工艺。但不知是不是夜色的缘故，明明处处看着都新都干净，整个宅院还是透着阴森。

前院一排坐南朝北的倒座房，古时候是给下人们住的，此时两个中年男人正在房门前下棋，一个晃着车钥匙，一个扛着修枝剪，空出的另外一只手用来对弈。

小伙伴们蹑手蹑脚进入院内，没敢再往前，隔着六七米远站定，静静看着那两人。

像能感觉到视线似的，两个男人同时转过头来。扛着修枝剪的男人先皱了眉，语气不善："你们谁啊？"

话音刚落，四伙伴忽然同时收到一声"叮"。

小抄纸："寻找池映雪。"

四伙伴东南西北乱飘的心总算捉到一丝方向，虽然仍云里雾里，至少知道任务是什么了。

眼看着男人的神情越来越不耐烦，徐望连忙道："我们来找人。"

"找人？"另一位也跟着站起来，手指头上的车钥匙仍哗啦啦转圈，"什么人？"

完全不清楚眼下是个什么情况、又该如何进展，徐望决定来个直拳，说不定能轰出什么线索呢："池映雪，我们来找池映雪。"

车钥匙和修枝剪一起愣了："找小少爷？"

四伙伴猝不及防，也傻了。小少爷？这里难道是……池映雪的家？！池映雪心底最深的噩梦，在家里？！

四伙伴忽然之间犹豫了。这里藏着小雪最大的恐惧，或许也是他最不希望被人触碰的秘密。

拿着车钥匙的男人率先从呆愣中回过神，进一步问："你们来找小少爷是——"

拖长的疑惑尾音拉回徐望的注意力，他忙扯出无害笑容："我们是他的朋友，来找他……玩。"

> 第七章　四合院　SI HE YUAN

不想两人听了这笼统得近乎敷衍的回答乐了，特高兴特热情地把他们往棋盘桌后的屋里请："还从来没有小少爷的朋友过来玩呢，快进来坐……"

"喂，"扛着修枝剪的不乐意了，瘦削的脸拉下来，愈加的长，"这一盘还没下完呢。"

吴笙看一眼棋盘上的车马炮就知道为啥这位不乐意了，棋势已经一边倒，这位修枝剪大哥稳赢。

"你这人，是下棋重要还是少爷的朋友重要，分不清深浅呢。"车钥匙白他一眼，回过头来看向四人，热情洋溢："我是池总的司机，姓张。那是老彭，拈花惹草的。"

"园艺师傅。"瘦削脸咬牙切齿给自己正名。

四伙伴不关心他的职业，更关心司机口中那个池总。是池卓临，还是……池映雪他爸？可惜实在无从判定起，池映雪从来没提过家里的事情，他们对他社会关系的了解只有一个池卓临，至于家庭组成、父母情况，全是茫然。

司机张也压根儿不听园丁彭的抗议，直接打开房门，把四个人请了进去。

虽是坐南朝北的倒座房，可房内收拾得很整洁，空间也很大，摆着一组看着就十分舒服的沙发，茶几上放着新鲜的水果。这是个会客厅，想来白天的时候应该是宽敞透亮的样子。只是现在光线和外面一样暗，不，比外面还暗，稀薄的月光透进窗来，亮度又打了几折，必须瞪大眼睛才能看清地板和家具，不至于磕碰着。

"呃，张哥，"钱艾客气地朝对方笑笑，也不知道对方能不能看清，"这屋里……能开灯吗？"

"哦，"张哥也朝他笑一下，带着点儿抱歉，"恐怕不行，这里没灯。"

钱艾愣住，怀疑自己听错了："没灯？"

司机张点头，神情特别自然，似乎不觉得这是个问题："对啊，没灯。"

刚坐到沙发里的徐望和吴笙对视一眼，而后徐望倾身向前，客气地问："张哥，是这个房间没灯，还是这里都……"

"整个宅子都没灯。"园丁彭进来，有点儿不耐烦，似乎嫌他问起来没完。

司机张瞪他一眼："吃枪药了啊，你什么时候能改改你这不招人待见的臭脾气。"

园丁彭一开口就被怼，郁结于胸，果断放弃进门打算，转身坐回门口棋桌前，自己和自己下。

司机张这边说完园丁彭，便在四伙伴对面的沙发上坐下，又换上热情好客的笑容："我们家不安灯的，晚上嘛，就应该黑着呀。"

徐望定定地看着他，却没瞧出任何破绽。

不是故意搞怪或者吓唬人什么的，他好像就是打心底这样认为，所以笑得像个邻家大叔，眼角的每一条鱼尾纹都透着和蔼。但越这样，越让人心底发凉。这世上哪有人家不安灯的？就算真有这样的人家，面对访客，也该知道这不符合社会常识，没道理这么自然地说出来，就像吃饭喝水一样随意。

"有客人？"门口传来一道女人的声音。

四伙伴抬起头，只见门口一个中年阿姨，穿着朴素，身材微微发福，却更显亲切。

"陈嫂你来得正好。"司机张立刻起身，说，"他们是小少爷的朋友，你帮忙招呼一下，我去告诉少爷。"

"行，你去吧。"陈嫂和和气气，人看着朴实，声音听着也温暖。

司机张前脚走，陈嫂后脚就忙活起来："你们稍等，我去沏茶。"

徐望想说不用麻烦了，可还没张嘴，陈嫂已经没影了。偌大的黑漆漆的房间里就剩下他们四个，还有虚掩着的门外独自对弈的园丁彭。

"队长，他真能把池映雪找来？"况金鑫不放心地问，声音压得极低，以免惊动门外人。

徐望摇头，这答案几乎是没悬念的："不可能，你见过哪一关坐着吃两口水果就能交卷的。"

吴笙已经起身在屋里"参观"起来，从家具到摆设全细细查看，不错过任何一个犄角旮旯。

钱艾倒心大，伸手就拿起果盘里的一个水果，他倒也不是真敢下嘴，就想着闻闻味、醒醒脑，总不能掉坑吧，不料一捏，水果就变了形，直接沾得满手黏糊糊。

"妈呀，"钱艾低呼，"啥玩意儿啊！"

徐望和况金鑫凑过来，后者伸手沾了点儿他手上的"水果遗骸"，放鼻子底下闻一闻："好像是……蛋糕。"

"老钱，"徐望看向果盘，"再捏一个。"

钱艾愣住："为什么？"

徐望："验证一下看是偶然还是全盘。"

钱艾："为什么是我？"

徐望："先撩者，负全责。"

钱艾："……"

生无可恋里，钱同学把盘子里所有瓜果梨桃都捏爆了，无一例外全是奶油蛋糕，只是做得特别逼真，如果不去捏，从形态到气味都和真正的水果分毫不差。

幸好旁边有纸巾，钱艾抽出好几张，一边擦手，一边想不通地嘀咕："这有钱人，吃的东西都稀奇古怪的……"

"你们过来。"屋角忽然传来吴军师的低声呼唤。

三人连忙起身,走过去。

吴笙正站在一个全自动鱼缸前,对着里面浑浊的水和水中游来游去的黑影看得出神。

"不就几条小鱼儿吗?"钱艾不明所以。

一道强光打在鱼缸玻璃上——吴笙按亮了自己的手机电筒。

"啊……"钱艾一言难尽地出声。

浑浊泥水里游来游去的不是鱼,而是许多只刚长出后腿的蝌蚪,它们拖着长长的尾巴,在浑水里乱蹿,就像没头苍蝇。

强光直射处的鱼缸壁内忽然贴上来一个东西,四伙伴吓一跳,连吴笙的手都跟着抖了一下。直到光源重新定住,他们才看清,那是一只青蛙。还没等他们从"鱼缸养青蛙"的诡异里平复,那青蛙忽然大嘴一张,把正要从它身边游过去的一串蝌蚪全给吞了!

"你们干吗呢?"似乎发现了手机的光,坐在门口的园丁彭不客气地喊。

吴笙忙按灭手机。

徐望则配合着回应:"没事,我们东西掉地上了,已经找着了。"

四伙伴蹑手蹑脚坐回沙发,彼此看着,久久不语。

怪!这里说不上有什么大问题,但就是很怪,乍看哪儿哪儿都正常,细究又处处都很诡异。

"队长,"况金鑫又看见果盘里被捏烂的"水果",犹豫一下还是说了,"小雪喜欢吃蛋糕。"

"嗯,"徐望摸摸他的脑袋,既是安抚队友,也是镇定自己,"我知道。"

果盘里的蛋糕至少可以确认一件事,这里的确是和池映雪有关的世界。

但为什么是伪装成水果的蛋糕?

4

"不好意思,让你们久等了。"陈嫂端着茶水进来,客客气气给每人面前摆上一杯。她的动作很温柔,和她整个人一样,让人看着就不自觉放松。送完茶,她就在沙发旁边站着,站姿很规矩,随时听吩咐的样子。

徐望连忙说:"您也坐。"

陈嫂摆摆手,笑呵呵道:"不用,我站着就行。"

徐望无奈,半玩笑半调侃道:"您站着,我们哪儿好意思喝啊。"

一番连哄带劝,陈嫂总算坐下来,她和司机张一样,神情态度都是朴实的热情好客。

不过在看他们的时候，她眼里比司机张多了一层不确定，没有恶意那种，就单纯的……不踏实。

徐望对人的情绪最为敏感，很快就捕捉到了这点，正疑惑着，陈嫂却先开口了："你们真是小少爷的朋友？"

"当然。"徐望笑笑，努力让自己看着坦诚无害。

陈嫂犹豫了一下："这话我可能不该说，但小少爷从来没有朋友……"她看向四人，声音越来越轻，似也意识到接下来的要求有点儿过分，"你们说是小少爷的朋友，有证据吗？"

这话真把徐望问住了。朋友这东西怎么证明啊？总不能回暗室里把池映雪拽出来，说你来告诉你家阿姨，我们是不是朋友……

"有证据。"况金鑫忽然出声。

徐望、吴笙、钱艾一脸意外，不约而同看向他。

况金鑫飞快掏出手机，打开一张照片，递给陈嫂看——鸮里无法使用手机，却不影响查看相册。那是一张徐望、吴笙、钱艾也没见过的照片，是况同学在江苏某餐厅的一个包厢里拍的自拍，整张照片里50%都是他的脸，而在他后方，四个伙伴瓜分了剩下的50%。

那一刻的伙伴们显然没意识到自己已经成了别人自拍里的风景，吴笙还在埋头搞"生存公式"，徐望则拿着满满几页"死亡公式"满面愁容，钱艾正在整理餐桌上的摆盘，以期直播的时候画面更好看，池映雪趁他没注意，偷了块苏式小点心，生生把人家摆得挺好看的糕点宝塔弄没了塔尖，正得意地往嘴里放。

那时候，他们还没真正开始闯第八关呢，虽然知道前路险恶，还是偷了浮生半日闲。照片里的况金鑫笑得阳光灿烂，就像当时窗外的天气。

中年女人看了半晌，忽然一声抽泣。她忙用手擦眼睛，哽咽的声音里全是欣慰和高兴："有朋友了好，有朋友了好……"

这话听在小伙伴们耳里，不知怎的心里微微泛酸。

司机张回来了。陈嫂立刻起身迎过去，而况金鑫连忙把手机揣回口袋。

望着归来的司机张，四伙伴心弦不自觉绷紧。

司机张走进门来，一扫先前的热络，面沉似水："小少爷病了，不能见客，你们回吧。"

还没等徐望他们回应，陈嫂先急了："病了？怎么病了？我去看看。"

她说着就要往外走，却被司机张一把拉住胳膊："看什么看，吃饱了撑的。"

四伙伴错愕，他们预见到不可能这么顺利，但眼前的司机张忽然换了个人似的，还是让人瘆得慌。

门口和自己下棋的园丁彭站起来，没理拉扯中的司机张和陈嫂，直接进门朝他们做了个请的姿势："慢走，不送。"

徐望眯起眼，余光里，仨伙伴已经悄悄摸上了"文具盒"。他霎时定心，声音微微上扬，反问园丁彭："如果我们不走呢？"

园丁彭握紧手中的修枝剪，"咔嚓"两剪子，利刃划破空气，锋利刺耳："那就别怪我不客气。"

屋内气氛骤然紧张起来。

陈嫂见状，急得眼泪快出来了，连忙挡在四人身前，和园丁彭说软话："彭师傅，他们都是小少爷的朋友，有话好好说……"

园丁彭的暴脾气已经起来了，修枝剪横着就朝陈嫂的肩膀扫过去，虽然不是真的"剪"，但力道之大，还是一下子就把陈嫂扒拉开。陈嫂跟跄几步，险些摔倒。

四伙伴心里一紧，徐望更是直接出声："你冲着我们来，欺负陈嫂算什么本事！"

陈嫂眼见着气氛没缓和，反而更升级，还要再开口，肩膀上却压下来一只大手。

司机张没有出格的举动，只是拍肩一样静静传递着无形压力："陈嫂，别忘了，你拿的是池总的工钱。"他的声音低沉，甚至透出一丝阴冷，和先前热情待客的司机张哥判若两人。

陈嫂嘴唇微微颤抖，却再说不出一个字。最终，她默默离开。临出门时回望的那一眼里，除了歉意，还有无能为力的痛苦。

司机张目送陈嫂远去，而后转过身来，倚靠在门框上，静静望着屋内，似乎笃定园丁彭一个人就能妥善料理他们四个。

"唠唠叨叨的人终于走了。"园丁彭用空着的那只手抠抠耳朵，舒舒服服呼口气。

钱艾和况金鑫在沙发的遮挡下偷偷摸摸点掉各自的备战武具——〈武〉金钱镖、〈武〉危险弹弓。徐望和吴笙还在观望，他们做好了战斗准备，但这仗该怎么打，还得要对方先出招。

司机张忽然后退一步，从倚靠门框变成站在门外。下一秒，园丁彭扛在肩上的修枝剪开始变大。那剪刀本就比一般剪刀大得多，这再一胀大，竟变得有一个人那样长，立起来和园丁彭的高度不相上下。园丁彭从单手扛变成双手握，瞬间张开剪刃，狠狠朝四伙伴这边剪过来。眼下的巨型修枝剪根本不用园丁彭怎么往前，剪刃的长度就足够一剪子切断他们四个了！

四伙伴两个往左，两个往右，都是猛往地上扑。利刃从他们头上横扫而过，"咔嚓"剪了个空。

钱艾第一个爬起来，照着园丁彭的方向就是一个奋力甩胳膊，动作之潇洒，就像武侠小说里的暗器高手。顷刻间，他掌心就飞出一张崭新的百元大钞，薄得近乎锋利的钞票带着杀气直冲园丁彭的面门。

园丁彭有那么一瞬间的呆愣，但很快举起修枝剪牢牢一挡。

钱艾从扔完金钱镖就开始发愣，他以为就是铜钱磨出来的那种常规"金钱镖"，为什么真的是百元大钞啊？这一张张往外扔，是打敌人呢，还是扎自己心呢！

钞票撞到修枝剪上，竟是一声清脆的、恍若金属相撞的"当啷"。受阻的金钱镖翩然落地，空中姿态仍不过是一张薄薄的纸钞。

园丁彭防守完毕，立刻转守为攻，谁也不找，就找钱艾，大剪子铺天盖地剪过来。

钱艾立刻故技重演，扑倒在地一个翻滚，直接滚到屋角鱼缸边。

园丁彭还要追过去继续攻击，忽然迈不动步了，一低头，鞋底不知何时踩到了一摊胶水上，还是任你怎么用力都拉不开的强力胶。

鸦："有人对你使用了＜防＞寸步难行哟。"

钱艾喘口气，向雪中送炭的自家军师投过去感激一瞥。

同一时间，况金鑫已经拿着自己的武具"危险弹弓"瞄了许久了，趁园丁彭低头看鞋底胶水分神之际，拉满力的弹弓一松。尖锐小石子嗖地疾驰而去，不料还是偏了一寸，擦着对方的小腿而过，打在了门框上。况金鑫懊恼，如果换了池映雪用这武具，绝对百发百中。

"看来小看你们了。"一直站在门外观战的司机张脱掉外套，露出健硕肌肉，缓缓走进房间，来到单人沙发旁，弯下腰，双手抓住沙发用力举起，几乎没有片刻迟疑就朝着吴笙和徐望猛地砸去。

二人一个激灵，拔腿就往旁边跑。沙发重重砸到地上，生生砸折了许多块地板。

同一时间，园丁彭直接把修枝剪打开，放到他的鞋底和胶水黏合的部位用力一剪，竟将胶水剪断了！重获自由的他第一时间扑向钱艾，冲着后者脖子就是一剪。

钱艾闪得快，刀刃剪在他背后的鱼缸上，"砰"一声就把鱼缸剪碎了。碎玻璃、浑浊的水连同一缸的蝌蚪和那一只青蛙统统倾泻到地上，一瞬间，满地蹬着后腿挣扎的蝌蚪就在钱艾脚边了。钱艾胃里一阵翻滚。

下一秒，那些小蝌蚪竟然开始长出前肢！就在布满水渍的地板上生出前肢，尾巴萎缩，最后变成了一只只小小的幼蛙，有好几只甚至直接蹦到钱艾脚面上。钱艾要疯，狂甩腿，想把它们甩掉。正在和司机张搏斗的另外三个伙伴见状，头皮也麻了一下。

吴笙这边躲过司机张一拳，脑中闪过"文具盒"里的"＜武＞晴天霹雳"，极快衡量了一下，还是没使用。这武具和飞镖或者弹弓不同，是很难控制杀伤力和范围的。如果此刻发生的一切，和暗室中的池映雪存在某种"相通的感应"，那万一武具波及过广，杀伤力失控，会不会对池映雪产生实质伤害？哪怕只有万分之一的概率，他都不能在自家队友身上冒险。

"吱呀——"

一片混乱嘈杂里，这声大门开启的动静还是清晰传递到了每个人的耳朵里。声音是从门外的院子里传进来的，院子里只有一道门，就是通往内宅的垂花门。

四伙伴一怔，不知这是什么变故。忽然耳内又响起那看热闹不怕事大的戏谑声——

鹞："人在内宅，机会只有一次，15秒后门会关闭，别错过哟。"

四人隔空对视，默契地在彼此眼中看见了相同一个字——走！内宅是他们必须要进的，因为池映雪在那里，徽章提示的"东厢房"也在那里。

吴笙躲开扫过来的修枝剪，果断点掉"<防>草上飞"。随着提示音起，他脚下一轻，整个人像踩上了磁悬浮。但很快他就皱了眉——这防具只能他自己一个人用。

时间紧迫，他来不及多想，伸手拉过最近的徐望直接扛到肩上，脚底生风，"咻"一下就冲出屋子，直奔垂花门，速度快到司机张和园丁彭都来不及反应。

徐望只觉得一阵天旋地转，还以为要弹回现实了，等发现是被吴笙扛起来，下一秒人就落地。吴笙一把将他推进敞开的门内："顶住门，我去接他们！"

还剩十二秒，敞开的垂花门已经开始有慢慢闭合之势。

徐望立刻双手撑住，使出力气和大门对抗，但是根本顶不住。他几乎使出吃奶力气了，大门还是按着自己的速度徐徐关着。

吴笙转身刚要往回跑，就见钱艾和况金鑫已经冲出来了。他立刻迎上去，趁乱扛起况金鑫就往回跑。

还剩八秒。

吴笙把况金鑫送进去，转身再要去接钱艾，却一下撞到了司机张的身上。司机张一拳挥过来，带着风。吴笙身体后仰，躲过一击。这人是什么时候到他身后的，他根本没察觉！

钱艾已经被园丁彭扑倒，后者骑在他身上，正拿着修枝剪往下戳。钱艾死死握住他的手腕，不让他得逞，脸因为用尽全力而涨得通红。他清楚知道时间已经所剩无几，可余光里一扫，吴笙竟然还在门外。

"别管我，你快进去——"钱艾几乎是用最后一丝力气喊的这话，一喊就泻了几分力，修枝剪的尖距离他的眼珠又近了几分。

还剩五秒。

吴笙凝神运气，脚下一蹬，像子弹一样冲过去，"砰"地撞开骑在钱艾身上的园丁彭，扛起……呃，薅住队友就往垂花门跑。钱艾跟不上他的速度，鞋都快耷噜掉了。

还剩三秒，门扇只剩下容一人侧身进入的宽度。

司机张忽然挡到门前！

吴笙克制不住在心里骂了一句，门内的况金鑫和徐望却在这一刻福至心灵，一齐抬腿给了司机张屁股一记猛踹。司机张往前踉跄着扑，吴笙在电光石火间薅着钱艾绕开他，终于抵达门前。吴笙闪身进去，回手一拉钱艾，竟然没拉动。等他回过头，门只剩下一道胳膊宽的缝，门外，是被司机张死死抱住大腿的钱艾。

"放心，我一定想办法跟你们会合。"透过门缝，钱艾看着仨队友的眼睛，给出坚定承诺——最后一刻，他用力抓下吴笙薅着他的手，往门里一推！

时间到，垂花门关闭，严丝合缝，连一丝风都透不过来。

背后袭来拳风，钱艾看也不看，回手朝袭击者面门就是一记重拳。司机张向后踉跄着坐到地上。

钱艾刚想扑上去，忽然觉得小腿一痒，他低下头，撸起裤管，只见一只幼蛙正扒在他小腿上。就在被发现的一刹那，它发出了一声极小的"呱"。

钱艾一阵昏眩，而后眼前一黑，没了意识。

垂花门内，仨伙伴用尽一切方法破门。

蛮力、文具都用上了，无果；想爬上墙头往回看，根本爬不上去，头顶像有一层看不见的天花板，怎么都冲不破，完全是和4/23的月光迷宫一样的套路。仨伙伴靠在门上，精疲力竭。

在他们眼前的是内宅的花园，有花，有草，有树，只是没一株活的——草黄了，花萎了，树枯了。但所有花草树木都停留在了枯萎的那一刻，枯黄的草倒伏着，褪尽颜色的花朵耷拉着，枯叶都没落，密密麻麻挂在树杈上，挡着阴霾的天。

徐望看着眼前的一切，说不清是什么心情。

没有人家的院子会这样，就像没有人家会不安灯，会在鱼缸里养蝌蚪，园丁的修枝剪还会变大。

这不是记忆重现。就像况金鑫在暗室里梦见的是自己的想象一样，这里也是池映雪的想象，或者说，是融合了现实与臆想的池映雪的意识世界。

脑内地狱。

他们在池映雪脑内，面对着池映雪给他们……不，是记忆和伤痛给池映雪建造的，地狱。

_{第七章 四合院 SI HE YUAN}

5

钱艾在淡淡的橘子气味中醒来。一醒,那气味就没了,只剩阴霾的夜风,吹得人鼻子发痒。他坐起来,打了个喷嚏,待看清四周,愣了。

他仍身处前院,面前是触手可及却门扇紧闭的垂花门,显然从晕倒到苏醒并没有人移动过他。可是身后的院子干干净净、规矩整洁。棋盘还摆在门口,却再没人对弈。老张、老彭和一地打斗的狼藉都不见了,整个外院就像什么都没发生过一样。

他又低头看小腿,裤管还维持着被撸到膝盖上的状态,但那只诡异的幼蛙再没踪影,小腿也没有任何受伤痕迹。

没办法说这局面是好还是不好,钱艾只觉得心里阵阵冒凉气。

目光重新落到垂花门上,钱艾试着拍了两下门板,用一个不算大但足够对面听见的音量喊队友的名字:"徐望,吴笙,小况……"

声音散在夜风里,门那边毫无回应。

钱艾拍着门板的手颓丧地滑下来,愣愣地坐那儿缓了两分钟,昏迷前的最后一句铿锵保证终于慢慢回笼——放心,我一定想办法跟你们会合。

这话像一台运输机,给钱艾恍惚的心神注入了新的力量。他很少有这么爷们儿的瞬间,那一刻为何敢那样笃定也没印象了,但既然说了,就干!钱艾腾一下站起来,以最快速度把整个前院巡视了一遍。

会客厅的情况和院里一样,除了墙角的鱼缸没了,桌上还放着四杯茶,其他都是原貌。沙发没挪,地板没折,也没有一地的水和幼蛙。他没办法解释这诡异的情况,但至少,那些可能攻击他的人是真的没了。

确定了没有被偷袭的风险,钱艾重新回到垂花门前,专心致志破门。身体撞!文具上!爬墙!一股脑把能想的招都用了,门岿然不动,墙头更是被透明膜挡着根本无法突破。

钱艾已经满头大汗,气喘吁吁,但他一点儿也没想过放弃。鸮说机会只有一次,他才不信邪。百元大钞都能当暗器咔咔扔了,他再不是从前的钱艾!

呃,等等……

钱艾趁着调整呼吸的当口,突然朝着不远处的地面用力一挥臂:"呵!"金钱镖应声而出,锋利一角直接嵌入院内地砖缝,而后才软塌塌落地。

钱艾整张脸都亮了,哒哒哒跑过去,从地砖缝里抽出大钞,快乐地往兜里揣。一揣,钞票化为轻烟。

钱艾:"……"嗯,他就是做个实验,果然不行。

"一夜暴富"失败，钱艾继续琢磨"会合之路"，脑中忽然闪过刚刚金钱镖嵌入地砖缝的画面。破门不行，翻墙不行，意味着地面和高空都走不通，那不如试一试……地下？

对，地下！钱艾立刻动身，满院子满屋找能掘地三尺的工具——金钱镖一落地就软，没戏，必须得是真正能挖土的硬核工具。不料找了半天，偌大一个前院，竟然连铁锹、铁铲都没有，哪怕来个炒菜铲子呢！末了，他就翻到一把扫帚、一个塑料簸箕。

钱艾看着那形似铲子的簸箕，心一横，拿过来就往垂花门底下铲。一簸箕下去，地砖纹丝不动，塑料簸箕差点儿裂了。

"你个绣花枕头！"心中义正词严地叱责完无辜工具，钱艾站起来，沐浴着稀薄的余晖，望着地上的簸箕，陷入沉思。

两分钟后，簸箕接收到提示——如果它能听见的话。

鸦："有人对你使用了＜幻＞钢铁意志哟。"

钱艾重新蹲下，拿起脱胎换骨的簸箕，朝着门板底下的地砖缝一铲一撬。"啪"，一块地砖起来了，露出下面深黑色的泥土。钱艾大喜，再不犹豫，抡着簸箕就吭哧吭哧挖起来。

内宅，满目枯黄的花园游廊里出现一个少年。

当时的徐望、吴笙、况金鑫正靠在门上喘气，一时拿不定主意是继续往前，还是再想办法把一门之隔的钱艾找回来，他们甚至都不知道钱艾到底还在不在前院。

就在这样脑子乱糟糟的时候，那少年出现了，他沿着游廊往前走，往宅子的更里面去，只让他们捕捉到一个若隐若现的背影。

仨伙伴同时发现了他，似乎冥冥之中有种说不清的直觉牵引着他们往那个方向看。

吴笙第一个起身，徐望和况金鑫随后跟上，三人以最快速度拨开枯萎的花草，从栏杆跃入游廊，追了上去。

吴笙的草上飞速度最快，也最先出声："请等一下！"

他们做好了对方拔腿就跑的准备，不料那背影听见声音就停住了，很自然地转过身来，疑惑地看着他们。

那是一个十五六岁的少年，身材颀长，五官英俊，一身飒爽的马术装，像是刚从哪个会员制的马场归来，眼里还带着策马奔腾的神采。虽然还未完全长成稍显单薄，眼神也尽是少年气，但眉宇间已隐隐有了一丝刚毅，让人毫不怀疑他未来会有一番成就。

"有事吗？"少年摘下马术头盔，明亮的眼睛盯着三人看。

虽然一下子年轻了十几岁，声音也少了磁性、多了少年的清亮，但这眉眼这五官还是瞬间和小伙伴们的记忆库比对上了……

第七章 四合院

"池卓临？"喊出这名字的时候，徐望都觉得荒诞。可人就杵在眼前，实在不得不信，除非池卓临还有个小十几岁的双胞胎弟弟，或者十几岁的时候就有了个复制粘贴的私生子。

少年好奇一笑："你们认识我？"

"认识……"徐望说完，又恍惚地摇头，"但不是这个你……"

少年池卓临眼中泛起疑惑，显然完全没听懂。

"我们认识池映雪。"况金鑫开口，"我们来这里找他。"

"你们认识我弟弟？"少年池卓临先是意外，而后脸上出现发自内心的快乐光芒，"我弟弟和你们说过我？！"

况金鑫被吓一跳，没想到对方是这个反应。

徐望也很意外，这人不质疑他们的身份，却因为"被自己弟弟提及过"这样的小事而开心不已？

"嗯，对，说过。"况金鑫只得顺着往下说。

少年池卓临立刻问："怎么说的？都说过什么？"

况金鑫卡了壳，求助似的瞟自家队长。

徐望连忙接口："就说他有个哥哥，叫池卓临，呃……特别优秀！"

池卓临"扑哧"乐了："你不用帮他遮掩，肯定没说过我什么好话。"

供吃供住供总统套还供出个被嫌弃，徐望都有点儿同情这哥哥了，一想到哥哥对此还门儿清，更心酸。

只是……为什么在池映雪的世界里，哥哥只有十几岁呢？那池映雪多大？如果要匹配眼前的池卓临，池映雪顶多十岁。但他们给陈嫂看的又是成年池映雪的照片，陈嫂也没提出疑义啊……

一堆问号在小伙伴们脑袋里晃，池卓临那边又说话了："你们刚刚说是来这里找我弟弟？"

"对。"徐望立刻点头。

池卓临把头盔往胳膊下一夹，笑得单纯正直、毫无防备："正好我也要去找他，我给你们带路。"

徐望和吴笙、况金鑫交换了个眼神，果然，大家都有点儿没底，总觉得事情不会那样顺利。况且只有一面之缘的池卓临在他们印象里是一个处事得体、自带贵气的成熟男人，突然从拉菲红酒变成小甜饼，还甜得这么彻底，实在让人很难踏实——他和这个定格在枯萎一雯的花园一样，透着一种朦胧的诡异。

还没等小伙伴们回答，池卓临已向前走去。

三人心中一急，跟还是不跟？不跟，也许这是他们能找到池映雪的唯一机会；跟，钱艾还在门外呢！

眼看池卓临越走越远，仨伙伴一咬牙，跟了上去。任务是找到池映雪，不是所有人一起找到池映雪，因此只要每一个小伙伴都在关卡内，哪怕最终找到池映雪的只有一个人，也是全队一起交卷。

老钱，坚持住！

以为队友仍然在门外坚持恶战的三人一边在心中给钱同学打气，一边紧跟池卓临的步伐。

"还从没有朋友过来找他呢，哼，偷偷交了朋友也不告诉我……"

看得出池卓临的心情很好，他走在他们三个前面，一路往游廊深处去，脚步轻快，口中不停，一直在念叨弟弟，说是吐槽，语气里却都是宠溺。

"不过交了朋友就好。"他忽然回过头来，冲三人感激一笑，"我平时住在学校，难得回家一次，还要被安排学这个学那个，应酬这个参加那个，想陪他玩一会儿都没有时间……"

简单几句，一个从小就被按照接班人方向培养的人生初见雏形。

徐望知道，这样的人家多数都会把孩子送到私立的精英学校，全封闭寄宿制也常见，但哥哥是这么念书的，难道弟弟不用吗？就算不当接班人培养，也不能说一个精英教育，一个散养着随便他玩儿吧。可听池卓临的语气，"玩儿"似乎就是自家弟弟的主业……

"他身体不好，一直没上学，都是请人来家里教。"池卓临看向徐望，微笑。

徐望悚然，他能听见自己心里想的话？！

吴笙、况金鑫不明所以，只觉得池卓临忽然冒出这一句很突兀。但如果抛开语境的莫名，只看这句话本身，池映雪身体不好？一直没上学？那在这里，他现在是几岁……

"十岁啊。"池卓临很自然地道。

吴笙："……"

况金鑫："……"

他俩现在知道刚才徐望眼中的错愕是什么了——池卓临能听见他们的心声。

而就在刚才，池卓临透露了第二个信息——池映雪才十岁。

乱了。

如果池卓临真的能听见他们的心声，那就该知道他们是在做任务，为何毫无反应？而如果池映雪真的只有十岁，那陈嫂看了照片又认得……吴笙揉揉太阳穴，艰难呼出一口气。这个世界毫无章法，一切试图整理出逻辑的努力都会在下一刻被毫无预警地击得粉碎。

游廊很长，仿佛永远走不到尽头，不知什么时候起了雾，将本就昏暗的宅院遮得更模糊。

走着走着，徐望忽然回头，把后面的况金鑫吓一跳："怎么了？"

"哦，没事。"徐望环顾一圈，摇摇头，把头转回来。不知道是不是错觉，他总觉得身后某个不知名的暗处，有眼睛在盯着他们。

一缕凉风穿过游廊，况金鑫蓦地闻到一丝清甜味道，下意识咕哝："橘子？"

"你说什么？"池卓临停下脚步，回头问。

况金鑫吓一跳，忙老老实实说："我闻到橘子味了。"

池卓临愣住，接着莞尔："鼻子还真灵。"

况金鑫没明白："嗯？"

吴笙和徐望也云里雾里。

池卓临弯下眉眼，带着亲昵和调侃："我弟最喜欢喝橘子汽水，自己喝还不够，还要和好朋友分享，结果把好朋友都害死了。"

仨伙伴："……"不是说自己弟弟没朋友吗？哪儿又来了好朋友？而且得是多脆弱的朋友，连汽水都不能喝……

"就是这一院子的花花草草，"池卓临转头，看着满目枯园，忍着笑道，"非要用汽水浇花，把自己宝贝着不舍得喝的汽水都拿来浇园子了，结果你们也看到了……"

三人听着，也不知道该不该信。这得存多少汽水，能把整个院子的花浇死？可如果这事儿是真的，那真拿这些花草当朋友的童年池映雪该多难过？

"他就是这么个别扭性子，犟得不行，谁也劝不住，等无法挽回了，又自己躲起来哭……"池卓临还在念叨着，数落起自己弟弟好像得心应手。不过这一刻，他的傻白甜里终于接了一点儿寻常哥哥的地气——一边宠着又一边欺负弟弟，才是天底下哥哥的主旋律。

乌云忽然遮住了最后一丝月光。刹那间，整个花园连同游廊一起黑下来，就像忽然之间被蒙上了厚重黑布。

三人呼吸一滞，还没来得及防备，就感觉身体一歪，竟向旁边倾斜而去。

跟跄两步，徐望撞上了游廊栏杆，他立刻伸手握紧栏杆，却发现是整个游廊在晃。脚下的游廊仿佛成了惊涛骇浪里的小船！

就在这时，不知哪里传来一道低沉得近乎森冷的声音："池——卓——临——"

那声音缓慢而威严十足，听得人倍感压迫，呼吸困难。然而除了喊一声名字，再没发出第二声。

随着最后一丝余音散去，月亮重新露出一丝光边，游廊花园的轮廓也重新在三人视野里慢慢浮现——游廊倾斜了，就像地基忽然下沉，原本水平的地面变得一边高一边低，人站在上面，身体就跟着往一边歪。

但他们已无暇顾及这个，因为池卓临正一脸的过意不去，目光中还透出焦灼："抱歉，我不能给你们带路了，我弟就住在西厢房，过了花园，进了内院就能看见。"他语速极快，像有什么事情来不及了似的，"我得回学校了！"

徐望："回学校？"

"其实我是偷跑回来的。"他有些羞赧地理理头发，重新将头盔戴上，"我爸已经发现了，我必须赶在他抓住我之前回去，不然又要挨揍了……"

爸？仨伙伴面面相觑，难道刚才黑暗中那个让人倍感压迫的声音，是池家兄弟的父亲？

"哦对，"池卓临忽然一顿，变戏法似的摸出一支钢笔和一张白纸，"麻烦你们帮我把这封信带给我弟。"唰唰几笔，还没等三人看清，他信都写完了，直接递过来。

吴笙接到手里，徐望、况金鑫凑到一起看，终于知道他为什么写这么快了。纸上一个文字都没有，就四组数字——12077-34036-58009-80024。

看清数字的一瞬间，徐望几乎是条件反射地抓住池卓临的手腕："母本在哪儿？"

原本已经要转身离开的池卓临被这一拉一问，弄得满脸诧异："你知道这是暗码？我弟连这件事都告诉你们了？！"

徐望："不，不全是小雪说的……"

池映雪在帮忙破密信的时候的确说过他和哥哥小时候也总这么玩，但真正造成自己"看见暗码就必须立刻马上找到母本"这一心理阴影的人……徐望眯眼看向吴笙，而吴笙默默抬头看月色，虽然要很勉强才能看见一丝。

"母本我弟弟早就背得滚瓜烂熟了，你把这封信拿给他，他看得懂。"迅速交代完，池卓临再不敢耽搁，直接翻过栏杆，小跑着消失在花园深处。

"哎，等一下……"徐望想去追，总觉得这么就让任务线索断了有点儿不甘心。虽然池卓临说了池映雪在西厢房，但这么大个宅子，这么长的游廊，谁知道绕着绕着绕到哪里去。

可他脚下还没动，因为那种被监视的感觉又出现了，就在背后，像一根细针时不时扎一下，不痛，但又让人无法忽视。他再次回头，却发现吴笙也和他一样正在朝后看。

况金鑫茫然，也愣愣地跟着回头。

背后，刚刚走过的悠长走廊掩映在雾气里，看不清来路。

6

在这黑夜与白雾的交错里，仨伙伴的目光慢慢定在一根廊柱上。

那廊柱距离他们约十米远，大红色，即使被夜与雾笼着，仍浓烈得难以忽视。而在那根柱子后面，隐隐约约有一个瘦小的黑影。像是一个小孩儿躲在柱子后面，因为游廊已经倾斜，于是微弱的月色终于勾勒出他单薄的侧影轮廓，可整个人仍被柱子挡着，就像藏在暗中的幽灵。

那股橘子味儿又来了，比普通的橘子味道更清凉、更香甜。这一次，连徐望和吴笙都闻到了。

池卓临说池映雪喜欢喝橘子汽水。如果他们现在闻到的味道，并不是那些被汽水浇灌的泥土上残留的呢，如果代表着另一层含义呢……一刹那，仨伙伴的心都提了起来，希望那柱子后面是自己想要找的人，又怕鲁莽上前，把人吓跑。

"池映雪？"徐望轻轻地唤，前所未有的温柔。

柱子后面的黑影一动不动。

徐望尝试着向前一小步，步伐极轻。

那黑影忽然向后瑟缩了一下。

"我们不动了。"况金鑫拉住徐望，平静而温和地保证着，哄着，"小雪，我们不动了，我们不会伤害你……"

黑影微微摇晃，似在犹豫。

游廊里忽然很安静，仨伙伴不自觉屏住呼吸，静而专注地观望。

黑影颤巍巍地往旁边挪了一小步，露出了肩膀和手臂。光线太暗了，看不清他穿的什么衣服，只看得出的确是个小孩儿身形，瘦得厉害。

三人一动不动，就像定在原地。

黑影似有了些许信任，又试探性地往旁边挪了一小步。眼看半个身子就要出来了，栏杆外枯萎的草木丛里忽然传来一道极细微的声响，就像暗中潜伏的人不慎踩断了枯草。

三人下意识转头，而后瞪大眼睛——草木丛里还有一个人！不是小孩，是个一身黑衣，戴着黑口罩，几乎融于夜色的成年人！

这一下也惊到了柱子后的黑影，他猛地向后转，拔腿就跑。

草木丛里的黑衣人意识到自己暴露了，也脚底抹油，往花园深处逃。

"兵分两路！"吴笙立刻道。哪一个都有可能是通关线索，他们错过不起。

"我去追小孩儿。"况金鑫自告奋勇。

"行！"时间不给他们犹豫的机会，吴笙当机立断。

刹那间，仨伙伴分散开，吴笙和徐望翻过栏杆，跳入花园，况金鑫则顺着游廊去追。

花园深处。

徐望和吴笙迷路了。他们追着那个黑衣人一头扎进这荒草枯枝的花园，然后就没了方向。那花园仿佛在包裹住他们的瞬间就开始疯长，长得没有边际，长得不见天日。他们拨开一个又一个干枝，穿过一丛又一丛枯萎的花，却始终见不到尽头，路像永远走不完。

"咯吱。"

又一枝花茎折在自己脚下，徐望知道它们已经死了，无论自己踩不踩。可就在这折断声起的一瞬，他眼前忽然出现了不可思议的景象——满目的枯黄有了色彩，花是红的，草是绿的，树是彩虹般缤纷绚烂的，就像童话故事中的奇幻森林。

他不可置信地用力眨眼。幻象消失，枯园还是枯园，只有死气沉沉的黄。

"咯吱。"

同样踩断草木的声响从左边传入徐望的耳里。

可吴笙在右边。

二人几乎是同时向左转头，敏锐而迅捷。不远处的枯树后掩映着一个人影。他们一个箭步蹿过去，吴笙更是凭借草上飞的速度，一闪身就到了树后。那人根本连一步都没来得及动，就被吴笙一把擒住胳膊！

预期中的反抗没有到来，那人就站在那儿一动不动，任由吴笙抓着。

随后跟上来的徐望先看见了吴笙错愕的脸，然后才看见他抓着的人——不是戴着口罩的黑衣人，树后站着的……是池卓临。徐望惊讶得张开嘴，一时竟然不知该说什么。

还是吴笙先开了口："你跟踪我们？"

池卓临没回应，不只没有语言回应，连目光、神情都没动。

徐望和吴笙终于感觉到哪里不对。

池卓临呆立在那儿，目光看着虚无的半空，就像被人下了定身符。吴笙松开手，池卓临的胳膊无力垂下。

他还穿着刚刚的马术服，皮肤是软的，身体是热的，甚至把手探到鼻下还能感觉到他的呼吸，可就是对外界没有任何反应。

徐望心里发毛，寒意渗透到每一个毛孔。

池卓临的领口忽然透出一丝冷光。

徐望和吴笙的眼睛已经习惯黑暗了，忽然见到光亮，十分敏感。吴笙给了徐望一个"随机应变"的眼神，而后缓缓抬手，谨慎地去解池卓临的上衣扣子，一颗，两颗，三颗……直到外衣衬衫的前几颗扣子都解开，露出少年不算厚实的胸膛。

徐望瞪大眼睛捂住嘴，才没让惊叫炸出来——少年池卓临的胸口有一块冷光屏，它嵌在皮肉里，似乎本就是身体的一部分。

而现在，屏幕上闪着警示红字——电量不足。

徐望不断告诉自己这是假的，只是一个内心混乱的伙伴荒诞的潜意识投影，可那股从心底蔓延到四肢百骸的诡异惊悚感还是将他侵蚀。

感觉到了徐望的战栗，吴笙轻轻揽住他的肩。

"为什么……"他没办法理解，为什么那么一个宠溺弟弟的哥哥，在池映雪心中却是这样的存在。

吴笙思索片刻，道："任何人都是有缺点的，但机器，或许可以做到完美……"

"你的意思是，在小雪心中，池卓临……是完美的？"徐望看着一动不动的池卓临，看着他阳光的眉眼、飒爽的马术装，即便在这样诡异的时刻，若不去看他胸前的屏幕，这依然是个教养良好、气质出众的少年。

不，不对。

徐望摇头："吴笙，"他近乎呢喃道，"如果我心中有那样一个完美的人，我会把他想象成世间一切美好的化身，但绝对不会是……这样的。"

"我刚刚还没说完。"吴笙轻声打断，"机器的确可以做到完美，但有一个致命的缺陷……"

他微微转头。徐望顺着他的目光看过去，视线落在池卓临胸口的屏幕上——"电量不足"四个警示性红字，浓烈刺眼。

对于一个孩子来说，什么样的哥哥最完美？徐望想，除了学习够优秀、运动够出色、德智体全面发展之外，还有吗？

有吧。

谁不想要一个哥哥来给自己撑腰，帮自己遮风挡雨呢？

所以哥哥要能一直陪着他玩、一直守护着他才好。

一直，才好。

第八章　童　谣
TONG YAO

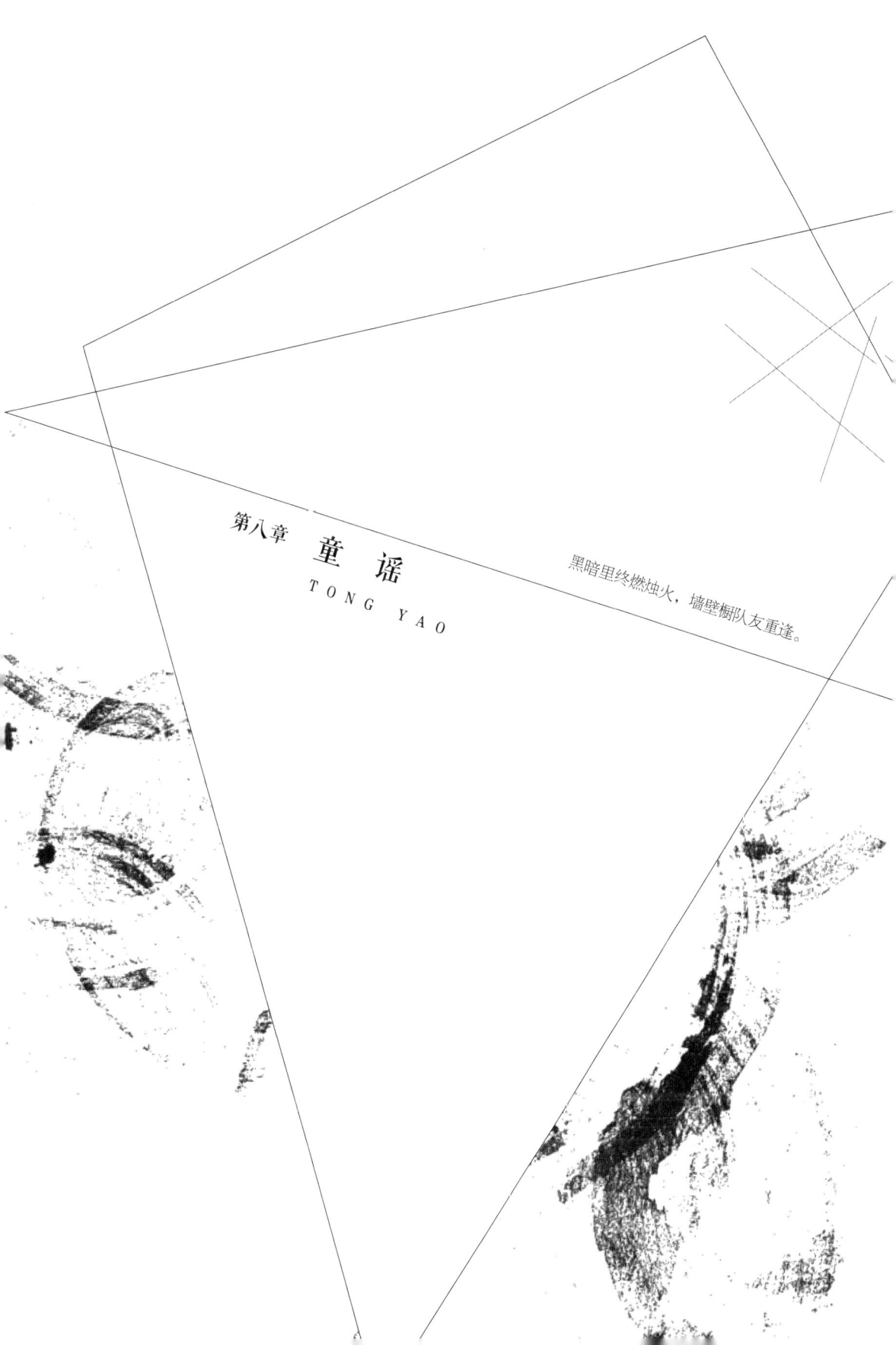

黑暗里终燃烛火，墙壁橱队友重逢。

1

夜风吹过废园，掠过枯草，**窸窸窣窣**里没一声虫鸣。

徐望闻了闻,风里不知何时有了水汽。鼻尖忽地一凉,他抬起头,又一滴凉落到眼皮上。下雨了。

吴笙也感觉到了天气的变化,刚要抬头,远处忽然传来一串恶犬的狂吠。那叫声疯狂而狰狞,几乎惊得草木都骚动起来,仿佛下一秒就会将它面对着的东西扑咬撕碎,拆吞入腹。

二人对视一眼,吴笙不由分说将徐望再度扛起,脚下生风,循声而去。

徐望上一次被扛的后遗症还没过去呢,这一次又来,被颠得想吐。他不晕机、不晕车、不晕船,谁想到有一天能晕肩膀！但这苦还没地方诉,为追求最大效率,只能配合着人家草上飞。唯一能让徐队长感觉到安慰的就是速度的确快,眼睛一闭一睁就到地方了,身体随之被放下来,上一秒还远得不甚真切的犬吠这会儿直冲入耳,听得人脑袋疼。

这是一处隐秘别院,院子不大,两三间房,南北两个月亮门,南面通往他们刚刚过来的废园,北面通向何方不知道。

院落四角各一个盛满水的大缸,院中央空着,这会儿正上演恶战。一个黑衣黑裤黑口罩的人,胳膊上咬着一头比狼还大一圈的狼狗,要不是刚才的犬吠,真的会让人以为那是狼；腿上还钳着一只半人高的巨型螃蟹,蟹壳青得发亮,蟹腿支开,横向足有两米宽。

那人毫无疑问就是先前那个跟踪、偷窥他们的黑衣人。他们追到废园深处追丢了,没想到以这种形式重逢。

黑衣人奋力甩着胳膊，奈何狼狗咬得极狠，甩了半天的结果只是让恶犬的獠牙越陷越深，胳膊上的黑袖子早破烂了，被狗咬住的地方已经血肉模糊。腿上的蜘蛛蟹也不遑多让，一对蟹钳连夹刺带撕扯，生生将黑衣人的一条腿弄得鲜血淋漓。

"还傻愣着干什么，救我啊！"黑衣人朝怔在月亮门的二人大喊。

徐望和吴笙有点儿犹豫，在这个捉摸不定的世界里根本无法判断什么该做、什么不该做，谁是好人、谁是恶徒。

那人见他们不动，急了，豁出去似的大吼："你们不是想找池映雪吗，我带你们去！"

院子里的雨点瞬间密集起来，就在他喊出池映雪名字的一刹那，雨水落进缸里，溅起繁密水花。

吴笙当机立断，直接点掉"<防>天网恢恢"！

徐望没动，但紧盯战场，时刻准备给战斗计划打补丁。

一张大网从天而降，先落到黑衣人头顶。可那网像感觉不到黑衣人似的，竟从他头顶透过来继续往下落，最终只覆盖到了仍咬着他的恶犬和仍钳着他腿的螃蟹身上。天网恢恢，疏而不漏，该放的放，该网的网。

吴笙一个箭步上前，收拢网边，向旁边用力一扯。狼狗和螃蟹被坚韧的大网生生从黑衣人身上扯了下去。狼狗的利齿几乎带下黑衣人胳膊上一块皮肉，蟹钳则在不得不松开的最后一刻还割了黑衣人腿又一道深可见骨的伤。黑衣人却一点儿声音没出，就好像那些伤不在他身上似的。

吴笙借着扯开两个恶兽的惯性将网兜狠狠甩到地上，以极快的速度将网口打了死结。

狼狗"嗷呜"一声低吼，触地即跳起，用利爪和尖牙狠狠撕咬网兜，眼睛像饿狼一样凶狠得发绿，然而任它胡搅蛮缠，网兜岿然不动。而网内的螃蟹挣扎着笨拙的身体慢悠悠站稳，重新六脚着地，前方两个大钳缓缓伸向网眼，用力一合。"咔嚓！"网眼应声剪断。

吴笙始料未及。蟹钳带的是锯齿，不是刀刃，就算想切割，也不可能这样干净利落。这一下声响，不像是螃蟹钳，倒像是剪刀。

剪……刀？吴笙稳住心神，定睛去看那对大蟹钳。此时螃蟹已经从剪开的网里大摇大摆爬出来了，那身前明晃晃举着的、和身体一样青得发亮的，哪里是蟹钳，分明是一对修枝剪！见此情景，饶是吴笙也起了一身鸡皮疙瘩。

徐望也看见了，战场外围的他不仅看见了蟹钳变成修枝剪，更看见了恶犬脖子上挂着的狗牌——那根本不是什么狗牌，而是一把车钥匙！

密集雨点已经将两个人的衣服打得八分透，可他们毫无所觉。

第八章 童谣

大螃蟹忽然朝着吴笙横行而来，速度之快堪比蜈蚣。吴笙向后躲，不料恶犬也从网兜破开的洞里爬出来一跃而起，往他脸上扑。吴笙往旁边一躲，闪过了恶犬，跳开了螃蟹，可还是被蟹钳钩住了衣服。钳尖用力一扯，"刺啦"一声，衣兜被直接撕裂，池卓临让带的信则直接被刺穿，挂在了钳尖上。吴笙伸手想去夺，螃蟹竟然横着逃跑了。以他的速度可以去追，但一旁替他挡住了反扑恶犬的徐望已经快招架不住了。

　　"别管我，追信！"徐望大喊。

　　"无所谓，"吴笙一把抓住恶犬后脖颈的皮，狠狠将之从徐望身上扯下来，往远处用力一甩，"数字而已，再写一份。"

　　恶犬摔进枯草丛，"嗷呜"一声，灰溜溜跑掉了。

　　不远处的黑衣人早在雨声的掩护里悄悄后退。雨水冲刷掉了他伤口的血污，可冲干净了又马上渗出新的血。在雨水的稀释下，那鲜红的新血仿佛成了淡粉色。退到北面的月亮门处，他果断转身，拔腿就跑。刚跑出月亮门一步，只一步，黑衣人耳内就响起了声音——

　　鸦："有人对你使用了＜幻＞扎小人哟。"

　　随着"哟"拖长的尾音，黑衣人心口倏地刺痛，针扎一样！他呼吸一滞，脚下顿住，本能捂住胸口。这和皮外伤那种疼不一样，是神经性的，几乎无法忍受。

　　"你再往前跑一步试试！"背后，徐望一手握着个小稻草人，一手捏着根小钢针，昂首挺胸，姿态潇洒。他早料到了需要打战术补丁，要不是被修枝剪和车钥匙分了神，都不会让黑衣人跑出月亮门！

　　吴笙对他投以赞许一瞥。徐望得意扬扬，"吱儿"一下又给小稻草人的胳膊肘来了一针，不深，但也多少疼一下。

　　黑衣人嘶地吸口凉气，怒了："我没动，你还扎我！"

　　"咳，再巩固一下警告。"徐队长理由充分。

　　黑衣人一口老血哽在喉咙，见徐望没有再"巩固"的意思了仍不敢掉以轻心，眼神盯着他俩的同时，还不住地往旁边地上瞟。

　　"别找了，都跑了。"徐望知道他在搜寻那两个怪物。

　　黑衣人这才松口气，似乎对于怪物的忌惮比对徐望和吴笙更甚。

　　"它们为什么攻击你？"徐望问。

　　"这里不是我该来的地方，它们看家护院忠心耿耿，当然见到我就咬。"黑衣人轻笑一声，带着点儿不屑。

　　"它们……到底是……"徐望想问它们到底是什么，可那太荒诞了，到了嘴边却又问不出口。

黑衣人倒毫无芥蒂就答了："司机和园丁。"

"为什么这里不是你该来的地方？"吴笙突然出声。

黑衣人挑眉，似笑非笑："你们的问题太多了。"

吴笙擦了一把脸上的雨水，上前两步。

黑衣人一惊，警惕后退："干吗？"

吴笙耸耸肩："帮你摘口罩。"

"不用。"黑衣人果断拒绝。

徐望举起小钢针，作势要扎。

黑衣人："……我自己来。"四个字，说得咬牙切齿。

说罢，他还真就摘了，动作没一点儿拖泥带水。再无遮掩，黑衣人抬起脸，挑衅似的看二人："满意了？"

那是一张陌生的青年人的脸，皮肤是健康的小麦色，透着朝气与活力，五官没有池卓临那样刀刻斧凿的英俊轮廓，但也是有点儿小帅气的，眉宇间有一抹桀骜不驯，眼神坚定，和他整个人一样，散发着一种蓬勃的、野性的力量。

徐望和吴笙足足看了他好几秒，仍没办法将这张脸和记忆中的任何人对号入座。

"看够没有？"显然这位是个没什么耐心的。

徐望走到吴笙身边，平静交涉："我们救了你，现在轮到你履行承诺了。"

青年当然记得自己的承诺。但此一时，彼一时，他上下打量徐望和吴笙："你得告诉我你们到底是什么人，为什么非要找到那家伙。"

"我们没怀疑你，你倒先防备我们了？"徐望无语。

"千万别相信任何人，"青年笑了，声音缓而温柔，"这世上，连自己都不可信。"

徐望微微眯眼，就在刚刚那一瞬，某种熟悉的感觉一闪而过，可是太快了，快得根本捉不住。

收敛心神，他寸步不让："你想知道我们的身份，可以，但要拿你的身份换。"他从来不做赔本买卖，对方想探他们的底，他们还想探对方的底呢。

"我的身份？"青年像听到了笑话，"扑哧"乐了，"那你们可要失望了。我没户口、没身份证、没暂住证，在这里就一黑户。"

吴笙嘴唇抿直，不语。

徐望听得更蒙了，索性先问最直接的："名字，名字总有吧？"

"哦，那有，"青年把粘在胸前的湿透黑衣捏住抖搂抖搂，"我叫阎土。"

徐望和吴笙怔住，对着那张陌生的脸，一时竟忘了说话。

> 第八章 童谣

雨势缓下来，但院子里已弥漫起氤氲水雾，就像戏文中的游园惊梦，细雾里亦虚亦实，亦幻亦真。

2

这一边，况金鑫追着小孩儿跑到游廊尽头，人影一闪，没了，出现在他面前的是一堵墙，墙上一扇小门，那门矮极了，只到他的腰。

这墙和这门的出现都很突兀，就像有人在贯通的游廊里硬插进来一面墙，截断了游廊，也堵住了往来人的去路。

况金鑫又闻到了橘子汽水的味道。这味道似有若无，就像一种冥冥之中的牵引力，带着他走向未知深处。

屏住呼吸，况金鑫伸手去推那道小门。门"吱呀"一声开了，里面没泻出一丝光。他弯下腰，亮起手机往里面照，光线时不时掠过一些书脊，但太远了，看不清楚。想了想，他还是钻了进去。

里面的空间比外面看着宽敞得多，况金鑫直起腰，再用手机电筒四下环顾，终于看清了。这是一间书房，约二十平方米，四周全是书架，多是厚厚的精装书，字体烫金，将书架排得满满当当。除了书和书架再无其他，连装饰都没有，墙壁、地面都灰扑扑的。

况金鑫走近一个书架，随手取一本书，刚一拿起就愣住了——那书极轻，就像个空壳。他忙把书抽出来，果然，只是装饰用的假书。

很多咖啡厅、餐厅都会用这样的假书装饰，包括一些私人住宅，用书装点一下门面也很正常，但在这里，这样一间简陋到不可能用来招待人的隐秘书房里，为什么还要放这些假书？如果这些假书不是为了充门面，那是为了做什么？他们这一路行来，有遇见什么和书有关的吗？况金鑫苦思冥想，就恨自己没生一个军师那样的头脑……

等一下，书？

暗码信……母本！

况金鑫被自己的异想天开吓到了。理智告诉他不会这么恰巧，可直觉告诉他，在这个世界里，不要相信该相信的，也不要怀疑该怀疑的。

不再徒劳思索，况金鑫直接一本本抽出书架上的假书，挨个查看。他每查看完一本就放到一边的地上，查看完一书架的书，再把抽空的书架整个摸索一遍。就这么一路查，一路堆，很快，地上就被假书摆满了，几乎没地下脚。手机电量也被持久不灭的电筒消耗掉大半。

书架还剩下最后一个,况金鑫就踩在假书上继续翻,终于在摸到一本暗红色的书时手上一顿——那书有重量。他迫不及待地把书抽出来,手机冷光照亮了封面上的字——《鹅妈妈童谣》。

他就知道,他就知道!况金鑫狂喜,想向全世界宣布自己推理对了,可一转念,不行,还没验证,只有真正对上暗码,才说明他猜得没错。

暗码,暗码……那四组数字究竟是什么来着?捏着"疑似母本"的况同学,后知后觉地陷入记忆荒漠。

暗码信在自家军师身上,而他只看过那信几眼。120……36……8……况金鑫绞尽脑汁,想得头发快要抓秃了,还是只有模糊的几个数字。哪怕一秒钟也好,能不能借笙哥的记忆力用一下啊!

3

废园,细雨,蒙蒙水雾迷离了现实与虚幻的界限。

"你叫……阎王?"徐望又问了一遍。

"有什么问题吗?"青年歪头,不解二人为何呆愣。

有,当然有问题。在池映雪的世界里遇见阎王,这事儿一点儿都不让人意外,但对和阎王真正朝夕相处过的徐望和吴笙来说,眼前这个"阎王"实在陌生得让人猝不及防。不仅仅是外表上的陌生,还有内在的变化,就像池卓临从霸道总裁变成了傻白甜,阎王也从那个世故成熟又带一点儿阴鸷腹黑的男人变成了朝气蓬勃的青年,简单直白,活力健康,浑身上下透着爱谁谁的野劲儿,和他们认识的那个阎王有很大不同,和他们认识的那个池映雪几乎截然相反。

徐望用力眨一下眼,眨掉沾在睫毛间的水膜,让视野里的这个"阎王"更清晰,也让纷乱思绪得以整理:"没问题。就是……"他笑一下,指指自己和吴笙,"我们俩认识一个朋友,也叫阎王。"

"哦?"阎王来了好奇,一边重新戴上黑口罩,一边问,"他是一个什么样的人?"

"比你成熟一点儿,世故一点儿,偏执一点儿。"徐望看着他的五官重新藏进口罩之下,只留一双闪着野性警觉的眼睛。

"干吗和我比,"阎王好笑道,"我们只是恰好名字一样,又不是真有什么关系,要性格都一样那才见鬼了。"

"还真有一个地方,"吴笙好整以暇地开口,"你们两个一模一样。"

徐望疑惑地看自家军师。

阎王也挑眉："哪里？"

吴笙垂下眼睛，视线落到他仍渗着血的、伤痕累累的手臂和小腿上："你们两个都不知道疼。"

阎王顺着他的目光低头，看见自己的伤口，无所谓一笑："疼习惯了，就不疼了。"

"你总受伤吗？"徐望敏锐捕捉到他眼中转瞬即逝的苦涩，心里一揪，那话就出口了。

阎王怔了怔，像是对这个问题毫无心理准备，末了干脆摆摆手："哎，别聊我了。你们不是急着找池映雪吗，那就赶紧跟我走。"语毕，他转身就往前走，前方一片枯树，看不出任何小路或者建筑。

徐望和吴笙对视一眼，连忙跟上。但跟上了，徐望还是不放心地问了一句："你这是要带我们走哪条路啊？"

或许是现实中的阎王对池映雪总带着一分敌意，于是对着这么"睦邻友好"的阎王，徐望和吴笙仍难以百分百踏实。

"当然是我——阎王——专用的路了。"阎王回头瞥他俩一眼，一副天地任我行的气势。

说话间，三人已来到一棵极粗的枯树下，宽大而焦黄的叶子挂满枯枝，树下一口压着石板的老井。阎王弯腰，深吸口气，以一人之力推掉大石板，露出饱经风霜的井口。井已干涸，一眼就能望到井底。

"你不要告诉我你准备跳……"徐望话还没说完，身边已擦过一阵风。

"扑咚"一声，阎王落井，落完了还仰头招呼他们："快点儿下来呀。"

徐望看着那足有四五米深的井底，脑袋疼："这就是你的专用路？"

"别怕，"阎王贴心地张开双臂，"我接着你。"

"不用，"吴笙替自家队长拒绝，"他有人接。"

随着徐望稳稳落进吴笙怀抱，面积不大的井底几乎被三人塞满。在他们膝盖高的井壁处有一个一人宽的圆洞，不知通向何处，只能感觉到飕飕的风从洞口吹进井底，吹在本就湿透的裤子上，阴森的凉。

阎王艰难弯下腰，钻进圆洞。徐望和吴笙一言难尽地看着，总觉得自己一不留神误入歧途。

伸手不见五指的洞道里再也听不见地面的雨声，只偶尔有不知哪里传来的"滴答"声，衬着这黑暗格外寂静。阎王、徐望、吴笙一个跟着一个往前爬，速度缓慢。

洞道坑洼，爬得腰酸背痛、膝盖生疼，爬得徐望要是不说点儿什么，能憋死："你不要告诉我池映雪住地下室。"

阎王："怎么可能，正经的西厢房。"

徐望："……那我们为什么要走地下？"

阎王："地上有人守着啊。"

徐望："园丁和司机已经被我们打跑了。"

阎王："他俩只守花园，内院里守卫更多，没有池总允许，你想硬闯，十条命都不够。"

徐望："池总？池映雪的父亲？"

阎王："不然还能有谁。"

徐望："那就是了，他是池映雪的父亲，我们是池映雪的朋友，彼此好好沟通，没道理不允许我们见。"

阎王："喊，那个人，沟通不来。"

徐望："你试过？"

阎王："不用试，就是他把池映雪关在西厢房不让外出的，还沟通什么沟通！"

徐望身形一顿，黑暗中的吴笙也微微一怔。在游廊震动歪斜、天降一声"池卓临"的时候，他们就预见到了这位"老池总"不好惹。可彼时他们只当那是一位威严、不苟言笑、给人以压迫感的父亲，从没往深里去想他和池映雪之间的父子关系有什么问题。

徐望："他为什么要关着小雪？"

阎王："小雪？"

徐望："哦，我们都这么叫他。"

阎王："看来你们关系真的不错。"

徐望："我们和你，现在也是朋友了。"

阎王乐了："没想到我有一天还会借池映雪的光。"

"回到上个问题，"吴笙淡淡提醒，"池总为什么关着小雪？"

"这个我真不知道，"阎王叹口气，"反正我找池映雪玩，就一直走地下这条路。你们跟着我不会错，就是……"

徐望、吴笙："就是？"

"这条路，可能、有点儿、坎坷。"阎王一字一顿，语带无辜。

漫长的匍匐前进后，三人终于跳出洞道，进入一个不知什么地方的宽敞空间。吴笙亮起手机电筒，才看清这是一间石室，四面墙壁皆由光滑砖石砌成，头顶亦然。徐望刚想问这里是什么地方，就见阎王走到墙角，在那儿摸索着墙壁，像在寻找什么。

很快，一声扳动机关的"咔"从阎王那里传来。而后，他们正前方的这面墙落下，露

第八章 童谣

出下一间石室。

那石室和他们现在所在的这个一模一样大小,也是四四方方,也是上下左右全封闭,也是在阎王现在站的那个位置的墙角有一个不起眼的红色小扳手。唯一的不同是,他们现在所在的石室,墙壁上有个洞,就是他们爬过来的那个洞道;而面前的这个石室,四周墙壁完好无损,只是地面密密麻麻铺满尖刀,刀刃冲上,整齐得像杀人方阵。

"算我们站着的这里,一共六间石室。"阎王热心讲解,"我们只要扳动扳手,打开石门,一个一个闯过去,很快就能到西厢房。"

徐望转头看他,努力而缓慢地扯出微笑:"接下来的每一间石室都像前面这样吗?"

"怎么会。"阎王立刻摇头。

徐望松口气:"那就好。"

阎王:"越到后面越危险。"

徐望:"……"

阎王:"?"

徐望:"这就是你说的……可能、有点儿、坎坷?!"

4

隐秘书房。

并不知道自家队长和军师已经踏上一条坎坷路的况金鑫终于放弃在记忆长河里哪吒闹海,他怕继续搅和下去,暗码没捞出来,再把常规记忆祸害乱了。

记不住,那就只能把书带走了。况金鑫将书架剩下的部分快速检查完,确认真书只有这一本,而后带着一点儿"偷人家东西"的不安,将书装进小背包。

装进去的前一刻,说是好奇也好,说是鬼使神差也好,况金鑫又翻开书看了一眼。

刚找到书的时候,他已经翻开看过了,虽然记不起暗码,至少也看看母本到底是什么样的嘛。《鹅妈妈童谣》这几个字对他来说是全然陌生的,直觉上应该和《格林童话》一类差不多,他随手翻几页,果然都是中英文对照的童谣,什么追猫咪啊爬柴堆啊吃圣诞派啊,简单又充满童趣。可就在已经将这本书放进包里一半的时候,他的手顿住了,然后将书拿出来,又翻开了第二次——没来由,就是觉得应该再看一下。

这一次,他翻到的是一首只有五句的童谣——

My mother has killed me.

(妈妈杀了我。)

My father is eating me.

（爸爸吃了我。）

My brothers and sisters sit under the table.

（兄弟姐妹坐在桌子底下。）

Picking up my bones.

（捡起我的骨头。）

And they bury them under the cold marble stones.

（埋在冰冷的石墓里。）

手机电量彻底耗尽，自动关机，湮灭了最后一丝光。

况金鑫呆立在黑暗中，手脚冰凉。他不断在心里告诉自己这只是一本书，况且里面也有天真烂漫的童谣啊，不一定就和现实挂钩，甚至都不一定和池映雪的意识世界挂钩，可能只是他和自己哥哥玩暗码信随手找的母本……到最后，他自己都继续不下去了。

他站在池映雪的意识世界里，甚至很可能就是对方心里藏得最深的地方，在这里别说一本书，就是一草一木一片树叶，都是池映雪的内心烙印。

门外忽然传来脚步声，沉稳、坚定，越来越近。

况金鑫僵在那儿，一动不敢动。

那脚步停在门前。随后，隐秘书房的门被人推了一下，没开——况金鑫进门时带上了锁。

门外的人显然没料到这一情形，沉默片刻，"笃笃"敲了两下门，客气道："有人在里面吗？"

况金鑫屏住呼吸，拿着书的手微微出汗。

那人只问了这一句，敲门声也没再响起。

况金鑫侧耳去听，希望能捕捉到离去的脚步声，然而等来的却是钥匙开门声。"吱呀"，门开了，只有半人高的小门外蹲着一个人。况金鑫背过手，飞快将书塞进背包，然后才蹲下来，小心翼翼地和对方平视。

门外是一个中年男人，四五十岁的模样，西装革履，自带威严，即便是眼下这样蹲着，也不会让人觉得有失身份。月光映出他深邃的五官轮廓，也映出他眼角的浅纹，但那一双眼睛里的目光坚定刚毅，像能把人的灵魂看透。

"听见这里有声音，我还以为是老鼠。"四目相对，中年男人微笑，看起来是很想和蔼，可惜笑意依然化不开他眉宇间的严肃感。

"我、我来这里找朋友，然后就迷路了。"况金鑫不清楚对方的身份，只能先给上自己的信息，至少换个"态度良好"。

"找朋友？"男人温和道，"告诉我他的名字，也许我可以帮你找。"

况金鑫犹豫了。

男人静静看着他，既不催他说，也不请他出来，就维持着这样奇怪的、门里门外一起蹲着的别扭姿势。

对视久了，况金鑫忽然觉得男人的五官，尤其是眉眼，莫名有一丝熟悉感。

池卓临！

况金鑫瞪大眼睛，再仔细打量门外这张脸，确认这五官轮廓完全就是十几年后的池卓临。记得北京池卓临请客那次，他曾在吃饭聊天时提过，他长得像爸爸，池映雪长得像妈妈，所以他顶多混个五官端正，自家弟弟才是盛世美颜。也是在那一次，况金鑫清楚意识到，吹起自家弟弟来，池卓临总裁能用到天底下所有好词儿，不分次元。

"我找……池映雪。"况金鑫小心翼翼报出队友名字，希望自己的猜测别出错。

门外人颇为意外，但很快，这意外就变成热情好客："我是池映雪的父亲。快出来吧，里面窝着多难受。"

况金鑫舒口气，果然被他猜中了，同时也特别庆幸自己运气好，一遇就遇见个一家之主，再不用担心被张哥彭哥什么的下逐客令。他礼貌打了招呼，之后不再犹豫，敏捷地从小门钻了出来："池叔叔好。"

"懂礼貌，是个好孩子。"男人欣慰地摸摸况金鑫的头，像个宽厚的长辈，"跟我来吧。"

"听说池映雪病了？"况金鑫想起前院里被下逐客令时得到的信息。

"嗯，"男人淡淡道，"不过吃了药，睡一觉，现在好多了。"

那为什么在前院的时候，那两个人非说池映雪不能见客，那么激烈地要赶他们走呢？况金鑫心中疑惑，但并没有继续追问，怕牵扯出不该说的，毕竟在前院闹得实在不愉快。

之后的很长一段时间，池映雪的父亲在前面走，况金鑫就在后面跟着。月光将中年男人的影子拉得很长。况金鑫看着那高大而宽阔的背影，心底不知不觉泛起复杂的酸涩。他的成长中没有父亲，于是每每看着别人的父亲，既觉得温暖，又觉得羡慕。

"My mother has killed me.My father is eating me……"先前看过的童谣毫无预警地在脑海中蹦出，耳边甚至能听见虚幻的儿童吟唱的声音。清脆的、充满天真的童音，念着最血腥的歌谣……况金鑫猛地停下脚步。

池映雪的父亲像是背后长了眼睛，几乎在下一秒就顿住身形，回过头来："怎么了？"

况金鑫答不上。他也不知道自己怎么了，就是突然觉得害怕，心中的那股不安毫无来由，却凶猛无比。

"我、我想去厕所。"面对池映雪父亲"关心"的回望，况金鑫破天荒撒了谎。他心中的不安与忐忑慢慢聚集成一个既熟悉又陌生的声音,不断在和他说:"逃,小四金,赶紧逃!"

清甜的橘子味儿又来了。

"厕所?当然可以。"池映雪的父亲转身走回来,拉起况金鑫的手,眼角都是和蔼细纹,目光温和如水,"前面房间里就有,你在那里坐坐,我去帮你叫池映雪。"语毕,不等况金鑫再说话便迈开步伐,径自牵着人朝不远处拐角的房门走去。

他的手很大、很有力,牢牢握着况金鑫,乍看就像亲情动画片里唱的大手牵小手,带着一种天伦式的温馨。可只有况金鑫能感觉到那股不由分说的压迫性力量,他几乎是被半强迫地带着往那房间去,稍微暗中使点儿劲想把手抽出来,钳制着他的力道就更大。

"池叔……池叔叔……您不用这样,我跟着您走就行……"况金鑫委婉提醒对方放手,可直视前方的男人置若罔闻。昏暗的月光在他脸上蒙上一层阴影,哪怕他没有拧眉立目,仍有一种挥之不去的阴郁。

况金鑫看着他,蓦地想到了小学二年级的班主任。

那是一个"很容易炸"的女人,其实就是不善控制情绪,情绪极易失控。当时的同学们哪懂这些,就知道随便什么小事,比如一句"上课"接下茬儿,都能让她暴怒,于是给她起外号叫"炸药桶"。"炸药桶"一炸,就肯定有同学会倒霉,不是揪着耳朵到走廊罚站,就是拿作业本扇耳光,有时候怒极了,她随手拿教鞭或者拿着尺子就往才七八岁的小孩儿身上招呼。

况金鑫很听话,从来不犯错,也从来没挨过打,所以对这位老师并不害怕。那时的他们也不懂什么叫体罚,不懂什么该不该的,就觉得老师是绝对权威,犯错了就该被惩罚。直到有一次他带了一小包茶叶到学校。那是他第一次帮着爷爷奶奶炒茶,说是帮,其实就是蹲在大锅旁边帮着看火,但炒完之后,他也是欢天喜地的,奶奶就给他包了点儿。他当宝贝似的不离身,家里带着,上学也带着,上课还偷偷摸摸打开闻一闻。就这么一次走神,被"炸药桶"抓到了,她硬拉着他到走廊,抢他的茶叶丢到他脸上。他哭着蹲下来捡茶叶,她就大叫"我让你动了吗"。他吓得立刻站起来,连哭都不敢哭了。她伸手就给了他一耳光,一连扇了好几下,然后掐他身上,哪儿疼往哪儿掐。

那是况金鑫第一次知道了什么叫恐惧,比所有童年幻想出来的妖魔鬼怪都恐怖。他到现在都记得她染着红指甲。

童年里那么多美好的红,花儿、枫叶、彩笔、山楂糕……可真正留下烙印的,却是这一抹。

门板被推开的声音,拉回了况金鑫的思绪。

池映雪的父亲将他带进了一间和前院会客室有些相似的房间,房间中央摆着沙发和茶几，墙角摆着几株绿植，还有一个书架和一个柜子立在墙边。极暗的光线让每一件家具粗看都只是轮廓，并不觉得什么，可等慢慢看清，况金鑫才发现那沙发是黑色皮质，茶几是现代风的石板台面，书架和柜子却是中式红木——截然不同的风格放在同一个房间里，画风诡异而割裂。

"坐。"池映雪的父亲终于松开手，客气地请况金鑫坐。

况金鑫站在刚进门的地方，脚下未动，怔怔看着对方，提醒道："厕所在……"池映雪的父亲说过这房间里有厕所的，可况金鑫环顾一圈，也没发现卫生间的门。

男人像是没听见他的问话，又重复了一遍："坐下。"这一次比之前多了一个字，语气却从客气变成了一种隐隐的命令。

况金鑫喉咙发紧，心发慌，扑面而来的巨大压迫力让他几乎不敢再同男人对视。他没办法形容那种感觉，就像头顶有一张高压电网威慑着你、胁迫着你，让你必须按照既定路线走。艰难地咽了一下口水，他硬着头皮走到沙发旁，慢慢坐下来。

"这才对，"男人露出满意笑容，"小朋友就该听大人的话。"

"我去找池映雪，"男人转身走到门外，临关门前，平缓而低沉地再次叮嘱，"你就在这里等，千万别乱跑。"

门板被缓缓合上，门外却没任何脚步声。

况金鑫坐在沙发里，微微喘息，手心出汗，脊背却挺得直直，一动不敢动。

过了会儿，脚步声终于响起，渐行渐远，直至消失。

况金鑫整个人瘫软下来，像是刚跑了万米，体力从里到外完全透支。但很快，他又重新打起精神，侧耳仔细听，确认外面再没有任何动静才悄悄起身，蹑手蹑脚来到门前。

他必须跑。

为什么？不知道。他就知道如果有一百种方式能够找到池映雪，通过池映雪的父亲绝对不是一个好途径。说不清理由，但他宁愿相信第六感！

顺着门缝往外看，游廊上空空如也。乌云像是淡了，月光洒在廊柱上，越发明亮。

况金鑫抬手摸上门板，很轻很小心地推开，速度谨慎缓慢到几乎听不见一丝门板合页的声响。他小心翼翼控制着速度，终于等到门板悄无声息开到大约30度角、容得下一人进出，才屏住呼吸，侧身迈出门槛。他不敢动作太大或者太快，就像电影中的慢镜头那样一点点往外蹭，终于整个人全部来到门外，才轻轻合上门扇。他对着门板无声而绵长地呼出一口气，慢慢酝足力气，转过身来拔腿就……

"你想去哪里？"

温和得近乎宠溺的询问里，况金鑫僵在原地，生生收回了脚。

池映雪的父亲就站在他面前，不知什么时候来的，明明打开门的时候还没有，只回身关门那么一霎他就来了，无声无息，像一个幽灵。逆着月光，他的脸笼罩在一片阴影里，只嘴角淡淡的笑，真切得让人毛骨悚然。

"我不是说过让你就在这里等，千万别乱跑。"男人微微低头，盯着况金鑫看，声音里的暖意半点儿都没传递到他冰冷的眼底。

"我出来……出来找厕所。"况金鑫想不出说辞了，他现在心乱得厉害，慌张和恐惧连同难以言喻的压迫力让他大脑短路。

"嘘，"池映雪的父亲轻轻摇头，"不要为你的错误找理由。"

"等等，池叔叔……这、这太奇怪了，"况金鑫扯出一个僵硬的笑，"我是来您家做客的呀，哪儿有罚客人的……"

池映雪的父亲笑容渐渐收敛，很快，连一点点伪装的温和都散了干净："犯错，就要挨罚，"他一字一句，像在宣布不可违抗的圣旨，"和大人顶嘴、狡辩，罪加一等。"

况金鑫看着他的脸在月光下变得阴鸷，终于明白多说无用。他猛地伸手朝中年男人用力一推，趁对方防备不及跟跄后退之际，转身就往左边跑。他不知道左边的回廊通向何方，只知道一眼看不见尽头，一定很远，足够他跑出危险地带。

可他刚跑出两步，头皮忽然传来剧痛——有人紧紧抓住了他的头发，野蛮而凶狠！下一秒，他被一股巨大的力道生生扯了回去。中年男人仍抓着他头发，强迫他抬起脸，另外一只大手扬起，狠狠扇了他一巴掌。况金鑫只觉得脑袋"嗡"的一下，眼前就失了焦。

这暴力来得突然又毫无缘由，可又好像早有征兆。况金鑫不知道是不是所有施暴的人都带着一种相同的气息，可是这一刻，他真的好像回到了小学二年级的走廊。老师扇着他耳光，他一边哭着喊"我错了"，一边一动不敢动，任由对方扇。

中年男人又打了他第二巴掌，力道完全没有保留，像是想就这样把他打死。

可偏偏这一巴掌把况金鑫扇醒了。他忽然很庆幸自己已经不是小孩儿了，他长大了，他不再那样弱不禁风，也永远都不会再哭着喊"我错了"，却唯独忘了抵抗！

第三个巴掌扇过来，带着凌厉的风。况金鑫忽然用力抓住他的手，照着虎口狠狠一咬——这种情况下根本来不及点文具，只能拼死一搏。

"嘶！"男人疼得倒吸口气，用力抽回手，随着他的动作，另外一只抓着况金鑫头发的手本能地放松力道。

况金鑫抓住机会，敏捷弯下腰，用头顶朝对方胸口用力一顶，专顶心窝！男人一刹那变了脸色，身体不受控制地向后退。况金鑫看准时机，头也不回地往左边游廊深处狂奔。

这一次他成功了，一口气跑出去几十米仍未被阻拦。他不敢也没有时间回头看，只拼

第八章 童谣

了命地往前跑，跑得几乎缺氧，喉咙里都有了腥甜。可他仍没有放慢脚步，甚至越跑越快。

前方出现了一个新的房间，门板虚掩，留出约一寸的幽暗缝隙。

电光石火间，况金鑫在"直接路过"和"进房间里躲避"中选择了前者——他现在拒绝任何静止的空间，只有跑起来才让他觉得安全。

房门已到身侧，况金鑫丝毫没减慢速度。可让人始料未及的是，门缝内忽然飞出来一截白色的线一样的东西，就在况金鑫路过的一刹那，如闪电般而出，紧紧缠上了他的脖子！况金鑫只觉得脖颈一霎剧痛，就像被人用钢丝勒住，再往前跑，绝对要身首分离。他紧急刹车，巨大的惯性让他几乎失去平衡。

那白线一头捆着他的脖子，一头仍藏在门内的黑暗里。刚一站稳，况金鑫就立刻抬手去抓门缝内伸出的白线。一抓到线，他才发现手感不对，不是钢丝或者线绳，是塑料，是商场或者工厂打包、捆东西用的那种塑料捆扎带。这种捆扎带和绳子不一样，绳子必须打结，可这种捆扎带一旦尖的那一端穿过小的方形串口就彻底卡上了，可以越拉越紧，却不可能再松开。

况金鑫一边咬紧牙关和门内拉扯他的力道抗衡，一边艰难抬起手臂，迅速寻找可以弄断捆扎带的文具，可还没等他找到，门内忽然用力一扯。这股突来的力量极大，拉得他直接撞开门，摔了进去。

还没等他爬起来看清黑漆漆的房间，手臂忽然被人抓住，用力扭到身后。况金鑫只觉得肩膀脱臼一样的疼，下一刻就听见捆扎带收紧的声音——他的双手被人捆在了背后，接着是脚，捆扎带将他两个脚踝紧紧勒住，塑料带几乎勒进肉里。

直到他再没有反抗能力，身后人终于安静下来。

况金鑫挣扎着回头，看见了池映雪的父亲。中年男人早没了伪装的和蔼，一张脸冷得像寒冰，和他激烈暴虐的举动形成极大反差。

他的声音很平静，平静得让人浑身发冷："我不批评你，因为批评是没有用的。"他的目光忽然温柔，带着寒意的残忍的温柔，"错误，只能靠自己来反省。"说完，他抓住况金鑫的头发，把人生生拖行到墙边，另外一只手在墙壁上用力一蹭，一小块墙壁向左拉开，里面被掏出一个极小的空间，说是壁橱，可又放不了两床被子，倒像个隐秘暗格。

况金鑫不知道他要干什么，只知道危险逼近："你不能这样，这是犯法！"

男人笑了，这一次是真的，连同眼底一并闪着笑意，像听见了天底下最有趣的笑话："我教育我儿子，犯什么法？"他的反问，无辜又理所当然。

况金鑫怔住，过了会儿才反应过来："你认错人了，我不是你儿……"话还没说完，他就被人按着头强行塞了进去！

那暗格太小了，况金鑫的身体蜷成了一个极扭曲的姿势，那人还在把他的腿往里推，推得他骨头缝都疼。终于，他完全进去了，像一个毫无还手之力的猪仔被塞进了待宰的笼子。

男人拍掉西装上的灰尘，抚平衣服上的褶皱，又整理了一下昂贵的袖扣，这才重新看向他，从容地宣布规则："反省够了就可以出来。"

"我知道错了！"况金鑫几乎是立刻认怂，反抗的时候要反抗，但眼下这种局面，硬碰硬绝对不是聪明的选择，"我知道错了，我已经在深刻地反省了，真的！"

男人不为所动，声音里带着不容置疑的权威："什么时候反省够了，我说了算。"

"啪"，暗格被毫不留情关上。况金鑫耳尖地捕捉到一声细小的"咔哒"，毫无疑问，是暗锁自动落下。

世界彻底没了光。

窒息的黑暗，在这狭小得几乎没留下任何缝隙的空间里，像洪水一样将况金鑫彻底吞噬。他不怕黑，可当他已经尝过恐惧、暴力、疼痛，这封闭的黑暗轻易就可以成为压垮他的最后一根稻草。

当然，他不会被压垮。他有伙伴，有朋友，有亲人，有同学……他知道自己只是在闯关，一切的黑暗和疼痛，时间一到，总会过去。

可是池映雪呢？

当年那个幼小的、无助的、只有家人可以依靠的池映雪呢？

第八章　童谣

5

地下石室。

鸦："有人对你使用了＜幻＞化干戈为玉帛哟。"

满地的尖刀听没听见这提示不清楚，但在文具起效的瞬间，寒光凛凛的尖刀们的确一半变成了翠玉，褪去尖锐，只剩温润，一半变成了柔软丝帛，柔软倒下，平坦出一条通往扳手的康庄大道。

吴笙放下胳膊，暗暗叹口气。这文具在前院和张、彭起冲突的时候都没舍得用，就是想留到后面应付更难的敌人，但人算不如天算，还是在这里就用掉了。如果只有他和徐望，还可以想些歪门邪道拼一拼，但带着阎王，还是一个根本不记得他和徐望、很可能和池卓临一样属于"早期阶段"的阎王，变数太大。他必须在可控范围内，尽量求稳。

这才只是第一关，后面还有四间石室。

吴笙这边思绪飞驰，阎王那边则对着一地的翠玉和丝帛瞠目结舌："你们可以啊，比我预想得可有本事多了。"

徐望斜眼瞥他："能具体谈谈你的'预想'吗？"

"我错了，"阎王立刻认怂，笑容堆得特别诚恳，"是我有眼不识金镶玉。"

徐望莞尔，这会儿说话的劲儿倒是能看出几分他认识的那个阎王的影子。

三言两语间，一行人已来到扳手前，吴笙将手搭到上面，却不急于往下扳，而是回头问阎王："下一间里有什么？"路是阎王领的，路况自然也是阎王最熟。

不想这一问，直接让阎王整张脸都皱到了一起，像吃了一颗坏瓜子儿或者一瓣特别酸的橘子："我真是一点儿都不想回忆……"

"这都什么时候了，就别抒发感情了，"徐望打断他，"赶紧说正事儿。"

"巧克力酱洪水。"阎王悻悻地应。

徐望："……"

吴笙："……"

"比刀山好过，"阎王耸耸肩，"憋住气，游上来就行了。"

随着扳手被吴笙缓缓拉下，石壁开始下落，刚落下一尺，巧克力酱就顺着石壁上沿溢过来。它们滑下石壁，流到地面，淌到三人脚边。石室中弥漫着巧克力香气，浓郁、芬芳。

三人正屏息以待，缓缓下沉的石壁忽然发出"咔咔"的爆裂声。下一秒，石壁在汹涌的撞击下轰然崩塌，巧克力酱如潮水般朝着三人扑面而来。

三人立刻憋气。而巧克力酱瞬间灌满石室，也彻底吞没了三人。

一入"酱底"，徐望就开始往上游，这一游才发现自己还是低估了这巧克力洪水的黏稠度，阻力比想象中大很多，他费尽力气往上蹬，身体的上升速度却极度缓慢。他不知道自己往上游了多久，只知道肺部氧气快耗光了，整个胸腔闷得厉害。千钧一发之际，一只手忽然抓住他的胳膊，将他往上奋力一带。徐望的脑袋终于冲出"水面"，他立刻大口呼吸，可一吸气就满口满鼻的巧克力味，黏腻、浓郁得让人呼吸困难，眼睛也睁不开，全被巧克力酱糊住了。

"救命大手"抹了一把他的脸，徐望终于见到天日。

虽然石室里仍一片晦暗不明，但至少还是能看清自家军师关切的目光。

"还好吧？"吴笙担心地问着，又帮徐望抹了把脸。

徐望直接抓住他的手，舔了一口："果然，牛奶巧克力酱。我就知道小雪不喜欢黑巧。"

吴笙怔住，不是巧克力酱种类的问题，是被舔的问题。

旁边同样浮出巧克力酱的阎王友情提醒吴笙："你在下沉。"

回过神的吴军师连忙蹬两下腿，重新保持住高度。

徐望别过头偷乐两下，待重新正色，又是一个庄重的队长了，才转过头来："幸亏小雪喜欢甜食，要是喜欢火锅，咱们就没活路了。"

"……"

三人缓慢而艰难地划着巧克力酱，游到下一间石室的扳手面前。

徐望转头看阎王。阎王愣在那儿，满眼懵懂无辜。

徐望翻个白眼："你属牙膏的啊，非等我们问才说，还过一间说一间？你就直接告诉我们，后面剩下三间石室里都有什么。"

"哦。"阎王恍然大悟，连忙道，"这个后面是滑梯和老鼠，但再后面两间……就说不准了。"

吴笙："说不准是什么意思？"

阎王抓抓头："就是它每一次都会变，我也不知道这回是什么。"

"那就先说说滑梯和老鼠。"徐望争分夺秒。

阎王："行。"

徐望："什么样的滑梯？"

阎王："大。"

徐望："什么样的老鼠？"

阎王："大。"

徐望："你的形容词库就挑不出来第二个字儿了吗……"

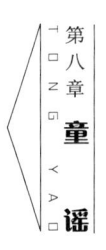

6

某室，暗格。

况金鑫不知道自己被困在这里多久了，他的身体已经感觉不到疼了，扭曲的关节只剩下木然的钝感。

这是一个能把人逼疯的地方，逼仄、黑暗、疼痛、窒息。他能清晰感觉到自己的意识越来越难以集中，偶尔会闪过"就这样昏过去好了"的念头，因为失去意识对于此时此刻的他来说，反而是一种幸福的解脱。

但这样的心念一起，就会被他果断打压下去。他现在经历的这些，小雪早就在漫漫童年里经历了不知多少遍，而现在，那人又在经历暗格噩梦的痛苦。他没办法帮小雪缓解痛苦，唯一能做的只能是尽自己的一份力找到徽章，找到这里的池映雪，早一点儿让这关结束……哪怕只早一分钟。

深吸口气，况金鑫再度用头撞向暗格壁。"咚"，实打实的撞击声，伴随着昏眩和钝痛——暗格壁并不厚，却坚韧无比。

况金鑫已经记不得这是他第几次撞过去了，第一次撞的时候他足足缓了十多分钟，而现在，他只需要十几秒。

暗格壁没有破，但他能清晰感觉到薄壁有一丝丝的松动，这就是他继续下去的全部动力。

十几秒后，他咬紧牙关，又要去撞第二下，可外面比他更快地响起一声"砰"，像是大块地砖被掀开又砸落的声音。况金鑫一激灵，本能屏住呼吸，再不敢动。

很快，暗格外就响起一道非常熟悉的声音："啊，这又是哪儿？！"

况金鑫瞪大眼睛，简直要喜极而泣，立刻大喊："钱哥！钱哥——"

屋内，灰头土脸、手持一钢铁簸箕的钱艾正郁闷地环顾陌生房间呢，就听见墙壁里的大声疾呼，喊的还是自己的名字，差点儿吓死，直到听见第二声才听出来不对，这声儿他熟啊。

"小况？！"钱艾一个箭步冲到传出声音的墙壁前，拿手一敲，空空带着回响。他大声宣布："你躲开点儿，我要砸墙了！"

"钱哥你别砸，我躲不开！"况金鑫赶忙大喊，生怕晚了，自己和墙一起粉碎。

钱艾簸箕都出手了，生生停在墙壁前一厘米处："你再晚喊半秒，我就砸上去了！"

"……"况金鑫惊出一身冷汗。被打、被虐、被塞墙里都没能打垮他，差点儿在自家队友这里阵亡。

"钱哥，你找找，我刚才撞半天了，肯定有缝，有缝就能撬！"况金鑫在墙里支着儿。

钱艾亮起手机屏，以况金鑫的声音为中心上下左右地看，终于找到一道细缝，二话不说，立刻上簸箕咔咔撬。他现在已经把簸箕用得出神入化，给他一道缝，他能搬山卸岭，给他一个坑，他能挖空整个地球。

"啪"，随着钢铁簸箕一阵蛮力，暗格壁破锁而开。

钱艾立刻把蜷缩成一团的况金鑫拉出来，因为太暗，也没看清况金鑫什么样，就按平时那样一拉，结果动作太大，拉得况金鑫浑身一疼，龇牙咧嘴叫了一声"哎哟"。况金鑫很少这样喊疼，吓了钱艾一跳，连忙放缓动作，也不拉了，而是手臂伸到最里面，把人整个搂住，直接半捧半抱了出来。一出来，他才借着放在地上的手机电筒光看清况金鑫破了的嘴角、肿了的眼角，还有反绑在背后的双手。

"这……哪个孙子干的？"钱艾用金钱镖把塑料捆扎带割开，克制着想要杀人的冲动，一字一句咬牙问。

况金鑫一点点试探着活动胳膊和手腕，感受着血液重新流动起来。

钱艾等得心焦："你说话啊。"

况金鑫抬起眼，眸子里都是复杂的光："池映雪的爸爸。"

钱艾的脑子有片刻的空白："为什么啊……"声音因为不可置信而没了刚刚的气势，"不喜欢我们闯进来，还是因为我们打了老张和老彭……"他有限的脑袋瓜只能想到这些，可说完又连自己都觉得站不住脚。况金鑫一张脸都肿了，两颊还有清晰可见的手掌印，还被捆着关进墙壁里，这是犯罪了啊！总不能因为他们和宅子里的人打了一架，户主就这么疯狂地打击报复吧？

"他把我当成了小雪……"况金鑫低低出声，心里堵得厉害，"钱哥，他打的不是我，是小雪。"

钱艾知道这里是意识世界，有很多荒诞不合理的存在，但况金鑫的回答还是让他怔住了。不是血浆纷飞、怪兽袭来那种简单粗暴的冲击，就是一条蛇在心里爬的那种一点点泛起，然后再也挥之不去的寒意。

"我没按照他说的坐在那里，他就说我乱跑，不听话，不听话就要受罚……"况金鑫眼圈泛红，热气一阵阵往上冒，不是替自己抱怨，是替小雪委屈。

钱艾听着闹心，下意识伸手摸摸况金鑫的头，想给安慰，一摸却摸掉好几根头发——不是自然掉发那种一两根，而是七八根。他不由看着手心发愣。

况金鑫见状，立刻懂了："他刚才抓我头发了。"

"……他有病吧！"钱艾出离愤怒了，觉得现在每听见一个讯息都在刷新自己的底线。难怪池映雪怕疼、怕黑，还整出个双重人格，摊上这么个爹，能安全长大都是奇迹。

"到底为什么啊？"钱艾问，"还是说没有原因，他爸就是个家暴变态？"

况金鑫没办法回答钱艾这个问题，虽然和池映雪的父亲交谈过，可有用的信息几乎没有。

浑身的麻木感消得差不多，疼痛的知觉重新清晰，况金鑫这才注意到钱艾的灰头土脸、旁边扔着的簸箕，以及地上被掀开的地砖和露出的大洞："钱哥，你……挖过来的？"他实在没办法从眼前情景中推出第二种结论。

"门打不开，还能怎么办，就挖呗。"钱艾按住肩膀，抡了抡胳膊，"为了跟你们会合，我容易吗……哎？徐望和吴笙呢？"刚才光顾着救况金鑫，这会儿钱同学才想起来自家队长和军师。

况金鑫便将他们兵分两路，一路追小孩儿、一路追黑衣人的经过简单给钱艾讲了。

钱艾听完，一拍脑门："得，还得继续会合。"

第八章 童谣

况金鑫努力扯出一个乐观的笑："至少还是兵分两路，没继续分三路、四路。"

"行了，脸肿了就乖乖当个面瘫。"钱艾看着他那样就想给池家老头一记金钱镖，"对了，你刚才说要追的那个小孩儿，就是小雪？"

况金鑫想了想，摇头："不能确定。但如果按照池卓临的年纪推算，在这里的池映雪是小孩儿也不奇怪。"

"池卓临？"钱艾蒙了，"他也在这里？"

况金鑫这才意识到自己只讲了兵分两路的事，把之前两次遇见池卓临那一段直接漏掉了，连忙组织语言，以最快速度给钱艾补课。补完，他又把背包里的《鹅妈妈童谣》翻出来："钱哥，这个很可能就是母本，是我在旁边一间秘密书房里找到的……但我忘了信上那四组数字了！"他难耐找到谜底的激动，但更多的是把谜面忘了的捶胸顿足。

钱艾静静看着那本童谣，良久，默默从口袋里掏出一张纸："你说的信，是这个吗？"

况金鑫不可思议地瞪大眼睛，钱艾拿出来的可不就是池卓临的信吗！他一把夺过那信，翻来覆去看，震惊夹着狂喜，都不知道要说什么了："钱哥，你从哪里得到的？你遇见队长和笙哥了？不对啊，你不是说一直在地底下挖吗……"

"这话说来就一言难尽了。"钱艾苦涩地咽了下口水，"你钱哥我一开始真是专心挖地，想着从门这边挖通到门那边就齐活了。谁知道也邪门了，这边是挖下去了，那边干挖挖不上来，就跟鬼打墙似的，我本来都想放弃了，结果和一个地道挖通了！那地道一看就是正经地道，挖得特别规整。我就想啊，反正都这样了，就看看地道能连到哪儿，于是就顺着地道往前走，半路遇见一个大螃蟹，蟹钳子上就戳着这么一张纸，我以为是线索，就和螃蟹进行了殊死搏斗……哎，你听我说话没？"钱艾正讲得口沫横飞激情投入呢，一抬眼，发现况金鑫早趴地上了，正在那儿埋头翻书、埋头看信，埋头翻、埋头看，乍一瞅吴笙附体似的。

意识到他在破译，钱艾识相闭嘴，安静等待。终于，《鹅妈妈童谣》被合上。他迫不及待地问：池卓临到底给小雪写的什么？"

况金鑫坐起来，盯着厚厚的精装书封面，好半晌才吐出四个字："爸，回，来，了。"

7

滑梯石室，扳手前。

一身巧克力酱的徐望、吴笙、阎王在巧克力酱之外又沾了无数根鼠毛，猛一看像三个猿人。身旁一个明黄色的高耸的螺旋滑梯，滑梯底下一条粗长得像巨蟒一样的老鼠尾巴，至于尾巴本主，已逃之夭夭。

"真不敢想象你以前一个人是怎么走过来的。"徐望气喘吁吁地看着阎王，"咱们仨打它都费劲。"

阎王拔掉头上粘的鼠毛："它今天战斗力格外强，可能是看见你们了，比较兴奋。"

徐望满头黑线，这都什么谬论。

吴笙来到扳手前，回头再次叮嘱徐望："准备好了？"

徐望郑重点头。

按照阎王的说法，这最后两间石室的内容是随机的，所以他们只能做好心理准备，见机行事选择战术。

吴笙正色起来，转头看向石壁，稳稳拉下扳手！

"咔"，石壁匀速而落，及至全部落下，仍没发生任何变故。眼前的石室空荡而安静，什么都没有，只一方石桌摆在正中央，上面放着一个文件夹。

吴笙举着手机电筒，谨慎而安静地靠近石桌。徐望和阎王彼此看看，跟上。终于，三人在石桌边站定，手机的光落在透明文件夹上。里面只有一页纸，上沿参差不齐，像是被人从某个已经订好的文件上撕下来的，从落款页码可以看出那是一份 DNA 检测报告的最后一页，而报告的最后一项，清晰写着——

【检验结果】：根据上述 DAN 遗传标记分型结果，排除检材 1 是检材 2 的生物学父亲。

8

爸，回，来，了。

当暗码信没被破译时，它只是一张随意写着几组数字的白纸，可当破译完成，它就有了可以无尽延展的含义，而那延展的尽头，是一片阴郁黑暗。

——"我小时候和我哥总这么玩。"

况金鑫和钱艾都清楚记得池映雪说过的话。彼时的他们真的以为就是"玩"，因为池映雪说这话的时候，神情自然得和平常没有任何不同。可他们现在知道了，这不是游戏，哪怕池映雪那么想给这段记忆披上一个"玩耍"的面纱，内里还是童年地狱——每一次父亲回到宅子里、每一次通信，之于年幼的池映雪，都是地狱大门的再次开启。

况金鑫和钱艾久久不语。他们不知道该说什么，能说什么，明明汹涌的情绪在心底如烧开的水一样翻滚，可落到嘴边，只剩沉默。

冷风从门缝钻进来，吹得暗码信轻轻颤动。况金鑫深吸口气，把信和童谣书都放进背

第八章 童谣

包。整装完毕，他起身对钱艾说："走。"

钱艾还没从冲击中彻底回神，愣着问："走哪儿？"

况金鑫："找路，想办法去西厢房。"

"西厢房？徽章不是在东厢房吗？"钱艾以为自己记岔了，一边说一边抬臂重新查看徽章手册，然后发现自己的记忆并无偏差。

"徽章是在东厢房，但小雪在西厢房。"况金鑫说完，见钱艾茫然看着自己，意识到自己遗漏什么了，连忙补充，"池卓临说的。"

"他还说什么了，你能不能一次性和我共享完？"钱艾抚额，一会儿一个暗码信，一会儿一个池映雪位置，感觉自己没进去垂花门就错过了一个世界。

况金鑫："真没了，就这些，我保证。"

"行吧。"看着况金鑫诚恳的眼神，钱艾选择相信。眼下情况，想兼顾找徽章和找池映雪确实有难度，所谓贪多嚼不烂，专注找池映雪，说不定还能在西厢房和队长、军师会合……

哎？等等。钱艾发现自己好像忽略了一个问题，四合院的东西厢房……不是应该在一起吗？

他把这话和况金鑫讲了，后者显然完全没想过："在一起吗……"

"肯定啊，"钱艾没有住四合院的命，但电视剧可没少刷，立刻拿手比画，"好比这是一个院儿，最上面正房坐北朝南，左边这排就是西厢房，右边这排就是东厢房，隔空相对，这边泼盆洗脚水，稍微泼远点儿都能溅到那边门帘儿！"

事不宜迟，明确完目标，两人立刻离开房间，准备探一下周围情况，看能不能通过辨别东南西北锁定内院方位，继而找出对的路。

一出门，钱艾就准备用手机照亮，被况金鑫阻止："有月亮，就别浪费电量了。"

"没事儿，"钱艾不拘小节，"我的手机没电了，你再顶上呗。"

况金鑫："我的已经没电了。"

"……"钱艾乖乖按灭电筒，并进一步调成低电模式，揣回口袋。

况金鑫转身，把门轻轻关上。

钱艾站在门口，眼睛慢慢适应了月光，也看清了周遭。这是一处狭长的院子，其实都不能称之为院子，因为从他和况金鑫背后的这一排房下了台阶，就是一面高耸到天际的墙，一排房间和一面墙就像长方形的两个长边，而两个短边则纵深到一团黑暗里，看不清尽头。这还用找什么路啊，要么往左，要么往右，二选一。

钱艾正胡乱想着，就听见况金鑫叫他："钱哥，你快看。"

钱艾闻言向后转，发现况金鑫正对着刚关上的房门仰着头，定定地看着门上某一点。

他莫名其妙地跟着去看，发现门楣上正中央挂着两块木雕的小牌子，一个上面刻的是"东厢"，一个上面刻的是"天"。

"这里就是东厢房？"幸福来得太突然，钱艾有点儿扛不住，在他的人生里还没有过这种"刚想找路，目的地从天而降"的美好事件。

况金鑫也不能确定。

二人沿着一排房间看过去，一共四间房，除了他们刚刚出来那间，剩下的每一间都房门紧闭，镂空窗格镶着磨砂玻璃，看不清里面的任何情形。但这些房间的门楣上，无一例外都挂着两块木牌，一块写"东厢"，第二块牌子按顺序组合起来，是"天地人和"。

况金鑫："应该就是了吧？"

钱艾："应该。"

一个挖地道过来的，一个跟着池映雪的父亲过来，全程没敢分神观察周遭，两个小伙伴重新回到"天"房间门前，不是那么确定地给了个结论。

"反正就四间房，"钱艾一把打开刚刚被他们关上的门板，"找！"

这间房他们熟，从地砖到沙发，从地道到壁橱，没一会儿就都让二人翻遍了，连天花板都踩着凳子仔细查看，一无所获。整个过程里，也没有出现任何属于徽章的闪光。

对于这个结果，两个小伙伴有心理准备，毕竟房间里待了这么久，环境又这么暗，有闪光早发现了，之所以还要再翻找一遍，也只是为了彻底放心地排除。

两个人离开房间，第二次将房门关上。

钱艾走向第二间"地"房，到了门口才发现况金鑫没跟上，回头，就见队友看着台阶下高耸的墙："怎么了？"

况金鑫若有所思："钱哥，你不是说东西厢房肯定对着吗？既然这边是东厢房，那墙的那边……"

"就是西厢！"钱艾知道他在想什么了，如果那边真是西厢房，那就意味着小雪也在墙后。

"那现在是怎么的？继续找徽章，还是直接推墙？"钱艾摩拳擦掌，跃跃欲试，大有"所有体力活尽管招呼"的豪情气概。

况金鑫吓一跳，连忙说："先找徽章。万一我们猜错了，池映雪不在那边，不就两头空了？"

"好吧。"钱艾放下拳头，恋恋不舍地又看了墙面几眼。

况金鑫赶紧快走两步来到钱艾身边，和他一起面向"地"房间的门板，身体力行带着队友重新回归"找徽章模式"。

门板严丝合缝，里面没有任何声响。月光穿透镂空雕花照在磨砂玻璃上，有一种迷离的凉意。

"我推了。"钱艾给况金鑫一个眼色。

况金鑫点头，里面可能有危险，也可能什么都没有，但不管哪一种，他都已经做好准备。

钱艾轻轻一推，门板就开了——钱艾自己都吓一跳，仿佛那门不是严丝合缝，而是原本就虚掩着。

门一开，便有声音从门缝里飘出来，是孩童的歌声，清脆、稚嫩，半哼半唱："丢啊丢啊丢手绢，轻轻地放在小朋友的后边，大家不要告诉他……"门板顺着惯性一直往旁边开，门缝越来越宽，歌声也越来越清晰，"快点儿快点儿抓住他，快点儿快点儿抓住他……"

月光顺着大开的门洒进房内，映出一个蹲在屋中央的瘦小身影。

房间空无一物，像个冰冷的盒子，那身影蹲在地上，抱着膝盖，轻轻哼唱着做游戏的歌。况金鑫和钱艾看不清他的模样。很奇怪，就像月光刻意避开了他的脸，连一点儿五官轮廓都吝啬去映照，他们只能依稀辨出是个小孩儿，然后就没有了。

"丢啊丢啊丢手绢……"机械地重复着游戏歌的小孩儿忽然歪头看旁边，他的旁边什么都没有，可他看得专注，游戏歌也一下子跳跃到了后面，急促而欢快，"快点儿快点儿抓住他，快点儿快点儿抓住他……"他唱得认真，观望得投入，甚至目光都跟着转了半圈，仿佛他的身旁真的有一个小朋友被放手绢了，正捡起手绢去快乐地追逐另外一个人。

丢手绢，至少三个或以上小朋友才能玩。而屋中央的身影，只有他自己。

况金鑫和钱艾站在门口，心里被两种完全不搭边的情绪撕扯，一种是瘆得慌，一种是堵得慌，说不清哪种更占上风。

"你是池映雪吗？"况金鑫轻声问。

屋内的游戏歌中断。小孩儿缓缓抬头看过来，一张脸仍是模糊。况金鑫和钱艾看不清他的模样，看不清他的表情，甚至没办法对上他的视线。

乌云和雾气已经让月光很暗了，小孩儿却更暗。

"啪啪"，他忽然拍了两下身边的地面。

钱艾呼吸差点儿骤停，捂着心跳狂乱的胸口，询问地看向况金鑫，眉毛哀怨成八点二十状。

况金鑫看看屋内身影，看看他拍的地面，大概懂了。

两分钟后。

"丢啊丢啊丢手绢……"钱艾唱出这歌的时候倍感羞耻。为什么就沦落到和噩梦里的鬼影玩丢手绢了呢，他到现在也没想明白。

眼下，况金鑫和小黑影——姑且这么叫吧，因为直到面对面，他的一张脸仍藏在晦暗不明里，钱艾都不能细看，看久了心里发毛——面对面蹲着，钱艾则捏着手绢，欢快地在外围绕着圈蹦跳，一边哼唱，一边绕圈，还得一边考虑到底把手绢给谁。

从始至终，小黑影都没说一句话。

这让钱艾更没底，总感觉对方可能藏着什么杀招，真把手绢给他了，万一被追上抓住，后果细思极恐……想到这儿，钱艾果断把手绢放到了况金鑫身后。

小黑影在手绢放下的一瞬间僵了半秒，而后才切换歌词，改唱"快点儿抓住他"。

况金鑫在钱艾一弯腰的时候就感觉到了。没办法，背后呼啦一阵风，想不发现都难。同样，他也发现了小孩儿僵硬的一瞬。不知怎的，他心里莫名跟着酸了一下。拾起手绢，他立刻去追钱艾，后者那是相当投入，飞快跑到位就蹲下了，一脸"我厉害吧"的自豪。

游戏歌重新开始。

况金鑫不紧不慢地走着，绕了两圈之后，无视钱艾频繁给过来的眼色，把手绢放到了小孩儿身后。

又走了半圈，小孩儿才发现，他先是不可置信地回头，而后立刻捡起手绢，兴奋地去追况金鑫。

明明看不清脸，更别说表情，可对方的错愕、惊喜，所有的情绪变化好像都弥散在了空气里，随着一呼一吸便能轻易感知。

"你别让他抓住啊！"眼看小孩儿的手要碰着况金鑫的衣服，钱艾有点儿急了，顾不上再唱什么游戏歌，真心实意替队友操心。

况金鑫也很投入，跑就是真跑，一点儿没放水，终还是赶在被小孩儿抓到之前锁定位置蹲下。

小孩儿也不恼，重新哼起歌，很快又把手绢放回况金鑫背后。

钱艾看在眼里，有一种被孤立的复杂心情。

况金鑫捡起手绢，这一次，轮到他追小孩儿了。他人高腿长，一步跨过去，就抓住了小孩儿的胳膊！

微凉。况金鑫只来得及捕捉到这一个感觉，那身影就毫无预警地散了，如一阵沙，散成了空气中飘浮的细微颗粒。它们能沐浴到月光，在半空中飘浮着，像一只只极小的萤火虫。

房间里忽然起了一团暖光。

况金鑫和钱艾愣住，循着光源去望。墙角，不知何时燃起了一根蜡烛。

这是他们进入这栋宅子后第一次见到月亮、手机以外的光。黄红色的烛火没办法将房间映得亮如白昼，却是久违的暖。

"还是没有。"钱艾颓丧地叹口气,转身关上东厢房"地"房间门。

这空荡的房间除了地砖,别处都不用翻,尤其有了烛光加持,简直一览无余。

"别泄气,钱哥,换个角度想,好在只有四间房,我们这么一会儿不就排除掉 50% 了?"况金鑫看向剩下的"人"和"和","要是有四十间房……"

"别,"钱艾连忙阻止,"这是意识世界,万一让小雪听见了你的创意,给我们加戏,那就真没活路了。"

"……"况金鑫服了他的清奇思路。

"你说,"钱艾看着已经关上的门板,淡淡地问,"刚才那个是小雪吗?"

况金鑫摇头:"我不知道。"烛光仍燃着,从里面给磨砂玻璃染上一层鹅黄色的光晕,他静静地说,"希望不是。"

东厢房"人"房间门前。

钱艾摸上门板,一回生,二回熟,往前一推,力道适中。同"地"房间一样,门扇轻松而开,毫无阻碍。

又是一间空荡荡的房,又是一个看不清脸的瘦小身影。唯一不同的是,这一次他跪在屋中央,再没有欢快的歌谣,只有自己扇自己的巴掌声。

一下,一下,他扇得极狠,就像打的不是自己。

他一边扇,一边带着哭腔一遍遍重复:"我错了,我错了,我错了……"

他的脊背挺得很直,整个身体却在发抖。

不是倔强,是恐惧。

况金鑫和钱艾呆立在门口,心像被带着刺的车轮碾过,碎成一块块,鲜血淋漓。被扇巴掌的不是他们,他们却宁愿是他们。

啪。

啪。

啪……

巴掌声的频率慢慢变缓,那身影像是疼急了,身体抖得越来越厉害,每一次扇下去都要比上次迟疑的时间更长,"我错了"的声音也开始变得微弱。终于,他彻底停下来,颤抖着轻轻抬头,望向前方的虚空,仿佛那里站着一个看不见的监视者。

况金鑫和钱艾也随之不由自主地看向那虚空处。

就在这一刻,那原本什么都没有的空荡里忽然慢慢凝聚起一个黑影。那影子的身形一看就是成年男人,高大而威严。月光勾勒出他侧脸的轮廓,况金鑫下意识打了个寒战——是池映雪的父亲,哪怕只有剪影,他也认得。

黑影歪头看了看瘦小的身影，下一秒忽然扬起手。

小孩儿的身影猛然一震，再度狠狠扇向自己："我错了，我错了，我错了……"噼里啪啦的巴掌声比先前更密集，更用力。他的恐惧盖过了犹豫，那一下下扇着自己的巴掌与其说是在反省，不如说是哀求，哀求对方别亲自动手，他可以自己来，真的可以。

况金鑫和钱艾再难以忍受，此刻的两个身影在他们眼里不是虚幻，而是真实的人！眼前的一切都那样活生生，血淋淋！

二人冲进房内。况金鑫直奔那瘦小身影，钱艾则朝着高大的男人侧影破口大骂："你根本就是个畜生——"

随着这声咒骂，金钱镖凌厉而出，比钱艾更快袭向高大黑影，犹如一柄尖刀。黑影躲闪不及，金钱镖正中他面门。就在被击中的一刹那，黑影无声无息地散了，金钱镖穿透四散尘埃，"咚"一声钉在了地砖上。

旁边，况金鑫已经将瘦小的身影用力揽在怀里。和先前的屋子一样，他还是看不清小黑影的脸，甚至连他的身体都没办法切实触碰。他抱着他，就像抱着一团柔软、微凉的雾，他知道他在，可他不能用力，一用力，就抱住了自己。

就这样被轻轻环着，小黑影不再扇自己巴掌，可嘴里仍念叨着："我错了，我错了……"

况金鑫打断他："你没错，你没有任何错……"他的眼睛酸得厉害，嗓子苦得厉害，要极力克制才能让声音不变调。

"我错了……"

"你没错。"

"我错了……"

"你没错！"

对话毫无意义地重复着，就像小球在摩擦力为零的直道上匀速前行，永远不停，永无尽头。

钱艾想阻止，可看见况金鑫眼里罕见的执拗，到了嘴边的"别白费力气了"又咽了回去。

不知过了多久，那机械性的对话可能重复了成百上千遍，惯性前行的小球终于停住了。

"我……没错？"小小的黑影仰起头，犹豫着，迟疑着，声音带着轻颤。那是已经成了灰烬的希望里，最后一丁点儿火星。

"你没错。"况金鑫第一千零一次重复，也是第一千零一次坚定。

钱艾蹲下来，毫不犹豫道："错的是那个王八蛋，他根本就不配当爸！呸，他连当人都没资格！"

熟悉的鹅黄色光晕在屋内亮起。况金鑫怀里的黑影散了，散在摇曳的烛光里，散在渐

第八章 童谣

渐温暖的空气中。

钱艾摸不着头脑。这种情况已经出现两次了，蜡烛一来，小黑影就消失。但他现在也无暇去琢磨深层含义，谁也不知道烛火什么时候熄灭，趁着有亮，赶紧找徽章才是正事。

见况金鑫还蹲在地上，维持着拥抱的姿势发呆，钱艾一拍他肩膀："别愣着了，还是照旧，你找墙，我找天花板和地砖。"

况金鑫沉默起身，还没从先前的难受里缓过来，但知道轻重缓急，仍是安静地走向墙壁，迅速查找起来。

钱艾叹口气，没再刻意搭话。别说况金鑫，他现在心里也堵得厉害，张嘴就想骂人，抬手就想给那畜生一棍子。

沉默的徽章搜寻很快告一段落，和上一个房间一样，没有任何收获……

第九章 烈 焰

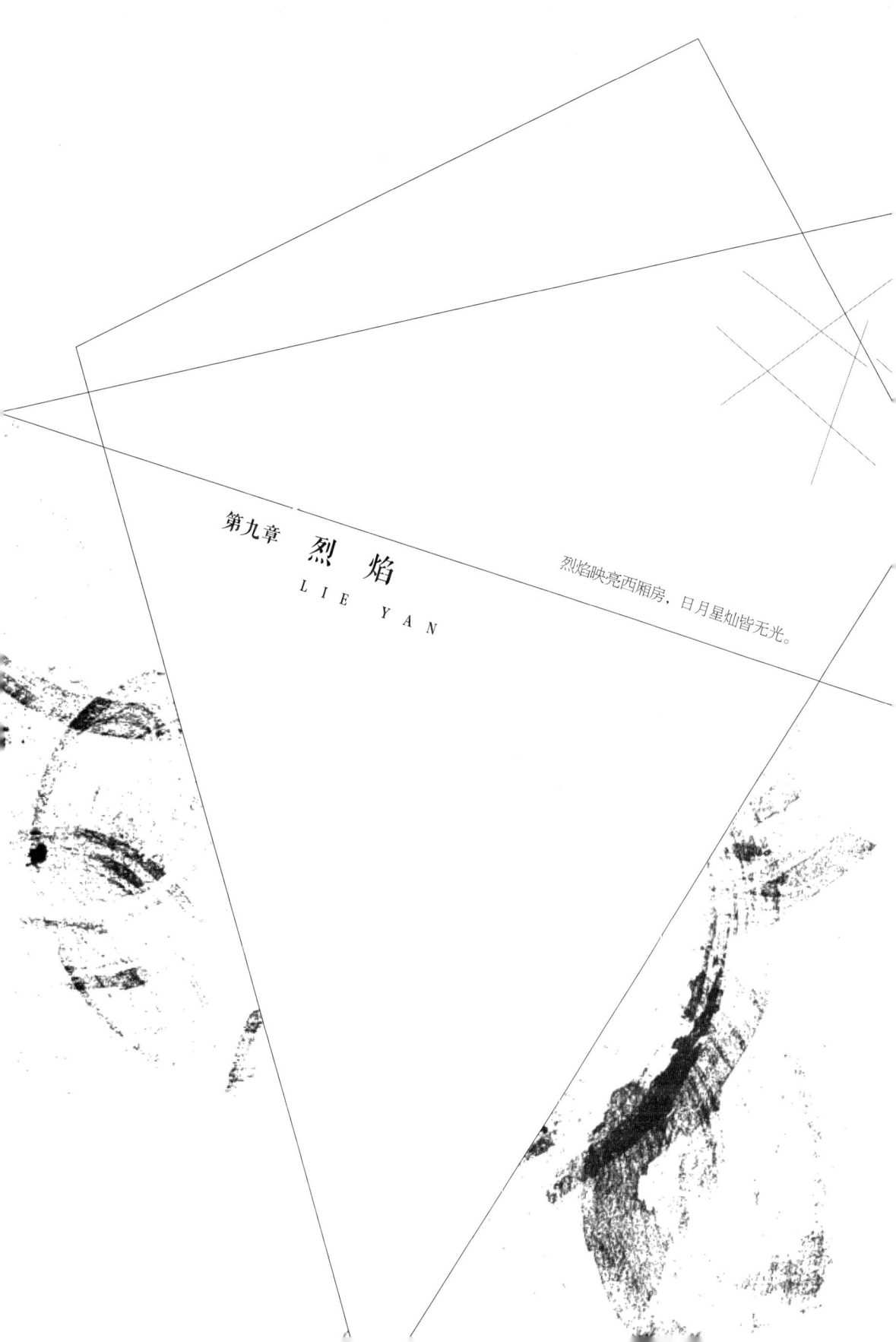

LIE YAN

烈焰映亮西厢房,日月星灿皆无光。

1

天、地、人、和。

现在只剩下"和"房间了。

况金鑫和钱艾站在最后一间房的门前，抬头看着刻着"和"的木牌，觉得特别讽刺。

这一幢宅子，这一间间暗房，哪里有"和"？

他们只看到疼痛、恐惧、冰冷。

抬手摸上门板，钱艾破天荒犹豫了，他不知道还会在里面看见什么，这种不确定竟然让他心慌。转头看况金鑫，他苦笑着，试图用调侃冲淡一些忐忑："我好像对开门有心理阴影了……"

况金鑫一点儿犹豫没有："钱哥，如果开开门里面还有那个大黑影，你就直接拿金钱镖收拾他。"

钱艾头回见这么爆裂的况同学，一时倒迟疑了："万一这回黑影是好人呢？"

"不可能。"况金鑫斩钉截铁。

那一声声"我错了"重又在耳边回荡，钱艾眼底沉下来："行，听你的。"

"吱呀"，门板应声而开。

一股食物腐败的气息扑鼻而来，熏得人瞬间反胃。

两伙伴一起捂住口鼻，定睛往屋内看。这一次，房中央没有人。那抹单薄、瘦小的身影缩在墙角，捧着一大碗看不清的食物，正猛地往嘴里扒拉，仿佛那是山珍海味，速度稍慢一点儿就会被人抢走。可钱艾和况金鑫只闻得到食物坏掉的酸臭味，就像饭店后门一车车拉走的泔水。

那身影瘦得皮包骨，比前两个房间的黑影更小、更弱，尤其他还缩在墙角，不仔细看，根本分辨不出那是个孩子，更像是黑暗中的野猫野狗，饥肠辘辘，瘦骨嶙峋。

"我不行了，我看不了这个。"钱艾别过头，用力吸一下鼻子，"这是假的对吧？"

他像是问况金鑫，又像是说服自己："这就是梦，是幻境……"

他嘴上不停，可越说，心里那个认定的感觉就越强烈。这就是池映雪，童年创伤、心理阴影、双重人格——连他这样只在电视剧里看过多重人格案例的，都能轻易顺出一条逻辑链。

"为什么呢……"他不知道第几次发问。在他有限的大脑里，想不出来什么样的原因能让一个孩子被这样残酷对待。

"不管为什么，他都该死。"况金鑫定定地看着墙角那团黑影，第一次从心里到眼底都是冷。没有任何理由可以让一个孩子被这样虐待，始作俑者应该挫骨扬灰。

这是况金鑫这辈子最偏激的时刻，他控制不住自己的愤怒，甚至有那么一瞬，心中闪过杀意。

幸而，房内没有再出现那个成年人的黑影，没有什么再进一步刺激他的情绪。

一连做了好几个深呼吸，况金鑫终于压住了那些乱七八糟的念头，抬起手臂，打开"文具盒"……

鸦："有人对你使用了＜武＞浪漫下午茶哟。"

钱艾没听见提示，只看见房内天花板上忽然出现一块巨大的散发着橘子清香的蛋糕。下一秒，蛋糕"砰"地落到地面，竟然没碎，只有柔软的蛋糕胚带着其上的奶油颤了颤，然后就稳住了。那蛋糕用芝士戚风蛋糕做胚，中间层夹着橘子酱和奶油，蛋糕上有一个姜饼小人儿，面前堆着小山一样高的橘子汽水糖。

钱艾也不想观察这么细，实在是职业本能，但等观察完了，口水也流三尺了，忽然反应过来一件更让他吃惊的事——况金鑫还能控制蛋糕的口味？！

上一次阎王用"浪漫下午茶"的时候他可就在现场，当时那场面只能用"一团混乱"来形容，根本预料不到天上会掉下来什么，预料不到下一秒是被奶油淹死还是被咖啡烫死……

正想开口问，忽然听见饭碗落地、瓷片碎裂的声音，钱艾循声去望，就见小黑影摇摇晃晃站起，早顾不得摔碎的饭碗，一点点向蛋糕靠近。

第九章 烈焰

他走得一瘸一拐，像是身上带了伤，可笔直的路线出卖了他的渴望。终于，他来到蛋糕旁边，却没伸手，只是站在那里深深吸气，一口接一口地吸，好像光闻味道就足够幸福圆满了。

况金鑫跨入门槛半步，小黑影忽然瑟缩了一下。

他又把脚收回，就在门口蹲下来，望着小黑影："请你吃的。"

小黑影犹豫了一下，最终还是没抵住诱惑，伸出手指蘸了一些橘子酱，放到嘴里舔一舔——他的身高正好对着橘子酱，想吃奶油，还要蹦一蹦。

"请你吃的。"况金鑫又重复一遍，鼓励似的，"吃完了还有，要多少有多少，要什么味道有什么味道。"

小黑影转头看过来。

昏暗夜色里，什么都看不清，可况金鑫就觉得自己看见了。他看见了小小的池映雪，粉雕玉琢，奶娃娃一样美好。

小黑影转回目光重新看向蛋糕，下一秒忽然蹦起来，抱了一大块沾着奶油的蛋糕下来，迫不及待往嘴里塞。

钱艾挨着况金鑫蹲下来，和队友一样保持着让小黑影安心的距离，静静看着他大快朵颐。

都是狼吞虎咽，可此刻，屋子里只剩下蛋糕香甜的味道，先前的馊饭菜味道就像见不得光的心虚者，落荒而逃，再无踪影。

"其实，这些蛋糕本来是要请大雪吃的。"况金鑫带着笑意对小黑影说话，声音极轻，哄小孩儿似的天真又温柔，"大雪你可能不认识，是一个非常别扭的家伙……"

他自顾自说着，也不管小黑影理不理，似乎只是想说，不一定真的需要谁来倾听："我答应他，下一次进入鸮，就给他用'浪漫下午茶'，但我没讲信用……我其实就想看看，如果我不主动提，他会不会来问我，我知道他肯定记着呢……但他就是不开口，明明惦记得要命……这回好了，他想吃也没有了……以后他要是忍不住真问起来，我就说给小雪吃了，好不好……"

钱艾听着，越听越精神。

他从来不知道这俩队友之间还有这么个小插曲。不，更让他意外的是，原来况金鑫也有坏心眼的时候，他甚至能脑补出来池映雪有多内伤。但他仍然义无反顾站在况金鑫这边，池映雪同学的别扭性格是需要适时敲打一下，再纵容下去，容易滑向危险深渊……

"嗝——"

小黑影忽然打了个饱嗝。

230

钱艾回过神，这才发现蛋糕被吃掉了近三分之一，从侧面看小黑影肚皮都圆了。

他正犹豫着要不要劝阻一下，毕竟饥一顿饱一顿的对身体不好，暴饮暴食和饥肠辘辘一样不可取，小黑影忽然又打了一个嗝，然后墙角燃起一根蜡烛。

烛光映亮房间，黑影随之而散，只留下吃了三分之一的蛋糕，仍散发着浓郁的橘子香。

况金鑫闭上眼，解除文具效果。

蛋糕缓缓消失，屋内恢复一览无余的空荡。

"这蜡烛到底什么意思啊？"钱艾早就想问了，"为什么蜡烛一来，黑影就没了？"

况金鑫看着烛火，皱了许久的眉宇终于舒展开来："有光，就不怕黑暗了。"

蜡烛后面的墙和地砖的接缝处有光闪烁，像星星。况金鑫和钱艾面面相觑，下一秒立刻起身冲了过去！带起的风摇曳了烛火，晃动的暖意里，提示音终于到来

鸦："恭喜寻获9/23地狱徽章一枚！"

就在耳内声音消失的同时，他们忽然闻到一股橘子味儿，那味道和况金鑫先前的蛋糕截然不同，更清爽、更跳跃，就像夏天里一杯带着冰的……橘子汽水。

"池映雪！"况金鑫大声道，飞快跑出门。

钱艾慢了半拍，赶忙跟上，但脑子是蒙的："什么池映雪啊？"

"这个味道就是池映雪，他最爱喝橘子汽水！"况金鑫现在几乎可以确定了，就是这似有若无的味道一路把他引到了这里，不管是主观的还是无意识的，的的确确是池映雪在给他带路。

哪儿又来个橘子汽水？这个味道分明和他在前院昏迷醒来时闻到的味道很像啊，难道那时候池映雪也在他身边，还是另有含义？哎，钱艾放弃思考了，谁让他掉队呢，活该接不上剧情，就跟着跑吧！

况金鑫顺着味道一路追，就在越过最后一间房时，终于看见了不远处游廊里的黑影，和他当初同徐望、吴笙分开时追的那个黑影一模一样！况金鑫以最快的速度冲刺过去，不由分说抓住那黑影的肩膀，脱口而出："小雪……"

一霎，黑影消散。

他抓了个空，眼前只剩冷清月光。

"轰隆——"

身旁传来巨石移动般的震响，况金鑫和刚追过来的钱艾一起转头，只见那道把这里圈成狭长地带的长得看不见尽头的高耸墙壁正在慢慢坍塌，碎石浮起尘土，遮蔽了夜空。

"老钱？！"漫天尘埃里，墙那头传来惊诧呼唤。

第九章 烈焰 YAN

2

半小时前，地下石室。

徐望和吴笙看着桌上的 DNA 报告发愣。

他们在打开石壁前，脑补了一万种可能出现的艰难坎坷，但绝对不包括这样的情形——一份报告孤零零躺在那儿，带着让人措手不及的秘密。

检材1不是检材2的父亲，这结论再明白不过了，只是不知道这结论对于送检的人是喜是忧。至于检材1是谁，检材2又是谁，其实答案已经呼之欲出了。可徐望和吴笙不愿意往深想，心里难受。

"啧。这么看多不痛快。"阎王语气依然轻快，大大咧咧拿起文件袋，随意将里面的文件取出，借着石室中不知哪儿透来的微光特自然地浏览。

"我说姓池的怎么每回打我下手都那么狠，"他一边浏览一边点头，恍然大悟似的，"原来心病在这儿啊。"

他脸上带着笑，语调却是阴阳怪气的凉。

吴笙看着他，若有所思地蹙眉。

徐望听得有点儿蒙："姓池的？打你？"

阎王说的每个字他都懂，连起来却像天书。

"怪我，应该再说明白点儿。"阎王将那页纸随手丢掉，无所谓耸耸肩，"姓池的呢，就是池映雪他爸。打我嘛，严格说起来也不是他本意，他想打的是他的便宜儿子，只是我吃饱了撑的，每回都冲上去替人家挨打……"

委屈地皱起眉毛，他凑近徐望，特别认真地问："你说池映雪是不是应该给我发精神损失费？"

"池映雪他爸……打他？"徐望微微颤抖，分不清是震惊还是愤怒。

"是打我。"阎王再次纠正，目光严肃。

"行，打你，"徐望顺着他，"总这样吗？"

"那就看他忙不忙了，忙的时候，十天半个月不回来，我就乐得清闲；不忙嘛，三天两头回家，我就得频繁开工。"阎王又恢复了满不在乎的模样，若不是刚刚那一刹的认真，徐望会以为他在讲什么社会花边新闻，就连"挨打"，在他这里都成了"开工"，听起来那就是一项工作，不值得他投入任何感情，哪怕是负面的。

徐望不太想继续问了，直觉告诉他，深处只能是更加黑暗。

可阎王像被挑起了兴致，绘声绘色地继续："你知道他怎么打的吗？扇巴掌都是小儿科，他会往死里踹你，会抓着你的头发把你拖进壁橱或者柜子，如果你反抗，他会再往死里打你一次，然后用捆扎带捆好，塞进去……每一次我都想杀掉他，每一次。"他脸上出现一种向往一样的迷幻光彩，似乎在某个空间里，他所讲的这些"畅想"正在上演，"拿刀捅进他眼睛，或者随便剜掉他一块肉，让他也尝尝疼得满地打滚的滋味……"

"呼——"他长舒口气，看神情是已经过足了干瘾，可说出的话仍带着满满遗憾，"可惜，池映雪的小胳膊小腿实在完不成这么宏伟的目标。"

终于注意到了徐望和吴笙的沉默，阎王歉意笑笑："对不住，我讲这些乱七八糟的，在你们听来，就像个疯子吧？"

徐望摇头："我们懂。"

"别安慰我了，"阎王不以为然地摆摆手，"想感谢我给你们带路，不用非逼自己'善解人意'，可以把你们那些个神奇的武器……哦对，你们叫文具，送我几个。"

"你要变成池映雪的模样才能替他挨打。"徐望平静陈述。

阎王怔住，一脸诧异。

徐望继续说："而且你是不情愿的。不情愿，却不得不替他分担，对吗？"

阎王抿紧嘴唇，沉默的视线在徐望和吴笙脸上转了几个来回："你们到底是谁？"

徐望的答案从没变过："池映雪的朋友。"

阎王苦涩地笑一下，有些无奈："他连这种事都告诉你们，看来是真交到朋友了。"

徐望看着阎王，眼前的青年浑身巧克力酱，脸上的虽然抹掉了个七七八八，可面部的细微表情还是看不清。就在这样的情况下，眼前的人和记忆中的阎王还是重合了。那个顶着池映雪身体的阎王，那个一战斗就无比投入的阎王，那个对自我身份莫名执念却偏用微笑掩饰一切的阎王……就是眼前的青年。

"不情愿也没有办法，人各有命，除了认，还能做什么？"阎王自我安慰着，走向开启下一间石室的扳手。

徐望忽然抓住他的胳膊："你不是问我们到底是谁吗？"

阎王一脸莫名其妙："你已经回答过了啊。"

徐望摇头："没说完呢。"

阎王茫然看他："你们是池映雪的朋友，还有其他？"

徐望："还是阎王的朋友。"

"……喊。"阎王哼一声，把胳膊从徐望手里扯出来，"耍我有意思？"

"没耍你，"说话的是久未开口的吴笙，"准确来讲，你和池映雪都是我们的朋友，池映雪早登场，但你先入队。"

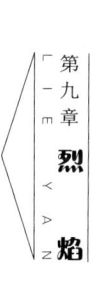

第九章 烈焰 YAN

阎王皱眉看了他俩半响,最后给出个结论:"神经病。"

说完,他三步并两步来到扳手处,毫不犹豫往下一拉,显然相比沟通充满障碍的聊家常,他更在意正事儿。

石壁落下,最后一间石室现出全貌,仍是空的。这回连桌子都没了,真正空空如也,只墙角一个扳手。

阎王大步流星走过去,看那架势是想直接就拉,可手放到上面之后却顿住了——不同于先前那些手动扳手,这最后一个扳手需要输入八位密码。

没有任何提示,凭空去猜一个八位密码,简直天方夜谭。

"吃饱了撑的。"阎王没好气地咕哝一句。

吴笙瞥他:"你也第一次见?"

阎王不耐烦道:"不是和你们说过吗,后两间石室里的东西一直在变。"

"阎王,"徐望又认真问一遍,"出了这间石室,就能找到小雪?"

"这间石室后面直通内院,小雪住的西厢房就在那里。"阎王直视着他,目光毫不闪躲,"如果你不信我,可以原路返回。"

徐望:"我不是不信你,我只是需要确定。"

阎王皱眉:"确定什么?"

徐望回头,身后一堵堵石壁沉下,一间间石室连成通道,已看不太清最初的来路:"这些石室,是小雪设的防。"

如果说先前还有怀疑,这一刻,徐望可以肯定了。这脑内地狱就像小雪的心,有凶神恶煞,有伤痛记忆,有随处可见的瓦砾,也有层层深藏的暗格。而他最想藏的,是他自己。所以他用一间又一间石室挡住了寻找者的路。

吴笙听懂了他的意思:"密码一定是和小雪有关的东西,但如果他想将之用作防御,那就一定要是入侵者猜不着,或者根本不知道的信息。"

徐望点头:"你想,如果现在站在这里的是小雪他爸,会往什么方向猜密码?"

"生日。"吴笙毫不犹豫。

徐望:"嗯。所以小雪的生日、池卓临的生日,或者各种公开的纪念日,都不可能。"

吴笙:"……"

徐望:"……"

"暗码信!"

两个人几乎异口同声。

可说完,徐望又烦恼起来,不是烦恼暗码信被大螃蟹截走,因为自家军师一定记得,他烦恼的是："密码只有八位。"

话音还没落，吴笙已经沉吟出声："12077，34036，58009，80024。去掉无意义的0，1277343658098024，再去掉重复数字，127346589……"他忽地皱下眉，懊恼抬眼，"还多出一位。"

徐望跟不上过程，只好和自家军师直接讨论结果："那怎么办？随便去掉一个数字，试一下？"

吴笙谨慎摇头："赌中概率太低了。"

"嘟嘟嘟！"

警告一样的刺耳笛声忽然从扳手处响起，沉思中的徐望、吴笙骤然一惊，低头去看，阎王不知道什么时候偷偷伸手过来，直接按了密码。

显然，按错了。

"你行不行啊？"要不是一想到他挨那些揍就心疼，徐望简直想踹他。

"好啦好啦，"阎王指指密码屏右上角新出现的"1/3"，"这不显示还有两次机会嘛。"

徐望心塞："你刚刚到底按了什么？"

"池映雪的生日。"阎王老实交代。

徐望抚额："不是刚说完，不可能用这种他爸都知道的密码吗？！"

"万一呢，"阎王撇撇嘴，"你们不也是猜的。"

徐望磨牙："稍息，立正！"

阎王条件反射地身体挺直，姿势还真的很标准。

徐望眯起眼："从现在开始，一动不许动！"

阎王不情不愿地翻一下眼皮："收到。"

"赌一把吧，"徐望重新看向吴笙，"这么耗下去也不是办法。"

的确，除了暗码信，他们再没掌握任何信息。

吴笙闭上眼，调整呼吸，在脑内把127346589这一组数字翻来覆去过了无数遍……

"阎王，"他忽然睁开眼，转头问，"池映雪有没有最讨厌或者最喜欢的数字？"

"最喜欢不知道，最讨厌的……"他歪头认真地想了想，"9吧。"

徐望意外："为什么？"

在他印象里，5、6、7、8、9作为尾号是颇受人青睐的，尤其在售楼处，客人选楼层的时候这种倾向更明显。

"9，长长久久啊。"阎王坏笑一下，带着点儿调侃，带着点儿揶揄，"作为一个小小年纪就自杀过好几回的人，我估计他不会太喜欢这个寓意。"

第九章 烈焰 LIE YAN

徐望、吴笙："……"

池映雪自杀过？

"你到底按不按？"见吴笙迟迟不动，阎王又催了，那种"终点就在眼前，你倒是赶紧撞线啊"的急切感写满了他一张脸。

吴笙思索片刻，决定赌上一次。他很少做没有把握的事情，尤其最关键的信息还不是自己掌握的，而是别人提供的。但形势严峻，他也没办法再多想，定下心，输入"12734658"。

"嘟嘟嘟！"

吴笙："……"他就知道概率太低！

九选八，就算不考虑顺序颠倒，答案也有九种，现在去掉一个错误答案，还剩八个。可是右上角小数已经变成了2/3，留给他们的机会只剩一次。

吴笙的眉头皱成了喀斯特地貌，除了当年和徐望的事，他还没在其他考验面前这么纠结过。

手忽然被握住，轻轻的，温暖的。

吴笙偏过头，对上徐望的眼睛。目光交会，他在徐望眼里看见了别样的光。那是一种机灵的、通透的、了然的光，从前上学时徐望一这样看他，只有两种可能：一，琢磨出新招坑他了；二，抢在他前面攻克了某种难题，带着点儿炫耀，带着点儿得意。不过此刻，那里面没了炫耀和得意，取而代之的是并肩前行的信任。

"这是小雪设的防，"不等吴笙问，徐望直接开口，"防的是他最害怕、最不想见到的人，防的是一切入侵者，但肯定不会防他最信任、最亲近的人。"

"池卓临？"吴笙说完，又立刻否定，"不会，用池卓临的信息就防不了他们的父亲。"

"也许，小雪信任的人不止池卓临一个。"徐望缓缓偏过头，目光落到一脸茫然的青年身上。

"你们确定要用我的生日？"阎王急得火烧火燎，虽然已经把生日提供了，可还是觉得这想法太离奇了，生怕二人就这么浪费最后一次机会，"你们是不是疯了，他怎么可能用我的生日当密码，我们其实没有很熟……"

徐望："你总过来找他玩，还替他挨打受罚，这叫不熟？"

"不是，"阎王简直百口莫辩，"熟和关系好、关系亲近，还有你们说的什么信任，根本就是好几码事，彼此之间没有任何必然联系！"

徐望挑眉："所以你之前说的都是谎话，你根本就没拿小雪当朋友？"

阎王："话也不能这么说……"

这边掰扯不清，那边吴笙已经将密码输入了——徐望说是，他就执行。

也幸好阎王还真记得自己的生日，年月日合起来，正好八位。

所谓生日，其实也就是阎王第一次出现的日子，算算时间，应该是池映雪七八岁的时候。

七八岁的孩子，是遭遇了多大的痛苦，才会那样迫切希望来一个这样的人保护自己？这个人健康、精壮、活力、生机勃勃，与其说阎王是池映雪臆想的保护者，不如说那是年幼的池映雪最大的向往。

一夜长大，长成阎王这样的青年，抵御世间一切伤害。

吴笙不是个感性的人，可一路行来所见所闻所遇让他不由自主就想了许多，难以平静。

"叮。"

密码正确。

最后一道石壁缓缓下沉。

徐望给了阎王一个胜利眼神。后者一脸错愕，久久回不过神。

3

夜色下的内院安宁静谧，角落一口干涸古井里陆陆续续爬出三个身影。

最先出来的是徐望，接着是阎王，吴笙守在最后。

"阎王，小雪真在这里？"

徐望一出来，就先把周围打量了个遍。这里看起来的确像是内院，朱红游廊，雕花窗格，四间房一个挨着一个，雅致有序。不过院子东面赫然立着一面高耸、绵长的墙，仿佛将院子切掉了一个边，于是好好的四方院倒像是临墙而建了，看着十分突兀。

没等阎王回答，徐望已走进游廊，来到第一间房间门前，抬头就看见门楣上挂着两块小木牌——"西厢""日"。

这下不用阎王了，这里的确是小雪的住所，西厢房。

四个房间都挂着小木牌，合起来是"日月星灿"。

还挺讲究。徐望轻嘲地扯了下嘴角，抬头看天，密布的乌云、惨淡的月光，哪里有一点儿"日月星灿"。

一想到小雪就在这四扇门中的一扇之后，徐望蓦地忐忑起来，那是一种很复杂的忐忑，混杂了紧张、心疼、激动，以及许多难以言喻的情绪。

吴笙看出他的踌躇，懂他的内心波动，因为自己也一样。

但已经到这里了，唯一能做的，只有继续向前找到小雪——如果可能，将他从这阴冷

第九章 烈焰

黑暗里带出来。

思及此，吴笙果断看向阎王，准备问他池映雪具体住哪一间房。

不想还没开口，耳内先响起了预料之外的提示——

鸦："恭喜寻获9/23地狱徽章一枚！"

吴笙挑眉，和同样听见提示的徐望面面相觑。

手臂上紧接着传来清脆的"叮"，两人点开隐藏物品栏，果然多了一枚徽章。

一路行来，心情几乎跌到深渊，总算遇见一件让人高兴的事了。

"老钱还是小况？"徐望问吴笙。

吴笙也不是真的能掐会算，迟疑几秒，给了个极标准的答案："不是老钱就是小况。"

徐望："……"

"咔啦——"

西面忽然传来细小的岩石断裂声。

三人一齐转头，是那面高耸的墙正在一点点开裂，眼看就要……

"轰隆隆——"

……坍塌。

厚重尘土霎时飞扬，遮天蔽日。

徐望刚想捂住鼻子，免得吸进沙粒，却见高墙废墟的后面、迷蒙的灰尘里，有一个若隐若现的身影是那样伟岸，那样熟悉……

"老钱？！"

坍塌余音里，呼唤还是成功抵达废墟那头。

很快，那边传来钱艾的回应："队长？你在哪儿呢？这种能见度你还能看见我们？！"

徐望愣了下："你——们？"

钱艾："我和小况啊！"

"……"

徐望瞪眼睛又看了半天，还是没看见况金鑫的小身板，显然，在"醒目程度"上，小况和老钱还有着遥远差距。认识到这一点，徐队长果断不纠结了，直接问重点："你们怎么会合的？"

这话问完，尘埃也落定了大半，对面两人终于看清了徐望这边。

十目相对，钱艾和况金鑫吓一跳，尤其钱艾，立刻把刚才徐望问什么给忘了："你们这是……掉屎坑里了？"

徐望、吴笙、阎王三个酱人你看我我看你，满头黑线。

"这是巧克力！！！"喊完，徐望又连忙催促，"别傻站着了，赶紧过来，这里就是西厢房。"

钱艾和况金鑫对视一眼，连忙奔过来。

小分队终于会合，可徐望还没来得及欣慰，就发现况金鑫的脸肿得要命，仔细看，脸颊上还有清晰手印儿，立刻怒视钱艾："你打他了？"

天降一口锅，钱艾被砸得嗡嗡的："我打他干吗！"

徐望："就是被幻觉支配了，或者被附身了什么的……"

钱艾心累："队长，你脑补的戏太多了……"

况金鑫不在意自己脸上的伤，倒更在意徐望、吴笙身边多出的第三人："笙哥，他是？"

"阎王。"吴笙简单明了。

况金鑫怔住，钱艾也愣了，两人一起上下打量阎王，本就全然陌生的模样，在巧克力酱的加持下，更没办法和他们认识的那个阎王联系起来了。

"说来话长，就不说了，"吴笙果断道，"先找小雪。"

徐望、钱艾、况金鑫同意。要真聊起来，需要解惑的太多了，钱艾和况金鑫怎么会合的，况金鑫脸上的伤怎么来的，为什么阎王会出现、又为什么是这种模样，以及况金鑫和钱艾经历的东厢房和吴笙、徐望经历的石室，想彻底把信息汇总，怕是到凌晨五点都完不成。

"阎王，小雪住哪一间房？"吴笙直奔重点。

阎王犹豫了一下，摇头："说不好。"

徐望皱眉："你不是总过来找他玩吗？你可别告诉我他的卧室也随机换。"

阎王一本正经："的确是随机换啊，看他心情。"

"……"徐望服了。

"这还不容易，那就一人找一间。"钱艾出谋划策，"反正我们人多。"

阎王不太赞同："还是一间间来吧，万一和石室似的，里面都是陷阱，或者闯出来危险东西，一次性应付四间房太吃力。"

"行，就一间间来。老钱，开门！"徐望迅速决断，不然纠结的时间都够开四扇门了。

钱艾得令，仗着身后有3.5个队友做靠山——陌生款阎王算半个——底气十足，双手朝着门扇大力一推。

"咣当！"

劲儿使大了。

钱艾吓一跳，连忙按好门扇将其稳住。

屋内空空如也，就正中央一个半人高的木头柜子。柜子看起来很有些年头了，但柜面

第九章 烈焰

的木纹依然优美，颜色红褐中带黄，一看就是材质上好的老家具。

徐望和吴笙是第一次见厢房内景，一时摸不准情况。

钱艾是过来人，立刻道："我和小况刚才在东厢房就这样，基本每一间房里都没家具摆设，就只有……一些幻影。"他不想承认那些是小雪，哪怕他心里知道那就是真的，但他还是不愿意承认。

徐望不知道他们经历的，闻言疑惑道："这柜子也是幻影吗？"

钱艾迟疑了。

况金鑫看向他，目光交会里，两个经历过东厢房的人其实都已经有了答案——

"也可能，小雪就在里面。"

夜，静得骇人。

薄纱一样的淡淡月光笼着墙壁废墟，笼着东西厢房，笼着整个宅院。

徐望小心翼翼迈进门槛，同时轻声叮嘱身后伙伴："大家都小心。"

他慢慢靠近木柜，及至来到跟前，仍没有任何事情发生。微微弯腰，把手搭到木柜拉手上，徐望屏住呼吸，将柜门缓缓拉开……

空的！

徐望刚一蹙眉，就听身后"啪"的关门声。他猛然回头，屋门已严丝合缝。

与此同时，脚下地砖忽然变成沼泽一样的淤泥，小伙伴们正纷纷不由自主下陷。

"啥玩意儿？"钱艾挣扎，结果越挣扎陷落得越快，眼见着徐望、况金鑫也一同遭殃，他立刻扛起武力担当的大旗，"不用怕，队长，交给我——"

徐望陷入淤泥的脚下忽然传来一种坚实的感觉，他精神一振，连忙喊："老钱，先别……"

鸦："有人对你使用了＜武＞极限速冻哟。"

还是晚了一步。漫到大腿的淤泥一下冻成硬土，硌得所有人的双腿痛不欲生。不光硌，还冷，总觉得钱艾这招冻的不光是土，还有肉。

"赶紧解除。"徐望真是一秒钟都坚持不住了。

钱艾也难受："但解除了还得继续往下沉。"

徐望崩溃："不能沉了，我已经踩到底了！"

"啊？"钱艾求证似的看况金鑫。

后者点头："嗯，我也踩到底了。"

钱艾蒙了："那我怎么没有？"

徐望："谁让你瞎扑腾！"

钱艾："……"

文具效果解除，钱艾怀着忐忑的心又下沉两厘米，果然到底了——所谓恐怖沼泽，也就没到大腿根。

他试着往前闯一闯，还是走得动的，虽然很缓慢。

相比之下，徐望的动作莫名快，这边钱艾刚走两步试试，他那边已经到了门口，开始用力拉门。但没用，门板纹丝不动。

昏暗月色里，响起况金鑫的疑问："队长，笙哥和阎王呢……"

钱艾这才发现，屋子里只有他们三个。

而徐望应该早就发现这点了，因为此刻正在和门板较劲的他，目光里满是焦急和担忧。

是他俩恰好逃脱了，还是掉入另外的陷阱了？或者是门外有更厉害的危险人物，把他俩给困住了？无数念头争先恐后往外冒，徐望的头都快炸开了。

4

西厢房，"灿"房间。

阎王看也不看"月""星"房间，直接来到这第四间房前，毫不犹豫推门而入。

这是一间和"日"房间截然不同的房间，布置温馨，家具齐全，窗帘是丝绒，沙发是布艺，吊灯简洁艺术，地毯柔软清新。唯一相同的是，这里也有一个老柜子，和整个房间的风格完全不搭，像一个乱入者，缩在阴暗角落。但是，这个柜子上挂着锁。

阎王看也不看其他，径直走向墙角。坚定的步伐表明他清楚自己的目标就在这里。

于木柜前站定，他双手搭上柜顶，静静深呼吸，像是想平复内心的波澜，可一开口，声音还是微微颤抖——因为兴奋，因为激动。

"我还是找到这里了。"他望着柜面，仿佛那不是木头而是玻璃，可以直接看到里面的人，"亏你想得出来，最后一层石壁用我的生日？呵，要是我一个人来，真的解不开……不过这些都不重要了，我今天过来就是帮你实现愿望的……"

他说着来到窗边，从怀里掏出打火机点燃，火光映亮了他眼中的灼热，还有灼热深处慢慢聚起的阴鸷。

"你不是喜欢躲着吗？"他的声音极轻，近乎呢喃，"那就永远躲着，别出来了。"

火苗靠近窗帘，微热的火光里，几乎可以预见一场吞没整个木质房间、甚至这座宅院的大火……

"我还以为你会改主意。"身后传来吴笙的声音。

阎王一震，本能回头，手却忽然被人擒住，转瞬之间，打火机易手。

"啪嗒"，吴笙关上打火机盖，看着金属机身上雕刻精美的图案，可惜地叹："这么有品位的打火机，不是让你用来杀人的。"说完，很自然地放进自己口袋。

阎王不关心打火机，他已经到这里了，想杀人，有无数方法。但有一件事他必须弄明白："你什么时候识破的？"

"是识破你的谎话，还是识破你的计划？"吴笙需要问清楚题干。

"有区别吗？"阎王皱眉，有种被耍的恼怒。

吴笙耸耸肩，让他郁闷也郁闷个明白："过完滑梯石室，我就知道你在说谎，因为你知道石室里是滑梯和老鼠，说明你遇见过，可是那只老鼠我们三人联手才打退……

"当然，你也说了，这一次不知道为什么老鼠变厉害了，但是逻辑很勉强。这就好比一道防火墙，它当然可以升级，但大多数升级都是基于已发现的漏洞进行提升。如果老鼠要提升到三人才能抗衡的战斗力，前提必然是已经有三人闯过这里，让老鼠见识到了闯入者战斗力的提升。然而这条路只有你知道，也只有你来过……

"至于你的计划，在知道你撒谎之后就简单得多了。你说后两间石室里的东西随机在变，你也不清楚会是什么，这既然是谎话，那就只有一个解释，你从来没闯到过后面两间石室，也就是说，你从来没打败过那只老鼠……"

"那你的计划是什么就再明显不过了，"吴笙定定地看他，一字一句，"你需要借助我们的力量，抵达池映雪这里。"

"而且到这里是为了干坏事，对吗？"阎王笑了，声音是淡淡的冷，却也坦然。

吴笙也冲他笑一下："做贼才心虚，你见过哪个做好事的一路骗人吗？"

"既然早就发现了，为什么现在才说？"阎王看向仍大门紧闭的"日"房间，"你如果早点儿揭发我，他们就不会被困住了。"

"你那点儿小伎俩，困不住他们多久的。"吴笙说，"如果你现在改变主意，我可以当一切都没发生过。"

阎王这回是真好奇了，歪头看了吴笙好半晌："我们好像也没什么交情吧？你何必这么宽宏大量，一直给我退路？"

吴笙眯起眼，似笑非笑："我们没交情？"

他的眼神像X光，能把人洞穿。

阎王被盯得浑身不自在，末了"喊"了一声，摊牌："对，我都记得，我记得我是怎么入队的，怎么和你们闯的古堡爱情线，满意了？"

吴笙没借机嘲讽，只又认真说了一遍："收手吧。"

阎王毫无动摇："不可能。"

吴笙："是我和徐望带着你来这里的，如果让你杀了小雪，就等于我们间接杀人。"

阎王满不在乎地嗤笑："所以？"

吴笙眼色沉下来，面若寒霜："我和徐望拿你当朋友，我无所谓，但我劝你别让他伤心。"

阎王的拳头来得快、准、狠。吴笙反应不及，脸被重重打偏到一边，抓着阎王的手瞬间泄力。阎王趁机抽回胳膊，反手又是一拳。吴笙眼前还都是金星，但凭本能往旁边一躲，险险闪过这一下。阎王却攻势不减，趁着吴笙还没站稳一个虎扑过去，直接将人扑倒压在身下，伸手就朝他口袋里去摸打火机。

吴笙终于在剧痛中缓过神，第一反应就是想把人掀翻。不料阎王死死压着他，让他根本没办法发力。

但同样，阎王也摸不到打火机，因为他的手再次被吴笙狠狠抓住。

两个人就这样僵持，阎王已经红了眼："我不想杀你，你别逼我！"

吴笙咬着牙道："我也不想伤害你！"

"哈？"阎王像听见了什么笑话，声音已经变了调，"不想伤我？你知道我那些年是怎么挨打的吗？你知道池卓临找的治疗师是怎么折磨我的吗？他们一个个都要我死！"

吴笙有一瞬的怔忡。

他曾想过为什么阎王对于身体的主控权有那样深的执念，为什么对池映雪有那么大的敌意，他以为根源只是"承担痛苦"这一项，因为承担，所以不甘。可单是不甘，就可以酝酿出这么大的杀意吗？

现在他知道了，真正让阎王起杀机的，是"生存威胁"。

只关心弟弟、视阎王为入侵者的哥哥，连自己真正意识都不能掌控的池映雪，幼年就替池映雪承受一切黑暗的阎王……这一下，链条都连上了。

一闪神的工夫，阎王已经摸到打火机。等吴笙反应过来想阻止，他已经点燃打火机，眼看就要扔向窗帘。

吴笙果断点掉"<防>五花大绑"！下一秒，已经挥出手臂的阎王忽然被天降绳索结结实实捆住全身，还来不及出手的打火机随之落地，立刻在地毯上烧出黑洞。吴笙火速上前，将打火机拾起熄灭。

"你承受的这些小雪都知道！"吴笙不喜欢做苦口婆心劝人的工作，可是对着阎王，他没办法真的下杀手。因为他清楚他的苦，明白他的恨，更重要的是，他们是并肩战斗过的队友。

第九章 烈焰 LIEYAN

"对，他都知道，"阎王冷笑，笑得近乎狰狞，"然后继续心安理得地躲在黑暗里，想出来就出来，想装睡就装睡，多逍遥啊！"

"不是躲掉了挨打就不痛苦了，你很清楚，我们现在就在小雪的心里，你见过哪个逍遥的人心里是这样的世界？！"吴笙清楚是徒劳，因为理性已经计算出，想用三言两语化解阎王积累了这么多年的仇恨，可能性根本为零。但他还是不愿意放弃，从前他不能理解，为什么真的有人撞了南墙也不回头，见了棺材也不掉泪，现在知道了——没原因，就是不能。

"你给予小雪的保护，是他得以安全长大的唯一支撑，这些他都懂。"

"懂又如何？"阎王看着吴笙笑，声音却凄厉，"现在没有人会打他了，他也不需要我了，所以他就要把我从这个世界上抹掉！"

"他从来都没想要你死。"吴笙定定地望着阎王，眼眶酸得厉害，"我见过池卓临，他那样的人，做任何事情都不可能半途而废。治疗没有继续，池映雪现在还能被允许'旅游'混日子，不管怎么想，都只可能是一个原因——小雪不愿意配合治疗！他从来就不希望你消失！"

阎王忽然不挣扎了，任由绳索绑着，眼带嘲讽地端详吴笙，从上到下，从下到上，像第一天认识他："我以前怎么没发现，你比徐望还能说会道。"

吴笙完全不理这种挑衅，只想一股脑把心里话说出来。他看到什么，想到什么，他就说什么，如果徐望在，一定会嫌他笨嘴拙舌，可他也只能做到这样了。

"阎王，你就住在小雪心里。他现在躺在暗格，可意识在和我们一起闯关，你以为他不知道你借我和徐望的力量闯石室，是想找到这里杀他吗？"深吸口气，吴笙继续，"他知道。可最后那道石壁，他还是用了你的生日，那是他把心剖出来给你看……那间石室，是他特意给你留的门。"

"啧啧啧，你几乎要把我感动了。"阎王用力眨一下眼，终于挤出一滴泪，顺着脸颊滑落，配着他玩世不恭的表情，充满了割裂感。

"你赢了。"吴笙耸耸肩，"我能说的都说完了，再掏不出来一句了。"

阎王满眼遗憾："可惜了，真的就差一点点。"

吴笙淡淡摇头："没有任何人能到池映雪的心底最深处，除了你。他藏得最隐秘的想法，也只有你知道。你不觉得可惜，那就不可惜了。"

阎王的笑意僵在脸上。

吴笙余光忽然注意到他身上的绳索，总觉得似乎和最初比有细微的松动……他心头一震，本能去和文具"沟通"，想加强束缚力。可阎王比他更快，吴笙甚至都没看清他是怎么逃脱的，那绳索就已经全部落地，人早跳到了绳索之外。

脱身的阎王揉揉手腕，像是看出吴笙的疑惑，隔着两米好整以暇地给他解释："久病成医，如果是你总被捆，也会对松绑驾轻就熟。哦对……"他微微一笑，"换塑料捆扎带也没用，我一样能解。"

"砰——"

游廊里传来某房间门板被撞破的声音。

紧接着，凌乱脚步声由远及近，徐望、钱艾、况金鑫几乎是飞驰而来，奔进大门敞开的"灿"房间。

一跑进来，三人就愣了。

"你俩在这儿干吗呢？"钱艾没看出暗流涌动，就看这屋子装修挺好，但也不能因为装修好，适合谈话，就聊起来没完吧，他们仨可是差点儿被困住！

徐望和况金鑫总觉得场面有些怪异，但一时又说不出哪儿怪，加上夜色昏暗，地毯花纹又有迷惑力，他俩看半天也没注意到地上的绳子。

就在这时，忽然起了冷风，风来得特别急，一下子就把门板吹得哐哐作响。紧接着就是一道严厉、低沉的声音，仿佛从屋外的天上炸开："这里是我家，谁允许你们进来的？！"

徐望、吴笙是第二次听见这个声音了，况金鑫更是对这个声音熟悉得不能再熟悉——池映雪的父亲！

钱艾看着仨队友满眼了然，就自己一头雾水，着急忙慌问："谁啊？"

徐望："池映雪他爸。"

钱艾瞪大眼睛，立刻撸胳膊挽袖子，咔咔往门口走，完全是大干一番的架势："总算把老王八蛋盼来了！"

刚走到半路，一道黑影忽然抢先从门口蹿进来，钱艾下意识侧身，完美避过。黑影速度不减，正中站在他后面不远处的吴笙。

一切发生得太快，又有钱艾挡在门口，吴笙根本什么都没看清，等意识到不对，黑影已经消失在自己体内。顷刻，他只觉得刺骨寒意席卷全身各处，就像无数钢针扎进血管，顺着血液流到四肢百骸……包括大脑。

思绪开始紊乱的一瞬，吴笙终于明白过来："他会附……"话未说完，他已被一股巨大的力量猛地扯出房间，重重摔进院子里。

"吴笙！"徐望惊叫，立刻跑进院子。

况金鑫和钱艾飞快跟上。

可就在他们要跑到吴笙身边时，已经被徐望扶起来的吴笙忽然飞起一脚，狠狠踹向徐

第九章 烈焰 YAN

望的腹部。徐望毫无防备，直接跌出去一米远，疼得半天没爬起来。

"队长！"况金鑫立刻转向跑到徐望旁边，蹲下来搀扶他起身。

钱艾则来到吴笙面前，克制着挥拳揍人的冲动："你发什么疯？你知不知道你在干吗？！"

吴笙冷冷看着他，眼睛里没有半点儿情感。

钱艾在这种陌生的注视里生出一种怪异感，似乎眼前站着的不是吴笙，只是一个不知名的生物穿了他的皮囊。

"老钱……"徐望在小况的搀扶下站起，捂着腹部，一边疼得吸气，一边艰难道，"是附身，吴笙被池映雪他爸附身了。"

吴笙最后想说的话，徐望在这毫不留情的一脚里彻底领会。

钱艾看看徐望，再看看"吴笙"，要疯："你逗我呢吧？他爸是人是鬼，还会附身？"

况金鑫："钱哥，在小雪心里，他爸就是鬼。"

钱艾沉默下来，一点点靠近徐望和况金鑫，远离"吴笙"——虽然很离奇，但东厢房看见的那些"过往"和眼前的情形让他不得不信。

"老钱，小心脚下！"徐望忽然朝正在走过来的钱艾大叫。

钱艾本能低头，就见地上"吴笙"的影子忽然变长，正在缠上他的脚，就像被一只冰凉的手抓住不放。钱艾立刻朝黑影扔出金钱镖。锋利大钞穿透影子，戳入地面。缠着他的黑影忽然用力一扯，钱艾瞬间腾空，下一秒，就被巨大的吸力拉到了"吴笙"身前。

吴笙早已等候多时，只等着他抵达，抬手就扼住了他的咽喉！钱艾只觉得喉咙一紧，再不能喘气，整个人也被"吴笙"和他的影子禁锢着，动弹不得。喉咙上的力道越来越凶，再多一会儿，钱艾都怀疑自己等不到窒息，直接喉咙碎了。

缺氧让他的眼前越来越黑，就在这绝望之际，钳制他的力道忽然松了。

此时不跑更待何时！钱艾用力向后一靠，凭自身重量直接将"吴笙"撞倒。

"哎哟——"

钱艾砸到"吴笙"身上的瞬间，喊疼的却是……徐望？

钱艾就着连躺带压的姿势猛回头，发现"吴笙"身子底下还压着徐望和况金鑫呢，敢情刚刚钳制自己的力道变小，是队长和小况过来帮忙拉"吴笙"的手臂了。他连忙爬起来，绕到"吴笙"头顶，把徐望和况金鑫从其身子底下拉出来。

就在二人脱困的同时，"吴笙"也回过了神。可他没起身，坐在原地用力拍自己的头，一边拍还一边低吼，就像体内有两股力量在拉扯。

徐望忽然明白过来："吴笙的意识没消失！"

"没消失有什么用啊。"钱艾问,"现在我们怎么办?"

总不能对吴笙动刀动枪啊,鬼魂能不能被武器弄死还两说,吴笙绝对是没活路的。

"赫赫……""吴笙"忽然发出阴森森的笑。

三人一激灵,并肩而战,随时提防。

"吴笙"缓缓站起来,月光照在他脸上,泛起诡异的光。很明显,拉扯他的力量消失了,现在恶鬼又重新占据了主导权。

徐望咬牙切齿,又无能为力。他们现在的文具里既没有能驱邪的,也没有能消灭恶灵的,全是一些物理性攻击、精神性刺激,可这些用过去,就等于扔吴笙身上了……

"不听话的孩子,就要受罚。"他轻声开口,比吴笙平时的声音更哑、更沧桑。

院内盛满水的大缸忽然晃动,下一秒,水缸竟然飞起,凌空过来直砸向徐望和况金鑫。二人立刻分开,最快速度往远处跑。水缸在他俩中间落地,砸碎瞬间,缸片混着水花在空中飞溅,犹如一枚枚锋利的刀片。徐望、况金鑫趴到地上,像躲炸弹那样埋下头,才逃过一劫。

这边钱艾看准时机,直接扑倒"吴笙",再度将他整个人压在身下。可被附身的"吴笙"力大无比,奋力挣扎,好几次差点儿把钱艾掀翻。徐望和况金鑫爬起来,立刻过来帮忙。三人合力才勉强按住"吴笙",但这终究不是长久之计。

"现在怎么办啊?"钱艾要崩溃了,"他在吴笙身体里,还不能硬打,但这么僵持下去也不是办法啊!"

徐望用力压着"吴笙"一条胳膊,刚才只顾着逃命,脑子根本是乱的,现在终于能静下几秒想一想。可还没琢磨出所以然来,况金鑫出声了:"队长,我们为什么非要和他打?交卷的关键是找到小雪啊。"

一语惊醒梦中人!要不是压着"吴笙",徐望都想猛拍大腿。

抬起头,一眼扫到还站在屋子里的阎王,徐望立刻大喊:"你别傻站着了,快看看小雪在不在柜子里,不在的话就到另外两间屋子里找!"

阎王愣住。他其实已经愣在那里很久了,从黑影附身吴笙,把所有人从这间房间里引出去,他就站在那儿一动不动,像在想什么,又像什么都没想。

等了几秒,见人还呆立在那儿,徐望有点儿没底了:"你不会也电量不足了吧?别这个时候掉链子啊……"

"我又不是手机,不靠电池。"阎王终于幽幽出声。

徐望松口气,立刻催:"快点儿动起来吧,我们压不住他多久!"

阎王歪头,不紧不慢地问:"我为什么要帮你们?"

第九章 烈焰

徐望无语："咱们是队友啊！"

阎王怔住，眼眸里泛起晦暗不明的光。

徐望忽然反应过来："哦对，你还没到那时候呢。"他自言自语地咕哝，也不管对方懂不懂，"反正我和你说，我们未来是队友，你和池映雪就是我们队的双主力！你是武力担当，他是颜值担当，你负责定点狙杀，他负责貌美如花，总之你俩简直是我增员的最佳队友！"

阎王看了他一会儿，乐了："评价这么高啊？"

"当然了，"徐望这回没撒谎，也没忽悠，真心话，"你是不知道你以后多厉害！"

阎王又不说话了，静静站在那儿。风吹散了乌云，月光难得片刻皎洁，却映不出他眼底的情绪。

钱艾听着有点儿吃醋，趁这片刻安静，必须为自己讨个说法："他俩是最佳队友，那我和小况呢？"

徐望白他一眼："小况是咩自动配对，你第二关就来了，还是老同学，所以严格意义上讲，你俩都属于咱们队的'发小'。人这一生，朋友能选，爱人能选，就发小没得选，天注定的，知道吗？"

况金鑫："……"

钱艾："……"

虽然不甘心，但莫名觉得好有道理。

5

"找到池映雪也没用……"阎王忽然走出房间，向战场中心走来。

徐望没懂："什么意思？"

阎王来到三人身边蹲下，帮忙一起按住"吴笙"："真想让他从柜子里出来，"他垂下眼，定定地看着"吴笙"，"就得把心魔灭了。"

徐望清楚看见他眼中泛起的杀机，立刻警惕："你想干吗？"

话音刚落，阎王忽然从怀里掏出一把匕首，狠狠刺向吴笙胸口！徐望、况金鑫、钱艾猛然一激灵，连"吴笙"都变了脸色。

徐望猛地撞开他，钱艾和况金鑫则拉着"吴笙"往旁边滚。阎王没被撞倒，只是手下随着身体晃动偏了准头，一刀下去，刀尖直接扎进地砖缝。

"你冷静一下，他虽然被附身了，但也还是吴笙啊！"钱艾要不是还抓着"吴笙"，真想孱住阎王用力摇。

"这话其实可以反过来理解,"阎王不为所动,从容拔出匕首,转过身来温和微笑,"杀了吴笙,也就消灭他了。"

徐望:"……"

况金鑫:"……"

钱艾:"你个疯子……"

阎王欣然接受评价,握紧匕首,再度袭来。

徐望看得真切,他是真的要杀人,不是虚张声势或者别的什么!

同样清晰感觉到杀意的还有"吴笙"。就在徐望犹豫着是否对阎王用限制性文具时,那团黑影忽然从吴笙身体里离开,飘浮到空中,以极快的速度冲向正在袭来的阎王。

就在吴笙身前两步远处,阎王忽然停下,定住了。黑影钻进他的胸膛,消失得无影无踪。阎王低头摸了摸胸口,像是还没反应过来。

可徐望已经明白了黑影的意图。当被附身者成为不了保护伞,那附身也就失去意义了——它附身在任何人身上,阎王都能毫不犹豫痛下杀手。除非,他附在这唯一不怕杀人的人身上。

吴笙感觉到体内的寒意正慢慢退去,随着体温一道回暖的,还有意识。9/23、池映雪的梦境、阎王的谎言……所有的一切,重又在思绪里清晰。

吴笙睁开眼,猛地坐起身,就见徐望护在他身前,钱艾和况金鑫则站在旁边,一脸不解地看前方。顺着他们的目光,吴笙的视线落到"灿"房间,蹙眉——阎王刚刚走进房内。

困惑的钱艾直接冲阎王的背影出声:"你现在到底是阎王还是池映雪他爸?"

阎王转过身来,目光却是乱的。他单手用力抓住门框,关节已经泛了白,两股力量的拉扯让他的身体不住颤抖,痛苦异常。但最终他还是平静下来,缓缓抬头,目光重新清明,挂着豆大汗珠的脸上是熟悉的和煦微笑:"你说我是谁?"

钱艾诧异:"他没有控制住你?"

"他有三点没搞清楚。一,他能活到现在,是因为池映雪的恐惧,但是我从来都没怕过他。二……"阎王耸耸肩,呼吸仍未稳,却还是得意挑眉,"和人抢身体这种事,我是专业的……"

"三,池映雪的心里有暗格,不好意思,我的整颗心都是黑洞。"他轻轻点了下自己的胸口,像在对困在其中的黑影呢喃,"进到我这里,你就别想着再出来了。"

钱艾眉宇间的结仍然没解。阎王没被控制是好事,但他为什么要回屋里?

阎王手掌轻轻一翻,指尖已多出一个打火机。

吴笙心里"咯噔"一下,立刻去摸自己的口袋,不出所料,打火机不见了。显然在他

第九章 烈焰

被附身的时候，阎王找机会靠近并偷回了打火机。

微热的火苗重新燃起，一同燃烧的还有丝绒窗帘。几乎是一瞬，窗格就成了火海。

这一次，吴笙没来得及阻止。

徐望、况金鑫、钱艾则彻底蒙了，完全不明白他在想什么、在干什么。可他们只能看着——全队仅存的、也许能对抗大火的文具"急速冰冻"，已经被钱艾用掉了。

疾风助火，转瞬间，火龙已经吞没一半房间，火光映得月亮都蒙上红色。

阎王回到门口，将熄灭的打火机扔还给吴笙。

吴笙条件反射地接住。

阎王冲他笑一下，目光依次看过四人："这是我第一次用自己的身份帮你们闯关，感觉还不赖。"

最后，他看向徐望，毫无预警地叫了声："队长。"

徐望怔住，下意识应了："嗯？"

他勾起嘴角："记住，我，阎王，先入队的。"说完，他不再等回应，转身走进熊熊大火。烈焰一瞬吞没了他的身影，也吞没了困在他身体里的黑色恶灵。

下一秒，一个柜子被人从火海里踹了出来，滚出门口，落在院内。

火龙冲天。

就在柜子被踢出来后不到两秒，"轰隆"一声，屋顶烧塌了。瓦片稀里哗啦跌入火海，连同断掉的横梁一同被大火吞噬。

最后一簇火焰熄灭时，整个东西厢房已被焚烧殆尽。无数带着火星的灰烬飘浮在空中，随着夜风飞向不知名的远方。

什么都没有了。

东厢房那一间又一间承载着噩梦的暗格、西厢房那一个又一个可能关着人的柜子，全在烈焰里化为废墟，化为焦土。

院子里安然无恙。火龙像是打定主意只烧房间，从西到东，起势凶猛，结束戛然。

一片黑色雪花一样的灰落到院里的柜子上。"咔哒"，挂着的锁自然开了。

四伙伴错愕地面面相觑。在柜子被踢出来之后，他们就用尽了方法想将之打开，却都是徒劳，可这会儿，当最后一丝火光熄灭的刹那，它自己开了。

徐望伸手过去，摘掉挂锁，轻轻打开柜门。月光终于照进漆黑的柜内，照亮那个蜷缩着的身影……

鸦："恭喜过关，9/23顺利交卷！亲，明天见哟。"

一秒焦土废墟，一秒市井街头，即便有令人眩晕的失重感做分割，世界切换的速度还是快得让人来不及回神。

天色还是黑着的，可路灯是亮的。街边已有环卫工人在清扫，马路上时不时有车驶过。侵入骨髓般的阴郁感彻底消失，取而代之的是开敞的街巷和踏实的烟火气。

徐望、吴笙、钱艾、况金鑫站在一盏路灯下，被他们围在中央的，是已经苏醒的池映雪。他倚靠路灯坐在地上，缓缓抬起头，目光淡淡看过每一个伙伴的脸，眼底仍残留着一些恍惚、茫然。

可徐望总觉得，他对于发生的一切并非全然空白，他的恍惚更像是一时还无法从某种情境中抽离的不适应。

四伙伴几乎同时蹲下来，关心地看池映雪。他们没有任何提前的眼神交会，完全是不约而同。

"你还好吗？有没有觉得哪里不舒服？"徐望不想再去探究池映雪在暗格里经历了什么，是否和他们同样闯了一次鬼门关，他只希望他一切都好，就行了。

池映雪其实看起来不大好，脸色比平时更白，额头隐隐有汗，下嘴唇像是被自己咬破了，一片殷红。可他歪头看了四个伙伴一圈，忽然笑了，淡淡的，慵懒的："睡一觉而已，你们都是什么表情？"

吴笙、钱艾愣住，一时拿不准他是真话还是敷衍。

况金鑫微微蹙眉，有些担忧地看他。

徐望则放下半颗心，至少眼前还是那个让人又爱又牙痒痒的小雪。可另外悬着的半颗心……

"阎王怎么样？"徐望还是问了。

一直以来，他其实都不主动在池映雪面前提阎王，那感觉就像拥有两个合不来的队友，作为队长，没办法帮他们化敌为友，那就尽量避免矛盾。可现在，他只能问池映雪，甚至已经打定主意，等过后池映雪稍微缓过情绪，他会将阎王为这一关付出的那些原原本本告诉他。

池映雪没有立刻回答。他敛下眸子，像在思考，又像在寻找。路灯照在他脸上，透过睫毛，在眼底留下一片阴影。

"我找不到他了。"

许久之后，四伙伴才听见他这样说。那声音极轻，轻得几乎无法分辨情绪。

可徐望确定，那里没有错愕和惊讶，有的只是一丝惘然和更多的无措。那一刻他就明白了，整个闯关过程，池映雪都清楚，他既是那个躲在柜子里的孩子，也是那个带着橘子汽水味的黑影，亦是无处不在的淡月、乌云、风……9/23的一切，他都能感知。

第九章　烈焰

6

接下来的两天，池映雪再没说过一句话。白天，他把自己关在房间里，晚上，他就坐在 9/23 的太空舱里——他们这一关交了卷，暗格不会再开，于是漫漫长夜只是在太空舱里坐着。

池映雪靠坐墙角，静静望着天花板发呆，他们就陪着他发呆。

阎王，走了。

他因为小雪心底的恐惧而生，又因为恐惧的湮灭而消散。

大家嘴上没说，但心里清楚。哪怕是当时对池映雪那句"找不到"理解含糊的钱艾，在这两天的低落氛围里也意识到了这个事实。

人格分裂痊愈怎么看都是一件好事，可理性代替不了感情，更不可能抹杀那些他们曾并肩战斗的记忆。他们尚且如此，池映雪呢？那个把心里最后一道防线的密码设成阎王的生日的孩子，想过有一天会离别吗？

徐望已经做好了持久战的准备，甚至已经私下给伙伴们开过小会——池映雪缓三天，他们就等三天，缓十天，他们就等十天。

不料第二次从鸦里静坐出来后，池映雪就毫无预警地开了口："订票吧。"

10/23 的坐标点，在湖南。

徐望不知道他是真的振作起来了，还是将更多的情绪埋进了心里，可人生就是这样，不管你愿意不愿意，日历都在一页页往前翻。

"和你哥聊过了吗？"这么重要的事情，徐望总觉得该让亲人知道。

池映雪却淡淡摇头："什么时候回北京再说吧。"

这是人家兄弟间的事，徐望没再多话。

天边泛起鱼肚白时，徐望和吴笙订好了去湖南的高铁票。

酒店天台。

这栋酒店位于市中心最繁华的地段，扶着天台栏杆，可以俯瞰大半个城市。此刻，这座城市正在苏醒，路灯一盏盏熄灭，建筑从黑暗中走出，熙攘和喧嚣慢慢升腾。

可池映雪不看这些。他坐在天台角落唯一一张沙发里，静静望天。沙发半新不旧，不知是特意供客人休息还是被酒店遗弃了，但此刻，他和身下的沙发和谐得像一幅画。

大半个天空已经亮起来了，今天的云有些厚，可阳光还是执着地穿透云层，洒向人间。况金鑫来到天台的时候，先看见了日光，然后才是沐浴在晨光中的池映雪。

感觉到有人闯入，池映雪转过头来。

"火车票订好了，"况金鑫来到沙发旁边，"下午三点的。"

池映雪看着他，说："哦。"

本以为例行通知，通知完了人就走，可况金鑫反倒坐下来了，自然得仿佛沙发的另外一半就是特意给他留的。

"美。"况金鑫忽然没头没脑说了一句。

池映雪茫然："嗯？"

况金鑫望向终于在云边冒头的旭日，真心道："日出真美。"

池映雪没有和人谈风景的爱好，尤其现在，他只想一个人待着。毫不犹豫起身，池映雪连招呼都没打就往门口走。

"以后没人保护你了。"况金鑫望着他的背影，忽然开口。

池映雪顿住，过了几秒才缓缓回头，眼色沉下来："你说什么？"

"我说以后没人保护你了。"况金鑫一字不差重复一遍，声音更大、更响亮。

池映雪危险地眯起眼睛，一字一句："我不需要任何人保护。"

"那阎王走了不是更好？"况金鑫说，"反正你不需要他保护，也再没人和你抢身体了。"

池映雪沉默半晌，忽地扯出一个淡淡的笑："对啊，走了更好。"

况金鑫定定地看着他："那你这两天慌什么？"

"谁告诉你我慌了？"池映雪仍笑着，声音却微微发冷。

况金鑫看了他一会儿，忽然问："我在暗格里做了什么梦，你知道吗？"

池映雪愣了，话题太跳跃，他抓不住。

"我梦见了父母出车祸的时候。"况金鑫神情平静，坦然，"队长、笙哥、钱哥他们都知道，但你一直在暗格里没出来，所以我再给你讲一遍。"

池映雪皱眉："也许我并不想听。"

"不听不行，"况金鑫理直气壮，"我把你的噩梦走完了，真要论，你得再走一遍我的噩梦才公平。我现在都不用你走，只需要你听，你还讨价还价？"

池映雪："……"总觉得这个"公平交换"怪怪的，可哪里不对，一时又说不上。

"我父母在我很小的时候就出车祸去世了，我都没有记忆，所谓的车祸，都是听爷爷奶奶说的，然后我就自己想象……"像是料定了池映雪不会走，况金鑫望着逐渐湛蓝的天，自顾自道，"我真正开始有记忆，是挨揍。其实就是一起玩的半大孩子，什么都不懂，整天傻跑疯玩的，但他们就专门欺负我、打我，因为我没有父母……我印象特别深刻，只要

第九章 烈焰

一下雨，他们就非把我推到泥坑里，然后围着哈哈大笑……"

他苦笑一下，可这苦涩很短，就像一闪而过的阴霾，再去看时，已明媚晴朗："后来有个邻居大哥哥发现我总被欺负，就帮我出头。他比我们都大，那时候已经念初三了，一个单挑一群小孩儿没问题。自从他罩着我，我就再没挨过打……"

"运气不错。"池映雪终于给了一句不甚热络的回应。他站在距离沙发两米的地方，没再继续离开，也没重新靠近，只是转过身来，就这么不远不近地看着况金鑫，像是百无聊赖，索性听个故事。

"我也觉得自己运气很好，我当时几乎把他当成亲哥哥了。"况金鑫看向池映雪，灿烂一笑，"然后不到一年，他考上了重点高中，要搬家到离学校近的地方。"

池映雪蹙眉。他果然不喜欢这个故事。

"临走的时候，我抱着他哭，不让他走，谁劝都不行……"况金鑫再次陷入回忆，明明望着池映雪，可目光却落在不知名处，"我说你走了，以后就没人保护我了。他说，其实在这个世界上，能永远保护你的人只有你自己……后来他还是搬走了。他一走，那些人就打我，但我还手了。我发了疯似的不要命地还手，最后把他们都打趴下了……"

他的目光重新和池映雪交会，透着自豪："那之后再没人敢欺负我。"

池映雪耸耸肩："所以他说对了，求人不如求自己。"

况金鑫收敛笑意，正色摇头："不，他说错了。"

池映雪："错了？"

况金鑫："我能还手，是因为我心里记着他，记着他给我的保护、鼓励，还有温暖。它们带给我力量。"

池映雪沉默下来。和煦日光映出他漂亮的轮廓，某个刹那，眉宇间仿佛闪过另外一个影子。

"这个世界上，能永远保护你的人是存在的。"况金鑫静静望着他，目光温和，却坚定，"只要你把他永远记在心里，他就能一直守着你。"

7

北京时间 18∶00，湖南。

因为没提前联系，这一次神通广大的池卓临总裁没有来得及帮小分队安排总统套房。他们入住了一家快捷酒店，两个标间、一个大床房——大床房给池映雪，毕竟蹭住了人家这么久的总统套房。

但是开完房，徐望又有点儿后悔，觉得应该定个标间，然后派老钱或者小况，哪怕自己也行，陪住一晚。

把这念头和其他队友私聊之后，况金鑫却说："队长，放心吧，池映雪没你想得那么脆弱。"

徐望半信半疑，纠结了两个小时，待到晚上八点，还是偷偷摸摸敲了池映雪的房门。

门开了，但池映雪没有请君入内的意思，就站在门板后面茫然看他。

徐望也有点儿尴尬，但看他状态还行，没有不稳定的迹象，便心一横，把攥了半天的东西硬塞进门缝，塞到对方手里。

池映雪猝不及防，接完了才看清，是一枚刻着阿拉伯数字"6"的小徽章。徽章做得很精致，但……意义不明。抬起眼，他不解地看向自家队长。

"那个，队员编号。"徐望心里没底，语速就有点儿不稳，"他们的我都发完了，这是你的。"

徽章是徐望交卷当天在网上订的，不用特殊制版，这种阿拉伯数字很多店里都有现成的，他选了一家同城店铺，隔天快递就到了。

池映雪用拇指轻轻拨弄一下徽章，蹙眉："我排6号？"

"嗯，"徐望停顿片刻，"阎王排5号。"

池映雪不说话了，安静看着他，看不出什么情绪。

徐望任由他看着，目光不闪不躲。有些事，不提永远是结，说破才能照进阳光。

"给我吧。"池映雪忽然说。

徐望没懂："什么？"

"5号的徽章。"池映雪扬起嘴角，"我是6号，兼5号。"

徐望反应过来，立刻从口袋里摸出另外一枚徽章。这次还没等他给，池映雪直接伸手过来拿。

"谢谢队长。"池映雪淡然一笑，"啪"，关门。

徐望："……"这位队友果然还是——如既往地欠揍啊！

> 第九章 烈焰 MEYAN

一门之隔。

池映雪转身走回大床，一边走，一边迫不及待把两枚徽章都别到了衣服上。

徽章很小巧，别在领口、胸前或者衣摆都精致，也不影响活动。但是躺进大床里的池映雪整整三分钟愣是没敢翻身乱动。末了，他还是恋恋不舍地把徽章摘下来，用柔软纸巾包好，放进背包最隐秘安全的位置，这才重新躺回床上。

屋内的窗帘都拉着，厚重窗帘遮挡了万家灯火。房间暗得像深夜，只一盏床头灯尽职尽责地亮着光。

池映雪侧躺着，盯着那盏灯看了许久，最终伸手把它关了。

上一次睡前关灯是什么时候的事，池映雪不记得了，又或许从来就没有。他的夜晚，无论何时，无论何地，永远都要留盏灯。

他讨厌黑暗，或者说恐惧，就像此刻的这间屋子，暗得没有一丝光。

可他现在很踏实。

"晚安。"

黑暗中传来他轻轻的低语，像在和自己说，又像在和另外一个人说。

（第三部正文完）

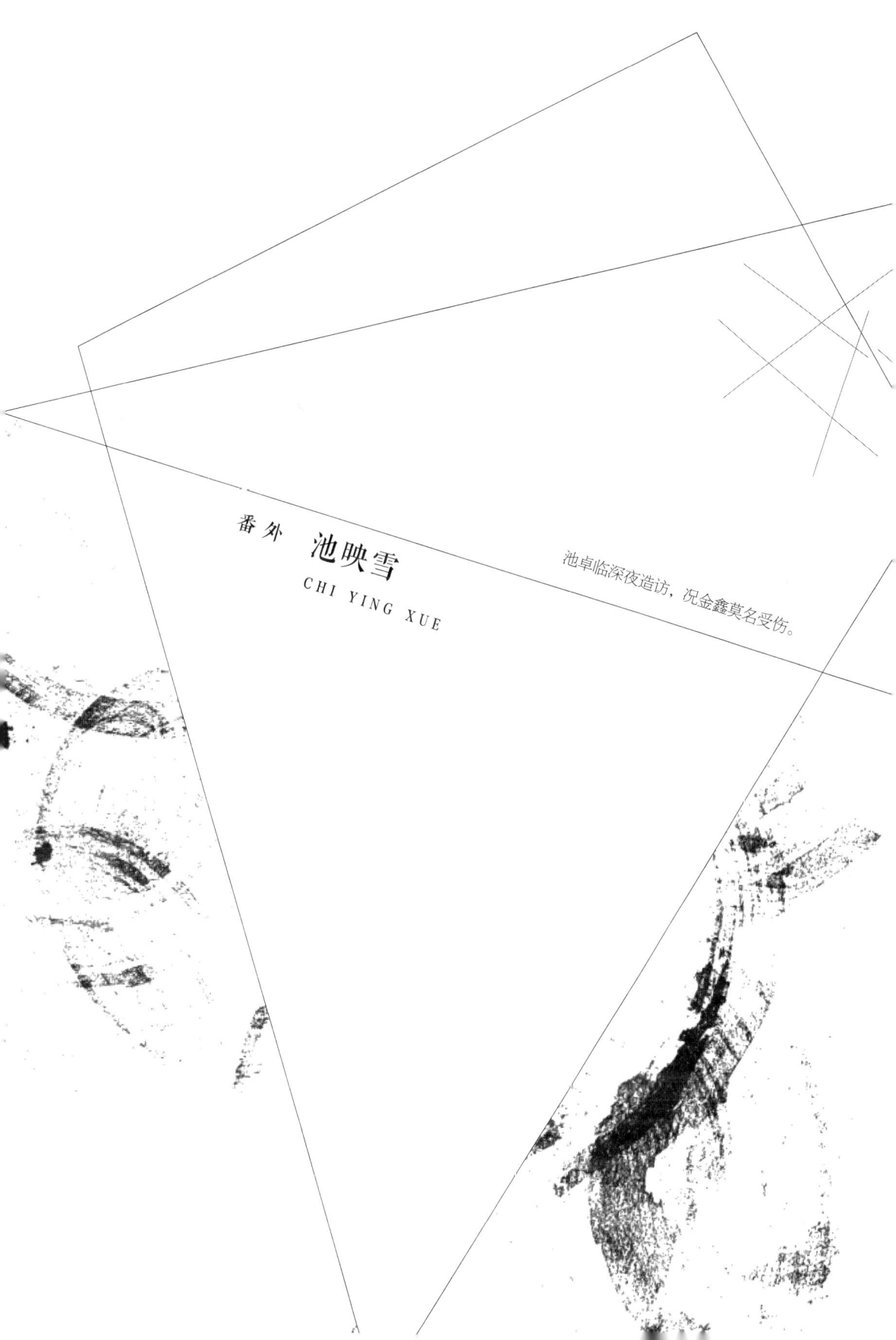

番外　池映雪
CHI YING XUE

池卓临深夜造访，况金鑫莫名受伤。

上

"回北京怎么不告诉我？"

池卓临一进门，就对眼前狭小的双人标间皱了眉，但并没有问"用不用给你换个豪华房"这种明显会被打脸的话——池映雪带着可以随便刷的卡呢，住标间只可能一个原因，他乐意。

"没告诉你，你不也精准定位了。"池映雪拉来屋内唯一的椅子。

池卓临刚要上前，就发现自己弟弟特自然地坐了上去。他心里立刻踏实了，确认这就是亲弟弟。

把大衣挂到墙上，池卓临左看右看，屋内除了那把椅子，就剩下两张被子都滚成团了的床。

"哪张床是你的？"池卓临问。他从来不是委屈自己没凳子就站着的那种人，不过坐别人床终归不太礼貌。

"两张都是我的。"池映雪理所当然道，带着点儿孩子气的霸道。

池卓临头疼。他一直不成家不要孩子的关键原因就是池映雪——养一个弟弟已经心力交瘁，再养个孩子，他绝对不要。

"这一次在北京待多久？"池卓临挑了个相对不那么乱的床，掀过被子，坐到床角，脊背自然挺直，跷起二郎腿，手指交叉搭到膝盖上，愣是把床角坐出了老板椅的感觉。

"一两天吧，"池映雪下巴朝隔壁方向轻扬一下，"看他们。"

"这么赶？"池卓临原本还想给徐望他们安排一些招待活动的，算是定期的感谢和犒劳，要知道，这一队驴友算是池映雪混得最久的队伍了，而且池卓临做过调查，四个人背景都很干净，池映雪和这样的人一起玩也不至于让人太担心，"接下来要去哪里？"

池映雪打开桌上一包水果软糖，丢一颗橘子味的到自己嘴里："贵州。"

"贵州？"池卓临皱眉，"你们还真当自己是徐霞客了？"

陕西、安徽、河南、重庆、江苏、广东、湖南……池卓临脑海中浮现出一张中国地图，上面半壁江山已经印上了自己弟弟的小脚印。

池映雪百无聊赖似的打个哈欠，又往嘴里丢了第二颗草莓味的："不是你说的吗，闲着也是闲着，出去旅游总比胡混好，强身健体，还低碳环保。"

"那也不是让你旅起来就没完。"池卓临无奈，他只是希望他出去呼吸呼吸新鲜空气，这下好，快成西天取经了。

池映雪挑眉，漫不经心地瞥他："我待在北京，你不嫌烦？"

池卓临绷起脸，认真道："我从来没嫌你烦。"

池映雪："我嫌你烦。"

池卓临："……"

池映雪乐了，虽然口舌之争得不来什么实际东西，但能看到池卓临语塞，他就开心。谁让这人一天到晚总端着架子教育自己，弄得每次面对面，他都觉得自己像矮了一辈似的，特吃亏。

"你啊，别总想着管我，"池映雪正襟危坐，照猫画虎地拿出池卓临那套语气架势，特和蔼地拍拍亲哥的肩膀，"管好公司，管好财产，要是还有多余精力呢，就结个婚，生个继承人……"

"你是劝我呢还是咒我呢？"池卓临刚拧开一瓶水，闻言一点儿也不想喝了——怕呛着。

池映雪摊摊手，一副"好心得不来好报"的委屈相。

池卓临心中忽地掠过一丝微妙，虽然平日里池映雪也是气死人不偿命，但"感情问题"可从来不属于自己弟弟的调侃范畴。

微微眯起眼，他不着痕迹地把整个房间又打量了一遍，的确不像有第二个人的痕迹，但好奇心驱使，他还是来了个突然袭击："你谈恋爱了？"

池映雪刚把第三颗葡萄味软糖丢进嘴里，听见这话，下意识一咽口水，直接把软糖吞了。软糖还没彻底软下来，卡得喉咙生疼，池映雪蹙眉，忍着抢池卓临手中刚拧开还没来得及喝的那瓶水的冲动，又暗暗咽了几下口水，才把软糖彻底顺下去。

暗暗舒口气，他直接换了话题："阎王不见了。"

池卓临原本计算着时机，准备再接再厉，看能不能诈出点儿什么，却被这突如其来的一句话打乱了节奏："你说什么？"他小心翼翼地又问了一遍，生怕自己听错。

池映雪抬起眼，静静看他："阎王，不见了。"

"是……永远不见了，还是暂时……"池卓临的声音因为激动而微微颤抖。

"这里，"池映雪指指自己的胸口，"找不到他了。"

池卓临清楚听见了自己的心跳，一下下，如同擂鼓。

以往，即便阎王沉睡，池映雪也可以准确找到他，甚至唤醒他，更不要说阎王大多时候并不沉睡，而是在心里和池映雪进行拉锯战。所以池卓临清楚"找不到"三个字的含义。可是他不懂："怎么突然就……"

池映雪冲他笑一下，在不甚明亮的灯光底下淡得近乎缥缈："你就当我做了一个很长很长的梦，现在梦醒了。"

池卓临克制不住心疼，伸手摸了摸他的头："醒了就好。"这四个字让他有种莫名的踏实，于是又情不自禁重复了一遍，"醒了就好。"

没有收到任何实质性的证据，单凭池映雪上嘴唇一碰下嘴唇，可池卓临愿意相信，或者说，他比谁都希望这是真的。

那个总在人格切换间的弟弟，既让人心疼，又让人陌生，哪怕他看了无数心理学的书，哪怕他不断地告诉自己另一个人格也是弟弟，但真正去做很难——他很难把阎王当成弟弟，阎王也从来没有把他当成哥哥。

治疗的事，也因为池映雪的抗拒而搁浅了。虽然有些心理医生的治疗思路实在让他腹诽，可"治疗"本身，是池卓临能依靠的唯一办法。

"所以啊，"池映雪单手撑着头，朝池卓临微笑，"你也不用再觉得亏欠我了。"

池卓临的眉头缓缓皱起，像是不解其意。

池映雪淡淡看他："那时候你念寄宿学校，并不清楚我为什么害怕他，但你依然在力所能及的范围内给我送信，严格来说，你不欠我，反倒是我欠你的。"

池卓临总算听明白了，但眉头皱得更深，语气也沉下来："你以为我现在对你这样，是为了弥补当年对你的亏欠？"

池映雪轻轻挑眉，仿佛在问"不是吗"。

池卓临毫不留情地斜他一眼："你想太多。那个时候，我半点儿本事没有，在家里更是说不上话，就算知道了他那么对你，除了陪你难受，我还能做什么？"

"你听清楚了，"池卓临定定地看他，语气里有一种不容置疑的威严，"我对你好，就一个原因——你是我弟。"

池映雪沉默几秒，忽然一笑："那你把家产分我一半，咱俩分家，你以后也不用挂着我这个累赘了。"

"我拒绝。"池卓临没半点儿犹豫，拒绝得那叫一个干脆利落、理直气壮，"不管分多少给你，照你这么只出不进，躺着挥霍，最后都得露宿街头。"

池映雪似笑非笑："你还是舍不得。"

池卓临轻哼一声："我给你那张卡是没有上限的，你尽可以努力花穷我。"

池映雪眼底闪过一抹恶作剧的光："你到时候可别后悔。"

池卓临歪头看他，优雅一笑："如果你花钱的速度能赶上我赚钱的本事，算你赢。"

"……"池映雪终于知道，自己平日自我感觉良好时，队友都是什么心情了。

池卓临的目光不经意间落到桌案的软糖上，他眉头一蹙，刚想唠叨池映雪少吃甜食，却见对方忽然垂下眼睛，轻轻呼出一口气。

"有时候，我觉得他永远不见了，"池映雪的声音低而恍惚，"有时候，我又觉得他没走……"

池卓临心中一紧，清楚"他"指的就是"阎王"。

"你不是刚才还说，找不到……"池卓临的话，在池映雪的突然抬头里戛然而止——那微眯着看过来的目光直接而锐利，像刀子。

池卓临的一颗心沉到谷底，他太熟悉这样的神情了："阎王……"

对面的人嘴角上扬，先是嘲讽的弧度，而后那笑意再绷不住，就成了真的得意："逗你呢。"

"……"

池卓临看着一瞬间又成了"池映雪"的池映雪，竟然不知道该生气还是该庆幸。但有一点他能肯定——报复，这绝对是对他刚刚"豪言壮语赚钱论"的报复！

下

"笃笃——"

毫无预警的敲门声打断了兄弟俩的"温情时光"。

池卓临不明所以，池映雪则起身，很自然地走过去，问都不问就打开了门。

"队长让我来喊你出去吃夜宵，钱哥在旁边发现了一个特别好吃的……"况金鑫的声音在瞄见屋内的池卓临后停住，愣了两秒，才意外道，"池总？"

番外 池映雪

池映雪回头看池卓临，不说话，就静静看他。

池卓临准确接收到了无声的逐客令，潇洒起身，拿过外套搭到手臂上，径自走到门口："你们吃吧，我先回去了。"

况金鑫看看池映雪，再看看池卓临，也不知道什么情况，本能地客气道："要不，一起吃？"

池映雪一胳膊把况金鑫揽进屋，又一胳膊把池卓临推出门："他公司还有事的。"

"哦。"况金鑫愣愣点头，再看池卓临，那目光就变成了恭送。

池卓临默默心疼了一下自己，可看池映雪和况金鑫哥俩儿好的样儿，又忍不住为弟弟交到朋友了而感到高兴和欣慰。

目送池卓临消失在电梯口，况金鑫想回头继续向池映雪传达吃夜宵事宜，不料对方伸过来一只手，把门关上了。

况金鑫只是来传个话，传完就打算走的，可池映雪这一关门，让气氛有了微妙变化。同样奇怪的还有池映雪，关门之后他也不说话，垂着眼睛，一切情绪都藏在了睫毛下的阴影里。

"怎么了？"况金鑫轻声问，直觉和池卓临有关。

他们兄弟刚刚聊了什么？阎王的事？童年的事？一连串问号从况金鑫脑袋里冒出来，连同 9/23 关卡内的那些暗格梦魇。

身体忽然被人抱住，一个单纯而扎实的拥抱。

"别动，让我抱一会儿。"池映雪的声音在头顶，听起来却遥远。

况金鑫安静地一动不动，任由池映雪抱着，却没有回抱。他能清楚感觉到，池映雪不需要他的反应，此刻抱着他的人只需要一个能抱着的东西，这个东西带点儿暖就行，可以是他况金鑫，也可以是一个公仔或者一个抱枕。

况金鑫听见了两个心跳声，一个平稳而有力，是池映雪的，一个急促而混乱，是自己的。

池映雪原本什么都没想说，他刚刚已经和池卓临说太多了，现在心里发空，只想这样抱着什么缓一缓。可房间里太静了，静得让那些藏在心底最深处的东西克制不住想要冒头。

"小四金，"池映雪忽然出声，仍抱着况金鑫，下巴轻轻抵在他头顶，像是要把这拥抱持续到地老天荒，"就这么一直陪着我吧，好不好？"

"不好。"况金鑫侧着脸看旁边的墙壁，墙壁上有些淡淡的灰点，不仔细看很容易忽略，误以为那是一片雪白。

池映雪将人拉开，带着些不满地挑眉："我很差吗？"

静谧温暖的拥抱就这样被发起者画上一个与过程毫不相称的仓促句号，又或者，他本就不在意这些。

"你不差,你只是总弄不清自己想要什么。"况金鑫想冲他笑一下,但没成功,眼里划过尴尬,可话还在继续,所幸声音也稳住了,"你就是想找个人陪你,不管是谁,能陪着你就行。"

池映雪听得莫名其妙:"所以我找了你呀。"

况金鑫叹口气,不知道怎么才能和对方说通:"你不是真的想找我,你只是寂寞。"

池映雪不说话了,漂亮的眼睛里,温度却在往下降。

还是生气了。况金鑫懊恼。

其实池映雪的性格很简单,顺着他,他就高兴,逆着他,他就烦躁,尤其在他不想忍的时候,绝对不会委屈自己,收敛脾气。但这事儿和其他事情不同,他没办法顺着他,否则池映雪是舒坦了,他就真逃不出来了。

池映雪只要陪伴,也只给得出陪伴,可况金鑫还想要其他,明知道要不来,还一头栽进去,太苦了。况金鑫自私,他不想吃苦。

"我、队长、军师、钱哥,我们都会陪着你。"在池映雪的眼底降到冰点之前,况金鑫轻轻出声,"就算离开鸮,我们也永远都是朋友。"

池映雪轻轻眨了下眼,晦暗不明的灯光底下看不清情绪。

"小四金,你知道我最讨厌你什么吗?"他终于开口,声音比况金鑫还轻,近乎温柔。

况金鑫怔住。

池映雪慢悠悠吐出两个字:"虚伪。"

况金鑫心里疼了一下,没来由的。

池映雪自顾自继续:"就算面对再讨厌的人,你都能说出一堆漂亮话,好像所有人都在泥潭里挣扎,就你站在岸上悲天悯人。其实你心里可能已经骂过不知道多少遍了,但漂亮话从你嘴里出来,就显得特别真诚可信。"他说着后退一步,仔细打量况金鑫的脸,末了点点头,"嗯,就是托这张脸的福,太正直,太有迷惑性。"

况金鑫眨眨眼,目光有点儿茫然,又有点儿瑟缩。理智告诉他,池映雪正因为被拒绝生气呢,说的话听听就过,别当真。可感情上,他想,也许这就是池映雪的真心话,他就是这么看自己的。

"笃笃笃笃——"

大大咧咧的敲门声震得况金鑫一颤,但他马上反应过来,迅速回身开门。

门外是钱艾,一看开门的是况金鑫,立刻吐槽:"让你叫个人咋还叫不来了!"

说完,他才慢半拍地看见同样站在玄关的池映雪,微微一愣,目光在两个人之间走了个来回:"你俩什么情况,吃饭都不积极?有什么饭桌聊呗,杵这儿干啥?"

"哦,那个,池总过来了,才走。"况金鑫编不出瞎话,只能拿真话搪塞。

"池卓临?"钱艾的注意力果然就被带偏了,"怎么不留他一起吃夜宵?"

还没等况金鑫回答,他已经自己琢磨出答案了:"明白,老总嘛,肯定忙。行了,你赶紧换衣服,我们楼下大堂等你。"

钱艾和池映雪说完,顺手就把况金鑫拉出来——况金鑫是换好衣服才来找池映雪的,在钱艾脑子里,当然要和同样准备完毕的自己一起下楼。

池映雪看着钱艾搭在况金鑫肩膀上的手,下意识皱眉。

钱艾毫无所觉,"砰"的一声体贴地从外面帮队友关上门。

这一顿夜宵,池映雪吃得没滋没味,偶尔瞥一眼况金鑫,对方就是埋头苦吃。一直到夜宵结束,回了酒店,池映雪还是没捕捉到对方一个眼神……

③ 子夜鸮
night owl

作者
颜凉雨

封面绘图
弦得凰

封面设计
杨小娟

内文版式
周沫

图片总监
杨小娟

责任编辑
徐慧

出版社
中国致公出版社

总出品
湖北知音动漫有限公司

制作出品
知音动漫图书·漫客小说绘

官方微博
https://weibo.com/xiaoshuohui

平台支持
知音漫客　小说绘

图书在版编目（CIP）数据

子夜鸮. 3 / 颜凉雨著. -- 北京：中国致公出版社，2021

ISBN 978-7-5145-1574-9

Ⅰ. ①子… Ⅱ. ①颜… Ⅲ. ①长篇小说－中国－当代 Ⅳ. ①I247.5

中国版本图书馆CIP数据核字(2020)第024712号

本书由颜凉雨授权湖北知音动漫有限公司正式委托中国致公出版社，在中国大陆地区独家出版中文简体版本。未经书面同意，不得以任何形式转载和使用。

子夜鸮.3 颜凉雨 著
ZIYE XIAO.3

出　　版	中国致公出版社	
	（北京市朝阳区八里庄西里 100 号住邦 2000 大厦 1 号楼西区 21 层）	
出　　品	湖北知音动漫有限公司	
	（武汉市东湖路 179 号）	
发　　行	中国致公出版社（010-66121708）	
作品企划	知音动漫图书•漫客小说绘	
责任编辑	徐　慧	
装帧设计	杨小娟　周　沫	
印　　刷	武汉市新华印刷有限责任公司	
版　　次	2021 年 4 月第 1 版	
印　　次	2021 年 4 月第 1 次印刷	
开　　本	787mm×1092mm　1/16	
印　　张	17	
字　　数	300 千字	
书　　号	ISBN 978-7-5145-1574-9	
定　　价	39.80 元	

版权所有，盗版必究（举报电话：027-68890818）
（如发现印装质量问题，请寄本公司调换，电话：027-68890818）